U0145459

Franzosen und Russen gehört das Land,

Das Meer gehört den Briten,

Wir aber besitzen im Luftreich des Traums

Die Herrschaft unbestritten

— Heinrich Heine, 《Deutschland, Ein Wintermärchen》 (1844)

大陸屬於法國和俄國，

海洋屬於英國，

毫無疑問，我們擁有思維的天空。

— 海英利希・海涅《德國，一個冬天的童話》（1844）

自序：德國文學枯躁乏味嗎？

　　文學表現人類的感情，反映人類的生活。它以各種形式體裁，諸如小說、散文、詩歌、戲劇、寓言等描述人類的生活，從而抒發情感。人皆有喜、怒、哀、樂的情緒，悲歡離合的心境，這些都可以藉文學為工具，鉅細靡遺地將它呈現出來。文學的可貴，在於人們將它當成媒介，表達自己的思想，將自己的情感抒發出來，激勵他人朝真善美的境界邁進。

　　作家們藉由刻劃人物形象並描寫具體環境或背景及敘述故事情節，呈現所欲表達的主題思想、反映某些社會生活狀況或表達作者的中心思想；因而每個國家皆有優秀的、永垂不朽的文學作品，透過各種不同的民族習性、思考方式、表達技巧，就產生迥然不同的文學作品。

　　眾所周知，德國是一個詩人和思想家的國度。德國人擅長冥想與思考，他們在科學、哲學、文學、音樂和繪畫等方面皆取得出類拔萃的成績。德國文學其內容不但豐富，且具有多彩多姿的特色。德國作家以熾熱的情感，透過對人性的觀察，縝密的審視，標榜正義及正道，發自內心的真誠，汲汲營營永無止盡地致力追尋公理、正義，並從他們的生活智慧與實踐領悟出人生的價值。有人說德國文學不好讀，且枯燥乏味，因此本書從浩瀚的德國文學領域分別以不同著眼點評論德國文壇奇葩，涵蓋中古時期、啟蒙運動、狂飆運動、古典主義、浪漫主義、寫實主義、表現主義及戰後文學，約略勾勒出其大致方向，使人一窺德國文學的精華，並以生動的文筆，細膩的思考，深入探討在德國文學史上占舉足輕重的一些作家之作品，在一定程度上反映了那深植於日耳曼民族血脈中的精神、社會生活面貌以及人們的思想情緒。

　　本書集結作者歷年來以演講或書寫（投稿）方式對德國文學所發表的評論文章，每篇文章皆扼要地介紹作者的生平，作品產生的時代背景、主題思想以及本人對於作品的理解和體會。

拙著能順利付梓，在此感謝五南圖書公司朱曉蘋主編的策劃與提供不少寶貴的意見，編輯吳雨潔盡心盡力地協助，在此致上謝意。本書所列舉探討的觀點，完全出於個人的管窺，掛一漏萬，在所難免。本人不揣鄙陋，雖貽笑於方家，希冀有益於後學，還祈望高明賢達不吝指正。

賴麗琇　謹識

2015年3月於淡江大學

德國文學與跨文化溝通之關聯性

「語言」與「文學」在外語教學中，二者密切的關係猶如人的手心與手背，可謂一體之兩面，在臺灣各大學中的語言科系，比如簡稱「德文系」或「法文系」的科系，其全名爲「德國語文學系」或「法國語文學系」。顧名思義，不難從中看出「語言」與「文學」的關聯性。

當然，要瞭解一個外語國家的文學，首先得弄懂或甚而精通該國語言。在此前提之下，方有能力去涉獵該國「文學」。然而現今的外語教學，基於世界潮流及全球化的影響，仍只著重於語言教學，尤其偏重於語言的應用，一切以「實用」掛帥，只講求語言的聽、說、讀、寫及譯之技能與語言常識，而忽略了屬於社會背景常識中的另一個環節——即文學的功能。因此文學在文化溝通中的角色被邊緣化了，殊不知在全球化的這個過程中，除了人與人之間的溝通橋樑——語言之外，文學在跨文化交流中，提供了相當豐富及重要的訊息，與語言的關係實處於相輔相成的地位，在外語教學中，可說舉足輕重。

目前21世紀工業和資訊科技的發達已臻於登峰造極之境界，在一個地球村已然成形的今天，我們所處的世界已不再是閉關自守的時代了。如果做好人與人及國與國之間的溝通，將是促進我們社會祥和的一大助力。如何做好這個人際與國際的溝通呢？這恐怕先要深刻瞭解對方的文化與社會了。那要如何來著手呢？筆者認爲外語文學知識是個良好的管道。

在德語學習除了掌握「語言技能」和「語言知識」外，更要有豐富的「社會文化知識」。這三樣皆具備，才堪稱是德語的專業人才。

「社會文化知識」的重要性，可舉一例：比如要跟德國客戶洽談一筆生意，由於您瞭解對方的母語及熟知他的文化背景，在交談中，佐以文化層面的話題，無形中會拉近雙方的距離，他對您的印象很好，說不定他一高興，這筆生意順利地談成功了，這樣就比別人掌握了先機。

在今天已經沒有任何一個民族國家，能夠不與其他國家發生關係，而獨立地發展自己的文化與經濟。目前由於工業和資訊科技的發達，我們所處的世界已不再是閉關自守的時代了。人與人、國與國之間的溝通日益頻繁，訊息的傳遞與獲得，成為社會進步與遲滯的關鍵，如果不能有效而迅速地掌握訊息，切實而深刻地瞭解其他文化與社會，馬上就會被時代所淘汰。

那如何來瞭解對方的文化與社會呢？筆者認為可從「文學」著手，因為文學表現人類的感情，反映人類的生活；而「德國文化史」及「德國文學史」這兩門課，在大學的德文系裡，一向被教育部列為必修課程，也因此涵蓋了歷史、地理、社會情境、風俗習慣以及政治、外交、經濟等多方面的知識，而透過優秀、永垂不朽的文學作品，讓人得知某個民族的思考模式，透過記錄時代思想的文學作品，方能理解和體會某個民族一般人的想法及觀點。在與其接觸及周旋時，方能得體，不至於產生誤解。

世界經濟的全球化使得國際間的交流與合作日益增多，大家都意識到生活在「地球村」裡，人與人之間（在此指本國人與外國人）的互動會越來越趨於頻繁，這必然會涉及到跨文化的交際。跨文化的交際所牽涉的範圍相當廣泛，舉凡語言交際、肢體語言交際、交際模式、宗教信仰、世界觀、思維模式、價值觀念、認知行為、社會行為、道德規範等，都是在跨文化交際所需要考慮到的因素。因為，畢竟兩個不同文化背景的人們在上述各方面原本就存在著相當大的差異，如果硬是要以本族文化觀念去理解或解釋另一族的文化觀念，勢必產生誤解與衝突。因此，我們就必須重視跨文化交際，培養跨文化的意識，培養跨文化的交際能力，以豐富的知識，配以積極、寬容的態度，努力和對方（另一族人）溝通，以消除誤解，成功地進行跨文化交際。

外語教學（這裡以德語教學為例）要做到掌握語言知識和語言技能（聽、說、讀、寫、譯），並能廣泛地瞭解社會文化背景知識，這個教學

目標通常都是外語教學努力的方向，自是毋庸待言。以德語教學而言，我們認為應該培養能夠在外國事務、經濟貿易、文化、教育、學術研究及旅遊等部門從事翻譯、研究、教學和管理工作的全方位德語人才。因此，於培訓期間在語言知識和語言技能方面必須紮實地學習，並且熟悉所學語言國家的社會、文化背景知識，才能利用語言知識及語言技能這二項工具，與之相輔相成地進行成功的跨文化交際。

　　文學課程在外語教學裡有它的重要性，優秀的文學作品在拓寬知識面，培養能力和提高素質方面所占的角色，相信大家必定不會忽略它，自古以來人文教育需要文學來引導，文學在知識和道德的培養功不可沒。雙語交際的頻繁是因地球村的形成，而和語言係一體兩面的文學涵蓋面甚廣，和語言交際有密切的關係。「文學」除了做為篇章語言學的基礎外，呈現在語體和翻譯上，與其他的學科也不相悖，比如和哲學、藝術、歷史、社會、政治、教育及心理學等領域更是環環相扣的。因此，透過德語文學課，讓學生大量地閱讀德語文學作品，對德語系國家的政治、社會和文化有一定程度的理解和認識，在跨文化溝通上一定能夠運用自如。

目 錄

閱讀德國文學及「教」與「學」之省思

中古世紀德國騎士文學

Lübeck
Hamburg
Schwerin
Bremen
Hannover ☆ Berlin
Münster Magdeburg
Düsseldorf
Kassel Leipzig
Köln Dresden
Bonn Weimar
Frankfurt (Main)
Heidelberg Nürnberg
Tübingen Stuttgart
Freiburg München
Füssen

前　言

　　德國的歷史與建國在文獻上的記載肇端於名王卡爾大帝（Karl der Große，748年至814年）。他統一日耳曼族中各種不同的部落，建立第一個日耳曼大帝國①。關於它的文學記載則始於9世紀之初②，當時的文化傳播者為住在會院裡能讀能寫的天主教會士，他們多以改編聖經故事、寫作祈禱文和宗教頌詩、訓詞與論文為主，此為早期所謂的宗教「心靈文學」③。後來拉丁文成為宮廷學者專用語言，按照古代拉丁文學的慣例，文學詩歌題材也可以參斟塵世的事情，從而產生「俗世文學」④。中古世紀早期（第5至第10世紀）的文學仍然操縱在會士手中⑤，但此時封建制度的規模已漸呈雛形，有一服役於皇帝宮廷中的貴族——武士階級出現，這些受過書寫訓練的武士們自成一個集團，其所創作的文學作品即通稱的「騎士文學」（Ritterdichtung），又稱「宮廷文學」（Höfische Dichtung）。

　　騎士文學（約1150年至1250年）產生於12至13世紀時的封建制度最興盛的時候，為德國文學第一個巔峰時期⑥，其作品在後來的各文藝思潮中仍一再被引用或予以改寫，成為文學中豐富的素材之來源。騎士文學顧名思義所歌詠的對象皆為騎士，作者也為騎士出身，因而在其鼎盛時期就順理成章的從早期會士階級手中接過這項擔當文化與文學的重要任務。

　　封建組織是中古世紀流行於西歐的一種社會狀態，而「騎士階級」即戰爭者，在如金字塔般層層封建組織中的地位，套一句當時12世紀流行的社會觀念是居於剝奪者——「會士」之下，與勞動者——「農民」之上的。封建制度規定擔任作戰任務的武士必須具有勇武、豪俠、忠君、愛國的各項美德，遂使騎士制度在堅固細密的封建組織中有其不可動搖的地位，並贏得了「封建之花」的美名。

一　騎士文學產生的歷史背景

　　欲知德國騎士文學的產生，及其所以稱霸一時，成為封建制度的風尚，必須從它的政治背景談起。

自卡爾大帝逝世之後，其所建的帝國不久便分崩離析，其子孫長年征戰不已，而此時的西歐社會已進入封建時代。德國的皇朝曾一度中斷，直至西元 962 年奧圖大帝（Otto der Große，936 年至 973 年）被教宗若望十二世加冕爲「日耳曼神聖羅馬帝國皇帝」才重振聲威，但當時版圖內各擁兵權的王公貴族、諸侯、藩鎮雄峙林立，仍然紛爭不已，皇統還是時斷時續，紊亂不堪。其中最具勢力規模的兩大家族斯陶芬（Staufer）和威爾芬（Welfen）於 12 世紀即成死對頭，待至 13 世紀初，斯陶芬的公爵腓特烈一世，外號紅鬍子（Friedrich I., Barbarossa 1122 年至 1190 年）得勝，他統治了約 40 年。

紅鬍子皇帝在德國的中古史上寫下光輝燦爛的一頁，他不僅能達到卡爾大帝所創立的帝國理想，又使藝術及科學在此時達於頂峰。最值得一提的是，他使德國帝國的勢力再強大到足夠與向來持著「君權神授」觀念，控制著替王室行加冕禮的教皇對抗。紅鬍王不僅使帝國強大，並使騎士文化大放異彩。他死後於西元約 1200 年時，以騎士文化爲中心的中古文學已有鞏固的地位，它一直影響到後期的古典文學及浪漫派文學，爲其詩歌和小說的發展奠定基礎。

騎士制度

中古世紀的文化形式是「立體的」，在中古的封建社會裡，弱者受強者的保護，而強者之上更有其君主，宛若金字塔。理論上國王居於全國最高的地位，但事實上與民眾脫節，只統治著二、三諸侯，有時小國的君主反爲大諸侯的附庸。換言之，封建制度是人與人之間建立的立體關係，也是中央權力的分裂，構成許多代理人；正因這些代理人擁

▲邦堡大教堂前騎士像

有土地，他們便自成一股勢力。而領主（封建土地的領有者）與附庸（那些佃戶——土地執有者）之所以有別於平民，是因為他們「出身貴族」，他們都是戰鬥人員，因此自命為高於手工勞動者。他們被封的等級為次於王的「公」，其次為「侯」，又其次為「伯」與「男」，每一個這樣的貴族下面，各有一班名為「騎士」的戰鬥人員。

騎士的主要任務為騎馬作戰，因領主之命而每年服役四十日，騎士不但必須自備馬匹與軍器，連人馬所配用的甲胄都要自備。領主勢力的大小則視他所擁有能調遣的騎士之多寡。

🔵 三 騎士精神

西方封建社會的「騎士制度」本就有一共同的生活方式，諸如要教化騎士，使這些甲胄滿身、奔馳於粗野、殘忍戰爭中的戰士行為舉止趨於高雅，並使「騎士精神」提升為泰西文化的精華，這是由法國首開其端的。而歷史上著名的十字軍東征⑦使歐洲各國的封建領主與騎士互相往來，共同切磋，對東方的視界大開，認識東方文化與風俗習慣，增長見聞。這些具有「武器攜帶者」與「替神作戰的士兵」雙重身分的武士們，遂一躍而居於社會的領導地位，武士們的自信心，從十字軍征討而更增強了。

一般的騎士教育包括宗教思想的薰陶——灌輸天主教的概念（按歐洲文化仍是天主教的文化，歐洲人的思想與生活仍受天主教思想所支配），要有勇敢、重諾言、守信用、講義氣的觀念，對教會及其主人要盡忠，熱忱的保護弱者，特別是婦女與孤兒（這是基於人不可侵犯的尊嚴，養成與弱者為友，與強者為敵的騎士行為）；騎士們的勇敢、俠義、犧牲，充分地表現出封建時代的意識。騎士精神的最終目標是騎士在一切行為和舉止上必須高貴，如「羅蘭之歌」（見註⑤）敘述羅蘭以古道熱腸的精神敬愛上帝，忠於其主上，在戰場上如何發揮袍澤之愛，敵愾之志，如何勇敢光榮地戰死沙場。「榮譽」遂成為騎士的口號，不愛「榮譽」便為人所不齒，而「榮譽」與「高貴」也就是傳統的騎士精神。

騎士精神的精髓，也即騎士制度裡最特殊的一項，即人際關係裡有一定的規範。一位騎士除了是個嫻熟戰術的武士之外，又必須懂得怎樣侍候上帝（即護教的表現，指對羅馬天主教深信不疑）、侍候君主（即忠誠的

表現）、侍候已婚的貴婦人（即禮貌的表現）。

　　侍候貴婦人的這項禮儀爲當時封建制度中宮廷文化的風氣，它是與崇敬婦女有關的。騎士既負有保護婦女的責任，這些被保護之婦女通常爲已婚之侯爵或伯爵夫人，有時也爲其領主之夫人，很少是他們自己的妻子，因爲封建貴族之間的婚姻，往往只是「封邑的結合，而非兩顆心的結合」。

　　騎士與貴婦的關係須恪守中古世紀蔚爲風氣的「戀人的侍候」規則。騎士視這被保護的貴婦人爲其戀人或情婦，常會爲鼓勵他建動的情婦而具有戰士般的忠誠，並且奮不顧身，赴湯蹈火在所不辭。騎士對其情婦獻殷勤、侍候她，是爲獲得她的青睞與寵愛。這種騎士與其情婦的婚外戀愛關係，在當時的騎士社會有嚴格的規定，騎士們絕不能踰矩；騎士忠於保護其所愛之情婦，並不是要在愛情中占有她、征服她，而只是從對她的侍候中來改善自己，使騎士眞正發自內心的渴望改善生活，使生活精緻以符合成爲一名有高貴教養的騎士，而這種騎士精神也將肉慾的衝動昇華作精神上的愛慕，因此騎士們把這類貴婦人當作自己的理想來選擇，他又得處處證明自己是配得上這個理想的，因此這種「戀人的侍候」對騎士來說具有一種教育的目的，並使它具有一定的社會意義：成爲一個十全十美的騎士兼廷臣。

　　騎士的素質與地位被肯定後，國王或其他大貴族都常把自己的兒子賜封爲騎士，以表示這個職位的榮譽，其實也藉以教育他們。1184 年在美英茨（Mainz）舉行的帝國大會，紅鬍王策封其兩位年長的兒子爲騎士。而德國騎士的倫理觀念則融合了日耳曼和基督教的精神，除了相沿已久的戰士信條——武器需要隨身攜帶，如有遺失就等於人格與地位掃地一樣；作戰中如被敵方奪去，他們則視爲奇恥大辱，作戰時，應對其領袖英勇效忠，必要時應爲其領神犧牲，否則將終其餘生而蒙羞[8]，完美的騎士在生活中更需要遵守下列規則的約束：榮譽、忠實、慈悲爲懷、國家、守紀律及恪守「純潔之愛」。

四　騎士文學

　　日耳曼帝國在斯陶芬皇室的紅鬍王領導之下，其權勢與榮光都達於

高峰，騎士團麕集宮廷，儼然成為文化的代理人。騎士成為人人羨慕的階級，他們遂以俗事題材描寫騎士生活中的歡樂。當騎士們為其心儀與所侍候的貴婦人賦讚美詩歌時，這種歌頌精神上純潔之愛的詩歌表現方式⑨叫「明尼桑」（Minnesang），意為「戀愛詩」。騎士們不但對一個理想的女人產生愛，又得在倫理道德的前提下克制自己的感情，這些因素遂使得賦予「戀愛詩」的騎士有抒情詩人之稱，使其詩及歌藝術化。又這些文學作品在描繪歷史時，皆帶有明確的基督教色彩，並融合了古羅馬文學中的英雄傳奇與日耳曼民族大遷徙時期的諸英雄事蹟，形成一種獨步日耳曼文學，歷經約百年之久光輝燦爛的騎士文學。

德國的騎士文學自紅鬍王首創風氣之先，歷代君王也都積極保護文藝。寫作詩歌遂成為騎士不可缺少的教養之一，加上法國南方及北方的吟遊詩人影響（見註⑨），於是德意志文藝的氣息也日漸興盛繁榮，境內也有許多騎士詩人遍遊各宮廷，擔任傳播文化的大使，遂造就德國文學史上的第一個黃金時代。此時期文學的體裁分為敘事詩、抒情詩和英雄詠史詩三種。

（一）騎士敘事詩

最早的德國騎士敘事詩人是海英利希 · 封 · 魏爾德克（Heinrich von Veldeke，12 世紀中葉至 13 世紀初）⑩。他所著的《厄奈特》（Eneit），係仿法國一位佚名詩人改自古羅馬維吉爾所著 Äneis 而寫成的騎士小說 Enéas。這部完成於 1183 年至 1190 年間的《厄奈特》是德國第一部以中古世紀的觀念，改寫古希臘、羅馬的題材。是敘述英雄伊尼斯逃離特洛伊城與狄多女王的愛情冒險，與拉地那人作戰，最後與拉威尼亞結合的故事。

魏爾德克巧妙地引用了中古與德國的關係，假借中古世紀騎士制度下的宮廷思想，敘述高尚的騎士冒險行俠的事件。他用規律的詩詞，純押韻和不受方言限制的語言方式寫成第一部新形式的德國文學作品，無怪乎其晚輩斯特拉斯堡稱讚他是：「以德國人的舌頭引進第一個正確的象徵。」⑪

繼他而起的有三位大師，其作品影響後世甚大，現分敘如下：

1. 哈特曼 · 封 · 奧埃（Hartmann von Aue，約 1168 年至 1210 年）

出自其主人姓 Ouwe 的騎士世家。根據考證，他也許曾在寺院受過書寫的教育，懂得拉丁文和法文，相當瞭解古希臘、羅馬的文化和教會的教義，也許於 1189 年或 1197 年曾參加過十字軍東征。他是第一個啓發宮廷的古典形象的詩人，認爲騎士與貴婦經由「精神上的戀愛」而結合在一起，這種「騎士愛」（Minne）使宮廷有存在的價值，它代表貴族的思想與象徵，並且要忠實而小心翼翼地護衛著，所以對於「戀人的侍候」和從「戰鬥式的冒險」所獲得的歡樂就騎士而言，居於同等重要的地位。因而在作品上強調騎士需要自我控制和自我修養。他著有兩部敘事詩和兩部聖人顯靈的傳奇故事。

　　《艾雷克》（Erec）共計 10135 行和《伊凡》（Iwein）共計 8166 行，這兩部宮廷敘事詩的素材是取自法國騎士詩人克雷田（見註⑨）的亞瑟王圓桌武士⑫的作品。艾雷克與其妻極恩愛，但卻忽略了騎士義務。其妻指責他的疏忽，使他極爲震驚。他遂選擇獨自去冒險，但強迫她隨行。當眞正遭遇危險困難的時候，他頗能表現騎士精神，視其妻爲他所要加以保護的貴婦人，最後他終於發現了「騎士愛」的正確自制與騎士的榮耀。而另一部敘事詩《伊凡》寫於約 1200 年左右，其內容卻與「艾雷克」相反。伊凡沉醉於騎士的冒險生涯，忘記了答應其妻的歸期，也就是說，他忽略了「戀人的侍候」，並且傷及自抑及自律的要求。後來在多次的戰役與冒險行動中，他證明了自己是窮人與受壓迫者的保護人，並保持了騎士精神的尊嚴，最後他的妻子原諒了他，兩人言歸於好。奧埃描寫武士的冒險、競技、武士式的效忠與純潔之愛，闡揚了理想的武士典型，但也指出莽撞和缺乏抑制的危險，這種危險將使武士們辛勤塑造出來的生活方式功虧一簣。

　　奧埃的聖人傳奇作品充滿了天主教思想，《葛列哥留斯》（Gregorius）是敘述犯罪與赦免的聖人傳奇故事。葛列哥留斯類似弒父娶母的奧迪浦斯（Ödipus），因此他在一個無人小島上孤獨懺悔了 17 年，自願因罪接受懲罰，最後終於被赦免，並被擁爲教皇。這部敘事詩是以宮廷風格寫成的第一部聖人傳奇，包括了在騎士社會應具有的智慧。1951 年湯瑪士・曼（Thomas Mann）取自葛列哥留斯的主題，以他一貫

獨特、熟練、巧妙的語言寫成了一部小說叫《當選者》（Der Erwählte）。
《可憐的海英利希》（Der arme Heinrich）是奧埃最著名的一部傳奇敘述
作品。立意爲自願奉獻犧牲，而得到神的眷顧與恩寵。海英利希騎士在志
得意滿的生活中忘記了上帝，於是上帝處罰他使之患痲瘋病。假定一位純
潔無罪的少女自願爲他犧牲，奉獻其心臟的血液的話，他的痲瘋病即可治
癒。一位農夫的女兒自願拯救他，於是兩人去找醫生，當醫生操刀揮向少
女的一刹那時，海英利希基於同情，並領悟到自己不能太自私，遂阻止了
這件事，並決定接受自己的命運。上帝終於又使他恢復了健康，他也娶了
這位少女爲妻。奧埃的宗教信仰與虔誠由這兩部聖人傳奇可窺見一斑。

　　2. 渥爾夫朗·封·艾申巴赫（Wolfram von Eschenbach，約 1170 年
至 1220 年）是位騎士出身，約 1203 年曾住於當時致力提倡騎士文學，並
相當禮遇詩人的諸侯赫爾曼·封·圖林根（Hermann von Thüringen）
的宮廷中，他也有可能與當時的抒情大師佛格爾懷得（Vogelweide，見
本文抒情詩部分）在那宮廷中見過面。關於艾申巴赫一生事蹟吾人所知
有限，只能從其自敘得知一二。他死後葬於其家鄉艾申巴赫的教堂，17
世紀時有人曾發現其墓。他雖然所學有限，但周遊列國，見聞廣博，其
寫成於 1200 年至 1210 年之間，共計 20000 行的敘事詩《帕齊划爾》
（Parzival）是該時代最佳的作品；其材源雖取自法國騎士詩人克氏未完
成的《Perceval》（見註⑫），但這部作品卻幾乎全是他個人全新的創作，
有別於任何一部專寫亞瑟王圓桌武士冒險的傳奇，它是一部描寫凡人奮鬥
的心路歷程的文學作品。

　　帕齊划爾是一位武士之子，其父戰死後，他和母親獨居在與世隔絕的
山林裡，帕齊划爾不知外面的天地。有一天三位全副武裝的騎士偶爾路過
森林，他們向帕齊划爾講述外面的世界。帕齊划爾遂渴望過大家羨豔的騎
士生活，就辭別母親，步入繁華的花花世界，而其母不久即抑鬱而死。

　　終於他來到亞瑟王的皇宮，年老的騎士古內曼次教他宮廷習俗、禮節
與武士的技藝，並諄諄告誡他要謙恭、有節度、不要太好問。帕齊划爾拯
救被關在堡中的公主並娶之爲妻。後來基於想念母親並欲展現其所學得的
騎士精神，他遂離開亞瑟王宮廷，輾轉來到了聖杯堡⑬。此時聖杯的守護

王阿姆佛達斯深爲不能治癒的戰傷所苦。但又不能一死了之，因爲聖杯使他得以持續生命，但阿姆佛達斯可經由帕齊划爾發自同情心的詢問痛苦原因而獲救。可是帕齊划爾只知道遵守武士的信條，墨守成規，一味的拘泥於形式的禮儀，忽略了人在倫理方面的行爲法則，他保持沉默，不敢探問聖杯王創痛的根源。他被逐出聖杯堡，聖杯的女侍昆得莉咒罵帕齊划爾不值得當亞瑟王的騎士。

帕齊划爾覺得自己被神遺棄了，因而對神不滿。此時他開始懷疑上帝，並且向上帝挑戰。當他再度浪跡天涯時，又感到一種迫切的需要，再度去尋找上帝，漫遊了幾年之後，有一天他巧遇其叔——隱士特雷夫立千特，才得知其母已逝世。特雷夫立千特揭露了他的罪過，指給他一條向神懺悔又能獲得赦恩的出路，並且得知聖杯的祕密。聖杯守護王因與異教徒作戰，受到毒矛的攻擊而受傷，聖杯規定他只能經由一位發自內心的同情而問其痛苦原因的陌生騎士才可獲得解脫。現在已成基督徒騎士的帕齊伐爾瞭解上帝的善性，對上帝的恩寵與赦免深具信心。歷經多次的冒險與戰役之後，聖杯女侍昆得莉告訴他，他已被上帝提名爲守護聖杯王的候選人。帕齊划爾再回到聖杯堡，基於純粹的同情心問起聖杯王痛苦的原因，於是神的慈悲顯現了，神的救贖已完成，聖杯王的痛苦也消失了。帕齊划爾達到了最高的目標，繼爲聖杯的守護王，與神選的騎士團一同守護聖杯，過著一種受人尊敬，又能服侍上帝的合乎理想騎士的傳統生活。

艾申巴赫在這部作品裡描寫一個人的心靈生活，他在致力於達到完善的自我中迷失了自己，離開了神，經由摒除俗念與自我克服又回到了神的身旁。這人性的發展過程分成三部分：(1) 與世無爭的少年期，(2) 犯錯並與神、世界、自己發生衝突；而「懷疑」是被作者看成最大的敵人，(3) 經過艱難的考驗終於克服了種種困難，找到了心靈上的安慰與最高的幸福。艾申巴赫藉帕齊划爾表達自己的世界觀——理想的騎士應該結合俗世的能力與基督的信仰，而護衛聖杯即是此一理想的象徵。

艾申巴赫結合代表俗世的騎士界亞瑟王圓桌武士傳奇與代表心靈的騎士界聖杯傳奇，與奧埃的分開處理不同。他的聖杯騎士就是「俗世行爲」與「宗教侍候」合而爲一，這種心靈的、精神性的昇華與超越自我的騎士

制度是不會被世人否定的。「人性」與「神性」的結合即是騎士精神與基督精神的完美融合，亦即騎士界的最高境界。因此吾人可明白為什麼艾申巴赫以如下的語句終結這篇豐富的、表達日耳曼民族性的敘事詩：「如果人終其一生無須放棄其俗世的享樂，又能得到神的恩賜，同時他在世上也能維護其榮譽，那他就活得很有意義了。」⑭。

3. 歌特夫里・封・斯特拉斯堡（Gottfried von Straßburg）他是德國中古世紀第三位最偉大的敘事詩大師，其出生年代約在 1200 年左右，生平不詳，猜測他是平民階級出身，也可能是個僧侶。約在 1210 年他開始根據出自央格魯——諾曼人傳說的題材，而改自法國的騎士小說《特里斯坦的故事》（Le Roman de Tristan）（見註⑨）作此部偉大的愛情敘事詩。受過書寫教育的斯特拉斯堡在此部文學作品中的用字遣詞均能運用自如，全詩簡潔明朗，充滿了悅耳、熟練和幽雅的語句，全詩的主題是愛情的力量。

特里斯坦年少時父母雙亡，由其叔馬可王撫養長大。與帕齊划爾不一樣的是，特里斯坦是在宮廷中長大，熟知當個理想騎士的一切規則。及至他為其叔父赴愛爾蘭替其迎娶漂亮金髮的伊素爾德時，返航途中兩人誤飲原為伊素爾德與馬可王而準備的「愛之泉水」時，兩人身上遂產生一種奇妙的、至死方能分離的感覺。

伊素爾德雖與馬可王成婚，但對特里斯坦的激情有增無減，而特里斯坦也難捨伊素爾德，雙雙欺騙馬可王，兩人的戀情終被馬可王識破。特里斯坦被罰赴異地作戰，遇見了另一同名的伊素爾德，即伊素爾德・魏斯漢德。斯特拉斯堡的敘事詩寫到此便中斷了。

斯特拉斯堡以充滿了人性與靈性的語調描寫了純情之愛與激情的衝突。當一名騎士對其所侍候的貴婦人的純潔之愛與自己的激情混淆不分，而不能將肉慾的衝動昇華作精神上的愛慕時，就會破壞了傳統的倫理與信仰。在飲下「愛之泉水」之前，愛的神祕原動力已經在兩人身上暗中產生作用，而所謂的精神上純潔之愛（Minne）只是一項習俗的，表面必須做作的事了，於是特里斯坦和伊素爾德遂破壞了宮廷社會和傳統的條律。後有一薩克森人海英利希・封・佛萊堡（Heinrich von Freiburg）約在

1286年至1290年間任職於波希米亞的布拉格王宮中，續寫了斯特拉斯堡的《特里斯坦與伊素爾德》，情節如下：

特里斯坦後來娶了同名的伊素爾德‧魏斯漢德，以了慰相思之苦，一次被毒箭所傷，遂派人前往馬可王宮找伊素爾德前來治療（按伊原爲懂得醫療的巫師之女），相約如她乘船前來時以白帆爲記號。當船將駛近時，其妻伊素爾德妒火中燒，謊稱爲一掛黑帆的船，尚存一線希望的特里斯坦遂氣絕而死，千里迢迢趕來的伊素爾德傷心特里斯坦之死，也心碎而亡。後兩人墓上的玫瑰與葡萄枝葉茂盛，盤根錯交，象徵其至死不渝的愛情。

這個中古世紀流傳於歐洲北方的愛情故事，披上騎士精神的外衣，顯示用純潔之愛慕所塑鑄的宮廷文化達於頂峰。另一方面更明顯地指出，那變了質的「純潔之愛」危及這種文化，太重視愛情的力量是有害武士們的信條，亦正因如此，這部敘事詩仍以悲劇收場。

（二）宮廷抒情詩

中古德文抒情詩體是集箴言詩與騎士歌頌其所侍候的貴婦人之戀愛抒情詩之大成。

在法國的戀愛抒情詩（見註⑨）傳入之前，德國已有歌頌精神上純潔之愛的騎士抒情詩⑮與混雜以拉丁文編成的諷刺詩歌⑯，而等到正統的法國抒情詩（即 Troubadour）在德國被肯定，並競相摹仿時，詩歌遂成爲藝術最高的評價，一時大師輩出⑰「戀愛詩」（Minnesang）的著作成績斐然。而其中在藝術形式上達於登峰造極，蔚爲奇葩，堪稱德國中古世紀抒情詩的巨擘，則首推瓦爾特‧封‧德‧佛格爾懷得（Walther von der Vogelweide）。

佛格爾懷得（約1170年至1230年）生於奧地利區的提羅（Tirol），是中古世紀除了艾申巴赫之外，最偉大的德國詩人。一生顛沛流離，四處流浪，約1190年曾在維也納宮廷跟從哈根奧（見註⑰）學詩。1198年當奧地利的佛列德利希一世去世後，他就離開了維也納。爲了找尋一位能庇護他的施主，遂當「吟遊詩人」，從一宮到一宮，他的施主曾有帕騷（Passau）的主教渥爾夫格（Wolfger）、圖林根的赫曼伯爵、斯華本公侯國的菲立浦公爵及奧圖四世，最後是紅鬍王的孫子佛列德利希二世於

1220年在烏茨堡（Würzburg）賜給他采邑，1230年即死於該地。

佛格爾懷得是位具有語言天才與學養的人，其根深蒂固的德意志民族性與自覺，深具嚴肅的倫理觀念的教養，虔誠的信仰、勇氣及騎士精神使他成為當時最出類拔萃、廣受世人推崇的詩人。他的賦詩才能是多方面的，不同於只寫戀愛之歌的前輩（見註⑰），也不同於專寫箴言詩的斯培爾佛格⑱及後繼者，他的人品與作品代表了德國「戀愛詩」的黃金時代。

在抒情詩歌史上，他當個「戀愛詩」的創作者有其革命性的意義，即革新傳統的法國式戀愛詩，反對詩歌上矯揉造作的風格，突破宮廷詩詞韻文文學的形式與技巧，提倡以具古老民族特性的方式，發自內心素樸單純的感情來歌詠。當佛格爾懷得賦詩讚美貴婦人時，他對被讚者外表的美麗與內心的高貴同樣重視，在讚美貴婦人的詩中，把愛之尊敬與民族的崇高感覺融合為一。「愛」在他看來，不只是要能贏得女主人的青睞，而且還要發自內心的共鳴。

「什麼是精神上純潔的戀愛呢？」他說：

「有人告訴我，愛是什麼？

愛是兩顆心的喜悅，

兩顆心互相平分，這就是愛。」⑲

除了對貴婦人獻詩之外，他並提倡也可以對身分較低的少女獻詩。他以自然，發自內心單純的動機，屬於個人的愛的語調吟詠了輕鬆活潑、悅耳且富機智的抒情詩，表達平民之女對愛情的歡樂與痛苦的感受。〈給可愛的小姐〉是一首獻給平民之女的愛情詩，他表達出少女的玻璃戒指對他而言，比一位貴婦人的金戒指更可愛、更有價值。〈在荒野的菩提樹下〉是一首以少女純真的語氣歌詠春日原野上情侶相逢的喜悅，詩中流露出高雅、悅耳動聽的音調、官能性的感受。〈小姐，請接受這個花環〉、〈可愛的小姐〉等，這些詩歌均能表達佛格爾懷得的新理想——即對平民少女一視同仁。除了歌詠生活的歡樂、貴婦人、平民少女之外，尚有歌詠大自然的〈歡樂的五月〉、〈春之渴望〉。他也是第一位以德意志之語言寫民族詩歌的人，其抒情詩頗富民歌的風味，後來的德國抒情詩歌的演進深受其影響。另一種詩體——箴言詩也不受外來的影響，並且有史上難得一見的成

就。他那深具教化力量與簡潔且具見識的箴言詩，是由生活中長年累積的智慧與其高瞻遠矚寫成的。

　　佛格爾懷得詩人的地位更具有代表意義的是，他不僅為德國民歌的創始者，而且他也是愛國歌的首倡者。當時皇帝與教皇之爭是世界性的大事，他本人則具有斯陶芬王朝的帝國思想，並以此為根源，思考皇帝與帝國之關係，希望德意志帝國統一強大。他反對教皇擴張勢力，並抨擊羅馬教皇對德國內政的干涉。他雖厲言譴責教皇與教堂的政治勢力，但他也是個虔誠的基督徒；他深信皇帝和帝國受「神」的委託，負有治理俗世的任務，而教皇和教堂受「神」的委託，負有向世上宣告安全幸福的任務，因此瓦爾特以建議與警告雙重痛苦的語氣反對教皇的政治干涉。〈我坐在石頭上〉是其著名的政治詩歌，他也因此成了第一位德國的政治詩人。保存至今的海德堡詩選一份手抄本中，有一張佛格爾懷得的畫像，他沉思地坐在石頭上，雙腿交叉著，日夜不安地思考著時代的問題。當亨利六世突於1197 年去世，皇位繼承問題引起了爭論，許多外國勢力和教皇都曾企圖干涉這個爭執，在此危急之際，瓦爾特勇敢地站在斯陶芬家族的菲利浦公爵（為亨利六世之弟，1198 年即位）一邊，他寫了那首史上著名的〈我聽到江河的水在急流〉，譴責外來的干涉。佛格爾懷得目睹王朝的興衰，悲嘆騎士精神的凋零，1227 年他的一首輓詩是這樣寫的：「一生歲月如此消逝！是夢是真？」[20]

（三）英雄詠史詩

　　英雄詠史詩又稱民族史詩，西歐各國在其民族國家形成之前，皆有許多流傳至今，且反映出具有重大意義的歷史事件，塑造著名的英雄形象民族史詩[21]。而涵蓋日耳曼民族精神與傳統最悲壯、最雄偉的一部敘述英雄事蹟的英雄史詩——《尼布龍根之歌》（Nibelungenlied）[22]，是約當西元1200 年左右多瑙河流域奧地利文化區域一位佚名的詩人根據多種神話和歷史傳說，融合當時人們生活和思想感情寫成的，共計9516 行，分上、下兩部。

　　尼布龍根之歌的取材、時代背景、主題動機、人物形象是要追溯到民族大遷徙時期，綜合多種不同的線索而成。因此人物與故事的情節錯綜複

雜。歷史上記載布根地王國曾於西元 437 年亡於入侵的匈奴族，匈奴族的名王阿提拉（Attila，406 年至 453 年，在位期間為 433 年至 453 年，尼布龍根之歌改其名為艾柴爾 Etzel）未曾參與此戰役，而史詩的佈局是把他安排成為消滅布根地王國的罪魁。歷史上的記載是匈奴王阿提拉娶日耳曼東哥德族的公主喜荻寇（Hildico）為妻，翌日卻被發現死於新婚之夜。而史詩卻把他安排成為阿提拉強迫布根地國王耿特（Gunther）把其妹克琳喜爾德（Kriemhild）嫁給他，又她因要報復其兄被匈奴王殺死之仇，遂佯裝下嫁匈奴王，再伺機報仇。另一尼布龍根之歌的線索為八世紀左右有一佚名的巴伐利亞詩人寫成克琳喜爾德是因為欲獲全部寶藏未果，憤而殺其族人，如此一來權臣哈根（Hagen）的造型就顯得相當突出與重要。另外一個作尼布龍根之歌的詩人，其素材來源卻是取自北歐文化「艾達」（Edda）裡所記載的古《西古德之歌》㉓，為講述西古德和布倫喜爾德（Brunhild）之故事。相傳西古德幼時失怙，被一矮人所領養，及長，力氣過人，其主人為其鑄利劍，囑之前往竊取由一毒龍守護之尼布龍根寶藏。西古德殺死毒龍，獲得隱身帽與寶藏。龍死後，血流成池，樹上有神鳥告訴西古德，浴於血池中可保刀劍不傷，西古德遂縱身入池，適有一片菩提葉落其肩上（此處即為其後致命傷），神鳥又告知渥旦神（Wodan）之女，即戰爭之守護神布倫喜爾德被困火山上。西古德遂動身前往解救之，她告知因違抗奧丁神（Odin）之命而被罰，只有一位不知懼怕為何物的英雄才能拯救她，兩人遂立下愛的誓言。此即為西古德與女戰神之一段情，尼布龍根之歌據此改寫西格佛里背信娶耿特之妹，故布倫喜爾德由愛生恨，西格佛里終遭殺身之禍。

　　綜合上述各線索，約在 1200 年所寫成的這部可歌可泣、留傳最廣的史詩，其內容則為舉世無雙的英雄西格佛里戰勝毒龍，獲得全部寶藏。因慕名布根地王耿特之妹克琳喜爾德之美貌，遂前往布根地求婚。耿特答應西格佛里，但必須先助她娶得北方冰島女王布倫喜爾德，西格佛里遂用隱身帽及各種計策贏得布倫喜爾德之挑戰。後來在一次宴會上，兩位女王為了誰的丈夫比較英勇而爭吵起來，克琳喜爾德說出實情，布倫喜爾德遂懷恨在心，欲思報復，乃唆使耿特親信哈根刺殺西格佛里以洩心中之恨，上

部敘述至此。下部則敘述克琳喜爾德悲其夫之死，因而改醮匈奴王艾柴爾，欲藉匈奴王之力屠殺布根地人以報復。後克琳喜爾德邀請其兄、哈根及布根地族人前往匈奴王宮作客，欲在席中將其全數殲滅。當狡猾的哈根說在其主人未死之前，他拒絕說出寶藏之藏處，克琳喜爾德遂先殺耿特，再以西格佛里的寶劍殺哈根，而克琳喜爾德最後也被其時涉留匈奴的東哥德族國王的守衛將軍殺死，全詩至此終了。

　　貫穿全詩強而有力的主題是，西格佛里之妻克琳喜爾德的復仇意念。作者把克琳喜爾德塑造成文學裡的悲劇形象。她從一位天真活潑可愛的少女，變成少婦，最後因懷疑與過度悲傷而成一位心懷怨懟，一心一意只想完成復仇意願的可怕復仇者，她的個性與命運從頭到尾與這首大史詩息息相關。日耳曼的基本精神——忠實與貞靜表露無遺，基於對其夫忠誠，至死不渝之觀念使克琳喜爾德不惜殺死其兄弟與全族人，基於對主上之忠誠，使哈根拚死效命，全力以赴。尼布龍根之歌雖作於推行騎士制度的斯陶芬時代，武士們的新人生觀與基督教的精神觀念仍不顯著；詩中雖有描述會院禮拜與彌撒等基督教儀式，但這只是表面的，反觀詩中描繪戰鬥的始末場面，極其壯觀詳盡，兩族戰士奮不顧身，英勇地為維護榮譽而犧牲，極其感人。故本史詩其基本精神仍是日耳曼式的英勇與效忠態度，以及其悲劇性的人生觀。

　　尼布龍根之歌是中古世紀的一部偉大的著作，描述日耳曼民族性的根源力量。在德國文學史上，它是無數的作家最喜歡引用的題材。雖然在德國的啟蒙主義文藝思潮時期被忽略了，但在浪漫主義時期卻重新被肯定其價值。其中華格納以之為素材（根據艾達傳說），寫成四部曲的音樂劇「尼布龍根的指環」（Ring des Nibelungen）[24]。大劇作家赫伯爾則根據中古德文的史詩撰成三部情節連貫的劇作《尼布龍根》（Die Nibelungen）[25]。歌德常勸人一定要讀尼布龍根之歌，並給予崇高的評價：「每一個人皆應該認識此作，並依個人能力的標準而接受此史詩的影響。」[26]在近代能把此文學作品中的精神以最佳藝術手法表現出來的是女詩人阿格尼斯‧米格爾（Agnes Miegel，1879年至1964年）所寫的《尼布龍根歌謠》（Nibelungenballade）。

　　此時期除了尼布龍根之外，另有一部《古德倫之歌》（Gudrunlied 或 Kudrunlied）。也是巴伐利亞奧地利區一位佚名的詩人作於 1240 年，但直到 1817 年才被發現，描寫愛爾蘭王哈根（Hagen）與其妻喜爾德（Hilde）所生之女古德倫，也經歷了十年的守節，才得受未婚夫的搭救，與他團圓。這是以古時北海之濱，維金族（Wikinger）與諾曼族（Normannen）爲背景的一段故事，立意是表示德意志婦女的貞節和忍耐，它與以復仇爲念的《尼布龍根之歌》最大不同之處爲諒解與基督教精神的寬恕和諧之意念。

　　這兩首長詩立意雖背道而馳，但皆是德國中古文學的結晶，由此可看出日耳曼民族性的根源力量，對於自然界現象和社會生活的矛盾變化之主觀觀念與無法擺脫的命運，表示了對自然力的挑戰和對理想的追求。

結　論

　　受基督教的影響，加上宮廷社會刻意的陶冶，這些滿身粗獷的戰鬥武士一變而爲溫文儒雅的騎士，對神、國家、民族、君主和其所選擇的貴婦人效命，使騎士的理想與精神達於頂點，造就西方中古社會的盛世。騎士制度與精神是否完美無缺，實在很難下定義，因爲隨著時代的變遷，皇帝的權力下移到各個地區的許多侯王之手，加以在最後數十年之間，德意志的皇統無法持續，如無皇帝與帝國對騎士們來說就是大勢已去，什麼都沒有了。封建制度落沒了，騎士制度也隨之瓦解，這種保護貴族自我的騎士精神，維護封建特權階級的騎士，其講究虛禮、客套、體恤弱者與不幸者的美德和羅曼蒂克式傳統騎士的「純潔之愛」漸漸淪爲做作，騎士們淪爲橫暴粗鄙的好挑釁者，騎士精神蕩然無存，難與新興的城市、市民階級爭一長短。但不容否認，騎士精神對於規範中古人類行爲的影響仍然有其不可磨滅的意義。至少「騎士愛」昇華爲精神上的愛慕與宗教式的摯愛，在倫理的束縛上，約束了一些不易自制、易於衝動魯莽的貴族，發揮了極大的效力。德國的騎士文學作品雖然大都襲自法國作品，但仍以其固有的民族思想、語言、傳說、風格再加上理想的騎士精神通過藝術的手法，造就屬於自己的文學。

　　騎士文學在逐漸走下坡的騎士制度裡終於一蹶不振，最後一部僅存並具代表意義的文學作品是約在 1280 年由維恩赫爾‧加騰阿雷（Wernher der Gartenaere，13 世紀後半期）所寫的《罕姆布雷希特》（Helmbrecht）。出自良好富農家庭的罕姆布雷希特嚮往騎士的生活，但卻誤與一批打家劫舍的騎士爲伍，最後終於被捕，判絞刑而死。1300 年左右騎士文學可說已成絕響。曾經一度居於文藝保護者地位的騎士，得把這棒子交給逐漸抬頭的市民階級了，於是另一個平民文學代之而起；中古世紀南部德語鼎盛時期的文學，盡力尋找神與尋求人生在世之可能性，並追求人類眞善美的生活。這一追求人類的新形象所創的新時代，亦即文學上的文藝復興（Renaissance）與人文主義（Humanismus）。

註　釋

① 日耳曼族或稱條頓族（Teutons），包括各種族，原分散在羅馬帝國北疆的萊茵河與多瑙河對岸，在羅馬大帝國統治的時候，爲一既不會寫，也不會讀的落後部族，當時，希臘人與羅馬人一概稱之爲蠻族。西元第 4 世紀末葉起，日耳曼人渡河入侵帝國，此即日耳曼史中記載的「民族大遷徙」（Völkerwanderung），而西方歷史則通稱爲「蠻族入侵」。這些蠻族終於在 476 年滅亡西羅馬帝國。之後在羅馬帝國版圖中，各日耳曼部族紛紛建國，此時各部族此起彼落，後由日耳曼部族中居領導地位的法蘭克族查理曼大帝於 768 年統一萊茵河岸及法國北部的其他日耳曼族，建立了第一個日耳曼帝國，此時才開始有文獻的記載，查理曼大帝稱帝凡 46 年；並於西元 800 年建立了新的西部帝國，它西起法國，東至易北河（同時亦將基督教的勢力擴展至此），查理曼即爲後來德國人所稱的卡爾大帝（Karl der Große），法國人稱之爲查理曼大帝（Charlemagne）。由此開始了屬於德國自己的文化和歷史。而德意志（Deutsch）這一個字詞也於此時期逐漸醞釀而成，原意爲符合各種族的一致性，各族皆能瞭解的語言，意指「自己民族的」。德國人爲日耳曼的直系子孫，雖遲至 1871 年才完成統一，然而卻在歐洲史上占著重要的地位，並在現代的政治舞臺上扮演一舉足輕重的角色。

② 最早的一篇文學作品約爲西元 800 多年左右，由兩個佚名的會士以古德文寫成歌頌英雄事蹟的《喜爾德布蘭德之歌》（Hildebrandslied）。Mönch 在此不譯成僧侶，是因爲當時尚無現代一般人所稱的基督教，而是「天主教會士」（爲教會專有名稱）。

③ 9 世紀初在上巴伐利亞的聖本篤會院魏索布倫（Wessobrunn）發現的歌頌全能之神創造世界的《魏索布倫祈禱文》（das Wessobrunn Gebet）。另有同時在雷根斯堡（Regensburg）發現的以古德文寫成押頭韻的《穆斯匹里》（das Muspilli），內容與魏索布倫祈禱文相反，講的是世界的毀滅，人死後靈魂的歸宿。西元 830 年左右一位佚名的薩克森會士寫《救世主》（Heliand）。最出色的一本是約西元 865 年在亞爾薩斯一位叫奧特弗利・封・威森堡（Otfried von Weissenburg）的會士所寫的《福音書》

（Evangelienbuch），內容講述基督的一生。

④ 俗世文學又稱拉丁文學。西元約 920 年，聖加倫會院（St. Gallen）會士艾克哈特（Ekkehart，約 900 年至 973 年）以拉丁文的六音步詩寫成《瓦爾特哈留的強硬手腕》（Waltharius manu fortis），亦即各種流傳手抄本通稱的《瓦爾特哈利之歌》（Waltharilied）。敘述亞奎丹尼地方的英雄瓦爾特被匈奴族擄去當人質，後乘機逃走之故事。詩中頌讚日耳曼武士的勇敢、忠誠，並崇尚個人的榮譽與犧牲的精神。

薩克森貴族出身的女尼賀洛斯威塔‧封‧甘得斯罕（Hrotsvitha von Gandersheim，約 935 年至 980 年），仿羅馬喜劇家普勞圖斯（Plautus）與忒連次（Terenz）以拉丁文寫成許多戲劇，內容皆是女殉教者和信仰神之英雄事蹟，強調貞操之重要，語言流利，有詼諧的幽默，但題材千篇一律，《亞伯拉罕》（Abraham）是她最好的一部作品。

忒根湖（Tegernsee）會院，一佚名會士於西元約 1050 年以拉丁文六腳韻寫成的第一部德國小說《盧奧得利布》（Ruodlieb）。諾特可（Notker Labeo，約 950 年至 1022 年）為聖加倫會院學校之院長，致力於德語之創作，使德語成為具精神與藝術的文化語言，以混合德語與拉丁語流暢而美麗的散文來譯艱深的古羅馬作品（如 Beothius，Vergil，Terenz 諸作家之作品）和聖經，如《讚美歌》（Psalmen）和《約伯記》（Hiob）。

奧特弗利的詩詞和諾特可的散文使德國的文學德國化，德國人才開始有真正屬於自己的精神生活。

⑤ 12 世紀初宗教思想與信仰仍然充斥文學作品。邦伯爾（Bamberg）的會士艾丑（Ezzo）於西元 1060 年和他的主教去朝聖，之後寫了讚揚基督具有神奇力量的《艾丑之歌》（Ezzolied）。

約 1070 年受到克律尼會院（Cluny）苦修觀念的影響，出現一篇以古德文書寫的《切記死亡》（Memento mori），西元約 1080 年科隆大主教阿諾（Anno）再根據其詩描述教士們之行善與神顯聖的《阿諾之歌》（Annolied）。西元約 1125 年麥爾克會院（Melk）附近一位女隱士阿娃女士（Frau Ava）寫成《耶穌之一生》（Leben Jesu），敘述世人瞭解耶穌所受的苦難，表達俗世人對基督的虔誠。西元約 1130 年莫塞爾（Mosel）的傳教士蘭普列希特（Pfaffe Lamprecht）根據法國作家阿伯力克‧德‧柏桑松（Alberic de Besançon）之資料寫成歌頌英雄冒險事蹟與融合基督精神的《亞歷山大之歌》（Alexanderlied）。

西元約 1160 年傳教士海英利希‧封‧麥爾克（Heinrich von Melk）寫

有《死亡之回憶》（Von des tôdes gehügede），他攻擊各階層：教士的荒淫生活、教會的腐敗、貴族們的驕奢淫逸、貪心的農夫的罪過，並生動地描述地獄的殘酷與天堂的光明。

西元約 1145 年至 1170 年之間，巴伐利亞雷根斯堡受克律尼修道理想所影響的孔拉德會士（Pfaffe Konrad），根據法國古老的民族英雄史詩（Chanson de Roland）寫成《羅蘭之歌》（Rolandslied），敘述查理曼大帝征戰回教徒，英雄羅蘭（查理曼之姪兒）奮勇捐軀之故事。孔拉德大篇幅的以神學觀點討論戰事始末，以信仰基督教的戰士負有征伐異教徒的任務為主，戰士的目的不為名譽、征服及救贖，只求服從神旨、得到永生。文中並有無數禮拜儀式的用語和虔誠的佈道儀式，使全書充滿說教的道德意味。它與只以國家立場來描述戰爭的法國英雄史詩不同，為典型德國精神史詩之源。西元約 1172 年奧格斯堡（Augsburg）的會士維倫赫爾（Wernher）寫成有關《聖母瑪莉亞生平》（Marienleben）的詩作。

⑥ 另一個巔峰時期是 18 至 19 世紀以歌德（Goethe，1749 年至 1832 年）和席勒（Schiller，1759 年至 1805 年）所領導的德國古典主義文學。

⑦ 第一次十字軍東征起於 1096 年，由隱士彼德（Peter the Hermit）所領導，結束於 1270 年由法國國王路易第九領導的第八次。而紅鬍王本人則也響應教皇的「光復聖地」之呼籲，於 1190 年 6 月率領第三次十字軍東征，時年67 歲，不幸在小亞細亞之西利西河渡河時溺斃，遂葬於彼地。

⑧ 根據羅馬史學家塔西土斯（Tacitus）於耶穌誕生後第 98 年所著《日耳曼誌》（Germania）中記載。

⑨ 歌頌騎士與其戀人純潔之愛的騎士抒情詩最早起源於法國。12 世紀法國南部普羅文斯（Provence）地方的騎士抒情詩尤其盛行，這些在各諸侯宮廷中作客的抒情詩人稱為特魯白杜爾（Troubadour）；寫作的主要形式包括情歌、感興詩、辯論詩、牧歌、晨歌、小夜曲等，多以愛情為題材（也有描寫武功的），內容主要是讚美女性、歌頌愛情。後來這些歌唱愛情與戰爭的抒情詩人雲遊四方，周遊各地，在華貴的邸第前，在農民集居的邨莊中，一面編擬詩句，一面引吭高歌。而當時保護獎勵抒情詩人不遺餘力的是法王路易七世之妻艾琳羅（Eleanor，1122 年至 1204 年）。法國北方的行吟詩人稱為特魯威爾（Trouvère），不僅寫抒情詩，還寫敘事詩。主要詩人是在作品中塑造理想的騎士形象的克雷田‧德‧特洛伊（Chrétien de Troyes）；德國的騎士詩人受克氏影響最大，皆視其作品為藍本，加以模仿。這類敘事詩主要有 8000 至 10000 行的八音節詩句的長篇故事詩，也

有數百行的短篇故事詩，有從希臘、羅馬故事取材的，以敘述亞歷山大的言行武功爲中心的《亞歷山大傳》，有敘述英國亞瑟王及其武士的故事，如《亞瑟王之死》、《特里斯坦和伊素爾德》、《聖杯》，有描寫法蘭克王國查理曼大帝及其武士之武功的，如膾炙人口的《羅蘭之歌》，還有取材自東方拜占庭描寫戀愛故事的《奧開森和尼柯萊》。

法國的騎士詩詞韻文學從法國的北方傳到荷蘭，再從荷蘭傳到萊茵河流域，最後進入德國的中部地區。而這些受法國影響的德國宮廷敘事、詠史詩講求有規則的成對押韻詩詞。

⑩ 中古世紀的詩人其姓名、出生年代及地點至今無法詳細得知，如佚姓只好以其出生地爲代表，故常有以封（von）代之，意指來自何處。

⑪ Grabert-Mulot-Nürnberger: Geschichte der deutschen Literatur. Bayrischer Schulbuch-Verlag 1981, S. 26.

⑫ 不列顛的亞瑟王（Artus）於西元 500 年率衆抵禦入侵的薩克森人。亞瑟王在位時，廣召天下英雄爲其效勞，如武士們能屬於其圓桌的一員，則視爲終生莫大的榮譽。Erec、Ivain、Gauvain 和 Perceval 皆爲亞瑟王宮廷著名的英雄。後世描述這些英雄們的事蹟層出不窮。克雷田敘述亞瑟王的英雄 Erec、Yvain、Perceval 的故事，德國的作家再模仿克氏。艾申巴赫也仿克氏的題材，而艾氏命名爲 Parzival。

⑬ 相傳聖杯爲耶穌與其門徒最後的晚餐時所用之杯，有各種不同的傳說：由一神選騎士團守護著，每年於耶穌升天時，即有一鴿子出現，帶來上天的意旨，賦予聖杯神奇的力量，所祈求之事皆能兌現。艾氏引用「聖杯」一事，立意爲騎士最終的生命之源仍是神，而不是俗世之物。

⑭ 見註⑪，S.28.

⑮ 「戀愛詩」早期的大師爲庫倫伯格（Kürenberger，約 1150 年至 1170 年），是奧地利林茲（Linz）的騎士，也是德國最早作「戀愛詩」的詩人。其詩完全不受外國（指法國）的影響，他最著名的抒情詩是《火炬之歌》。因爲其詩歌之章節的形式類似英雄詠史詩《尼布龍根之歌》，因此有一陣子被猜測爲尼布龍根之歌的作者。

狄特馬・封・艾斯特（Dietmar von Aist，約 1140 年至 1170 年）在男女對唱中以簡潔民歌式的方法，表達雙方直接的感覺與愛情的經驗。

梅埃洛荷・封・涉維林根（Meinloch von Sevelingen，1200 年前）爲斯華本公侯國的騎士，以古老的本地形式作抒情詩。

⑯ 拉丁唱遊詩人（Vaganten）爲 12 世紀至 14 世紀歐洲的流浪詩人，源自

法國。大都是沒有固定收入的教士，或是離開學校流浪的大學生，後來也有一些破產的市民和地位卑微的小騎士。他們吟唱以拉丁文編成的諷刺詩歌，常常揭露神父和教會的貪婪、腐化和僞善。反對禁慾主義，歌頌歡樂的人生、醇酒、美人和愛情，因此後來遭到教會的迫害。15 世紀後，隨著民族國家的不斷形成，這種詩人也逐漸消失，其所著的一些優美詩歌後人收集成冊（Carmina burana），作者皆不詳。

⑰ 德國的抒情詩大師有海英利希‧封‧魏爾德克（Heinrich von Veldke），除寫敘事詩之外也兼寫抒情詩，與他同時代之詩人皆受其影響。參看「騎士敘事詩」一節。

佛烈德利希‧封‧豪生（Friedrich von Hausen）是斯陶芬王朝最著名的詩人。他與其主人兼朋友紅鬍王一樣在 1190 年死於第三次十字軍東征，是第一個最偉大的古典愛情抒情詩作者，也是作第一首十字軍歌的詩人，他在歌中指陳「戀人的侍候」與「十字軍東征的義務」之間的衝突。海英利希‧封‧莫倫根（Heinrich von Morungen，約 1150 年至 1222 年）是圖林根宮廷的詩人。他模仿法國普羅文斯（見註⑨）的作品，改寫古希臘、羅馬的作品，並從這些詩中取其精華，發展成自己的德文歌。

萊恩馬‧封‧哈根奧（Reinmar von Hagenau，約 1160 年至 1200 年）長住維也納利奧波六世（Leopold VI.）的宮中，並陪其主人參加十字軍東征。常把內心的悲哀與渴望反射在作品裡，是在古典愛情之歌中加進痛苦的、輓歌式音調之首創人。他是佛格爾懷得的老師。

⑱ 斯培爾佛格（Spervogel）也稱 Herger，約生於 1150 年左右，出自平民階級，所著 28 首箴言詩爲現在仍保存的最古老箴言詩。它是以詩歌的方式寫成，包括一般性的日常生活經驗、倫理教化與智慧式的格言。

⑲ 見註⑪，S. 35.

⑳ Walther von der Vogelweide; Gedichte Mittelhochdeutscher Text und Übertragung. Fischer Taschenbuch Veralg, Frankfurt am Main 1971, S. 109.

㉑ 西班牙的史詩有《喜德》（Cid），喜德爲西班牙民族英雄 Ruy Diaz 的別稱，爲西元 11 世紀後半期之人，出身於卡斯提爾之貴族。喜德英勇無匹，歷事穆斯林統治者及基督教統治者數人。西元 1094 年自立於瓦倫喜亞（Valencia）。《喜德》爲史詩之名稱，尚有劇本數卷亦以喜德之故事爲題材。

法國的史詩有《羅蘭之歌》，描述西元 778 年查理曼大帝率兵攻西班牙回

教徒之薩拉哥薩城（Saragossa），不克，撤兵還。相傳殿後之師爲其姪羅蘭所統率，經過庇里牛斯山時爲巴斯基人（Basques）所乘，輜重盡失，羅蘭奮力血戰，不敵而死。《羅蘭之歌》即附會此段史實，演爲長歌，敘述其英勇故事。其寫成之期約在西元 1066 年至 1099 年之間，執筆者大約爲一諾曼人（見註⑤）。西、法兩國的史詩較爲寫實，德國史詩仍雜有神話及傳說。

㉒ 1200 年前已有多種不同的尼布龍根傳說出現，至今保有 32 種手抄本（其中的 10 種較完整，另 22 種不完全）。

㉓ 根據北歐神話《艾達》（Edda）之記載，西古德（Sigurd）是西格佛里（Siegfried）的北方名字。

㉔ 理查·華格納（Richard Wagner，1813 年至 1883 年）爲德國著名的作曲家兼戲劇家。其所著音樂劇腳本皆取自中古世紀的題材，有中古世紀戀愛抒情詩人《唐懷瑟》（Tannhäuser）、聖杯守護王帕奇划爾之子，即天鵝騎士《隆恩格林》（Lohengrin）、摹仿斯特拉斯堡的《特里斯坦與伊素爾德》（Tristan und Isolde）及《帕齊划爾》（Parsifal）。需要連續上演 4 天的《尼布龍根指環》分四部：1. 爲「萊茵之黃金」（Das Rheingold）2. 爲「華爾克爾」（Die Walküre）3.「西格佛里」（Siegfried）4. 爲「諸神之黃昏」（Götterdämmerung）。

㉕ 佛利德利希·赫伯爾（Friedrich Hebbel，1818 年至 1863 年）爲浪漫主義時期著名劇作家。其《尼布龍根》三部劇第一部爲「有角質皮膚的西格佛里」（Der gehörnte Siegfried），第二部爲「西格佛里之死」（Siegfrieds Tod），第三部爲「克琳喜爾德的復仇」（Kriemhilds Rache）。

㉖ 見註⑪，S.38.

細說路德與德國語言及文學之關聯

前　言

　　馬丁・路德（Martin Luther，1483 年至 1546 年）這位震古鑠今的人物，其宗教改革的非凡貢獻，無人不知，無人不曉。尤其他對統一德語的努力，德國人感同身受，無不崇敬景仰萬分。如果沒有路德，現今的德語也就不能統一，德國人要使用自己的母語——德語，勢必造成困擾。尤其是我們的母語（漢語）和德語本來就是一種截然不同、相差十萬八千里的語言，如要學習形式上不統一的德語恐怕就更加困難了，幸好經路德的努力，才有今日所通用的德語。否則語言不統一，莫衷一是，對外國人，尤其是使用漢藏語系的我們，談何容易？那麼路德是否一生下來就立志當語言學家？也不是，那麼是怎麼樣的因緣際會使他去從事語言統一的工作？這就得從他的生平及時代背景談起了。

一　路德其人其事

　　馬丁・路德生於薩克森選侯區的艾斯雷本（Eisleben），即今德東地區，距萊比錫（Leipzig）西北 65 公里處；兄妹 6 人，父為礦工，時常酗酒，對子女管教甚嚴。路德自幼聰慧，上進力強，於 1501 年遵照父母的意願就讀艾福特（Erfurt）大學的法律系和哲學系，接受人文主義思想。於 1505 年的 7 月 17 日不顧父親的反對，毅然進入艾福特的聖奧古斯丁修道院（Augustiner-Eremitenkloster）。原因是在 1505 年的 7 月 2 日於獲得法律碩士學位後，返家探望父母，在返校途中，歷經一場雷電交加的暴風雨，一道閃電劃過他的身旁，他向聖母之母——聖安娜（St. Anna）許願，如平安脫險，將終身為修道士。[①]1507 年路德晉陞司鐸，1510 年至 1511 年因會務而去羅馬，目睹教廷之奢華，深受刺激。1512 年獲威騰堡（Wittenberg）大學神學博士學位，並任該校神學教授。他的教授法與佈道極受學生歡迎。他的膽量也極大，公開將自己的意見說出來。同時，他對靈魂獲得拯救的問題也極為關切。就在此時，路德的心靈開始悲觀起來，無數的神學問題困擾著他，如「人類將能得救與否？」對「審判」、「罪」等，深感恐懼。漸漸地，路德開始考慮人們是否能做任何事情來取悅上帝，他對於這個問題的答案是「不可能」。路德認為人類唯一的希

望，只有每個人用單純而誠篤的信心來信仰上帝的仁慈。

⓶ 宗教改革的時代背景

　　路德對教義的疑慮和他日後會揭竿而起、領導宗教改革的來龍去脈，我們有必要做一敘述，方能瞭解宗教改革為什麼會在德國發生，為什麼不在其他國家？德國在 16 世紀時還不是一個統一的民族國家，可以說只是一個地理名詞。德國（Deutschland）這個字指的是叫做 Deutsch 這個種族的人，他們所居住的土地（Land）。當時統治這一塊土地的是哈布斯堡（Habsburg）王朝，就在此時此地（德國）發生了宗教改革和農民戰爭兩件大事，後者是前者的持續事件，農民戰爭雖然失敗了，但宗教改革及其衍生的事件卻在德國掀起了巨大的漣漪，且意義深遠。宗教改革的背景是多方面的，分宗教、政治、經濟和思想等方面。簡述如下：

（一）宗教方面

1. 天主教的腐敗

　　神職人員私德敗壞，如教皇亞歷山大六世（Alexander VI.，1492 年至 1503 年在位）曾生有私生子女十位，而時人對此都不感訝異，甚至許多皇室以爭相與之聯姻為榮；培養神職人員的修道院過少，教士陶冶不夠，因而素質頗差；教廷出賣教職與課豁免稅，教宗利奧十世（Leo X.，1513 年至 1521 年在位）曾出賣三千餘教職，豁免婚姻受阻礙的人或修會教士及修女得以還俗的聖願；贖罪券的濫售，因有利可圖，而使各方人士極思染指，並極力推銷，這種不正當的手段引起路德的忿恨，是宗教改革的導火線（詳見下述）。

2. 教宗聲譽的低落

　　十字軍東征的失敗，尤其是第四次的東征，倒行逆施，不去攻打回教徒，反而把信仰東正教的拜占庭帝國滅亡，建立一個歷時 58 年之久的東方拉丁帝國（1203 年至 1261 年）；中世紀教廷的巴比倫 70 年流亡（1305 年至 1376 年）幾乎成為法國王室的傀儡；西方基督教歷時 39 年的大分裂（1377 年至 1417 年），使西歐各國分為兩派，各擁護自己的教宗，時而兩位，甚至三位對立教宗互相開除教籍，詬罵不休。直至 1417 年康士坦茲（Konstanz）大公會議中，選馬丁五世（Martin V.，1417 年至 1431

年在位）為教宗，方宣告結束。

（二）政治方面

因德國的四分五裂，國王的無權，使德國成為當時羅馬教皇、天主教會的壓榨對象，因為這個國家的皇權無力反抗教皇、教會的經濟勒索；教會干預德國的政治生活，積極支持諸侯反對皇帝，阻撓德國統一；教皇與德國皇帝歷時不休的爭執，德國皇帝常三申五令，不讓教宗在其國授職或徵稅。

（三）經濟方面

天主教會非常富有，全歐天主教會均受羅馬教宗總管。當時德國教產占全國 $\frac{1}{5}$，有主教區 50、修道院 40，皆豪富異常，大部分都是封建時期為皇帝賜封的，如奧圖一世（Otto I.）和奧圖二世（Otto II.，973 年至983 年在位）、海英利希二世（Heinrich II.，1002 年至 1024 年在位）皆分封教會高級教士為諸侯，以與跋扈蠻橫的貴族對抗。天主教會的土地占有全德可耕地的 $\frac{1}{3}$，這樣，天主教會成了德國最大的封建領主。教會除利用土地剝削農民外，尚有權向每個農民徵收「什一稅」，即勞動收穫的 $\frac{1}{10}$ 要歸教會。此外，教會還巧立名目，例如為平定義大利教宗領土的暴亂、為籌募基金準備攻打土耳其等等名目不一的苛捐雜稅。甚至教區神父連洗禮、結婚、葬禮等雜費都向農民和小手工匠徵收。

（四）思想方面

天主教會是當時封建社會的思想統治者，教會是封建統治的思想支柱，是精神上的領袖。教會利用人們對教宗的虔誠信仰進行無恥的欺騙，最具體的方式便是要信徒購買贖罪券，上帝便會赦免罪過。教會控制人民的思想，不准對聖經的教義提出質疑。

宗教改革的遠因諸多因素醞釀已久，其近因則是教宗為重建聖彼得教堂之龐大經費而募款，便動腦筋出售贖罪券，其荒誕不稽之行徑引起路德的發難，成為宗教改革的最直接導火線。它的事情經過是這樣的：教廷為加速完竣聖彼得大殿工程，濫發贖罪券。1515 年，德國負責推銷贖罪券的是布蘭登堡總督（Markgraf von Brandenburg）之阿爾布雷希特二世

（Albrecht II.，1490 年至 1545 年），他在 1545 年當美因茲（Mainz）總主教，為德國 7 位選帝侯之一，1518 年榮任樞機，他為獲得此高級教職，曾向教廷捐款，其款是向德國名銀行家奧格斯堡的傅格家族（Fugger von Augsburg）借貸的，後得教宗利奧十世同意，將出售贖罪券的收入為己還債。阿爾布雷希特委任道明會士，一位教會官吏泰哲爾（Johann Tetzel，1456 年至 1519 年）為贖罪券佈道師。泰哲爾為引起聽眾熱心購買，不免有時誇大其詞，即贖罪券不僅可贖本人之罪，兼亦可贖其死去家屬之罪，揚言只要購買者把錢投入錢箱，其過世親友之靈魂便立刻由煉獄中超渡升天，於是捐輸者踴躍異常。1517 年 10 月他來到威騰堡相鄰之某城，其行列極盡鋪張之能事，人民夾道相迎，爭購贖罪券。路德目睹此怪現象，感慨地說：「假如上帝體會到你們推銷贖罪券的這副嘴臉，祂寧可讓聖彼得大殿倒塌，也不會用其信徒的血汗錢去建築它。」

三　宗教改革的始末

　　路德親歷這場乖謬的贖罪券鬧劇，加之他對羅馬教廷的失望與他對教義的不同觀點，終於使他在 1517 年 10 月 31 日於威騰堡大學教堂正門上，張貼 95 條對贖罪券買賣的論題，在全國引起巨大的回響，揭開宗教改革的序幕。而路德也從此時（即 1517 年）開始，不再用拉丁文寫作，改用德語書寫。他在這些論文中，不特批評，而且大力攻擊赦罪說之荒謬以及教宗的其他權力，並且聲稱願意與任何來者相辯論。茲將路德主要思想與天主教之教義對照如下：

	天主教教義	路德思想
1	人經由信仰獲得恩寵方式（這即是做聖禮、購買贖罪券和行善事）得到神的寬宥。	光憑信仰即可得到神的恩寵，根本沒有所謂的獲寬宥的方式。
2	教宗和教士從神那兒獲得全權、管理和分配這獲恩寵的方式。	並沒有特別的教宗或教士階級具有全權、管理和分配獲恩寵的方式。
3	教宗們和大公會議教導大眾「信仰的根源是聖經和傳統」。	教宗們和大公會議都有可能犯錯，聖經是唯一信仰的根源。

　　路德宣告一條個人通向上帝的路徑；根據他的教義，信仰不需要教士們來充當傳統的中間人，還進而否認任何教宗或教會有解釋基督聖訓的權力，他的主張與威克里夫（John Wyclif，1320 年至 1384 年）和胡斯（Johann Hus，約 1370 ？年至 1415 年）如出一轍。路德堅決地說，任何人都可以按照他私自所讀的聖經，調整他的生活。他的這些論證公然反教，擺明了與舊教分道揚鑣。當年 12 月，美因茲總主教阿爾布雷希特將此案上呈教廷，1518 年受奧格斯堡教會的審訊。1519 年在萊比錫與天主教神學家艾克（Johannes Eck，1486 年至 1534 年）展開神學辯論，後來，艾克揚言要控告路德。1520 年教宗以「主！請起」（Exsurge Domine）詔書指證路德 95 條論題中 41 條為謬誤，限他 60 天內悔過自新，否則將懲以開除教籍。路德致友人書曰：「我已痛下決心，無論教宗開除我的教籍，或懷柔我，我全不在乎。」1520 年發表 4 份重要文告〈從教宗制度到羅馬〉（Von dem Papsttum zu Rom）、〈致德意志民族基督教貴族書〉（An den christlichen Adel deutscher Nation）、〈論教會的巴比倫囚禁〉（Die babylonische Gefangenschaft der Kirche）和〈論基督教徒的自由〉（Von der Freiheit eines Christenmenschen），揭櫫其革教構想大綱，在德意志人渴望有一個經過革新、不依附於羅馬的教會之宗教時，路德成了他們的代言人。

　　路德決定和教廷攤牌。於 1520 年底，在威騰堡大學全體師生面前，焚燒教宗詔書「主！請起」、聖湯瑪士〔St. Thomas，1225（1226 ？）年至 1274 年〕的《神學綱要》和《教會法典》，以示絕不與羅馬妥協的決心。教宗看他毫無挽救的餘地之後，於 1521 年把他開除教籍。教宗授意德國皇帝卡爾五世（Karl V.，1500 年至 1558 年）依慣例繩之以法。但路德有薩克森選帝侯智者佛利德利希三世（Friedrich III.，der Weise，1486 年至 1525 年在位）的庇護，教宗對他暫時也莫可奈何，於是卡爾五世召他出席渥姆斯帝國會議（Reichstag von Worms），仍希望他放棄己見，萬勿在帝國中製造分裂。路德與會後，認真考慮了一天後，次日，於 4 月 18 日他當著德皇及全德諸侯面前，嚴肅而隆重的的聲明：「除非由聖經提出證據和明顯的理論證明了我的錯誤，使我折服，或是（因為我不信

任教宗，也不信大公會議的權威，因為他們常犯錯誤，甚或自相矛盾的）我所舉的各種明顯理由被證明是背離了聖經，我的良心已為上帝的聖言（聖經）所折服，我不能，也不願意取消任何聲明，因為反對良心，我認為不妥，也不相宜。因此，我堅定我的主張，我別無選擇的餘地，望上帝保佑我，阿們！」史家以此日為新教誕生日，但也有以張貼九十五條論題反駁贖罪券之日（1517 年 10 月 31 日）為新教誕生之日的主張。

㈣ 宗教改革的影響

　　路德的叛教，倡導「人人在上帝前一律平等」之說，自然影響社會秩序至鉅，喚起人民進行社會改革的觀念。首先發生了 1522 年由西金根（Franz von Sickingen，1481 年至 1523 年）領導的「騎士起義」（Aufstand der Reichsritter，1522/23），低級貴族反抗高級貴族，其支持者為人文主義者胡滕（Ulrich von Hutten，1488 年至 1523 年），以路德「福音」之名為爭平等、自由而戰，不久為高級貴族（王侯們）敉平，西金根起義失敗後，胡滕亡命瑞士而逝世於此。但令王公貴族大驚失色，深深影響德國社會則為「農民革命」（Bauernkrieg，1524/25）。日耳曼農民叛亂之目的在直接反抗貪婪無厭的封建領主——教界與俗界的對封建稅之增加。地主提高了訴訟費、勞役費和利息，使許多農民無法負擔。農民們除了主張各教區教徒有權自選教士之外，主要是要求准許狩獵、捕漁、砍柴，取消不合理的地租以及廢除農民奴隸制度。初有鄉村農奴，後有城市小民也起而響應。農民以福音的名義要求平等，他們理直氣壯地引路德的話說：「因為基督已將我們救贖，我們已獲釋放，我們是自由人了，農奴制度必須剷除！」他們提出 12 條要求（Zwölf Artikel），謂封建領主向他們所徵收之稅，實非聖經所准許的，他們既與其領主同為基督徒，則他們實無被人視作農奴之理由，應該廢除階級區別。路德是礦工之子，他起初本來同情農民，加以勸告，但農民不聽，路德極力維護和平，但由於絕大多數諸侯拒絕與農民談判，戰爭還是爆發了。農民到處搶奪貴族城堡，洗劫富有的修道院。起義很快從施瓦本經過亞爾薩斯、阿爾卑斯山地區、法蘭肯和圖林根一直蔓延到哈茨山脈。農民組成「基督聯盟」，以便用武力實現他們的要求，並強迫地主滿足他們的願望。農民領袖閔采

爾（Thomas Müntzer，約 1490 年至 1525 年）引用路德翻譯成日耳曼文聖經作爲他們的叛變理論依據，使路德震驚不已。路德看到農民燒殺劫掠，痛心不已，他明瞭再這樣下去，將對他不利。於是他一面倒地投向貴族，著〈反對暴動的農民〉（Wider die räuber. und mörder. Rotten der Bauern），鼓勵執政者向農民攻伐、殺戮、殘害。農民叛亂漫無組織，缺乏有效的軍事力量，終於被擁有武力的既得利益階級殘酷地撲滅了。

　　隨著路德劃時代的宗教改革所引發的事件平息之後，日耳曼分裂了，宗教信仰的版圖也重新分配，一部分小國家分立兩方；在北方從 1520 年至 1530 年（1530 年「奧格斯堡信條 Confessio Augustana」具體陳述新教信仰理念，清楚地和天主教劃清界限）左右，幾乎所有的王公貴族及其臣民跟隨路德，信仰新教。南方則拒絕路德的教義，仍信天主教。不久，斯堪地那維亞半島的瑞典、丹麥，以及丹麥屬地挪威和冰島，都在國王的正式命令下，以路德教義爲各該國的國教。路德不妥協式的叛變成功後，不久在歐洲其他地方也紛紛創立新教，原因是羅馬教會的俗氣和腐化使有志之士都想加以改革弊端。瑞士的茲文利（Ulrich Zwingli，1484 年至 1531 年）從事一項比較平靜的改革。日內瓦在喀爾文（Johannes Calvin，1509 年至 1564 年）的領導下，則建立了一個新的宗教和政治的政府。新教運動形成一種信仰，一種生活方式。英國的亨利八世（Henry VIII.，1491 年至 1547 年）也另創新的國教。今天在瑞士和德國有超過 50% 的人信仰新教。

五 路德與現代德語

　　路德前往渥姆斯開會接受詢問時，當時雖有皇帝保證其生命安全，但前有胡斯之惡例（於出席康士坦茲的全體宗教大會後，被活活焚死），故友人勸其勿前往，路德答曰：「渥姆斯之魔鬼雖多如屋上瓦，吾亦必前往也。」其「破釜沉舟」的勇氣誠然可嘉。會後，卡爾五世遵守其諾言，命路德安全歸去。選帝侯佛利德利希懼其被人暗算，以劫奪方式暗送路德到選帝侯所屬的瓦特堡（Wartburg）藏匿，幾年後，方公開露面。走筆至此就路德與宗教改革的始末可暫告一個段落，接下來需要轉個方向，談一談路德在德國語言及文學史上的不朽功績。這功不可沒的壯舉，即是經由他

13 年的翻譯德文本《聖經》，所使用的語言就成了德國人民的共同語言，也即經由他的翻譯工作統一了德國語言。

　　我們知道，昔日德國境內有法蘭肯族（Franken）、薩克森族（Sachsen）、巴伐利亞族（Bayern）、施瓦本族（Schwaben）和阿雷曼能族（Allemannen）等較大支脈的日耳曼族（Germanische Stämme），猶如中國有漢、滿、蒙、回、藏、苗等之分。其中，巴伐利亞

▲馬丁‧路德

族、施瓦本族及法蘭肯族分布在南部，萊茵族（Rheinlander）、普法茲族（Pfalzer）及黑森族（Hessen）分布在中部，而北部有威斯特法倫族（Westfalen）、下薩克森族（Niedersachsen）、石列斯威—霍爾斯坦族（Schleswig–Holsteiner）以及佛里斯人（Frieser）。然而這只是粗略的劃分，各族尚有許許多多的小部族，例如，巴伐利亞族尚分為上、下兩支，就如同臺灣的原住民尚有布農、雅美、泰雅、排灣、那魯灣等族的區分。他們的語言也不一樣，昔日有所謂的巴伐利亞土話、法蘭肯土話、薩克森土話等，就好比中國有各地的家鄉話：比如，福州話、廣東話、上海話、潮州話、閩南話及客家話等等，五花八門都有。當一個上巴伐利亞人和一個下薩克森族的人聊天時，如果他們都用標準的德語交談，那溝通當然是毫無困難的，如果各用各的家鄉話，那就需要借重翻譯先生居間幫忙了，由此可看出德國的方言是出奇的多。

　　那麼馬丁‧路德是怎麼著手這一件工作的呢？也許他當初根本也沒有想到他要做統一語言的先鋒。只是靜居在瓦特堡時，他即以翻譯《聖經》為事，現今通行之德文聖經，即此時期路德之翻譯作品。但是路德並非第一位把聖經翻譯為德文者，早在谷騰堡（Johannes Gutenberg，

約 1397/1400 年至 1468 年）發明活字版印刷後，到路德 1521 年重譯時，德語聖經以不同的德境方言已譯出者計有 17 種之多，但那些早期譯本晦澀難讀，常以拉丁字代之，且錯誤百出，不易普及。路德譯本之可貴，不單是他的譯本是由希臘文和希伯萊文直接譯出，而且他的譯本比較通俗、詞美、流暢明白，便於誦讀，成為日耳曼新體語文的標準。路德首先將這部聖經以在圖林根（Thüringen）一帶比較統一的薩克森（Sachsen）公文用語為基礎，吸收了中東部和中南部方言中的精華，融合了高地德語和低地德語，創造了許多新的詞彙，使在南部講高地德語和北部講低地德語的人都能夠理解。為了尋找大家能理解和接受的德語詞彙，常與各階層人民接觸。他說在翻譯過程中經常走遍大街小巷，聽聽玩耍的孩童如何說，到市集上去請教男人們詞彙用法如何，在家中也經常詢問婦人老嫗，並且字斟句酌的推敲，期能翻譯得大家都能看懂，能夠接受。路德通過翻譯聖經和他的一些著作，賦予不少德語詞彙新的釋意，使不少容易記住的慣用語和成語為全國所能接受，如「眼中釘」由「在眼睛裡」（im Auge）的「刺」（Dorn）合組成（Dorn im Auge），「代罪羔羊」由「罪行」（Sünde）及「山羊」（Bock）合組成（Sündenbock），「媽媽」（Mutter）跟我們說的語言（Sprache），合成「母語」（Muttersprache），「爸爸」（Vater）和生於此、長於此的「地方」（Land），合成「祖國」（Vaterland）。將外來語引入德語，如 Fieber（發燒）、Laterne（燈籠）、Person（人），在被方言分開的德意志各邦地區，規定了一種對所有德意志人都適用的書面語。

路德花了 13 年的時間，把《聖經》翻譯成德文，1522 年譯妥另一稿的新約並出版，1534 年完成全部的《聖經》翻譯。文詞典雅，為近代德語奠下基礎，如果沒有路德奠定這樣一種統一的書面語，德國的語言勢必分裂成為各自為政的雞同鴨講，對德國語文的發展幾乎是不可想像的。《聖經》的路德語言不只是新教（路德教）的基礎，也是整個德國民族的教育基礎。路德翻譯聖經除了成為宗教改革的開路先鋒之外，在德國的語言、文學也是重要的里程碑。

結　論

　　路德雖不是標準德語（即德國的國語）的創始人，但他將德語的形式，比如在發音、字形、變化（字尾的完整變化）、詞彙和句法統一加以規範，並貫徹執行，這可由其文稿作品的付梓看出端倪。對於一個民族的宗教與文學生活貢獻之大，很少能有與路德新、舊約譯本同日而語的。他除在宗教改革方面有一番豐功偉業外，在文學史上也流芳萬世。我們也知道「文學」與「語言」是一體兩面，猶如人的手心與手背密不可分。路德的文學著作種類繁多，計有在他擔任威騰堡大學神學教授時的「神學授課教材」、在教區傳道的佈道講詞（1925 年至 1926 年重新出版 2 大冊）、宗教修身著作、神學爭論文章（1912 年至 1921 年重新出版）、神學註釋學作品、論戰文章、席間演說／宴會上講話（1933 年重新出版）、辯論文、散文傳單（補充散文信件，於 1933 年重新出版 2 大冊）[②] 及寓言等。他所寫的宗教讚美詩歌在當時也傳頌一時，總共用德語創作 41 首宗教歌曲，有部分是他自己作詞的，有部分是譯自拉丁文的，被人們認為是 16 世紀最美的抒情作品，比如計有〈我來自上天高處〉（Vom Himmel hoch, da komm ich her）、〈聖靈降臨〉（Komm heilger Geist）和〈基督復活〉（Christ ist erstanden）。尤其是〈我們的主是一座堅固的堡壘〉（Ein' feste Burg ist unser Gott），語言簡潔有力，表達了路德派教徒團結戰鬥和勝利的信心，被恩格斯（Friedrich Engels，1820 年至 1895 年）美名為 16 世紀的〈馬賽曲〉（Marseillaise），最為膾炙人口。

　　路德的事蹟與其貢獻每每為德國人感念，在德國舉辦的「誰是對德國最有貢獻的偉人？」，年年的榜首皆是路德。直到德國統一後，方由領導德國重建、於 1953 年創造出膾炙人口的「經濟奇蹟」的艾德諾（Konrad Adenauer，1876 年至 1967 年）名列第一，路德始居第二。2017 年為路德在威騰堡張貼 95 條反對贖罪券的論題滿 500 週年的紀念日。德國現在已密鑼緊鼓地在籌備慶祝事宜。

註　釋

① 據野史記載，路德和一個同學於暑假後返校時，中途遇大暴風雨，其身旁的同學被閃電擊中死亡，路德驚懼之下，立即跪下向礦工的守護神——聖安娜許願，如助其平安脫險，將終身侍奉上帝。

② 這其中有路德曾於 1534 年 12 月 8 日回覆一位販馬商柯爾哈斯（Kohlhasse）的信函，〈An Hans Kohlhasse, Bürger und Pferdehändler in Köln a.d. Spree〉，漢斯 · 柯爾哈斯確有其人其事，他是販馬商人，路德親筆致函爲其眞名 Hans，他在 1532 年因爲二匹馬的細故和薩克森公侯國的一位貴族的農夫爭吵起來；由於受到法院不公平的判決，1534 年他憤而向這位貴族和整個薩克森公侯國發了一封挑戰書，1535 年由於他在柏林偷襲一位官員後，被逮捕，逐被判死刑，並於 1540 年 3 月 22 日在柏林被處死刑。路德的親筆函後來成爲德國浪漫主義作家克萊斯特（Heinrich von Kleist，1777 年至 1811 年）於 1810/1811 年出版的《敘事集》上冊中，一篇著名中篇小說《米夏艾爾 · 柯爾哈斯》（Michael Kohlhaas）的藍本。

雷辛與其平民悲劇
《艾米莉亞・加洛帝》

Lübeck
Hamburg   Schwerin
Bremen
Hannover   Berlin
Münster   Magdeburg
Düsseldorf   Leipzig
Kassel
Köln   Weimar   Dresden
Bonn   Kamenz
Frankfurt (Main)
Heidelberg   Nürnberg
Stuttgart
Tübingen
Freiburg   München
Füssen

前　言

雷辛（Lessing）是一位偉大的思想家、批評家、戲劇作家、散文家與美學家。他的寫作領域相當廣泛，抒情詩、寓言、機警兼含諷刺的短詩、哲學、神學、美學、語言學、教育學及戲劇方面皆有不朽的作品，尤其擅長批評與戲劇的寫作。「假如神在祂的右手已握住一切的眞理，而在祂的左手只握住追尋探求眞理的心，雖然途中有所阻礙，並常使我一再地弄錯了，而祂保持沉默並對我說：『選擇吧！』我以無比的謙虛挽住祂的左手，並

▲雷辛

說道：『父啊！遞給我這隻手吧！因爲純粹的眞理只有你一人知道。』」上面這些名言，出自雷辛 1778 年的作品《再答辯》，因爲雷辛刻劃自己的性格本質是一個「眞理的愛好者」，這與啓蒙主義的信條「要有勇氣，善用你的理智」①可謂不謀而合。雷辛（1729 年至 1871 年）生在啓蒙運動時期，而與啓蒙的思想極爲接近，因此人們習於把雷辛看成是德國在所謂啓蒙時期裡的「眞理的追尋者」。以文學的領域來區分，他是啓蒙時期的代表者。

雷辛是德國的古典作家，他的戲劇作品至今仍是最活躍於舞臺上的古典劇作之一。在德國他是最先認清莎士比亞的天分的人之一，極力讚揚莎士比亞的劇作價值②並向德國文藝界推介莎氏之劇作，影響後代甚深。同時他也是「平民悲劇」的創始人，他的理論性與批評性的作品，皆能與其戲劇作品的觀點相互印證。作爲一位時評家，雷辛的名氣也是爲人周知的。雷辛的才能爲其同代的人所驚訝與佩服，從歌德③、席勒④到斯列格爾⑤皆奉爲宗師⑥。雷辛的戲劇是維特所閱讀的最後一本書，當人們找到

垂死的維特時，發現了這一本書。《艾米莉亞‧加洛帝》被翻開著放在桌子上。我們在《少年維特的煩惱》⑦最末一頁讀到了這麼一句。《艾米莉亞‧加洛帝》是德國第一齣偉大的的悲劇，而同時也是席勒最喜愛的作品。

● 一 雷辛的悲劇理論

　　本文所要迻譯及評析的便是雷辛的傑出劇作之一，完成於 1772 年的五幕悲劇《艾米莉亞‧加洛帝》，以下簡稱《艾劇》。在文學史裡，這齣悲劇是具有革命性的，它是一齣真正的德國平民悲劇，它打破了在傳統文學理論裡只有位居高位的人才會產生出悲劇的觀念。當雷辛寫《艾劇》時，德國的戲劇寫作仍然深受法國古典流派的控制與影響。法國的古典主義有所謂的「階級條款」⑧，謂在悲劇裡只准王子、貴族和擁有頭銜的諸侯、侯爵們才能當主角，也就是在所謂的「階級限制」之下，英雄、上流人物和王公貴族們才准予在悲劇出現，而低階級的人只被安排在喜劇裡。在十八世紀中葉時，「階級條款」的理論支配悲劇的一切，否認平民在悲劇裡擁有「降落高度」⑨的本能。以前的劇作家們認為只有位居高位的人，他們的地位越高高在上，遂讓人越有「高不可攀」、「崇高的感覺」，因此從上而下的降落高度則越大，即從幸福中轉變成不幸時更能引人深思；而一般的平民則缺少這種本能，因此只能出現於喜劇裡。人們相信根據古代劇作家如亞里斯多芬斯⑩和梅安得⑪的提倡，平民只能出現於舞臺上當作被嘲笑的對象⑫。因為他們缺少崇高的身分地位，引不起觀眾的共鳴。而這些觀點在德國自奧比茲⑬以來即被奉為圭臬，一般公認平民只准出現在詼諧劇、喜劇、笑劇與鬧劇裡，而稍後在 18 世紀平民也只能出現於劇作家刻意以平民為對象，題材和內容取自和平民有關的事物的「感觸劇」⑭裡。當時韻文學的理論規則是相當嚴謹的，不准平民以「悲劇」的角色在戲院裡出現。

　　雷辛在法國大革命之前呼籲平民主角也能以悲劇的姿態出現在舞臺上，他選擇以平民為中心的題材，主要是要對他的同代人顯示證明，悲劇的命運同樣也可以降臨到平民身上，在他的戲劇理論批評作品《漢堡劇評學》（Hamburgische Dramaturgie）⑮斥責傳統性「降落高度」的悲劇理

論。他最先斷定只要是「人」，凡是具有所謂「普通的人性」皆可以出現在悲劇的舞臺上，他爲平民的尊嚴不遺餘力爭取到在悲劇出現的一席合法地位。

雷辛認爲產生悲劇性的一刹那並不是由有關社會階級的「降落高度」來決定的，卻是單獨地取決於「人性」上。「人性」──他證明如下：平民與王公貴族同樣是「人」，既然同是「人」，那麼在舞臺上不只貴族可以出現，平民當然也同樣可以出現，因爲他也一樣是「人」。雷辛繼續問道：「平民到底是怎樣的一個『人』呢？」而雷辛的回答是：他不再是王公貴族及英雄式的代表，甚至也絕不是基督教義式的殉道者，他卻只是像我們平常的人一樣，「因爲雷辛的觀點是介於舞臺上的造型和觀眾之間，會產生一種類似階級式樣的親屬聯繫關係，彼此加深『憐憫』和『恐懼』的共同體驗，而直接引出道德的作用與影響。」⑯簡而言之，也就是說雷辛深信倘使觀眾自己也是平民的話，那麼他們就會對平民主角產生「憐憫」和「恐懼」的心理，觀眾恐懼著主角會遭遇不幸（因爲觀眾自己也可能遭遇到不幸），於是觀眾漸具「憐憫感」，憐憫主角所遭遇面臨的境遇，並爲主角哀傷，這樣觀眾的「憐憫心」便變得更爲敏感深刻，「恐懼」與「憐憫」互相符合，結果是觀眾對於他們的同類（這裡指的是舞臺上的主角）所遭遇到的不幸，更能有所感觸，而有更敏捷的反應。雷辛承受亞里斯多德替悲劇所下的定義──「情感淨化（清滌）作用」（Katharsis），即人類的哀傷、激烈之情感透過「憐憫」和「恐懼」的淨化，從而達到悲劇的效果。並肯定如對主角產生「恐懼」，更能達到情感淨化的道德理論──即悲劇的最高效果是將情感昇華轉變爲一種具有德行、道德的完善境界。

雷辛深信，戲劇作家應該把一個人在舞臺上如此地展示出來：「塑造成就如與我們一般，假如他（指作家）讓他（指舞臺上之主角）如此地想和處理一件事情，就如我們在他所處的情況也會如此地想和如此地做，或者至少相信，我們必須也會如此地想和做的；簡而言之，假如他把主角描寫成與我們一樣的話」⑰那他做爲一個戲劇作家就算成功了。「與我們一樣」這裡所指的是當時的平民觀眾。並且雷辛堅持著：當我們對國王或王

后產生了「憐憫」和「恐懼」並不是因爲他或她屬於位在高位上的人，卻是因爲他們也與我們一樣是「人」。出現於舞臺上的平民主角在這裡也被認爲同樣的是一個「人」，也就是說，他正是像你我一樣也是個「人」，而且應該同樣的具有「混合性格」⑱。主角是一位常人的話，那他就既不是聖人也不是魔鬼，亦即沒有「最完美」與「最惡劣」之性格這些理論。雷辛在他的《漢堡劇評學》裡闡述得相當清楚，他說：「王公諸侯與英雄的名字聽起來可能是莊嚴和煊赫的，可是並不能引起感觸，那些人（指王公貴族們）發生了不幸的話，我們會首先想到他們的境遇狀況，而必定會最自然地嵌進我們的心靈深處，但當我們同情國王的遭遇時，我們只是同情一般人，而不是把他當做國王來看待，他們的階級、地位在不幸事故裡並不重要，所以並不使人感到興趣，也許常連累牽涉到全民；我們的同感與同情只需要唯一的主題，而一個國家對我們的感受來說是個太抽象的觀念。」⑲

　　產生悲劇的一刹那除了「一般人性」之外，雷辛還極力在平民悲劇裡鼓吹「感觸」。因爲雷辛認爲在平民悲劇裡人的感觸現象是出現在他最自然、最平常的生活關係裡。雷辛摘錄了一段馬蒙特（Marmontel）⑳的話：「假如有人相信他們能夠以既有的頭銜來影響我們與撫慰我們的話，那這些人就誤判了人心，誤認了自然。朋友、父親、愛人、丈夫、兒子、母親和人類等神聖之名是這樣的：這些聽起來是比所有一切還來得更感傷，這些人常常甚至永遠堅信他們的權利。」㉑雷辛無非堅信，在日常生活中與我們有最密切關係的人更能引起我們內心的感觸。他賦予平民階級權利，來展示一般人性的生活，而在社會性也深具意義。那就是說新的、啓蒙的代表——平民階級被證明具有逐漸成長的「自我意識」，並且他們領略到他自己是倫理德行的代表。以上這些理論使得平民悲劇具有優越的地位，並與貴族式的、英雄式的悲劇和基督式的殉教劇有明顯的區別。總而言之，在雷辛的平民悲劇裡可體會到所謂的「一般人性」和「感觸」。即「當雷辛把平民擺到悲劇的舞臺上，他並不是要以眼還眼、以牙還牙的展示一個具高度悲劇性的社會階級，最主要的是，爲了要證明到處滋生的『一般人性』和『道德』。正如我們根據雷辛的意見，我們同情國王，並

不是因爲他是國王，卻是因爲他們是『人』，所以我們應該也不能把平民當做一個階級來看，卻應該要由他們的『人性』而有所感觸。」㉒，從上面一系列的的申論之後，我們相信在德國文學史上，雷辛以他的《艾劇》使平民悲劇擁有名正言順的地位，並在韻文學裡屹立不搖。

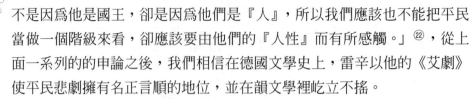 簡介德國第一部平民悲劇

　　雷辛認爲他有任務爲德國人寫一齣樣本悲劇㉓。《艾劇》被後人公認爲德國文學史上第一部平民悲劇。《艾劇》的題材是雷辛取自羅馬歷史學家利威烏斯（Titus Livius，基督誕生前 59 年至基督誕生後 17 年）所敘述的維吉尼亞稗史。平民維吉尼烏斯寧可刺死他的未嫁女兒維吉尼亞（Virginia），也不願見一位垂涎她美色的荒淫十大執政官虛假地宣告她爲奴隸。維吉尼烏斯手刃親生女兒之後逃走，並召集平民及士兵起義，終於推翻暴虐的執政官。基督誕生前五世紀在羅馬所發生的維吉尼亞之死，闡述了平民與統治階級的對立衝突。這個父殺女的悲劇長久以來一直是西方英國、法國、西班牙及葡萄牙等國劇作家所最喜愛的題材㉔。《艾劇》創作即以此爲背景，1754 年雷辛翻譯由赫爾米莉所詳述的西班牙維吉尼亞悲劇的內容。1755 年他替〈柏林學者報紙〉評論巴次可所作的悲劇《維吉尼亞》。當他開始翻譯 1754 年由古利斯迫所著而在倫敦上演的《維吉尼亞》時，又再度與這題材接觸。這翻譯工作的斷簡殘篇長久以來就成爲雷辛自己寫一部有關維吉尼亞悲劇的草稿。雷辛的朋友——那位作家、廣受歡迎的哲學家和出版家尼可拉㉕於 1757 年置獎懸賞以德文寫成的悲劇。在和這計畫有關聯之下，雷辛第一次提到稍後撰寫《艾米莉亞 · 加洛帝》的計畫㉖。1758 年 1 月 21 日他寫給摯友尼可拉的信上以另一位第三者「他」來隱喻自己，提到如下：「他現在的主題是一位平民維吉尼亞，他把標題稱爲『艾米莉亞 · 加洛帝』。他從羅馬式的維吉尼亞裡，刻意地把會引起全國人民興趣的歷史事件分開；他相信一個女子的命運，由於其父認爲她的名聲榮譽比她的生命更珍貴，而把她刺死，已經夠悲劇了，而且也足以震撼人心，假定此事件並不足以動搖整個國本的話。」㉗雷辛把這個題材裡政治背景的敘述完全去掉，他只想要描述正常的狀況，也就是平民們如何堅守他們的階級法律信條，而在這齣劇裡，雷辛也是以

平民的道德和節操觀念爲中心點。

　　《艾劇》的寫作過程持續得相當久，中途時斷時續，雷辛從 1754 年開始翻譯外國作家的維吉尼亞悲劇，到 1772 年正式完成，其間經歷約 15 年之久。雷辛一生顛沛流離，1767 年他被聘爲漢堡國家劇院的劇評家，動身前往漢堡即攜帶此《艾劇》之劇本草圖，可惜一直未能完成，於漢堡劇院解散後，1770 年被布朗斯威克（Braunschweig）小王國的王位繼承人裴迪南王子任命爲臥分必特（Wolfenbüttel）的圖書館館長，直到他 1781 年逝世爲止。雷辛以爲在臥分必特當可使其生活穩定下來，相反的是，他卻從與這小王國的君主有了長期的接觸，而體會認識到這小王國的無紀律之事例。自從 1771 年秋天雷辛與愛娃‧科尼希[28]訂婚後，極想覓一穩定之生活，而愛娃還攜有前夫之 5 名子女，他所得的薪俸相當微薄，每年只得 600 塔勒[29]，與裴迪南王子的宮廷劇院主管和伶人的年得 30000 塔勒相較之下，他所得的待遇極不公平。且君主出言而無信的例子，更令雷辛產生極大的反感。如假定雷辛保證長期在圖書館工作，則答應增加其 200 塔勒的年薪，然而事實上裴迪南王子又裝聾作啞不予過問，結果不了了之[30]。在雷辛所處的年代，德國尚是一個四分五裂的國家，由幾百個不同的封建諸侯所統治著，分成幾百個實行極權主義的小王國。平民陷於一個極狹窄、抑鬱、苦悶及貧窮的世界。而傳統的規則毫無疑問地遺傳下來並被保存尾隨著。嚴酷的傳統規則及紀律被人們視爲是神自己創造的，君主對人民的壓力極其強大，人們都奄奄一息。平民階級無力反抗擁有強權的貴族，但他們已漸漸地感覺到不平等的存在。雷辛個人與小王國君主周旋的親身經歷，適度地反映在《艾劇》裡，他在此劇裡塑造了無恥的計謀家——宮廷的侍從官馬力內利，毫無紀律可言的王子一角是影射布朗斯威克公國裡的布朗可尼公爵，而具報復慾的奧蘭娜女伯爵則是影射布朗可尼女侯爵。雷辛並沒有膽量把故事的發展情節及時間地點擺在德國，而只是以路易十四時代的一個義大利小王國——辜阿斯塔拉爲背景，雖然他在劇本中引用義大利的人名及地名，可是觀眾仍然可以一目了然地看出所指的是典型的德國境內諸小王國[31]。這是第一部以平民爲中心人物，描寫他們自由意志及自信的行爲之劇本，而這也是在他作品裡第一次強烈地向暴虐

的極權主義抗議，控訴貴族階級的專橫與任意恣行、肆無忌憚，揭示強權統治者的罪行。而他也要向觀眾展示平民與貴族的道德價值觀念是有明顯的差異。當那貴族逐漸腐敗墮落時，平民仍深具道德，遵守著一切倫理德行，循規蹈矩，戰戰兢兢的生活著。當然在這兩種水火不相容，強烈的對比之下，平民與貴族之間的爭執仍是免不了的，他們之間演成世仇，不可避免的悲劇是顯而易見的。在這齣悲劇裡，王子自己很清晰地感觸到這「敵對」的氣氛態度，他批評奧多拉多・加洛帝說：「他不是我的朋友。」（第一幕，第四景），而相對的奧多拉多說：「王子恨我」（第二幕，第四景）。一個平民家庭在強權貴族的壓迫之下終於犧牲了，雷辛深具勇氣，奮力揭發德國小王國宮廷的醜陋；很明顯的，在這齣劇裡出現了一位啟蒙的、自信的、驕傲的、擁有「崇高感覺」的平民，就是扮演父親角色的奧多拉多・加洛帝。還有另一位具啟蒙性的、自信的、堅持「傳統的自我決定」觀念的女平民——就是扮演女兒角色的艾米莉亞・加洛帝。雖然封建的原理和由艾米莉亞與其父所化身的平民階級正義觀念仍然相對立地存在著，但是這兩位勇敢的平民仍然不願意受到控制，在不能革命反抗的情況之下，只好以自我犧牲的情操來昇華它，藉此向強權嚴厲地提出抗議，並給在位君主一個慘痛的教訓。

　　稍後人們批評此劇，認為此劇與政治意識有關係，雖然雷辛早在他的文思草稿裡刻意地把政治背景撇開，但在德國文學史上，仍然一再爭論這是否為一齣摻雜著政治意味的戲劇，此一問題至今仍被廣泛地討論著，而後人也有各式各樣的註解。最初雷辛的回答是堅決的「不」。1772 年 3 月 1 日致其弟卡爾的信上說：「你全看到了，這應該是一篇現代的，不摻雜國家的問題，被解放的維吉尼亞。」[32] 在哥塔（Gotha，屬於艾福特的管轄區）此劇甚至被禁演。不只是與雷辛同時代之人，甚至連後幾代的人也認為本齣悲劇深具刺激的社會批評，所以歌德在 1827 年 2 月 7 日對艾克曼[33]說：「在《艾米莉亞・加洛帝》裡，雷辛把他的憤怒指向貴族們，而在《納坦》裡指向教士們。」[34]，1833 年海涅在描述雷辛時寫道：「人們更能夠感覺雷辛有政治傾向……我們現在才注意到，他的《艾米莉亞・加洛帝》所描寫的是小王國的虐政主義。」[35] 我們可以說它是第一部新德

國文學裡的政治劇本，稍後雷辛也不再堅持這種「非政治性的文思」[36]。《艾劇》對席勒早期的作品《群盜》深具影響力，而描寫平民與專橫的貴族之間不可避免的接觸和衝突在席勒於 1783 年完成的《愛情與奸計》裡達於頂峰。

　　但本文裡的重點並不放在探討政治問題上，前面提過雷辛認爲凡主角是「人」的話，那人一定會有性格上的缺陷，從而犯錯，遂導致悲劇的產生，在這裡我們要詳細評析主角的性格及他所犯的過錯，並且對產生悲劇的遠近因素及背景有所剖析。爲了便於理解起見就把原劇本的內容約略敘述如下：

　　義大利境內一個小王國的王子赫脫雷熱烈地愛上了屯駐邊疆的平民軍官奧多拉多‧加洛帝的美麗女兒艾米莉亞，可是這位少女已經與阿皮阿尼伯爵訂婚，並且即將結婚。從孩提起，王子已經習慣於見到他的願望能實現，假如他要的話，他相信這一次也能夠如願以償地達到目的。因此他放手讓那位殘忍自私、不擇手段的侍從官馬力內利去計劃一切陰謀，當遣送阿皮阿尼伯爵爲王子赴馬沙的特使之計謀行不通時，馬力內利即僱用了強盜，搶劫婚禮的馬車，並殺死阿皮阿尼伯爵。馬力內利再以解救者的姿態出現，把艾米莉亞及其母親救到王子在多沙羅的行宮去。艾米莉亞在此地再次遇見了王子，雖然王子早已知此計謀，仍虛假地答應艾米莉亞儘速懲辦強盜。值此之際，艾父奧多拉多聽到事變之消息，趕到王子的行宮，巧遇訪王子不遂的王子舊情人奧蘭娜女伯爵，妒火燃燒的女伯爵加油添醋地向焦急的父親口述一切，並把短劍遞給忘記帶武器的父親，慫恿他去報仇。當艾米莉亞由父親處得知實情時，她對這樁慘事異常震驚，遂自動要求死亡，而其父也爲了要保護她免於被玷汙，終於親手把她刺死。等到王子及馬力內利趕來時，爲時已晚；奧多拉多把短劍丟向王子，並坦承自己殺女，憤而指責王子：「我自己會到監獄去，我等待您的審判，然後也在那神的面前等著您的判決。」而王子雖有悔意，卻把一切責任推到馬力內利身上，並斥黜他[37]。

　　《艾劇》是根據悲劇理論而寫成的，使其在《漢堡劇評學》裡所提倡之悲劇規則完全付諸實現。非常明顯的，「理解」支配著雷辛的藝術技

巧，它的每一個細節，甚至是極微小的內容過程都有所根據地給予詳細的動機[38]。劇情發展的整個過程雖然只侷限於短短的一天之內（從早晨至下午），但在雷辛巧妙的佈局之下，使整個情節在只有五幕劇中一氣呵成。第一幕在城裡王子的工作室裡，第二幕在加洛帝家裡，其餘的三幕在王子的行宮——多沙羅無中斷地繼續進行。雷辛在每幕裡尖銳地從中刻劃主角們的性格，並且一再不厭其詳地引用重複出現的主題，如「手」、「巧合」及「平靜」等字眼來襯托悲劇的氣氛，又從微不足道的地方來透視導致悲劇產生的箇中因素。他的平民悲劇也在戲劇形式上的處理有個新的轉變，即他放棄了傳統的亞歷山大詩句法[39]，改以散文的形式寫成，而措辭更接近平民的語言，他甚至使用俗語、俚語——亦即一般所謂的自然語言，這是為了要更適當和正確地刻劃平民階級。因此我們在《艾劇》裡讀到的文體寫法和語言風格係一系列的自然語言。本劇精確而有所根據的劇情情節與嚴謹的「一貫合理及確實性」相輔相成，時間與地點的單一性正如與劇情的完整性相一致。因此斯列格爾[40]認為本齣劇的創作技巧為「戲劇式的代數裡最好的一個例子。」[41] 雖有如此高的評價，但雷辛對於《艾劇》並不甚滿意，我們可以注意到雷辛寫第一幕時，他還富於精力充滿了活潑健康的情緒，這可從刻劃王子的個性看出，時值 1757 年他開始著手撰寫劇本，而最後的一幕則是一個歷盡滄桑、飽經風霜、對現實極度失望的人所寫。一封 1772 年 1 月 25 日寫給其摯友福斯[42]的信令人清晰地感到雷辛已筋疲力竭：「您將會拿到我的新悲劇的前半部。我曾向您答應過一部新的悲劇；可是這部作品的好壞我無從置評。我越接近這齣戲的結尾，我自己越覺得不滿意，而也許從開頭您已經不喜歡了。」[43] 1772 年 3 月 13 日此劇於布朗斯威克女公爵的生日由多伯林劇團[44]第一次公演。當多伯林劇團第一次公演《艾劇》時，雷辛本人毫無興致參與盛會。在 1772 年 4 月 10 日寫給艾娃‧科尼希的信上有這麼一句：「我的新劇他們上演了三次，可是我一次也沒有去看，而以後也不願再看。」[45] 雖然雷辛本人不甚欣賞此劇，但雷辛的朋友，也是他的崇拜者約翰‧阿諾‧艾伯特卻大加讚賞道：「噢！莎士比亞——雷辛。」[46]

三 性格導致悲劇

「悲劇的主角早就經由他的個性導致他特殊的命運而被選出來」[47]，「悲劇的不幸是建立在人的性格上，因為人並不是完人，而由於他犯錯遂產生不幸」[48]。由這兩段摘錄我們知道「性格」在悲劇裡扮演著重要的角色，這也就是說當主角們在悲劇裡趨向於毀滅時，常常是由他們的自由意志、性格和有意或無意所犯的錯誤而促成的。

「人孰能無過」，悲劇主角與我們一樣也是一個人，就因為悲劇裡的主角也是人，因此雷辛強調「與亞里斯多德在悲劇裡所提倡的中庸之人的指示互相一致，他既不是十全十美的人，也不應該是萬惡不赦的人，悲劇主角的不幸，必是由一種所謂的犯錯而引起的，透過這種犯錯使他傾覆。」[49]雷辛在他的《漢堡劇評學》19節著名的導論裡，言簡意賅地闡述他對性格的觀點：「在劇院裡我們不應該去學習這些人或那些人做了些什麼事，而卻是要知道這每一個人由於他自己擁有的性格，在何種情況之下將會做出什麼事來。」[50]因此雷辛堅持一位偉大的劇作家假如能夠把他的主角們的作為和命運的形成寫成是他們的性格所導致的話，那麼他就能夠達到悲劇之目的了。因為這正是關於人的性格，就是「關於這個人，而他與我們是同樣的」，他的所作所為正如我們一模一樣，而我們也會領悟到，這種作為正是由「犯錯」所發端的。

《艾劇》結局釀成悲慘之事，最後使得女主角走向死亡，無可否認的，女主角本身也犯了錯誤，由她的性格引發悲劇，本文除了探討其特殊的性格之外，並一併分析其致死的心路歷程。

為什麼艾米莉亞‧加洛帝會趨於毀滅，步上死亡之路程？這是常被問的問題，而後人也不厭其煩地對這個問題重新註解評析。我們知道，艾米莉亞是自願赴死。為什麼她在其未婚夫被殺死之後也要毀滅自己呢？她有罪過嗎？或者是她也犯了任何過錯，而為了補償，她只能以死來抵罪？誠然她是毫不遲疑地自願赴死，從表面上看來，她是為了拯救她的榮譽與貞操。可是如果我們精確仔細地閱讀本劇而加以思考的話，那我們不難找出，事實上她是由於她的性格和她所犯的錯誤而走下坡的。良心不安的譴責使她認為只有一死才能得到赦免。本劇雖以女主角之名為劇本，可是她

總共卻只出現了 3 次，而這短短的幾幕，卻又是操縱她的生抑或死，決定她的命運。我們不難由她的出場序得知她的性格特徵、犯錯，甚至由此可分析其心理因素及尋死的之動機。

艾米莉亞從小生長在寧靜的鄉間，由其父嚴厲地教導以服從為美德，灌輸對宗教的虔誠概念，並也受其父的影響，對皇宮朝廷產生恐懼感並保持著距離。雷辛在撰寫完成劇本前之 3 個禮拜，給他弟弟寫了有關於艾米莉亞的性格：「這些像極了年輕處女的女英雄和女哲學家一點也不對我的胃口，假如亞里斯多德在處理傳統的遺產時，他一定特意不寫婦女和奴隸，我認識一位未婚的少女，服從和虔誠是她最高的節操。」⑤雷辛早已在艾米莉亞的性格烙上了這兩個記號。當她第一次出現時，她即是極端地不安和恐懼，她的靈魂深處極激烈地震盪著，像一隻受驚的小鹿投進母親的懷抱，因為有一個人在她於教堂虔誠的禱告時，熱情洋溢地向她示愛。她呼吸急促地向其母報告經過情形：

艾米莉亞：今天我的禱告應該比以前任何一次更虔誠更熱心，可是剛好相反。

克勞蒂亞（艾母）：我們只是普通的人，艾米莉亞，禱告的意願並不常常是我們能夠做到的，只要妳有想禱告的心願就算是禱告了。

艾米莉亞：而有想犯罪的意圖就是犯罪了。

克勞蒂亞：我的艾米莉亞不會這樣的。

艾米莉亞：不，母親，神的恩寵不會讓我陷得如此深，——我自己有罪，而那陌生的罪人使我成為共犯。　　　　　　（第二幕第六景）

艾米莉亞在深感不安與具罪惡感之下，對打擾她祈禱的人之行為憤怒地呼叫道：「教堂和祭壇對犯罪的人來說有什麼用？」（第二幕第六景）她驚駭地抱怨著她虔誠的禱告被打斷了，因此，當她的母親想要安慰她而刻意地說道：「妳想向神祈禱一些事時，不管是否出於真的祈禱意願，也就算是禱告。」難怪艾米莉亞會不情願地回答道：「而有想犯罪的意圖也就可犯罪了。」艾米莉亞知道得相當清楚，她虔誠的祈禱被這位她所謂的陌生之罪人——王子熱情洋溢的示愛語句所摧毀了，而這份示愛又是她不准接受的；這種情況之下，她下意識裡感到自己也犯了罪，因王子激烈的示

愛使她的禱告分心，她不能專心又使她感到對神的不崇敬，而從小就擁有濃厚宗教信仰的她則認為這是項罪過。她自信是無辜的，但卻深深地認為王子使她成為一名共犯。這裡清楚地指出艾米莉亞下意識的罪惡感。而當她的母親好奇地追問她，是誰跟蹤她的時候，她結結巴巴的說「是他」，對這點有些評論認為艾米莉亞是暗自竊喜王子向其示愛，而每一個人必須知道「他」是誰。而有些人則評釋道：「艾米莉亞是如此地驚駭到不願意說出跟蹤她的人的姓名，她並沒有夢想能夠躺在王子懷中的幸福，因為她的聲音是顫慄的，像被攫住的動物的恐怖聲音，而王子是如此一位高高在上的統治者，他有可能做出任何事來，這也使她驚駭到不願說出他的姓名，紛亂的思緒使她拒絕去想他。」[52] 而這樣的註解可由其母形容她的外表「妳是這麼地害怕？妳的四肢顫抖著？」（第二幕第六景）來求證是一致的。持這種論調的人繼續評析道：「一位中產階級出身的少女，被一位嚴厲的父親所教養著，深受父親本身的正直道德觀點影響，必定一方面會驚訝於一位專制放蕩者的靠近，而另一方面她不知道應該對這位不是她希望的求愛者採取什麼態度，特別是當他並不以絕對高高在上的統治者的姿態出現。這就是艾米莉亞所遭遇到的。」[53] 艾米莉亞處於這種狀況下，應該不可能在王子向其示愛後，立刻愛上了王子。

　　當艾米莉亞以懷疑不安的口氣問她的母親：「現在，母親——他會怎麼處罰我呢？」這裡的他是指嚴厲的父親。艾米莉亞是如此地無頭緒、震驚、害怕她的父親會為這不道德的事處罰她。使得艾米莉亞會有這個可能遭到父親譴責的念頭，她深深的內疚與罪惡感由王子於第三幕第三景描述艾米莉亞在教堂前廳的表情可窺知一二，證明了她真的陷入罪惡感：「用盡所有的諂媚和真誠的證明也不能夠逼她說出一句話，呆痴頹喪而且發抖地站在那裡，就像一位女犯人在聆聽她的死亡判決」。王子對她驚駭的神情也為之愕然不已。但是在教堂的這一幕也同時指出她的驚慌失措及曖昧不定的態度，當她說道：「可是我沒有轉頭過去，我想表現得就像我沒有聽到似的——除此之外我能夠怎樣呢？」（第二幕第六景）正確的態度應該是她有足夠的能力與勇氣在一位無恥的陌生者面前表示她不為所動的態度，為什麼她沒有這樣做呢？她是不敢這麼做。這是她犯錯的地方，

而這正是與她的性格有關，也就是她的性格尚不夠堅強。可以這麼說：「性格和教育必須對她的被動行為負責。」[54]而當艾米莉亞問她的母親是否應該把教堂之事告訴其父，母親遂向她建議不必讓父親知道。其母接著憤怒地叫道：「我希望妳足夠堅強到以眼光來表示妳對他的輕視，而這也是他自取的。」艾米莉亞並沒能體會到其母的愚蠢與虛偽，更沒有感覺到這是其母模稜兩可的態度，因為其母繼續給予錯誤的建議並強迫她對其未婚夫也要保持沉默。艾米莉亞在徬徨無措時接受了其母的意見，這顯示她對其未婚夫不具信心，她應該對其未婚夫警告教堂發生之事，使其有戒心，也就不會在與王子的侍從官會談時發生衝突，引來殺身之禍。艾米莉亞沒有本著她向來的性格從事，這是她又犯錯的地方。「艾米莉亞的德性是很自然的，她的無所適從是天性的，她一直知道該怎麼做，可是她毀在她自己沒有能力來做決定：也就是相對地她順從了母親的看法。在決定性的一剎那，艾米莉亞並沒有照著她一貫的本性去做，把實情告訴其未婚夫，反而採納母親的意見，隱藏起真正的自我。」[55]而這種犯錯加深她自己的罪惡感，導致稍後演成悲劇的伏筆。

待婚禮馬車被劫，其未婚夫被謀殺之後，艾米莉亞與其母被救到王子的行宮並與王子第二次見面，當王子的侍從官告訴她這裡是王子的行宮時，她驚訝地叫道：「這是多麼的巧合啊！而您相信他會馬上來？——但是，當然與我母親一齊出現？」（第三幕第四景），這很容易看出來「她不願意單獨與這一位緊纏著她的荒淫者在一起，她沒有自信與王子單獨在一起，因為她害怕他又迷惑她。」[56]這種詮釋的可通性，由其母對其父描述在巨變發生之後，艾米莉亞尚不知其未婚夫已死，並再度與王子面對面的態度可窺知一二：「她繼承了我們的謹慎與堅決的個性，首先她會有深觸的感受，但稍微考慮之後，她會領悟一切並安靜下來。她與王子保持著一段距離，她與他以一種特殊的音調談話。」（第四幕第八景）這段描述可證明有些人對她在教堂那一幕的舉止失措及對母親的報告中不願意說出追隨者的姓名來判斷艾米莉亞對王子有祕密或逐漸成長的愛意是錯誤的。當她尚未瞭解全部實情時，她還有想逃走的念頭。在最後緊張的一幕剛與其父見面，於她知道實情之前時，她的強烈罪惡感尚隱藏著，其未婚夫的生

死由其父處證實之後，她的喊叫聲：「可是爲什麼他死了！爲什麼！啊，這是眞的嗎？父親，這件事是眞的，這整件我從母親浸淫而瘋狂的雙眼可讀出的可怕事情。」（第五幕第七景）是深具意義的，這印證了她的罪惡感又逐漸上升了。也就是她現在後悔了，她對母親所給予的保持沉默的建議有感而說的一句話：「我應該對王子採取另一種態度，而至少也不必自責。」（第二幕第六景），艾米莉亞慢慢地發覺她弄砸了事情，她的情緒逐漸不安起來，這時的她也不如剛開始與其父見面時那麼安靜了，因爲她領略到當她在教堂碰到王子時，她應該本著她一貫的德行，勇敢而立刻堅決地拒絕王子的示愛，或者她至少要把教堂發生的事告訴其未婚夫，就是因爲她的猶豫不決、曖昧不明的態度，讓那位多情的王子以爲有機可乘。現在她認清了她犯的錯誤，她懊悔了，因爲她知道「假定開始時，她的父親能夠毫不遲疑地對她不適當的行爲態度加以糾正的話，那麼這場謀殺其未婚夫的悲劇就可以避免。她的軟弱、猶疑不定、不莊重的態度，在神面前錯誤的觀點，還想尋求統治者的保護，這是致她未婚夫於死的罪過。只因爲她沒有清晰的見解，用與她的階級意義之尊嚴相符合的行爲去決定並處理一切——這就是她的錯誤、罪過，而由此導致悲劇的原因。」[57]

　　她現在既已非常清楚地看到自己闖下的禍，自認爲應該接受父親的懲罰。剛好這時後父親告訴她：「妳仍然留在強盜的手中，他們甚至要強使妳離開我們並到格力馬迪宰相家裡去。」（第五幕第一景）艾米莉亞這才意識到自己遭遇到危險了。而當父親繼續憤怒地說道，他當時氣得已握住手中的短劍要刺殺王子時，艾米莉亞卻坦誠地要求父親不能殺死王子，並承認她的罪過。當她替王子求情時，她相當清楚這點「對她來講毫無疑問的，這不是王子，而卻是她自己應該得到死亡，對她來說懲罰王子是不公平的，因爲她自己要對這全部事件負責。」[58]這時的艾米莉亞決定了她的死意，因爲「她決心接受這不可避免的事，可是她同時也決定她的命運是不要成爲陌生強權的玩物。」[59]艾米莉亞並不害怕強權惡勢力，那麼她害怕的是什麼呢？她請求其父把短劍遞給她時，她自言當她第一次踏進格力馬迪宰相家時，在她靈魂深處已有暴動存在著，這一段對白很清楚地可以看出她怕被強姦：

奧多拉多（艾父）：「……」而妳也只有犧牲一次的生命。

艾米莉亞：只是無罪的生命。

奧多拉多：無罪過比所有的暴力強權更高尚。

艾米莉亞：可是並不比所有的誘姦更高尚。強權！強權！誰還能夠為反抗強權而奮鬥呢？強權就是一無所有：誘姦才是真正的強權！我有血液，父親，比任何一個人更具年輕溫暖的血液。也有與別人一樣的感覺，我並不負任何責任的。我並不影響別人。我認識格力馬迪的家。這是個淫蕩的場所。在母親一個鐘頭的監視之下——在我的心靈深處激盪不平，就是連嚴格的宗教信仰也不能在一個禮拜內撫慰我的心靈！——宗教！是怎麼樣的宗教？——不能避免壞事的發生，但讓許多人跳進潮流內，而這卻是神聖的宗教！請遞給我，父親，請給我這把短劍。　　　　　　　　　　　　　　　　（第五幕第七景）

艾米莉亞害怕她被誘姦，而同時她不願意成為犯罪者的犧牲品，這兩點使她求死的意願更加堅定不移。她感覺到她所熟悉的宗教並不足夠強壯到可來保護她免被王子強姦。從心理上的觀點來分析是這樣的：她認為被強姦是頂糟糕的事，因為她感覺到她可能被謀殺她未婚夫的兇手強姦。假如人們瞭解這點就會知道為什麼她如此地震驚，如此的驚駭。從現代人的觀點來看可想而知，假如有一個人謀殺了妳的未婚夫，而妳一直深信這位被殺者是妳所愛的，而且曾是和妳訂過婚的人。然後突然間妳感覺到這位兇手對妳有下意識的性行為，這位衣冠禽獸的越軌的行為是如此兇猛惡劣到足以超過一般所公認的道德和宗教的尺度。這與性行為的聯繫是如此地密切、強烈到使人害怕會被殺害其愛人的兇手所強姦。這是一目了然的，艾米莉亞是如此的驚恐，她不願意活在王子的皇宮裡，她不願意冒這個險，她認為如果她被王子強姦了，她就會在她的一生中喪失了自我尊嚴，就只因為他是謀殺她的愛人兼未婚夫的兇手。艾米莉亞整個思緒強烈地充滿了她會被王子強姦的念頭，她要以自殺來挽救她的道德節操。她向其嚴峻的父親提出警告，並且告知她的觀點，而且也相信父親會同意她的看法。

艾米莉亞終於下定了決心不屈服於命運，她要求其父殺死她。在這

一刹那之間爲父的還猶豫不決，而她則以一段歷史典故來激怒其父使其下手：「從前有一位父親，他要挽救其女所面臨的不榮譽之事，把第一把最好的寶劍刺進她的胸膛——使得她獲得再生，可是這些都是以前的事了，現在已經沒有這樣的父親了。」（第五幕第七景）而個性急躁易被激怒、思慮不謹愼的父親達成了她的願望。在她死之前她說了象徵性的一句話：「在暴風雨來臨之前被折斷的一枝玫瑰花。」（第五幕第七景）。艾米莉亞如此想，人應該是完美無缺的，而且有義務去遵守道德的本質，並且也有自由的決定權。她於其父向她揭露一切陰謀後，勇敢堅定地選擇死亡，她個人不願意活在汙辱聲中，爲什麼？她的決定是與啓蒙的思想合而爲一。亦即她相信無論如何她是拯救了她高貴的人性，也許或可說艾米莉亞的人生旅程是一段從她的社會地位（平民階段）直接引向她的內心命運的過程。艾米莉亞只爲了要挽救她的榮譽而要求父親殺死她。有人問道：這位艾米莉亞是不是女殉道者？她是不是就如雷辛的《漢堡劇評學》裡的聖人一樣？到底艾米莉亞是位女殉道者，或是一位具有混合性格的人呢？艾米莉亞之死從外表來看好像她是爲殉道而死，事實上，她並不是一位純潔的道德天使。她有一種自覺，即她認爲王子的愛是一種壓迫式的愛，這種愛也是她禁止自己去接受的，對這位毫無思慮、光彩耀目可能成爲誘姦者的王子，艾米莉亞只感覺到強烈的感性——即她認爲她可能被強姦。她與眞正的維護道德的女英雄有天壤之別，即她是掙扎於義務與意向之間，而純粹的女殉道者是無此種衝突的。艾米莉亞有這個義務——對其未婚夫無止盡的愛和忠實。也有這傾向——不能接受王子戀愛式的愛。她知道她介於這致人於死的不同的掙扎之間，同時她也領悟到「死」是唯一可行的、用來保護這傳統的義務。當義務與意向發生衝突時，義務克服了意向並戰勝了它，促使艾米莉亞走上不可避免的傾覆，內心沒有這種衝突的人是完人，即是所謂的聖人，而艾米莉亞只是凡人。她既不是有最好的性格，也沒有最壞的性格。那明顯的，她即是雷辛所謂具有「混合性格」的人，而這齣悲劇即是性格的悲劇。

結 論

一個人不可能是完美無缺的。人自身的缺陷與所犯的過失是導致悲劇之主因。換句話說，「我們必須承認，悲劇根源個人意志。一個人堅持某一項信念或原則而導致自身的毀滅，乃是意志使然。」[60]《艾米莉亞‧加洛帝》這一齣悲劇裡的女主角終於走上死亡毀滅的路途，她的不幸是在她決心「赴死」時就註定了，命運並不存在。由於她堅持己見，認定只有一死才能贖罪，於是才造成悲劇，由於她的意志力量相當堅決驚人，經她一手促成的悲劇就註定要發生了。她犯有過錯，也在內心有激烈的衝突與掙扎，她的性格是悲劇形成的主因。

這齣啓蒙時期的悲劇指出在那階級尚分明的時代裡，平民少女不可能在貴族的窺視之下保護自己，而也並無正確的憑據與關鍵來促使貴族與之結婚。她只能選擇當貴族的姬妾或死亡。爲要了確保其家庭的榮譽，艾米莉亞要求父親殺死她，而身爲父親的也持同一觀點並順從了她的願望，平民階級在貴族的專橫之下還是無保障的，可是他們已經感覺到這是不公平且毫無正義的。在啓蒙時期已藉許多問題來探討眞正的生活方式與理想的道德觀念。艾米莉亞早已經爲了保護她的道德而準備犧牲她的生命，並不是由於她害怕強權暴力。她走向死亡，因爲她害怕自己的年輕熱血，害怕自己的激昂之情。以另一種說法：即「啓蒙時期的人是自知的，他的奮鬥是以理性來獲得生命，是與力量成對比的。當力量不能夠再用理性來控制時，力量勝利了，所以生命就不再有價值了。」[61]

艾米莉亞具有「理性」，她認爲她必須恪守其貞操道德，不受汙辱。她也極力去克服惡劣的環境，不被虛僞的王子所蠱惑。畢竟惡勢力的逆流太大了，她的努力終歸失敗。這股邪惡的力量不能被她戰勝，她只有毀滅自己，不使自己隨波逐流。於是她才有勇氣向死亡挑戰，而且光明正大無畏懼地走向死神的懷抱。

註　釋

① 此句為康德（Immanuel Kant，1724 年至 1804 年）德國哲學家，替啓蒙主義下定義之名言。

② B.E. Bouwman und TH.A Verdenius: Hauptperioden der deutschen Literaturgeschichte. 11. Auflage. Erster Band. (J.B.Wolters) Groningen 1963 S. 70.

③ 歌德（Johann Wolfgang von Goethe，1749 年至 1832 年）德國詩人，名劇作家，小說家。

④ 席勒（Friedrich von Schiller，1759 年至 1805 年）德國詩人，名劇作家。

⑤ 斯列格爾（Friedrich Schlegel，1722 年至 1829 年）德國作家。

⑥ H. Rüdiger und E. Koppen: Kleines literarisches Lexikon. Autoren I 4. Auflage.（A. Francke AG Verlag）Bern 1969 S. 483.

⑦ 少年維特的煩惱（Die Leiden des jungen Werthers）為歌德 1774 年之作。

⑧ 階級條款（Ständeklausel）為法國古典主義之流派所提倡，嚴格限制只有王公貴族才能當悲劇主角。

⑨ 降落高度（Fallhöhe）與平民悲劇有關聯的詩詞韻文學的概念。哲學家叔本華也曾指摘這理論。

⑩ 亞里斯多芬斯（Aristophanes ca. 446–385 v. Chr.）希臘喜劇作家。

⑪ 梅安得（Menander ca. 342–290 v. Chr.）希臘喜劇作家。

⑫ Reallexikon der deutschen Literaturgeschichte. Erster Band. Hrsg. von W. Kohlschmidt und W. Mohr. Walter De Gruyter & Co. Berlin 1958. S. 200.

⑬ 奧比茲（Martin Opitz，1597 年至 1639 年）德國巴洛克時期之詩人，仿照古希臘的模式制定德國藝術詩的規則。

⑭ 感觸劇（Ruhrstück）為興盛於啓蒙時期的一種劇形，與平民的興起、平民悲劇有關，主題必須具道德性質，強調高尚的品格和謝絕的美德。

⑮ 《漢堡劇評學》(Hamburgische Dramaturgie)為雷辛於 22.4.1767–26. 3.1769 評論 104 齣劇之作品，以傳單方式印成，後集結成冊出版。

⑯ Bürgerlisches Drama, in : Reallexikon der deutschen Literaturgeschichte.

Ⅰ. Band. Hrsg. von Kohlschmidt und Mohr. Berlin 1958 S. 201.

⑰ Lessing: Hamburgische Dramaturige. In: G. E. Lessing. Gesammlte Werke, Band II, Hrsg. von W. Stammler. Carl Hanser Verlag. München 1959 S. 651.

⑱ 「混合性格」（Gemischter Charakter）此爲雷辛所創的見解，謂凡人皆具有「好」與「壞」兩種混合性格。

⑲ Lessing: Hamburgische Dramaturige. In: G. E. Lessing. Gesammlte Werke, S. 388.

⑳ 馬蒙特（Marmontel, Jean- François，1723 年至 1799 年）法國作家。

㉑ 見註⑲，S. 388–399.

㉒ Gottfried Zeißig: Das Drama Lessings. In: Gotthold Ephraim Lessing. Hrsg. Von G. und S. Bauer. Wissenschaftlische Buchgesellschaft Darmstadt 1968 S. 145–146.

㉓ Hermann Ammon: Deutsche Literaturgeschichte in Frage und Antwort. Band II. (Fred. Dümmlers Verlag) Bonn. Hannover. Hamburg. Kiel. München 1962 S. 84.

㉔ Jan-Dirk Müller: Dokumente zur Entstehungsgeschichte. In: Erläuterungen und Dokumente. G. E. Lessing. Hrsg. von Jan-Dirk Müller. Philipp Reclam Jun. Stuttgart 1971 S. 27–34.《維吉尼亞之死》內容簡介。

㉕ 尼可拉（Friedrich Nicolai，1733 年至 1811 年）德國啓蒙時期之作家，與雷辛私交甚篤。

㉖ 見註㉔，S. 44.

㉗ Ibid. S. 44 – 45.

㉘ 愛娃・科尼希（Eva König，1736 年至 1778 年）爲雷辛的朋友恩格伯特・科尼希（Engelbert König，1728 年至 1769 年）之妻，恩格伯特逝於 1769 年。1776 年雷辛與愛娃結婚。愛娃 1778 年因難產逝世。

㉙ 「塔勒」（Taler）幣制單位，1 塔勒約合 3 馬克。

㉚ Paul Rilla: Wolfenbüttel und der Prinz. In: Lessing und sein Zeitalter. Verlag C. H. Beck München 1973 S. 264.

㉛ L. Krell und L. Fiedler: Deutsche Literaturgeschichte. C.C. Buchners Verlag Bamberg 1965 S. 136.

㉜ Jan-Dirk Müller: Erläuterungen und Dokumente. Reclam Stuttgart 1971

S. 50.

㉝ 艾克曼（Johann Peter Eckermann，1792 年至 1854 年）自 1823 年以來擔任歌德的私人祕書。

㉞ Jan-Dirk Müller: Erläuterungen und Dokumente. Reclam Stuttgart 1971 S. 72.

㉟ Ibid. S. 75.

㊱ M. Kluge und R. Radler: Hauptwerke der deutschen Literatur. Einzeldarstellungen und Interpretationen, Kindler Verlag GmbH München 1974 S. 132.

㊲ 內容簡介摘自雷辛原著《艾米莉亞 ‧ 加洛帝》（Emilia Galotti）。

㊳ Walter Flemmer: Einleitung in Goldmanns Taschenbuch zu Lessings Werke „Nathan der Weise " und „Minna von Barnhelm" S. 9.

㊴ 亞歷山大詩句法（Alexanderiner）17 世紀特別流行的一種六韻腳加上十二或十三音節之押韻詩。

㊵ 斯列格爾（Schlegel）見註⑤。

㊶ Friedrich Schlegel: Über Lessing. In: Lessings Leben und Werke in Daten und Bildern. Hrsg. von K. Wölfel. Insel Verlag Frankfurt am Main 1967 S. 24.

㊷ 福斯（Christian Friedrich Voß）出版家，爲雷辛摯友，其作品大部分經福斯出版。

㊸ Jan-Dirk Müller: Erläuterungen und Dokumente. Reclam Stuttgart 1971 S.47.

㊹ 多伯林劇團（Döbbelinische Truppe）爲 Karl Theophilus Döbbelins（1727 年至 1793 年）所創，曾成功地演出雷辛的喜劇《明娜 ‧ 封 ‧ 邦漢姆》（Minna von Barnhelm）。

㊺ F.O.Nolte: Lessings „Emilia Galotti" im Lichte seiner Hamb. Dramaturgie. In: G. E. Lessing. Hg. v. G. und S. Bauer. Darmstadt 1968 S. 238.

㊻ Jan-Dirk Müller: Erläuterungen und Dokumente. Reclam Stuttgart 1971 S. 52。約翰 ‧ 阿諾 ‧ 艾伯特爲布朗斯威克教授兼作家，介紹雷辛到臥分必特工作。

㊼ Hermann Villiger: Die Tragödie. In: Kleine Poetik. Hrsg. von H. Villiger. Verlag Huber, Frauenfeld und Stuttgart. 4. Auflage 1972. S. 149.

⑱ Benno von Wiese: Die deutsche Tragödie von Lessing bis Hebbel. Hoffmann und Campe Verlag Hamburg. 8. Auflage. 1973 S. 30.

⑲ Ibid. S. 30.

⑳ Lessing: Hamburgische Dramaturige. In: G. E. Lessing. Gesammelte Werke. S. 410.

㉑ Lessings Briefwechsel. In: G.E. Lessing. Gesammelte Werke II. S. 1121.

㉒ Harry Steinhauer: Die Schuld der Emilia Galotti. In: Deutsche Dramen von Gryphius bis Brecht. Interpretationen. Frankfurt 1974 S. 53.

㉓ Ibid. S. 53.

㉔ Ibid. S. 54.

㉕ Klaus Briegleb: Nachwort zu Emilia Galotti. In: Emilia Galotti. Goldmanns Gelbe Taschenbücher. S. 183.

㉖ Harry Steinhauer: Die Schuld der Emilia Galotti. In: Deutsche Dramen von Gryphius bis Brecht. Interpretationen. Frankfurt 1974 S.56.

㉗ Ibid. S. 57.

㉘ Ibid. S. 57.

㉙ Fritz Brüggemann: Lessings Bürgerdramen und der Subjektivismus als Problem. In: G. E. Lessing. Hrsg. von Baner. Dramstadt 1968 S. 119.

⑩ 見蔡源煌：談悲劇人物。

⑪ Dr. Annemie und Wolfgang van Rinsum: Dichtung und Deutung. Bayerischer Schulbuch-Verlag, München 1969 S. 88-89.

IV

從歌德作品中看其感情生活
及臺灣讀者對他的認識

一、歌德與婦女——從歌德的情感生活看其「作品」

前　言

　　凡是有人詢問您所認識的德國人，最能代表德國的典型人物是誰？您腦海中所想起的德國必是政治家：鐵血宰相——俾斯麥，哲學家：康德、黑格爾、馬克斯，或音樂家：巴哈、貝多芬、莫札特，以及近代史上第二次世界大戰的肇禍者——希特勒，而在廣泛的文學領域被提起的則是歌德。約翰・沃爾夫岡・封・歌德（Johnann Wolfgang von①Goethe）1749 年 8 月 28 日生於法蘭克福（Frankfurt），1832 年 3 月 22 日，卒於威瑪（Weimar）。

　　歌德——這位著作等身，德國文學界的巨擘，同時也是德國文學史上的第二個巔峰時期——古典主義②的掌舵者，可謂當之無愧，名符其實。特別是文學的愛好者，都知道這位屬於世界級的大師，有許多膾炙人口的作品，諸如大家耳熟能詳，印象深刻的兩部作品《少年維特的煩惱》與《浮士德》。讀罷想必有一番感慨，產生極大的震撼力，縈繞腦海，唏噓不已吧！

　　歌德——這位有豐富作品的全能詩人，他的文學創作泉源，從他一生的經歷來看，與個人的成長心路歷程有相當大的關係。這位多情、善感，有敏銳觀察與思考力的詩人，一生與「婦女」脫不了關係，這些事件的衍生常反映在他的作品上。歌德一生周旋於女人當中，在與她們認識交往的過程中，常因個人的際遇變遷、感觸、內疚、懺悔或以他所仰慕且與心目中理想相近的典型女性爲對象，而抒發其情懷於詩詞之中。歌德這類的「作品」產量甚多，與其他作家相較之下，這位曠世奇才可謂獨占鰲頭。

　　那麼究竟歌德的一生與多少女人有關呢？作者研究其生平著作，細數一下，除了母親之外，不多也不少，一共是 11 位，但無可否認的，母親對他的影響也相當大。現在就從這個出發點來逐一探討他與女人交往的經過，所產生的錯綜複雜的感情，再從這剪不斷、理還亂的感情來探討他的「文學作品」。

● 歌德的情感際遇與作品的產生

　　歌德出生富裕，在德國作家當中，可謂最得天獨厚的一位。一生中無憂無慮，不必顛沛流離，栖栖皇皇地爲生活而奔波。他可以專心致力於其嗜好──文學創作。歌德的啓蒙教育由其嚴峻的父親親自執教，父親更延聘幾個私人教師教導歌德與他的妹妹學習多種外國語言：諸如拉丁、希臘、希伯來、法、義等語文。父親對歌德講授古老的歷史，鼎盛時的德國帝國皇帝馬克西米安一世（Maximilian I.，1459 年 至 1519年，於 1508 年被選爲德意志民族神聖羅馬帝國皇帝，有「最後的騎士」之稱）及卡爾五世（Karl V.，即曾在渥姆斯帝國會議審判馬丁‧路德的皇帝）之事蹟。與嚴肅、做事一點也不肯苟且的父親相反的母親，則是位爽朗、活潑、樂觀的女

▲歌德

人。她是位講故事的箇中好手，她對少年歌德講述童話、傳奇、聖經故事，古老的、流傳於德國民間的故事，如喜歡惡作劇的德國民間傳奇人物奧倫斯匹格（Eulenspiegel）與會呼風喚雨的浮士德博士（Dr. Faust），使歌德小小的童心留下無法磨滅的印象。

　　歌德 16 歲時，奉父命前往人文薈萃、有德國小巴黎之稱的萊比錫（Leipzig）大學研究法律。父親要他學習的法律，他覺得枯燥乏味，時常蹺課，他對文學與藝術史感興趣，遂去旁聽這些課，但不久對講授此門課的教授甚感失望。使他感興趣的是由一繪畫家奧塞（Adam Friedrich Oeser，1717 年至 1799 年）教授所主持的美術學院，他不去上正課，而去學畫和雕刻。此時的歌德，衣著奇裝異服，舉止陰陽怪氣，標榜著特立獨行，並且常常進入酒店消磨時間，因而遇見了酒店老闆的女兒凱特馨‧荀科夫（Käthchen Schönkopf，1746 年至 1810 年）。認識她沒

幾天就開始狂熱的追求，但這位小姐性情古怪、喜怒無常、捉摸不定，使歌德吃了不少苦頭、受盡折磨。在這種情況下，對凱特馨之愛的痛苦，使歌德寫了兩部投合時宜的洛可可風格[③]的詩集，一爲《安涅特》（Annette），另一爲《新詩集》（Neue Lieder）及一部又稱爲田園小說的牧歌式之劇本《古怪的小情人》（Die Laune des Verliebten）。但不久以後，他就發覺凱特馨與他的性情格格不入，並且永不可能當他的妻子，最後兩人的戀情終於淡然地化爲烏有。

　　在萊比錫求學的歌德，沉於酒色，生活不正常，因而得了重病，肺管破裂出血，1768 年夏天回到法蘭克福（Frankfurt）家。在母親悉心照顧之下，逐漸康復。此時，母親的一位信仰虔敬教義的閨中好友蘇珊娜‧封‧克列騰柏格（Susanne von Klettenberg，1723 年至 1774 年）向他灌輸一些虔敬主義思想，她將歌德引入澄淨的宗教冥想中，使他浮躁的心靈獲得了安靜，並介紹他閱讀有關神祕的、通神的文化哲學書籍[④]，對這位影響他內心知覺的阿姨，歌德在他以後的一部教養小說，有承先啓後的精神之作品《威廉‧邁斯特之學習年限》（Wilhelm Meisters Lehrjahre）第六卷，提到人皆具有「美麗的靈魂」，將一個人完美心靈的成長過程，細膩地描寫出來，所影射的正是這位阿姨。

　　大病初癒後的歌德又奉父命前往斯特拉斯堡（Straßburg）繼續完成未完的學業。在這期間也衍生出一段令歌德終生內疚不已的羅曼史。離斯特拉斯堡附近約 20 哩的塞森漢（Sesenheim）小鎮，一牧師的女兒茀莉德莉克‧布里昂（Friederike Brion，1752 年至 1813 年）闖進了這年輕學生的心坎。茀莉德莉克小姐愉悅動人、優雅的氣質、風度，深深地吸引了歌德。歌德曾這樣的記載著：「當她沿著微斜的小徑慢慢地走著，她的儀態和本性無比的吸引了我，這種感覺是以前從來沒有過的。她的丰姿足以和萬花爭豔，她的愉快和開朗更足以媲美藍天。她全部的人格是如此的美好，以後她一定會是個最好的家庭主婦；能克服所有的困難和消除不愉快的情緒。」[⑤]歌德與茀莉德莉克小姐的交往可說是他在斯特拉斯堡求學時一段最寫意的生活。花前月下，儷影雙雙，談不完的情話，對茀莉德莉克的愛慕，乃動了他的抒情詩興，寫了名爲〈茀莉德莉克之歌〉

（Friederike-Lieder）、〈五月之歌〉（Mailied）、〈小花與小葉〉（Kleine Blumen, kleine Blätter），這些表達個人情感的抒情詩字字珠璣，是德國文學史裡上乘的作品，在德國抒情詩史上，繼中古世紀抒情詩人瓦爾特‧封‧德‧佛格爾懷得（Walther von der Vogelweide）⑥之後，開創了另一個新紀元。但這短暫的戀情隨著歌德的學業告一段落，必須離開斯特拉斯堡而結束了。年輕的歌德正處於天才不受羈束的狂飆時期，他有遠大的理想抱負，不能與莉德莉克終生廝守在塞森漢這個小鎮裡，埋沒了他的志向，於是歌德就當了負心郎。他雖深愛莉德莉克，但在愛情與事業，魚與熊掌不可兼得的情況之下，幾經掙扎，慧劍斬情絲，毅然決然地不再顧慮到他曾許下的海枯石爛、此情不渝的誓言，拋棄了佳人。與莉德莉克的這段戀情，有一首題為〈歡迎與離別〉（Willkommen und Abschied），一如德國民歌作品中的風格，完全以清新的音調，透過幻想、感覺、內心的悸動，直接表達個人親身的經歷與感觸。歌德的詩句這樣寫著：

「我心劇烈地震顫著，躍馬上前去！
這件事無須思考，我迫不及待地做了。
黃昏已將大地催眠了，
夜色高掛山巔：
橡樹披著霧衣巍然地站立著，
有如矗立著的巨人在那兒，
來自灌木叢林，朦朦朧朧的
以百雙黑眼偷窺著大地。

月亮突破雲層
悲傷地吐氣凝視著大地，
風撲動著輕飄的羽翼，
在我耳邊鬼魅似的怒吼著；
黑夜幻造出上千的魑魅，
但我的心情卻是歡娛清新；

在我的血管有火燄燃燒著！
在我的心中有一股熱情！

我看著妳就有溫婉的喜悅感覺
當妳甜蜜地對我凝視：
我整個心中充滿了妳的倩影
我爲妳而呼吸著。
在春光明媚的天氣裡，鮮豔的薔薇映照在
妳那嬌嫩可愛的臉龐裡，
妳對我如此的柔情——啊！上帝
我曾盼望過，但我不配享受！

但當陽光照射時
我的心胸被離愁壓抑著；
妳的長吻令我感到幸福！
但妳的眸子閃爍著悲哀！
我離妳遠去，而妳低首無語
含淚的雙眼看著我消失在遠方；
曾經愛過是最幸福的！
神啊！愛情是怎樣的一件幸運的事啊！」⑦

　　歌德終其一生，一直不能忘記荊莉德莉克小姐，而荊莉德莉克在與
歌德分手後，也終生未嫁，在其家鄉從事慈善事業，人皆稱之爲天使。
歌德在以後的著作中，如《鐵手騎士哥茲》（Götz von Berlichingen mit
der eisernen Hand）、《克拉維哥》（Clavigo）和《浮士德》（Faust）都存
有荊莉德莉克的影子，尤其 1774 年的《克拉維哥》一劇，更直接影射這
段情。歌德內心爲自己的負心深感不安，又無法向佳人交代，故在《克》
劇裡安排克拉維哥死於包爾馬歇爾（Beaumarchais）⑧的劍下，以表示
得到應有的懲罰。《克》劇是描寫詩人克拉維哥已經與另一詩人包爾馬歇
爾之妹瑪莉亞（Maria）訂婚，但克拉維哥爲了個人的志向與事業，拋下
瑪莉亞小姐遠走他鄉。後瑪莉亞憂鬱而死，克拉維哥聞訊趕回，在其出殯

行列時跪下懺悔，但卻被包爾馬歇爾刺殺於瑪莉亞棺旁。歌德對自己的突
然絕情而去有著極強的罪惡感，爲擺脫這種無法釋懷的內疚，也因失去
莆莉德莉克的憂傷，因此他只好遁身詩歌之中了。他說過：「我以折磨自
己作爲懲罰，因此寫懺悔的詩歌，我必定已達到了內在的赦免。《鐵手騎
士哥茲》和《克拉維哥》兩書中的瑪莉亞，以及兩書中不義的男主角；
可能就是我懲罰自己時，那種心理的作品。」⑨後來歌德託其友沙爾斯曼
把《鐵手騎士哥茲》轉交給莆莉德莉克時，他在扉頁上題著：「可憐的莆
莉德莉克，當看到書中的壞蛋被毒死了；或許會覺得比較安慰吧！」⑩40
年之後，當已屆62歲高齡的歌德著手寫自傳《詩與眞實》（Dichtung und
Wahrheit）時，在提到塞森漢的回憶時，莆莉德莉克的形象仍然鮮躍活
現於眼前。這本自傳是由歌德口述，祕書艾克曼（Eckermann）筆錄而成
的。這位祕書說歌德口述時，心中充滿了傷楚，時斷時續；甚至還強忍著
奪眶欲出的淚水，而失聲說不出話來。可見歌德終生忘不了這位美麗純潔
而堅貞的女孩。歌德在回憶塞森漢的那一段時光，發自肺腑，歷歷在目地
追述：「眞的，她的出現就像是陰霾的天空升起了一顆清澈晶瑩的星星，
她穿著傳統的德國服裝，但很合適，一件緊身的白衫，黑紗的腰布，滾著
花邊的白裙子，輕輕地掩著她的小腳，而又微微地露出——她的裝束是這
樣的介於城市與鄉村姑娘之間。她走路時，體態嬌柔輕盈；她的頸項纖嫩
得像負擔不住棕色的髮辮，她的帽子掛在手臂上，歡娛而碧藍的目光是清
澄而自由的；小巧玲瓏的鼻子在空氣裡自由地亂探，像不知世上有什麼要
介意的事情似的。」⑪

　　歌德拿到了法律學位之後，回到法蘭克福的家，遂又奉父命於1772
年初前往魏茨拉（Wetzlar）高等法院任職。在這裡另一位女性又深深地
吸引了他，即是他的朋友凱斯那（J. C. Kestner，1741年至1800年）的
未婚妻夏綠蒂·布夫（Charlotte Buff，1753年至1828年）。眾所周知，
《少年維特的煩惱》（Die Leiden des jungen Werthers，1774年）就是爲
這位小姐而寫的。歌德傾慕夏綠蒂，但知書達理的夏綠蒂一直以好朋友的
立場開導歌德，直到9月，歌德眼看追求夏綠蒂沒有指望了，就離開魏茨
拉。在返回法蘭克福的途中，他在埃連布萊特斯坦（Ehrenbreitstein）小

鎮逗留，拜訪其家世交，蘇菲・拉・羅夏（Sophie La Roche，1731 年至 1807 年），她是當時在德國頗負盛名的通俗小說女作家。羅夏的女兒瑪希米莉安娜（Maximiliane）長得亭亭玉立，歌德遂又一見傾心，向瑪希米莉安娜小姐求婚，但遭到拒絕。瑪希米莉安娜於 1774 年嫁給一位住在法蘭克福城的義大利商人布連塔洛（Brentano）⑫。後來歌德也常常拜訪結了婚的瑪希米莉安娜，因為兩人有共同的嗜好，對文學與音樂有一致的看法，常常一起討論文學作品，一起彈鋼琴，這麼一來，布連塔洛先生難免心中不是味道，遂偶爾醋海生波，有些不愉快的場面發生。這種經歷與對夏綠蒂的愛慕，以及歌德離開魏茨拉城後不久，一位愛上了有夫之婦，而受了種種損害名譽的侮辱，憤而舉槍自殺的律師耶路撒冷（Karl Wilhelm Jerusalem，1747 年至 1772 年）的悲淒命運使歌德感同身受。這三件事串聯起來，觸發了歌德的文思，於是有轟動當時世界文壇的《少年維特的煩惱》的問世。

此作一出，舉世震驚，幾乎人手一冊，尤其年輕人更為維特唏噓不已，掉了不少眼淚。有些年輕人崇拜這位脆弱、敏感、善良又熱愛大自然的維特的敢愛敢恨，因而有人模仿書中維特的衣著裝扮，即是藍色的燕尾服，配上黃色長褲的維特時裝。有的甚至受維特的感召，穿著「維特裝」舉槍自殺與小說書中的主角同赴黃泉。1799 年登上法國第一執政官寶座的一代梟雄拿破崙就說過，他曾反覆讀《維特》不下 7 次，說他遠征埃及時，還帶一本在身邊。1804 年拿破崙稱帝，占領德國地區時，他曾召見歌德。但是這部堪稱曠世之作的書信體小說除了正面的評價，也有排山倒海而來的負面評價，官方和教會視此書為毒蛇猛獸，他們對《維特》深惡痛絕，唯恐「維特」毒害年輕人。義大利教會購買了全部的《維特》譯本後，悉數銷毀，而在德國的萊比錫城市則三申五令，嚴屬禁止出版。

這部歌德只花了 4 星期的工夫，以書信、日記和自白的體裁為結構的小說，文字流利自然，不嬌柔造作，情感真摯熱烈，故事曲折，委婉動人。歌德毫不隱瞞地把個人內心對夏綠蒂的愛慕、感覺，與對無法解決的愛情糾紛的痛苦，赤裸裸地表達出來。尤其對女主角夏綠蒂更是讚美有加，把他心目中理想的女性美德表露無遺。書中有一段描寫夏綠蒂的賢淑

能幹；當維特有天去看夏綠蒂時，適值夏綠蒂在照顧其年幼的弟弟妹妹。歌德以感性、悅耳動人的筆調敘述夏綠蒂爲 6 個從 2 歲到 11 歲的弟弟妹妹分配麵包的一幕。這本著作不是單純的一本膚淺戀愛故事，如果是這樣，時尚一過，就難免被人如破鞋子一般的丟棄了。它之所以有偉大永恆的價值，是因爲它不只是個失戀的故事，不只是探討一個對封建世界不滿的知識份子與社會的衝突，一個理想破滅了的有識之士，又是細膩地描寫一個悲劇人格的故事。維特在「愛」中的心靈狀態，在他過份純潔的內心追求，漸漸腐蝕其病態情緒的榮譽感，驅使他走上毀滅之途。這部作品反映出那個時代的尊重感情與自我覺醒的精神，因此甫一問世，很快就有了翻譯本。是時執世界文壇牛耳的英國、法國、西班牙等國遂對當時被譏爲像一片沙漠的德國文學刮目相看。歌德的名聲更如日中天，歷久不衰，有許多人終其一生不叫他歌德，只稱他爲「維特一書的作者」，可見此書引起的震撼，此時的歌德才 25 歲而已。⑬

　　歌德於 1775 年初在法蘭克福一個舞會裡，認識了才貌雙全的富家小姐莉莉 ‧ 筍涅曼（Lili Schönemann，1758 年至 1817 年），兩人一見傾心。莉莉非常講究社交生活，這使她更顯得有教養而迷人，歌德復燃起情慾，落入不可自拔的情網。由於兩者出身背景與環境的差異，雙方家長極力反對他們的交往，但是兩人排除眾議，還是訂婚了。讀者也許會認爲訂婚後的歌德，其「感情」將有個歸宿，不會再當負心人了吧！就在這事情有決定性的發展時，歌德的內心對這次的婚約仍然起了理智與情感的矛盾衝突，猶豫不決、搖擺不定。一方面是社會傳統的倫理束縛力，一方面是個人內心的掙扎。他一直認爲不應該埋沒他的天份，感覺自己不願受婚姻的束縛。對莉莉小姐，他只有再毀約，抱歉的說聲「對不起」了。出自對莉莉的歉疚，使他寫出了著名的〈莉莉之歌〉（Lili-Lieder），有一首〈新歡與新生活〉（Neue Liebe, neues Leben），裡面有一句「愛情，愛情，不要糾纏我吧！」可看出詩人無所適從，無可奈何矛盾的情緒，想掙脫這個社會規範的限制。趁著一次的瑞士之旅，逃避與莉莉的接觸，並藉以疏遠彼此的關係。然而在兩人的距離越拉越遠時，歌德更是殷切地思念著莉莉。〈莉莉之園〉（Lilis Park）、〈湖上〉（Auf dem See）與〈紫羅蘭〉（Das

Veilchen）等，皆是歌德出自虧欠莉莉的感情而作的抒情詩。在《史蒂拉》（Stella）這部五幕悲劇裡，也是影射這段情史。劇中曾有如下的一段獨白：「這種情形窒息我的一切活力，我的一切勇氣全消失了，我還有什麼？前途茫茫，我必須走向自由世界。」⑭

　　與莉莉解除了婚約後的歌德，當然不可能逗留在莉莉所居住的法蘭克福城。為使其紛亂的思緒平靜下來，於 1775 年 11 月他遂接受人口不到 10 萬的威瑪公侯國的大公爵卡爾·奧古斯特（Karl August，1757 年至 1828 年）的邀請，前往威瑪，輔佐年輕的大公爵治政，歷官至議長、內閣總理、樞密顧問。1782 年由大公爵的推薦，約瑟夫二世（Joseph II.）晉封他為貴族。在威瑪宮廷中，他又認識了一位影響他往後作品極大的一位屬於宮廷社會的女性夏綠蒂·封·史坦因夫人（Charlotte von Stein，1742 年至 1827 年）。她比歌德年長 7 歲，是一位婚姻失敗，有眾多子女，過著完全與世無爭的隱居生活的貴婦人。第一次見面時，歌德就直覺地瞭解到她對他命運的重要性。但史坦因夫人對他則保持著距離，兩人以書信的方式交談來往。她開闊的胸襟、與世無爭的觀念，漸漸影響了歌德。她使歌德在精神的共通上產生了寧靜、和諧與幸福的認知。

　　歌德在威瑪時所作的抒情詩，與他在法蘭克福城狂飆時期的詩有很大的不同。用字遣詞相當平靜、昇華、豐富和理解。獻給史坦因夫人的詩歌，指出了情人的高貴與心靈的力量。在史坦因夫人的身邊與大自然界中，歌德找到了「寧靜」（Frieden）。此時的詩作〈對月〉（An den Mond）、〈漫遊者的夜之歌〉（Wandrers Nachtlied），皆指出詩人個人的感受與無時間限制的心靈生活。對史坦因夫人所產生的「愛」，使歌德學習到了所謂的紀律（Maß）和克制（Entsagung），相信人性的倫理力量。在與史坦因夫人維持了 12 年的友誼之中，歌德有豐富的著作問世。這時的作品風格不同於氣焰高漲、波濤洶湧、壯闊的狂飆時代，而是高度的成熟、調和的作品。其中以完成於 1786 年的劇作《伊菲格尼》（Iphigenie auf Tauris）為古典主義的上乘作品，這與希臘三大悲劇作家之一的歐里庇得斯（Euripides，紀元前 485/484 或 480 年至 407/406 年）以悲劇為結局的《伊菲格尼》不同。歌德賦予女主角高貴完美的力量，解

救了被復仇女神所詛咒的犯了滔天大罪的哥哥。它的主題是純潔而高尚的女子有補過贖罪的力量。而這位伊菲格尼的造型是歌德從史坦因夫人身上發現的。

　　歌德在威瑪已匆匆的度過了 10 年，此時他的內心渴望再度創作的意願和煩瑣的政務起了很深的裂痕。他已掌政 10 年，遂於 1786 年 9 月獨自祕密前往義大利去旅行，在為史坦因夫人所寫的旅行日記上，他透露出想解除日理萬機的沉重負擔，尋求內心深處的自我。在義大利他完成了《托夸多 · 塔索》（Torquato Tasso）⑮。這部作品是敘述自負甚高、多愁善感、易於衝動的詩人塔索，在義大利阿豐斯二世（Alfons II.）的宮中，暗戀大公爵的妹妹萊奧娜蕾（Leonore）公主的故事。一天，他興沖沖地把剛完成的敘事詩〈耶路撒冷的解放〉呈獻給大公爵時，遭受到宮廷祕書安東尼奧（Antonio）的嘲笑，兩人遂尖銳的對立，塔索拔劍要求與之格鬥，不久經大公爵調停。塔索自信地向溫柔的萊奧娜蕾公主求婚，但遭受拒絕。最後他承認自己是個失敗者，於是不得不黯然地離開王宮。這部作品一方面是對威瑪公爵表示謝忱，一方面是表示他的心理上感情的糾紛。阿豐斯二世係影射威瑪大公爵卡爾 · 奧古斯特，安東尼奧是指威瑪宮中大臣傅立齊（Fritsch），塔索是歌德自己，萊奧娜蕾公主是史坦因夫人，在義大利他寫了一些他的成熟期作品。1788 年從義大利旅行回來之後，他與大公爵兩人有更進一步的互相諒解。自 1791 年到 1817 年即接掌威瑪宮廷劇院，他的興趣是在文學創作上，遂漸漸地疏遠與宮廷的關係。

　　1788 年有一天歌德在公園散步，遇見一個以糊紙花維生、天真無邪的少女克莉絲汀娜 · 烏普斯（Christiane Vulpius，1765 年至 1816 年），歌德遂不顧眾議與 23 歲的克莉絲汀娜同居。這時史坦因夫人寫信責備他，於是他決定放棄與史坦因夫人保持 10 年的感情，中止與史坦因夫人之關係，過著完全隱居的生活。1789 年生下長子，次子則早殤。他為克莉絲汀娜所著的有〈羅馬輓歌〉（Römischen Elegien）、〈我走在森林中〉（Ich ging im Wald so für mich hin）。18 年之後（1806 年）當拿破崙洗劫威瑪時，幸賴克莉絲汀娜從容不迫地應付，而免除許多危險，這時的歌

德才想到要有一個眞正屬於自己的家庭，於是正式和克莉絲汀娜辦理合法的結婚手續。

1809 年發表《『親』和『力』》（Die Wahlverwandschften），這本小說是歌德浪漫生活的懺悔錄。小說的內容爲一對夫婦本來過著美滿平靜的生活，後來另外兩個人介入這對夫妻之間，使他們的關係像化學元素，引起重新組合與消失的變化。新的一對尚能以傳統的禮教與倫理勉強克制自己。另一對則無法駕馭自己的強烈激情傾向，終於以「死亡」的代價償付這罪孽。這部有寫實小說風格的作品，又是歌德本人掙扎於對少女明娜・赫次利伯（Minna Herzlieb，1789 年至 1865 年）的愛，和對已成爲他的妻子克莉絲汀娜之間的表白。明娜是耶那（Jena）的書商佛隆曼（K. F. E. Frommann，1765 年至 1837 年）的養女。1807 年歌德到耶那去，在耶那滯留的那段日子，有芳齡 18 的明娜作伴，她唱他年輕時作的詩歌，朗誦他的作品，在明娜身邊，這位老詩人又恢復了青春。但是他們的愛情是在精神方面的，非常純潔，不涉世俗的塵念。歌德對他的妻子克莉絲汀娜所需要負的義務和責任，使他戰勝了自己的本性傾向，幾經掙扎，理智終於還是戰勝了情感。所以《『親』和『力』》這部小說的主題即是歌德自己承認婚姻的趨向，同時他也指出自然的愛情與道德的態度必須一致，否則就會產生偏差，就不是幸福的婚姻。

1814 年夏天，歌德讀了一本中古世紀伊朗詩人哈費斯〔S. M. Hafis，1325 年（1320 年？）至 1390 年〕的翻譯詩集，詩中的活潑與嚴肅並存的風格，深深地吸引了他。而當時他去萊茵河（Rhein）、梅因河（Main）附近一帶旅行，拜訪一位童年的好友，法蘭克福的銀行家時，認識了銀行家的妻子瑪莉安娜・封・威勒梅（Marianne von Willemer，1784 年至 1860 年），兩人互爲對方吸引。歌德爲瑪莉安娜賦詩，而瑪莉安娜也以幾首詩作爲回報歌德的愛。此時他開始寫《西東詩集》（Westöstlicher Divan），瑪莉安娜帶給他情感上的實質和靈感，他更融合了東方形式美與自己一貫持有的優雅可人，無拘無束的用字遣詞，撰成這部《西東詩集》，而歌德爲瑪莉安娜小姐所做的〈瑪莉安娜之歌〉（Mariannens Lieder），化名爲絲萊卡（Suleika）的這部分，是《西東

詩集》裡最美麗、動人的一段，絲萊卡詩作的最後一首詩，表達出歌德再度地對這段短暫的，不能成真的幸福與愛情惆悵不已。

　　一生少不了愛情的歌德，得壽甚長，1816 年時，妻子、知音、戀人先後都去世了，晚年愈感孤獨。他的最後一次戀愛是 1823 年。在馬林巴得（Marienbad）邂逅了年方 18 的烏莉克・封・列威稠（Ulrike von Levetzow，1804 年至 1899 年）小姐，74 歲的歌德再度燃燒起最後一次的戀愛火焰。根據 1823 年起擔任他的祕書艾克曼於是年 10 月 27 日的記載，他說：「當歌德從白楊樹下的噴水池旁聽到了烏莉克小姐的聲音，就很快地拿起帽子，並跑向她。他從不錯過能待在她旁邊的時間。」[16]歌德又開始寫情書，努力地追求，並且想和她結婚，但烏莉克小姐拒絕了他。這件事使人們嘲笑他，但歌德向別人解釋著說：「我以為愛情應無分老少，只要男女雙方都有意相愛，便是最高貴的；我的一生完全沉浸在愛情中；或者說，我寫的作品全是為了愛情，沒有愛，沒有情，我是絕對寫不出文章的。」[17]追求烏莉克小姐不成，心灰意冷，無望之下，歌德把在情感上的這最後一次激烈震動、失戀的情懷，寫出許多首抒情詩歌，題為《戀情三部集》（Trilogie der Leidenschaft），內收集有〈馬林巴得輓歌〉（Marienbader Elegie），藉此部詩作歌德最後解脫了自己，不再追求愛情了。

結　論

　　由此可見歌德一生的戀愛史與他整個生活的變化息息相關。「愛情」的確是歌德文學創作的泉源，他從歷次的戀愛中取得了文學創作的生命和實質，且藉創作作品來消除他在「愛情」中所嚐到的痛苦與罪惡感。不可否認的，歌德天生就有藝術家所特具的對異性的敏感，他更有傾向於接近女人的習性，這種敏感圍繞了他一生，在他的自傳《詩與真實》中，他說過一句話：「我的作品只不過是些懺悔的篇章而已。」[18]可說是詩人——歌德本人的「天才」和「情慾」的衝突。歌德一生離不開女人，也正因與女人來往，他體會出偉大的「女性愛」。《浮士德》的下半部最後一幕，接近尾聲時有這樣的頌歌：「永恆的女性愛引領著我們超升。」[19]這種發

自肺腑的聲音，在我們這個開明的 21 世紀顯得更爲嘹亮了。

　　但歌德的「愛情觀」如以現代人的眼光來看，似乎幾近於濫情。歌德自己也承認他的內心常常沉重不寧和變化無常，而他的多愁善感和感情豐富之特質尤勝於常人，其心情的變化，見異思遷又常常支配這種獨具之特質，使得他只有逃避一途，或者嘗試著尋求去接受它。綜觀之，凡牽涉到女人的作品，皆有一個固定的公式：以鍾情於某人始→熱戀一陣子之後→內心開始徬徨→掙扎於理智和感情→然後下決心分手→但內疚，不安而自責→再去尋找感情上所背馱的罪惡感之解脫→最後付諸行動，賦予作品中的負心漢得到以懲罰爲果的悲淒下場，而這種結局的安排使得他擺脫內心的負荷，於是他釋然了，解脫了。

二、臺灣讀者對歌德的認識

前　言

　　在臺灣凡是有人詢問您所認識的德國文學家是哪一位？通常被問者皆會不加思索地回答：「歌德」，然後當我們再問知道或閱讀過歌德哪些作品，答案大部分是《少年維特的煩惱》和《浮士德》。

　　歌德的著作無論從德文直接翻譯成中文，或是從英文、日文譯成中文，在臺灣可找到不同的版本，也有評論關於歌德或歌德的文章。在這裡就要問爲什麼臺灣對歌德感興趣？我們讀了歌德的作品有什麼感觸，是否我們從中得到了靈感或啓發？在歌德豐富的創作中，諸如小說、散文、戲劇和抒情詩等，有沒有所謂的中國思想存在？

　　歌德可說是史上最偉大的天才，在德國文學圈裡，無疑的，歌德必是第一個被提到的傑出人士，最具代表意義的詩人。由德國遍布全世界的文化機構，皆以「歌德」命名，可見他受德國人的推崇（德國在臺灣、臺北也設有歌德學院）。

　　在他個人古典文學創作的時期裡，他將所有早期文學裡的智慧結晶全部融合在他的古典文學裡，並告訴我們，偉大的思想價值可從歷史及民眾

史中蓬勃地發展。在這種背景之下，他完成了在整個文學世界獨占鰲頭的作品，誰不認識歌德的《浮士德》或《詩與眞實》或者是《少年維特的煩惱》？誰不知道一如在歌德生時，至今仍觸動許多人心弦的歌曲和詩詞？

　　歌德一生著作繁浩，總計達 140 多卷，在世界文學中占有重要的地位，本文試著從他浩瀚的作品中找出其觀點與理念能讓我們接受的地方。

一　歌德接近中國思想的作品

　　歌德的許多作品在臺灣已有翻譯本，也有許多懂德文或在學德文的臺灣人直接閱讀德文的原著本。這是值得驚訝的，歌德在今天，在一個歷史和地理已經全盤改觀的世界裡，他仍然是如此地受歡迎，到底是爲什麼？這必定有一個根本的道理，即歌德所有的作品，皆以其主觀的體驗加上客觀的經歷，用有創造性的形式寫出來的，人們感覺到他全部的作品是從一個內在的、藝術上的創造力湧現出來的，從一個完全不言而喻的、無與倫比的忠實面對自己展現出其意境，所以他的許多不同作品，都特別地帶有自傳性的色彩。他的歌和詩感動了人的心靈，因爲這些作品本身就是發自內心及其靈魂深處寫出來的。

　　他的作品時而出現明顯的、驚嚇的警告及中肯的意見，這些理念是他矢志不渝地維護著，他尊重眞誠，對同代的人付出愛心。他注重內在，極少去注意外表，而這一切特質無須他去高舉著手指以昭告世人，就這麼直截了當地從感性的自我理解散發出來。

　　歌德一生孜孜不倦地寫作，幾乎每一個題目都能引起他的靈感，如果說文學可以抒發情感、表達個人意境的話，那歌德無疑是最善於此道的，將個人的際遇透過文學的方式呈現出來。其作品如：《克拉維哥》、《史蒂拉》、《陶里斯島上的伊菲格妮》、《托夸多‧塔索》及《『親』和『力』》等等不勝枚舉，都可透視詩人的內心告白。歌德得壽甚長，歷經狂飆、古典及浪漫三個文藝思潮，寫作的體裁無所不包，如詩歌、小說、散文、寓言及戲劇等。在他總計達 140 多卷的著述中，筆者從文學創作的三個類型：詩、小說及戲劇各選出一個作品，來探討他的觀點與理念，並嘗試從中國文學裡找出類似的作品，做一些比較，看看在他的創作中，有沒有所謂的接近中國思想，能否讓我們接受的地方。

（一）詩歌

　　詩歌（Gedicht）方面：歌德在表達個人情感的抒情詩，其形式樸實而自然，字字珠璣，是德國文學史裡上乘的作品。在德國抒情詩史上，被公認為繼中古世紀抒情詩人瓦爾特・封・德・佛格爾懷得之後，開創了另一個新紀元。歌德青年時代在斯特拉斯堡期間受赫爾德（G. Herder，1744 年至 1803 年）影響，並幫助赫爾德搜集整理民歌，詩作自是受民歌的影響。比如臺灣的音樂教材也收錄中譯的、且大家耳熟能詳的野玫瑰（Heidenröslein），本來這詩並非歌德的創作，而是在赫爾德的各國民謠集第五卷德國之部，收錄這首民謠；這民謠原文的第三節第四、五兩行，頑皮的男孩摘下了玫瑰，在快樂之中，隨即忘記了被玫瑰所刺而受的創傷。但歌德將它改寫，男孩被玫瑰所刺，沒有悲傷，也沒有嗚咽，就這樣忍受著一切，而被攀折的玫瑰也同樣要忍受著痛苦，這麼鋪陳，不特留有餘韻，而且所受的創傷，將永遠留存，自是意不在言外。這首歌德的田園詩之一，本來是為戀人莂莉德莉克而寫的懺悔詩[20]，經過他的改作，成為美麗而感傷的小曲，再經舒伯特（Franz Schubert，1797 年至 1828 年）譜曲之後，聽起來格外優美悅耳，更如錦上添花，是歌德小曲集中最膾炙人口的一首。歌德的詩作以簡單、純樸、毫無修飾的語言熱情奔放地歌頌生活、愛情和自然，往往情景交融，感情充沛。加上個人浪漫的愛情際遇多彩多姿，每首抒情詩或敘事詩皆洋溢著內心的真實感觸，令人讀了格外動容。這就如同我們閱讀王維的〈山居秋暝〉、李白的〈獨坐敬亭山〉、杜甫的〈春望〉、白居易的〈長恨歌〉、〈琵琶行〉、李商隱的〈無題〉〈錦瑟〉等詩一樣，可以從美麗的文字與和諧的音律中感到詩的情感。

　　筆者閱讀歌德的詩作，如在狂飆突進時期，約寫於 1770 年到 1775 年左右的〈五月之歌〉、〈小花與小葉〉、〈歡迎與離別〉、〈新歡與新生活〉、〈湖上〉、〈紫羅蘭〉等等，皆呈現德國民歌作品的風格，完全以清新的音調，透過幻想、感覺、內心的悸動，直接表達個人親身的經歷與感觸。歌德古典時期的詩作，作品風格已無狂飆突進時期的奔放與熱情，而是追求寧靜祥和。代表作有〈對月〉、〈冬日遊哈茨山〉（Harzreise im Winter，1777）、〈伊爾門瑙〉（Ilmenau，1783）、〈漫遊者的夜之

歌〉、〈蜜妮濃〉（Mignon）等。出色的敘事詩，比如有〈漁夫〉（Der Fischer）、〈魔王〉（Der Erlkönig，1782）等，從作品的用字遣詞來看，相當平靜、豐富和易於理解，他這種一貫的手法風格，樸素優美的語言和自然和諧的音律，抒情深刻，描寫生動，富於藝術感染力，俯拾皆能譜成曲，讓人傳唱，光是舒伯特就將歌德的詩歌約八十首配上美麗的音符。

　　歌德的詩作在德國詩歌史上及世界文學中是難得的作品，堪稱歷久彌新的佳作，他將個人的感受與不願受時間限制的心靈生活寄託在詩裡，融入每行詩的字詞裡，德國人尤其喜歡他的詩作。當歌德 150 歲逝世紀念日（1982 年）時，德國及許多其他的國家都舉辦了盛大的紀念會。值此之際，由法蘭克福城、法蘭克福大學和一家出版社共同設計了一份問卷調查，他們要找出歌德全部詩集裡哪一首詩最被人所喜愛？收到了兩萬封回函，果然不出所料，多數人最常提及的則是：

〈Ein Gleiches〉	〈恆等〉[21]
Über allen Gipfeln	眾山巔之上
Ist Ruh',	皆寧靜，
In allen Wipfeln	在所有的樹梢
Spürest du	你感覺不出
Kaum einen Hauch;	一絲氣息：
Die Vögelein schweigen im Walde.	林中的小鳥兒靜默著。
Warte nur, balde	等待著吧，不久
Ruhest du auch.	你也會安息。

　　用這麼簡簡單單的幾個字就能觸動了許多人的靈魂、感覺及內心深處，並以如此溫和的形式道出了人的一生及由不得人的死亡，使得每個人皆能從中領悟，必須放下、平靜。我們可以深深地體會這首詩是如此直接地從詩人內心深處自然地湧現出來。歌德於 1779 年在威瑪附近的一座狩獵小屋的牆壁上寫下了這幾行字，在 1831 年 8 月 28 日他的最後一個生日時，威瑪公侯國為了對這位偉大的詩人表達崇高的敬意，替他舉辦了一個盛大的宴會，然而歌德沒有到場。他獨自一個人到狩獵小屋去，再一次朗誦他於 52 年前所寫的詩。看了這一首詩，我們不由得要佩服歌德，難

道當時他以 30 歲之齡就悟到了生死循環之理？這一種可以在詩人全部的作品感覺到的令人震撼性的啓發，最重要的原因，也是直到今天全世界上還有許多人，一如在此的臺灣爲這位詩人發出如此的讚嘆。他的感觸在任何時代都仍是清晰的及被大家認同的。

而另一點在接受方面是如此地重要：歌德多方面的創作才能和以嚴肅的態度處理各方面的題材，都在他的作品中呈現出來。他不只是一個有天賦的文學家，以精鍊的文筆寫出如此地簡潔、每人都可瞭解的語言。他也是一個全方位的研究者，秉持著高度的熱忱和嚴肅的態度去從事研究，以至於他在全世界的學術界備受推崇。誰沒有聽過歌德的顏色學？在地質學、氣象學、動物學、植物學和生物學[22]，他被公認爲嚴謹、成功的研究者，而在這些領域裡，豐富的知識和學識也反映在他所有的作品裡，所以我們這個時代的歌德讀者等於可以參考一本包羅萬象的書籍，這也就是爲什麼我們每一個人在閱讀他的任何一部作品時，都會感覺觸動我們心弦的原因了。這些並不是那種響亮的言語，會令人感到激動、緊張、甚或怵目驚心的言語。它常是優美地、輕聲細語地蕩漾在作品裡，讓人回味無窮，想必這也是很多臺灣人在一個變得越來越喧鬧及激烈的客觀世界裡對歌德感興趣的原因吧！接下來我們繼續從文學創作的其他類型，來探討歌德的作品能夠讓我們感同身受的原因。

（二）小說

在歌德多部小說中，最爲人津津樂道，耳熟能詳的當推他以 25 歲之齡在 1774 年寫就的《少年維特的煩惱》。[23]而臺灣的讀者對歌德認識最多的也是《少年維特的煩惱》。這是因爲市面上出現了很多不同版本的翻譯。臺灣讀者爲什麼會去閱讀它，是因爲翻譯的關係。這部作品好在哪裡？它的精髓在哪裡？筆者看法如下：

《維特》的小說乍看之下，有如中國的「戀愛小說」，只是以「悲劇」結束。我們的「才子佳人」大都是循著一個模式：某公子年少、滿腹經學，某小姐年輕貌美，某日出遊花園或寺廟，不期而遇，兩心相許，私訂終身，後經歷一些曲折事件，以喜劇收場，男女雙雙終成夫妻。所謂才子佳人小說，其內容結構大都如此，惟因文字清麗，情致纏綿，於戀愛過

程中，時而點綴以文雅風流、男女誤會、功名遇合、悲歡離合等小插曲，當然最後大多數以大團圓結局，頗爲當時上層社會所喜。明末清初的《玉嬌梨》、《好逑傳》⑳、《平山冷燕》及《鐵花仙史》都很受歡迎，但是歌德的《少年維特的煩惱》不僅沒有循著中國「才子佳人」固定的模式發展，甚至以悲劇收場。這部小說之所以引起共鳴，獲得廣泛的認同，仍因歌德點出知識份子的精神苦悶。維特是個出身市民階級、才華洋溢的青年，他在封建統治的社會裡深感懷才不遇。某次在一個伯爵家的社交場合受盡奚落，深感受辱，加上感情無著落，自尊心甚強，但性格軟弱的維特發覺在這個社會中沒有他容身之地。一方面，他也無法以個人力量反抗社會，擺脫封建束縛，另一方面，他已經覺醒，又不願意苟且偷生，唯一的出路只有自我毀滅一途了。歌德將個人一段刻骨銘心的戀愛經歷赤裸裸地、毫無保留的將他對「愛」的心靈狀態及感受藉著「維特」呈現出來。因此《維特》甫一問世，令人耳目一新，也使他聲名大噪。幾乎全世界各國都有《維特》的譯本，在臺灣目前有由英文轉譯和由德文直接翻譯的多種版本〔見⊜在臺灣的歌德中譯本，附表「譯成中文的歌德著作（I）」〕，《維特》的魅力可見一斑了。

（三）**戲劇**

　　歌德的學問可說淵博，但他仍不滿足，好學不倦的閱讀及研究，這或許是日後他的畢生傑作《浮士德》男主角對自己的知識不滿足，感到懊惱的一個伏筆吧！以眞人眞事的浮士　德（Johannes Georg Faust，約 1480 年至 1540 年）㉕爲主角的文學作品，一直是歷代的德國騷人墨客創造作品的最愛㉖，因此形成了所謂的「浮士

▲浮士德劇照

德文學」（Faustdichtung），不論以何種文學體裁出現，諸如故事、小說、戲劇、傳奇、詩歌等，德國人總是讀得津津有味，圍繞著浮士德的作品可說是汗牛充棟，各個文藝思潮都不乏浮士德作品問世[27]，而歌德的詩句作品《浮士德》則是浮士德文學的巔峰，他的「浮士德」最令人難忘。他將浮士德塑造成一個對知識感到飢渴，殫精竭力永無止盡的追求知識之形象真是令人動容，成為文學中的一個富有哲理的典型。歌德寫作《浮士德》，可用嘔心瀝血來形容，前前後後、斷斷續續，一直到他死前才完稿，總共花了將近六十年的功夫。從 1773 / 1774 年開始寫《浮士德初稿》（Der Urfaust），歷經 1790 年的《浮士德斷章》（Faust‧Ein Fragment）、1808 年的《浮士德‧悲劇第一部》（Faust‧Die Tragödie erster Teil）終於《浮士德‧第二部》（Faust‧II. Teil）指定必須在他自己逝世後，才能發表。歌德的浮士德寫作時空約跨越一甲子，他寫了又寫，改了又改，補了又補，耗費相當大的精力在此作品上，情節離奇，內容複雜，結構也十分龐大，全劇一共長 12111 行，分上、下兩部。

　　第一部寫浮士德追求知識的過程，並與少女葛雷卿（Gretchen）戀愛的悲劇。內容情節是大家熟悉並且可以理解的。但第二部的內容情節則錯綜複雜，涉及自然、科學、美學、藝術等學術領域之知識，描述庸庸碌碌的日常生活及汲汲營營於政治權勢的追求，寫出古代、中古世紀、基督的解救信仰及自我實現的祥和世界觀。浮士德追求真理的過程曲折離奇，他所描繪的一幅理想世界的美景令人嚮往，且歌德要表明的抱負和理想是洋洋大觀的；以文藝復興以來 300 年的歷史為經，再輔以比如光明 VS. 黑暗、進步 VS. 反動及向上 VS. 墮落這兩股勢力的對立為緯，上自天文地理，下至攸關民生疾苦的政治經濟無不被歌德寫進去了。雖然以虛構的情節來代替整個故事如何落幕，好像有點荒誕不稽，但在虛構的背後，卻在精神與思想的領域內浮現象徵的意義。在第一部裡的天上序幕，魔鬼與上帝打賭，他有辦法將上帝的人世使者導入歧途。上帝深信「人在努力追求時，難免會犯錯」及「善良的人在摸索中不會偏離正道」，於是上帝和魔鬼開始比賽。魔鬼與浮士德定下契約，先將浮士德返老還童，他當浮士德

的僕人，帶他去體驗「愛情」與「政治」生活，一旦浮士德對某個「瞬間」說出「停一下吧！這瞬間真美！」那麼他就必須把靈魂交給魔鬼，在與葛蕾卿的戀愛過程，浮士德並沒有說出這一句。倒是在第二部以浮士德藉魔鬼之助為皇帝平息內亂，獲得一塊海濱封地，在此他要貫徹自己的理想，他不斷地努力，預期到人類將來的生活方式會更美好；在歡樂的勞動歌聲中，體會出群眾共同努力的喜悅，因而感受到最崇高的幸福，終於他心滿意足，一瞬間不禁脫口而出：「停一下吧！這瞬間真美！」隨即瞑目而逝。魔鬼以為他贏了，要來收取浮士德的靈魂，上帝適時派出天使把他的屍體連同靈魂接往天國，在光明的聖母那裡與葛蕾卿團聚，這象徵上帝勝利了。歌德的曠世巨著《浮士德》提出了人類的前途在哪裡？人生的理想該是什麼？這兩個問題。筆者認為歌德提出人類的前途，即是要腳踏實地去追求真理，人生的理想是達到大同世界。故最後浮士德已盡力實現了他的理想，他在心靈上的滿足及無所牽掛下，才會坦然並從容地接受死亡；從這部作品中不難看出歌德樂觀進取的態度，這與儒家入世實踐的觀點相一致。歌德的人生哲學是「務實」，他思考人要如何去做，如何在具體的工作中（歌德反對懶惰）與實際的環境密切配合（歌德反對脫離現實，只做象牙塔式的空想思考）將理想的追求與人生的意義緊密地結合起來，這主題不只在浮士德第二部存在，也是他 1821 年續寫《威廉‧邁斯特的漫遊時期》（Wilhelm Meisters Wanderjahre）的動機。總之，歌德的《浮士德》是正面肯定「人性」的，這也是與我們的孟子「性善」一致；閱讀《浮士德》能引起我們的共鳴，這或許是《浮士德》裡的哲理或多或少與儒家的觀點接近吧！

二 在臺灣的歌德中譯本

　　我們臺灣人發現了歌德，並能廣泛地介紹他，這是個可喜的現象。在下面兩個表格裡，有一個是已將歌德的作品譯成我們的語言之一覽表（I），另一個是在臺灣已發表有關歌德作品之評論、有關詩人和文學家歌德的一覽表（II）。

譯成中文的歌德著作（I）

周學普譯	愛力	正中，1953初版，1959再版
華生譯	薔薇曲	讀者書店，1958年
呂明霞譯 Eckmann著 周學普譯	歌德詩集 歌德對話錄	新陸書局，臺北，1960年 臺北商務印刷館，1961年9月
戴定國（發行）	愛的頌歌 歌德作品：普柔梅瑟斯 　　玫瑰 　　牧童哀歌 　　遙寄 　　永恆的思想	海燕出版社，臺北，1968年
李魁賢譯	德國詩選 歌德作品：五月之歌 　　秋懷 　　流浪人夜曲 　　野玫瑰 　　普洛美修士	三民書局，臺北，1970年初版，1977年再版
趙震譯	歌德自傳	志文出版社，臺北，1976年
周學普譯	浮士德（Faust）	志文出版社，臺北，1978年初版，1997年再版
白樺編譯	歌德評傳	喜美出版社，臺北，1980年
林鬱主編	歌德語錄	智慧大學出版社，1989年11月初版，1993年12月四版
呂津惠譯	少年維特的煩惱	大眾書局，高雄，1964年再版
賴思柳譯	少年維特的煩惱 The sorrows of young Werther	大華出版社，臺南，1968年

李牧華譯	少年維特的煩惱 The sorrows of young Werther	文化圖書公司，臺北，1968年
周學普譯	少年維特的煩惱	1975年12月志文出版社，初版 1998年12月再版
沈英士（發行人）	少年維特的煩惱	文國書局，臺南1991年1月一 版一刷，1995年5月一版二刷
黃甲年、馬惠建譯	少年維特的煩惱 Die Leiden des jungen Werthers	林鬱文化出版社，臺北縣1993 年，11初版，1996年12月五刷
侯浚吉譯 鄭芳雄導讀	少年維特的煩惱	桂冠出版社，臺北，1994年
李淑貞編譯	少年維特的煩惱（英漢 對照）	九儀出版社，臺北，1998年
楊吉祥（發行人）	少年維特的煩惱	祥一出版社，臺南，1998年1 月
宋碧雲譯	少年維特的煩惱	探索文化事業有限公司，臺北 縣，1998年7月

評論歌德及其作品的文章（II）

宗白華	歌德研究	臺北，天文出版社，1968年
陳銓	中國純文學對德國文學的影響 （歌德與中國小說、中國戲 劇、中國抒情詩、中國文化）	臺灣學生書局 臺北，1971年
葉航男	「浮士德」之歷史觀與悲劇觀	1975年（升等論文）
賴麗琇	歌德與婦女──從歌德的情感 生活看其「作品」	德國文學評論（上冊），商 務出版社，臺北，1988年
侯浚吉編著	歌德傳	業強出版社，臺北，1992年

楊夢茹	驚世駭俗 各不相讓——《今古奇觀》與歌德	國文天地,第12卷第6期,臺北,1996年11月
楊夢茹	月光下的疊影——歌德和《少年維特的煩惱》	當代雜誌,第124期(復刊第6期),臺北,1997年12月
黃紹芳、Ursula Ritzenhoff著	歌德的愛與靈魂	2005年12月初版,圓神出版社有限公司

結 論

在臺灣 7 所大學的日耳曼語文學系裡,除了認識一些深具代表意義的作家,在此只說幾個名字,比如席勒(Schiller)、賀德林(Hölderlin)、海涅(Heine)、湯瑪士‧曼(Thomas Mann)、赫塞(Hesse)外,歌德是最常被討論的作家,其作品被閱讀、分析、註釋並翻譯成中文,這也是一項可喜的事實。我們的一些成功的歌德翻譯者是一些大學教授,由於他們的介紹,歌德的作品才在臺灣為人所熟悉,這也是歌德在臺灣能被接受的原因。

筆者以一個研究日耳曼語文學的身分,對歌德提出個人的淺見,或許有謬誤及偏見,請各位不吝指教。

註　釋

① von 爲德國的貴族頭銜，凡是平民被封爲貴族的皆可在其名之後冠上 von（封）之意。歌德於 1782 年被封爲貴族。

② **古典主義**：文學藝術上的基本創作方法之一。主張用民族規範語言，按照規定的創作原則（如戲劇的「三一律」）進行創作，以理性主義作爲創作的指導思想，模仿古代希臘羅馬的文學，甚至採用古代題材。

德國文學的古典主義與哲學上的理想主義方向相同，歌德與康德都將近代自覺的重要項目——人之自律，視爲精神的活動，產生了深遠的影響與成就。歌德的作品創作理智和感情、嚴肅和詼諧、強健和壯麗，和諧地共存著。而歌德一生得壽甚長，橫跨 3 個文藝思潮，早年的狂飆運動，中年期的古典主義（一稱「歌德時期」）與晚年的浪漫主義。

③ **洛可可文學**：一稱「安那克里翁體」（Anakreontik），是歐洲文學中歌頌愛情、青春和生活樂趣的輕快抒情短詩。尤其在法國路易十五世時，洛可可且成爲生活的風尚。

④ 爲宣揚「神祕主義」之典籍，簡言之，是指信徒可藉某種教會神奇的儀式，或某種個人不可思議的幻象直接與上帝溝通，或獲得眞理的啓示，而約於 17 世紀末盛行於一時的虔敬教義即由此衍生。

⑤ Goethe: Aus meinem Leben / Dichtung und Wahrheit, Dritter und vierter Teil, Goldmanns Gelbe Taschenbücher Band 825 / 826. S. 12.

⑥ Walther von der Vogelweide（約 1170 年至 1230 年）爲德國中古世紀大詩人，其所著的戀愛詩歌、警言詩、政治詩，至今尚存有 75 首，見 Walther von der Vogelweide : Gedichte, Mittelhochdeutscher Text und Übertragung, Ausgewählt, übersetzt und mit einem Kommentar versehen von Peter Wapnewski, Fischer Taschenbuch Verlag, Frankfurt am Main, 1971。見本書第 I 章〈中古世紀德國騎士文學〉，第 11-13 頁。

⑦ Goethe: Gedichte, Goldmanns Gelbe Taschenbücher, Band 453 / 454 Johann Wolfgang v. Goethe, Gedichte, S. 25. 歌德原作於 1771 年狂飆時期，稍後曾改寫，本譯文取自修改過的詩。

⑧ 包爾馬歇爾（Pierre Augustin Caron de Beaumarchairs，1732 年至 1799

年）是法國劇作家。其喜劇《塞維拉的理髮師》（Der Barbier von Sevilla，1755 年）於 1816 年被義大利作曲家羅西尼（G. P. Rossini，1792 年至 1868 年）譜成歌劇。《費加洛的婚禮》（Der tolle Tag oder Figaros Hochzeit，1785 年）於 1786 年被莫札特（W. A. Mozart，1756 年至 1791 年）譜成歌劇，當時大受歡迎，至今這兩首歌劇仍上演不輟。

⑨ 見《歌德情史》，Theodor Reik 著，王杏慶譯。晨鐘出版社。中華民國 60 年 11 月，第 14 頁。另見 Goethes Jugenddramen（Götz von Berlichingen, Clavigo, Stella），Goldmanns Gelbe Taschenbücher, Band 439, Wilhelm Goldmann Verlag München, Seite 7.

⑩ 同註⑨第 15 頁。

⑪ Goethe：Dichtung und Wahrheit（Aus meinem Leben）I. und Il. Teil, Goldmanns Gelbe Taschenbücher Band 806 / 807, München Wilhelm Goldmanns Verlag. S. 411.

艾克曼〈Johann Peter Eckerman，1792 年至 1854 年〉本身也是德國作家，自從 1823 年起，成為歌德值得信賴的人，且為其文學方面的得力助手，幫助歌德完成其作品的出版事宜。在他《與晚年的歌德多次對談》〈1836-48〉一書中，鉅細靡遺地將歌德無數重要的思想記錄下來。

⑫ Pietro Antonio Brentano 義大利商人，與歌德女友 Maximiliane La Roche 所生之孩子中，兒子 Clemens Brentano 為晚期浪漫派掌旗者，並與其友 Achim von Arnim 搜集編纂《兒童的魔笛》（Des Knaben Wunderhorn），見第 V 章〈德國文學的浪漫主義始末及其影響〉中的「（二）海德堡浪漫派」。女兒 Bettina Brentano（1785 年至 1859 年）常拜訪歌德之母，坐於其膝下，聆聽老太太敘述歌德童年軼事。她並與歌德通信，又根據歌德的自傳《詩與真實》，在 1835 年寫了一本書信體小說《歌德和一個孩子的通訊》（Goethes Briefwechsel mit einem Kinde）。

⑬ 夏綠蒂‧凱斯那曾於 1816 年到威瑪（Weimar）拜訪過歌德。此時夏綠蒂已屆 63 高齡，且寡居。44 年後，兩位老朋友在暮年時重聚話舊，慨嘆物換星移。湯瑪斯‧曼（Thomas Mann）以他一貫獨特、熟練、精緻巧妙的語言寫成一部本質仍然是探討天才的藝術家的小說《在威瑪的綠蒂》（Lotte in Weimar）。

⑭ Eike Pies：Goethe auf Reisen. Dr. Wolfgang Schwarze Verlag, Wuppertal, Seite 38.

⑮ Torquato Tasso 為義大利詩人（1544 年至 1595 年）為文藝復興時期著名

的詩人。主要作品有《解放的耶路撒冷》（Das befreite Jerusalem）。

⑯ 同註⑭，Seite 112.

⑰ 陳宜德：愛情對於歌德，文壇，民國 45 年元月號，收錄於《少年維特之煩惱》賴思柳譯，大莘出版社印行，民國 57 年，臺南。第 161 頁。

⑱《詩與眞實》（Aus meinem Leben / Dichtung und Wahrheit）同註④與註⑨。

⑲ Goethe: Faust, Erster und Zweiter Teil, Goldmanns Gelbe Taschenbücher, Band 371, Seite 347.

⑳〈野玫瑰〉這一首詩的來源已無從考究，最先是在 Paul van der Aelst 收集的歌曲集裡，歌頌花的美麗貞潔。1771 年 Herder 將這 16 世紀的詩集裡一段九小節的民歌改寫，並將標題定爲 Die Blüthe。Van der Aelst 的民歌裡的重唱句（即詩、歌的疊句）„Rößlein auff der Heyden" 並沒有標題，只有陳述，歌德將其改寫，並在第二段裡把少女比擬成玫瑰。歌德於斯特拉斯堡讀書時，與莆莉德莉克熱戀，但後來負心於她，內疚之下，將原來的歌詞：

Das Rößlein wehrte sich und stach, 玫瑰自衛並扎人了，

Aber er vergaß darnach, 但是之後他忘記了，

Beim Genuß das Leiden. 享受這種痛苦。

〔見 Otto u. Witte (Hrsg.): Gedichte (Band 1) S. 129.〕

改寫爲：

Röslein wehrte sich und stach, 玫瑰自衛並扎人了，

Half ihm doch kein Weh und Ach, 可不會讓他滿腹怨言，

Mußt es eben leiden. 但就是必須受苦。

〔見 Kröher (Hrsg.): Liederreise. 77 deutsche Lieder. S. 61.〕

歷來對〈野玫瑰〉有許多不同的評釋，而爲這首詩譜曲的除舒伯特之外，尚有 Reichhart、Schumann，而 Heinrich Werner 於 1827 年所譜的曲流傳最廣。

㉑ 此詩的標題是 ein Gleiches，按 gieich 是形容詞，在數學的用語是恆等的；極相似的。本詩的內容有生死循環不變的意境，故筆者譯成「恆等」，有顚撲不破的眞理之意。此詩作的標題、翻譯及闡述皆爲筆者個人的觀點。

㉒ 達爾文〈Charles Robert Darwin，1809 年至 1882 年〉曾謂其 1859 年的物競天擇，適者生存的「物種選擇論」〈Selektionstheorie〉是受歌德生物學著作的啓發。

㉓ 當歌德於 1772 年在魏茨拉高等法院任職時，結識了他的朋友凱斯納美麗

的未婚妻夏綠蒂，深為夏綠蒂高雅的氣質所吸引，在得知追求夏綠蒂沒指望時，只好離開魏茨拉城。之後不久，一位愛上了有夫之婦，而受了種種損害名譽的侮辱，憤而舉槍自殺的律師耶路撒冷的悲淒命運令歌德感同身受。百感交集的歌德奮筆疾書，只花了 4 星期的工夫，以書信、日記和自白的體裁串聯成一部小說。文字流利自然，不矯揉造作，情感真摯熱烈，故事曲折，委婉動人。歌德毫不隱瞞地把個人內心對夏綠蒂的愛慕、感覺，與對無法解決的愛情糾紛的痛苦，赤裸裸的表達出來。

㉔《玉嬌梨》及《好逑傳》有英、法譯本，《平山冷燕》有法文譯本；歌德曾經閱讀這些譯本，見陳銓：中國純文學對德國文學的影響。第 26 頁及第 30 頁。

㉕ 浮士德確有其人，曾在大學城，諸如海德堡（Heidelberg）、威騰堡（Wittenberg）、艾福特（Erfurt）和英溝城（Ingolstadt）待過，精通當時的時髦科學：醫術、冶金、天文和占卜。在他生時，即已流傳著許多有關他的傳說，比如說他掌握魔術，能召喚死神。後來浮士德突然去世，人們都傳說他是被魔鬼召去了。

㉖ 啓蒙時期的雷辛（G. E. Lessing，1729 年至 1781 年）提出應該創作刻劃人性、反映現實的民族戲劇，他以自己尚未完成的《浮士德博士》（Doktor Faust）為例，指出從神學觀點來看，浮士德並沒有罪，他永無止盡地追求知識是一種高尚的行為，只是神沒有把這種高尚的行為賦予人類，使浮士德永遠陷於痛苦中。

狂飆突進時期的克林格（F. M. Klinger，1752 年至 1831 年）之長篇小說《浮士德的生活、事業和地獄之旅》（Fausts Leben, Taten und Höllenfahrt, 1791），透過浮士德的經歷，揭露封建社會的腐化墮落，諷刺宮廷和教會的偽善面目、荒淫無恥及強烈地指責人壓迫人的事實。

㉗ 19 世紀至 20 世紀出現大量以浮士德為題材的文學作品。比較重要的有格拉貝（Christian Dietrich Grabbe，1801 年至 1836 年）的悲劇《唐璜與浮士德》（Don Juan und Faust, Tr., 1829）、雷瑙（Nikolaus Lenau，1802 年至 1850 年）的敘事戲劇詩《浮士德》（Faust, Ein Gedicht, 1836）和湯瑪士·曼（Thomas Mann，1875 年至 1955 年）的小說《浮士德博士》（Doktor Faustus, 1947）等。

德國文學的浪漫主義始末及其影響

前　言

　　德國文學其內容不但豐富，且具多彩多姿的特色，難以細述；其文學發展史從西元 800 年開始記載的古德意志文學到現在 21 世紀 2015 年的德語區文學（即瑞士德語區文學、奧地利文學及德國文學），總共經歷 1200 多年，各文藝思潮、背景及流派相當浩瀚龐大，本文以浪漫主義之文藝思潮為主，探討在德國文學史上占舉足輕重地位的一些作家之作品。

　　「浪漫主義」一詞源自古法文的 romanz，romant 和 roman，是一種操此 romana 語言的民族所寫的宮廷詩體小說。而在歐洲中世紀盛行的英雄史詩和騎士文學也都具有浪漫色彩的；富有傳奇性的風格，所用的詞就是 romantisch 這個字。到了 18 世紀後半葉至 19 世紀上半葉成為盛行於歐洲的文藝思潮。在法國資產階級革命的影響和推動下，浪漫主義成為一種遍及歐洲的文學運動，它反映了人們對現實社會的不滿和對資產階級革命的失望。在不滿和失望之下，又無力改變現實時，一些文人雅士尋求慰藉，轉向創作，將個人的理想與熱忱付諸文字，寫出的作品具有詩情畫意的風格自不在話下，但難免流於「夢幻」與「空想」，而浪漫派、浪漫主義的藝術理論就不難理解了。

● 浪漫主義源於德國

　　浪漫主義在德國的思想教育史上是另一個新思想的覺醒。「浪漫」和「古典」這兩個名詞一看之下就有明顯的區別，不但是對立的，而且也隨之讓人聯想到是兩個極端的定義。的確，浪漫主義運動不再像古典主義要將人文的力量喚醒，卻是要讓人省悟從自然可體驗到的，又可以用藝術表達的宗教力量。宗教美學也使浪漫主義者改變對承襲希臘古典主義的溫克曼（J. J. Winckelmann，1717 年至 1768 年）美學觀點，轉向中古世紀的探討，也在美學的路上重新發現基督教義，一如諾瓦利斯（Novalis）發表的文章〈基督教界或者歐洲〉（Die Christenheit oder Europa，1799）①，中古世紀在這裡被視為泰西國家最大的、最完整的文化紀元。

　　德國 1794 年至 1830 年間主要的文藝、哲學思潮是浪漫主義，它的時期剛好與輝煌的古典主義後期並行。這就要探討為什麼它於這個時候產

生？而又為什麼源自德國？它的背景因素又是什麼？我們知道，法國大革命震驚了全歐，起先在德國，一些有識之士的資產階級對此事件大為歡欣鼓舞，後來迅速改變態度；原因是德國還是一個四分五裂、政治及經濟皆甚落後的國家，資產階級本身個性軟弱，無力與封建貴族相抗衡。當看到法國革命後，人民群眾力量的龐大，非但沒有將國家變成在革命前啟蒙運動提出的「理性的王國」，反而是一片亂象，令人大失所望。而在本國政治方面，拿破崙強占德國萊茵地區，積極進行資本主義改革，更引起作家們的不滿，因此表現在創作上帶有反對異族占領的愛國主義色彩。變革如能帶來正面的新氣象則是受歡迎的；反之，則是動亂和對舊事物的摧毀，德國的作家們厭惡這紛亂擾攘不安的社會現象，他們渴望的是寧靜祥和，緬懷著過去，於是宗教改革之前的中世紀歐洲，封建時期的中古世紀成為他們心目中的理想世界，所以德國的浪漫主義帶有濃厚的復古傾向，一些大城市，比如柏林、耶拿、海德堡、德勒斯登、慕尼黑和維也納成為浪漫主義者聚集的地區，取代了當時威瑪的文藝圈，並各自發展成為不同派別的浪漫主義。而浪漫主義這個文學藝術的基本創作方法之一，是唯一源自於德國的文學流派，然後再傳播到其他國家的一種文學見解和藝術風格。

　　直到目前為止，任何藝術創作形式皆受信仰、習俗和階級的限制。但浪漫主義就不遵循這些古典主義恪守的準則，它以「主觀」的創作觀念為中心點。根據浪漫主義的藝術理論，「藝術」要以新的形式和存在方式展現出來，故反規則、反形式是它的特色。當浪漫主義者談到藝術時，他們首先會想到詩歌韻文學。他們認為文學是一種媒介，可以將人無止境的預感和傾向、渴望表達出來。浪漫主義在反映現實上，善於抒發對理想世界的熱烈追求，常用熱情奔放的語言、瑰麗的想像，誇張的手法來塑造形象。他們認為文藝之目的並不在於反映外在的現實，而在於描寫內在的世界——心靈的世界，這種內心追求和理想不免帶有濃厚的神祕主義色彩，比如浪漫主義最具代表意義的作家諾瓦利斯在他的《夜之頌歌》和小說《海英利希‧封‧歐福特丁根》，從個人的宗教虔誠經驗處理了「自然」、「愛情」、「死亡」、「彼岸」及「來世」等之追求。而以中古世紀作為創作的時代背景，以詩人、畫家及藝術家為主角，以漫遊、渴望、追求

理想、抒發個人的情感、突出自由等為主旨，這些都是浪漫主義者藝術創作的最愛。而文學的體裁方面，因詩歌最能反映個人主觀感受，抒發強烈的感情，故浪漫主義者寫出不少膾炙人口的詩歌，其次是小說，戲劇的作品最少。

　　浪漫主義者由於反對異族占領的愛國心，導致他們產生對祖國的認同感，祖國的山川文物都是他們歌頌的對象，詩人可以步行遍歷瀏覽各地的風景、拜訪中古世紀大師們的故居遺址，瞻仰巍峨的中古世紀建築物，將祖國的美透過浪漫情懷的筆敘述出來；或是重新探討民俗，發覺民族文化，譬如重新搜集整理並編排民歌、民間文學、傳奇、童話等民族智慧結晶，由此培養德國人民的民族感情。還有赫德爾（Herder）引發了德國人對歷史和民族性的興趣，這樣結合了現實的政治狀況，為自由而戰的呼籲產生了不少愛國詩人，比如哥雷斯（J. Görres）、安德特（E. M. Arndt）和柯爾納（T. Körner）。

德國浪漫主義之流派

　　在將近 40 年的時間，浪漫主義的文學家輩出，有豐碩的成果留下來。依年代及聚會地點的劃分有早期的浪漫派（1798），因在耶拿聚會故又稱耶拿派（Jenaer Romantik），重要的成員，比如有施雷格爾（Schlegel）兄弟、諾瓦利斯、梯克（Tieck），還有哲學家費希特（Fichte）和謝林（Schelling）等人，提出了要求個性解放、強調創作自由、反對傳統束縛，追求精神上的完整性，辦了一份名為《雅典娜神殿》（Athenäum）的雜誌宣揚他們的理念。中期的浪漫派（1805 年左右），因一些青年作家在海德堡聚會，故名海德堡浪漫派（Heidelberger Romantik），代表人物有阿爾尼姆（Arnim）、布倫塔諾（Brentano）、哥雷斯和格林（Grimm）兄弟等人，他們出於對民族前途的關注，開始將注意力轉向民族傳統和民間文學；他們反對古典主義，致力於德國民間文學作品的搜集和整理，以期喚醒德意志民族精神，辦了一份《隱士報》（Zeitung für Einsiedler）宣揚他們的理念。1809 年阿爾尼姆和布倫塔諾到了柏林，在柏林組織了一個「基督教德國聚餐會」（die Christlich-dt. Tischgesellschaft），克萊斯特、沙米索（Chamisso）、艾

辛多夫（Eichendorff）等都參加了這個聚餐會，所以在文學史上又把他們稱爲柏林浪漫派（Berliner Romantik）。柏林地處德國北部，故柏林浪漫派又稱北浪漫派，約 1810 年柏林成爲浪漫派晚期重要的聚會點。與此同時，在士瓦本聚集了以烏蘭德（Uhland）、施瓦布（Schwab）、豪夫（Hauff）爲代表的一些浪漫派作家，文學史稱之爲士瓦本浪漫派（Schwäbische Romantik），因士瓦本地處德國南部，因此士瓦本浪漫派又稱南浪漫派；他們的作品多反對封建專制統治，取材歷史傳說，美化中世紀社會生活，詩作具有民歌風格。德國浪漫主義文學後期的一個分支，以沙米索、霍夫曼（E. T. A. Hoffmann）等浪漫派作家在創作中加強了對社會現實的諷刺、揭露，漸漸顯示出與寫實主義相結合的浪漫風格，此後德國浪漫主義運動日趨衰弱。

（一）耶拿浪漫派

　　威廉・海英利希・瓦肯羅德爾（Wilhelm Heinrich Wackenroder，1773 年至 1798 年）著有《一個愛好藝術的僧侶之心曲傾訴》（Herzensergießungen eines kunstliebenden Klosterbruders，1797），本書以精簡的散文表達這位僧侶的藝術鑑賞和評論，他認爲音樂是「藝術中的藝術」，能夠帶給我們「靈魂中眞正的喜樂」，給予音樂極高的評價，在小說結束時，瓦氏特別提出浪漫派的音樂理論。《音樂家約瑟夫・貝林格奇特的音樂生活》（Das merkwürdige musikalische Leben des Tonkünstlers Joseph Berglinger）藉主人翁的自傳表達瓦氏本人的唯心主義和神祕主義的觀點。另外《藝術之友對藝術的幻想》（Phantasien über die Kunst für Freunde der Kunst）主題也是探討音樂，認爲音樂是「無辜的罪惡」及「混合敬畏與玄妙深奧之陰暗面」，兼具神靈和危險。瓦肯羅德爾的藝術評論對前後期浪漫主義者有極大的影響，在理論和創作方面給他們指引出一條明確的路徑。

　　德國文學史上出現過多對兄弟檔文學家。施雷格爾和格林兄弟即是浪漫主義著名的兄弟檔。奧古斯特・威廉・施雷格爾（August Wilhelm Schlegel，1767 年至 1845 年）是一位出色的比較語言學者及翻譯家，莎士比亞的 30 多部戲劇他獨自譯了 17 部，並且是德國第一個用詩體翻譯

莎士比亞的作品，他的譯作至今仍為最佳譯本，廣為德國人閱讀。他所寫的語言學論著對德國浪漫主義文學有很大的影響。

佛利德利希・施雷格爾（Friedrich Schlegel，1772 年至 1829 年）主要從事東方語言學的工作，兩兄弟都精於自古迄今的文學，是著名的理論家與批評家。佛利德利希更是德國著名的梵文學者，是德國梵文研究的奠基人，他也是比較語言學的開拓者。1799 年的長篇小說《露辛德》（Lucinde）由於反對庸俗的市民道德，以及提出大膽自由的婚姻觀，震驚了當時的社會。

施雷格爾兩兄弟為浪漫主義的奠基人，而早期浪漫主義的代言人則是諾瓦利斯（Novalis，1772 年至 1801 年）他本名佛利德利希・封・哈登貝格（Friedrich von Hadenberg）。由於未婚妻突然去世，使他相當震撼。從此，他對死亡的神祕與愛情的真意有更深刻的領會。1800 年的散文詩集《夜之頌歌》（Hymnen an die Nacht），是懷念已故的未婚妻而作的，詩中歌頌死亡與黑暗，寫出他的孤獨、渴望死亡、希望與彼岸的戀人結合，認為只有在死亡中才能顯示出永恆的生命。因此本作品點出兩個主觀的象徵：「醒來與睡著」及「生和死」。1802 年由友人替他出版的長篇小說《海英利希・封・歐福特丁根》（Heinrich von Ofterdingen），是以中古世紀的行吟詩人歐福特丁根的成長過程為主軸，描寫他的漫遊、追求和渴望，分為上部《期待》（Die Erwartung）及下部《實現》（Die Erfüllung）。在《實現》裡的主人翁做了一個夢，他看見一朵藍色的花，藍色代表遙遠的天際，藍色花表示極遙遠的理想。最後主人翁在夢幻中又找到了藍花，「藍花」即象徵浪漫派詩歌的本質和價值。小說的語言富旋律、浪漫優美，風格

Friedrich von Hardenberg (Novalis).

▲諾瓦利斯

簡潔，句型結構以主、副句穿插連貫，交織著詩詞、歌曲、童話及傳奇。他的作品尚有《宗教歌曲》（Geistliche Lieder）、《賽依斯的學徒》（Die Lehrlinge zu Sais）及思想作品《斷片》（Fragmente）。

　　耶拿浪漫派，即俗稱的前期浪漫派，創作中最有成就的應推路德維希 · 梯克（Ludwig Tieck，1773 年至 1853 年）。他的創作頗豐富，寫有許多詩歌、戲劇、小說等，但最成功的是他的童話，迄今仍受讀者喜愛，梯克的童話式故事使他成為近代藝術童話的奠基人。此外，梯克也是一名翻譯家，《唐吉訶德》的德文本即是出自他的譯筆。在文學史上，梯克還是一個中古德語文學的發掘者。著有長篇小說《威廉 · 洛弗爾先生的故事》（Geschichte des Herrn William Lovell，1795/1796），1797 年發表三卷的《民間童話》（Volksmärchen），有一些是根據古代德國民間故事改寫的童話，也有一些是梯克自己創作的童話。其中最膾炙人口的是《金髮的艾克貝爾特》（Der blonde Eckbert）及《穿長馬鞋的公貓》（Der gestiefelte Kater），《穿長馬鞋的公貓》後來由他改為三幕童話劇，上演時，形式新穎特殊，戲中有戲，臺上有臺，舞臺和觀眾席之間並無界限，作家、提詞員及觀眾都出現在臺上觀賞臺戲並且各自評論。諷刺與機智的對白，淋漓盡致地嘲諷了當時四分五裂的德意志小公國君主的昏庸和愚蠢，是一部膾炙人口的童話戲曲，而童話這一形式正是最能表現浪漫派所鍾愛的神祕、幻想和夢境。長篇小說《法蘭茲 · 史泰恩巴德的漫遊》（Franz Sternbalds Wanderungen，1798）是模仿歌德的《威廉 · 邁斯特》（Wilhelm Meister）而寫成的，本作品後來成為德國文學中許多以藝術家為主角的藝術家小說之先驅。悲劇《聖格奴維娃的生與死》（Leben und Tod der Heiligen Genoveva，1800）和喜劇《渥大維皇帝》（Kaiser Octavianus，1804）歌頌封建的中世紀社會和天主教教會。

（二）海德堡浪漫派

　　阿希姆 · 封 · 阿爾尼姆（Achim von Arnim，1781 年至 1831 年）與好友布倫塔諾共同搜集編寫的民歌集《兒童的神奇號角》（Des Knaben Wunderhorn），副標題為「古老的德國歌曲」（Alte deutsche Lieder）共三冊。第一冊於 1805 年在海德堡出版，第二和第三冊於 1807 年在卡塞

爾（Kassel）出版。全書搜集了約
300 年間（從 16 世紀到 19 世紀）
的德國民歌。除了純粹的民歌之外，
許多新及舊的、富有民族拙樸風味的
詩歌也在搜集之列。這本歌集受赫爾
德搜集古代德國民歌的影響，其目的
是使民族文化和詩詞韻文學能夠年輕
化，消除知識份子與一般民眾之間的
隔閡。受啓蒙主義的風潮影響而逐漸
被遺忘、疏離的民歌，其純樸性與眞
實性應該能夠在詩歌創作方面指引出
一個新方向。《兒童的神奇號角》這
本歌集對後世的詩歌創作有著深遠

▲阿爾尼姆

的影響。許多藝術抒情詩的創作，比如：布倫塔諾自己、艾辛多夫、烏
蘭、海涅及莫里克（Mörike）等人都從本歌集汲取靈感。許多著名的音
樂家，如舒伯特（Franz Schubert，1797 年至 1828 年）、舒曼（Robert
Schumann，1810 年至 1856 年）、布拉姆斯（Johannes Brahms，1833
年至 1897 年）及沃夫（Hugo Wolf，1860 年至 1903 年）等人都曾從
中取材譜曲。民歌集中的不少民歌至今仍是德國中小學教科書的教材。
著名的民歌曲〈晚安，夜安〉（Guten Abend, gute Nacht）、〈假如我是一
隻小小鳥〉（Wenn ich ein Völgelein war’）、〈睡吧，小孩睡吧〉（Schlaf,
Kindlein schlaf）、〈收割者，他的名字叫死神〉（Es ist ein Schnitter, der
heißt Tod）等等②，都是清新活潑、生活氣息濃厚的民歌，它們廣泛地流
傳於德國民間，歷久傳誦不輟。這本民歌集是獻給歌德的，對浪漫派作家
的作品一向甚少評論的歌德，於 1806 年在〈耶拿俗文學報紙〉（Jenaische
Allgemeine Lit.-Ztg.）給予正面的評價，他說「神奇的號角有它的一席之
地，在每一棟住著健康的人們的屋子裡，都應該擺著這本書。③」

　　阿爾尼姆的創作也很多，最著名的代表作是中篇小說《埃及的伊莎
貝拉》（Isabella von Ägypten，1812），另中篇小說《拉托諾要塞瘋狂的

傷兵》（Der tolle Invalide auf dem Fort Ratonneau，1818），杜撰荒誕離奇的情節，批判當時的社會道德觀念。長篇歷史小說《皇冠守護者》（Die Kronenwächter，1817）描寫在馬克西米里安一世（Maximilian I.）統治時，一群霍亨斯道芬（Hohenstaufen）王朝的皇冠守護者企圖復辟舊王朝的故事，爲德國歷史小說的雛形。

　　克連蒙斯・布倫塔諾（Clemens Brentano，1778 年至 1842 年）畢生搜集民歌，整理古代文學的作品，也創作抒情詩歌。許多詩作反映了他憂鬱的內心矛盾，歌頌天主教和宗法制度，留下了許多浪漫派的詩作。1802 年他根據民間傳說寫了一首敘事詩〈羅蕾萊〉（Lorelay），1817 年發表中篇小說《正直的卡斯柏爾和美麗的安奈兒之故事》（Die Geschichte vom braven Kasperl und dem schönen Annerl）內容悲淒感人，又洋溢民謠風格，可說是德國文學史上最早的鄉土小說。布倫塔諾的神祕主義思想和宗教觀點可從其宗教故事詩《花冠傳奇》（Romanzen von Rosenkranz）窺知一二。他也是富於幻想，擅長寫藝術童話的作家，其中最膾炙人口的是《哥克爾、亨克兒和加克莉亞》（Gockel, Hinkel, Gackeleja，1838），這是一部境界高超與內容曲折離奇的動物及森林童話。1846 年出版了兩冊《童話集》（Märchen）；他尚寫有歷史劇本《布拉格的建立》（Die Gründung Prags，1815）和長篇小說《哥德威或是母親的石像》（Godwi oder Das steinerne Bild der Mutter，1801）。

　　浪漫派作家在 1813 年前後的反拿破崙統治時期，還出現了一些愛國詩人，其中著名的有約瑟夫・哥雷斯（Joseph Görres，1776 年至 1848 年）於家鄉柯布連茨（Koblenz）從事新聞評論，由於言詞激烈，屢遭禁止。哥雷斯文學方面最大的成就是搜集中古民間故事及古代神話故事，著有《德國民間故事詩》（Die teutschen Volksbücher，1807）。恩斯特・莫里茲・安德特（Ernst Moritz Arndt，1769 年至 1860 年）的政治散文著作有《時代精神》（Geist der Zeit，共四卷，1806 年至 1818 年），《萊茵河、德國的大河，不是德國的界限》（Der Rhein, Deutschlands Strom, nicht Deutschlands Grenze，1813）、《給德國士兵和防衛員的問答手冊》（Katechismus für den dt. Kriegs- und Wehrmann，1813）；並

著有愛國詩〈給德國人之歌〉（Lieder für Deutsche，1813）、〈戰歌和保衛歌〉（Kriegs- und Wehrlieder，1815）。佛利德利希・路德維希・楊（Friedrich Ludwig Jahn，1788 年至 1852 年）在《關於德意志的民族特色》（Deutsches Volkstum，1810）的著作裡，將「民族性」及「民族特點」的定義做一引經據典完善的解說。忒奧多・柯爾納（Theodor Körner，1791 年至 1813 年）是著名的劇作家，1813 年志願從軍參加反拿破崙民族解放戰爭，爲國捐軀，寫有許多愛國詩歌，最著名的有〈呂措夫的窮追猛打〉（Lützows wilde Jagd）。馬克斯・封・申肯道夫（Max von Schenkendorf，1783 年至 1817 年）著有深具民族性的愛國詩歌〈我所認爲的自由〉（Freiheit, die ich meine）和一些宗教神祕歌曲。哲學家費希特（Johann Gottlieb Fichte，1762 年至 1814 年）更於 1807 年至 1808 年寫成《告德意志民族書》（Reden an die deutschen Nation），並於柏林向已淪爲亡國奴的同胞公開演講，呼籲經由一般的民族教育完成精神、意識的革新。

　　浪漫派的另一對兄弟檔是哥哥雅克伯・格林（Jocob Grimm，1785 年至 1863 年）與弟弟威廉・格林（Wilhelm Grimm，1786 年至 1859 年）。兩兄弟合著的《兒童與家庭童話集》（Kinder- und Hausmärchen，1812/1815）共計兩冊，1822 年再出第三冊，全世界都有譯本，可見受歡迎的程度。兄弟兩人獻身學術，雅克伯著有《德文文法》（Deutsche Grammatik，1819）、《德意志法律考古史》（Deutsche Rechtsalterthümer，1828）、《德國神話學》（Deutsche Mythologie，1835）、《德意志語言史》（Geschichte der deutschen Sprache，1848，兩冊）。威廉譯有《丹麥英雄詩歌》（Die dänischen Heldenlieder，1810），並著有《德國英雄傳說》（Deutsche Heldensage，1829）。除了《格林童話》兩兄弟還合著有《德國傳說》（Deutsche Sagen，1816 年至 1818 年）及《德語辭典》（Deutsches Wörterbuch），它不是一般的釋義字典，而是德語詞源的歷史演變，對每一個德文字從拉丁文以來的詞源演變過程，詳細地考證每一個德文字，證明該字從拉丁文以來的詞源變化，最後大量列舉該字從路德以來到歌德時代在文學作品中的運用，因此是一本體例和篇

幅都很龐大的辭典〔詳見第VI章〈從格林童話反思我們的兒童文學及安徒生的「藝術童話」〉，註釋②〕，從 1838 年兩兄弟開始編寫，只寫到 D 部分，他們去世後，德國學術界無數的菁英份子根據他們的範例繼續編纂，一直到 1961 年才完成。

（三）柏林浪漫派

約瑟夫・封・艾辛多夫（Joseph Freiherr von Eichendorff，1788 年至 1857 年）的第一部散文作品長篇小說《預感和現實》（Ahnung und Gegenwart，1815）是一部屬於浪漫派的教養小說。最能表現浪漫派的舒暢、愉悅的是《飯桶生涯記趣》（Aus dem Leben eines Taugenichts，1826），本書裡面多首抒情詩，後被譜成曲，至今德國人在漫遊時，仍會哼著這些小曲。這本浪漫派的小說批判不重

▲艾辛多夫

視藝術和才能的社會現實，把自然界當成逃避現實的場所，但是人終究是需要面對現實的，這部小說在當時廣受歡迎。另著有中篇小說《大理石雕像》（Das Marmorbild，1819），1841 年出版《小小說》（Kleinere Novellen），除了包括《飯桶生涯記趣》及《大理石雕像》外，再新加入三篇以法國大革命為背景的悲戀故事。1834 年出版小說《詩人和他的伙伴們》（Dichter und ihre Gesellen），另有三幕喜劇《求婚者》（Die Freier，1833），是一齣模仿莎士比亞的化裝和角色對調的喜劇。

阿德爾伯特・封・夏米索（Adelbert von Chamisso，1781 年至 1838 年）雖然是柏林浪漫派主要作家之一，但是他的寫作取材已漸傾向於寫實，有部分甚至是處理社會問題，如 1831 年出版的《詩集》（Gedichte）裡的〈年老的洗衣婦〉（Die alte Waschfrau）和〈殘廢者〉（Der Invalide），尚寫有多首歌謠。使夏米索聲名大噪的是他的童話體

小說，那個把影子賣給他人的男人《彼得‧史烈米爾的奇異故事》（Peter Schlemihls wundersame Geschichte，1814），這個故事反映夏米索自身的遭遇，諷刺人民高估了金錢的價值，在當時引起廣大的回響。

　　柏林浪漫派的另一個才子是恩斯特‧忒奧多‧阿瑪狄烏斯‧霍夫曼（Ernst Theodor Amadeus Hoffmann，1776 年至 1822 年），集作家、音樂家、畫家、作曲家、指揮、導演和律師於一身。他的寫作生涯不長，但作品卻非常豐富，不僅對本國作家，也對世界上許多文學家都有深遠的影響。霍夫曼的作品敘述的盡是荒誕離奇的情節，令人不可思議，但這是別有用意的，他的目的是藉此對現實社會進行批判，這也是一種他自己獨樹一格的諷刺文學。現實世界與光怪陸離的世界對立，一旦無法適應現實世界，或對它產生失望，一般人很容易產生移情作用，有逃避的心裡，便沉入幻想世界。霍夫曼以怪異為媒介，凸顯現實世界所隱含的深層意義與核心問題，並用千奇百怪的方式去探究這問題，造成他作品的獨特風格，這種表現技巧很難令人接受。歌德就對霍夫曼起反感，無法接受他的作品，但由於霍夫曼的理念，首創另類寫作方式，因此他可說是從浪漫派後期過渡到寫實主義初期轉捩點上的關鍵人物，同時也是德國小說家中享有世界性聲譽的作家之一。1814/1815 年發表四集的《卡洛特風格的幻想篇》（Phantasiestücke in Callots Manier），開始了他的創作生涯，此部巨作影射當時作者從事音樂活動的過程中，遭到挫折，批判當時社會對藝術的敵對態度。有多篇具霍夫曼特色的作品，如第三集的《金罐——一篇新時代的童話》（Der goldene Topf. Ein Märchen aus der neuen Zeit，1814）。1815/1816 年出版兩集長篇小說《魔鬼的長生不老藥》（Die Elixiere des Teufels），描寫在一個神祕、混亂、陰暗的世界裡，人無法掌握自己的命運。短篇小說集《謝拉皮翁兄弟們》（Die Serapionsbrüder，1819/1821），仿薄伽丘的《十日談》，每篇故事都非常精彩。優秀的藝術童話《胡桃鉗和老鼠國王》（Nußknacker und Mäusekönig）情節仍然離奇乖謬，但尖銳地諷刺和批評了當時社會的黑暗勢力、歌頌正義善良。俄國音樂家柴可夫斯基（P. I. Tschaikowski，1840 年至 1893 年）根據此童話於 1892 年改編

成芭蕾舞劇。另外著有《桶店老闆馬丁及其弟子們》（Meister Martin der Küfner und seine Gesellen），推理小說《施庫德莉小姐》（Das Fräulein Scuderi）。長篇小說《公貓穆爾的人生觀》（Lebensansichten des Katers Murr，1820/1822）以詼諧的筆調辛辣地嘲諷當時社會敵視藝術的市儈習氣。1822 年的《跳蚤師傅》（Meister Floh）也是一部藝術童話作品。

佛利德利希‧德‧拉‧莫特‧胡凱（Friedrich Baron de la Motte Fouqué，1777 年至 1843 年）喜愛從中古世紀、從日耳曼的英雄傳奇和從三十年戰爭取材。根據尼布龍根的傳說寫成三部劇《北方英雄》（Der Held des Nordens，1808/1810），對華格納 1848 年譜寫的音樂劇《尼布龍根的指環》（Ring des Nibelungen）有很大的影響。胡凱的作品豐富，寫作的範圍也很廣，有詩歌、戲劇、小說。使他名噪一時的是童話體小說《安蒂娜》（Undine, 1811）。它雖然是一部浪漫主義的文學作品，但它的浪漫鋪陳情節也具有寫實主義的表現手法，讓人有真實之感。《安蒂娜》不但是胡凱的代表作，也是浪漫派文學裡最具有文學意識的作品，世界各國都有它的譯本[4]。除了小說外，更譜成了樂曲，編成歌劇及芭蕾舞，也拍成電影。

威廉‧米勒（Wilhelm Müller，1794 年至 1827 年）著有《希臘人之歌》（Lieder der Griechen, 1821-24），還譯有《新希臘民謠》（Neugriech. Volkslieder，1825），因此得到「希臘人米勒」的美名。他是一位抒情詩人，其詩作語言簡潔樸實如同民歌，作品帶有濃厚的感傷色彩。他的組詩集《美麗的磨坊主之女》（Die schöne Müllerin，1821）中的〈米勒的樂趣是漫遊〉（Das Wandern ist des Müllers Lust）、〈我喜歡把它刻在所有樹皮上〉（Ich schnitt es gern in alle Rinden ein）及〈我聽到小溪水潺潺〉（Ich höre ein Bächlein rauschen），經舒伯特譜曲後更廣為傳唱不輟。1824 年的組詩《冬之旅》（Die Winterreise）中的〈菩提樹〉（Der Lindenbaum）也由舒伯特譜曲，更是膾炙人口，在臺灣的音樂教唱中，也有此首歌之中譯歌詞。

（四）士瓦本浪漫派

　　路德維希‧烏蘭德（Ludwig Uhland，1787 年至 1862 年）的敘事詩不像席勒的富於哲理，也不像歌德的將自然擬人化。他的敘事詩純粹在於敘事，故題材常取自古代傳說或神話，美化中古世紀的社會生活，作品有歷史傳說題材的《羅蘭》（Roland，1808）、有批判專制主義的《歌手的詛咒》（Des Sängers Fluch，1804）。烏蘭德的抒情詩具有浪漫派色彩和民歌風格，他描寫人們的苦難與歡樂，描寫漫遊的快樂和分離的痛苦。他的語言洗練、音韻優美、風格清新。他的詩作被不少作曲家，如舒伯特、舒曼等譜成了歌曲。1815 年出版的《詩集》（Gedichte）中，多首著名的詩篇家喻戶曉。烏蘭德是士瓦本浪漫派的完成者，他不僅是個詩人、政治家，還是日耳曼語言文學奠基人之一。在研究德國民歌方面有卓越的成績，著有多篇學術論文集。

　　古斯塔夫‧施瓦普（Gustav Schwab，1792 年至 1850 年）著有小說、歌謠及具民歌風味的詩，《古希臘羅馬美麗的神話與傳說》（Die schönsten Sagen des klass. Altertums, 1838-40）和《德國民間故事書》（Deutsche Volksbücher, 1836-37）。1822 年曾和烏蘭德合作，一起整理賀德林的詩集《晚期抒情詩》（Spätlyrik），使之順利出版，讓世人得以一窺賀德林之深邃心靈。

　　威廉‧豪夫（Wilhelm Hauff，1802 年至 1827 年）是個才華洋溢的詩人，雖然創作生涯只有短短的 3 年，但他的童話作品幾乎成了德國民間故事書，爲人所喜愛閱讀。童話集《阿爾曼那赫之童話集》（Mährchen-Almanach auf das Jahr 1826/1827/1828），形式模仿《十日談》，故事引人入勝，曲折離奇，比民間童話更富幻想與離奇色彩。著名的如〈小矮子木克〉（Die Geschichte vom kleinen Muck）諷刺統治階級的愚蠢、貪婪和對百姓的欺壓。〈冷酷的心〉（Das kalte Herz）描寫人受金錢的主宰變得冷酷無情。〈猴子當人〉（Der Affe als Mensch）描寫德國市民階級的庸俗，盲目追求外國風尚。另有歷史小說《利希登史坦因》（Lichtenstein，1826），宣揚作者欲建立一個理想的國家之心境。小說《月亮中的男人》（Der Mann im Mond，1826）在詼諧、諷刺及惡作劇的企圖之下，以當

時成功的通俗小說家克勞仁（H. Clauren，1771 年至 1854 年）的名字發表，結果惹上了一場官司。所寫的一些詩歌都具有民族特色，比如〈朝霞，朝霞映照著早逝的我〉（Morgenrot, Morgenrot, leuchtest mir zum frühen Tod）。

③ 浪漫主義在文學上的貢獻

文學流派的興衰是類似「時勢造英雄」這句話的，在德國文學史上浪漫主義文學家做了不少具體、有積極意義的工作，除了上述的整理民間文學，發掘中古德國文學之外，他們還積極地介紹外國文藝，大量翻譯外國的文藝作品，讓德國人的視野更開闊，吸取外國文藝的菁華，截長補短，豐富本國人的精神生活，實在功不可沒。重要的譯作比如莎士比亞作品的介紹，真是個接力賽的工作，施雷格爾（A. W. Schlegel）從 1797 年到 1810 年開始翻譯，再由梯克（Tieck）、他的女兒多洛特亞（Dorothea，1799 年至 1841 年）和沃夫・海英利希・包狄辛伯爵（Wolf Heinrich Graf von Baudissin，1789 年至 1878 年）從 1825 年到 1840 年陸續譯完。施雷格爾 1803 年還譯有西班牙劇作家卡德翁（Calderon，1600 年至 1681 年）的戲劇、1804 年翻譯義大利、西班牙及葡萄牙的詩集；梯克 1801 年譯有西班牙塞萬提斯（Cervantes Saavedra, Miguel de，1547 年至 1616 年）的《唐吉訶德》（Cervantes' Don Quijote）及古西班牙與古英國戲劇；德國的神學家、哲學家和教育家施萊爾馬赫（Friedrich Daniel Ernst Schleiermacher，1768 年至 1834 年）翻譯柏拉圖（Plato）的著作，東方及印度詩歌也在此時被譯成德文，這些譯作都是德國浪漫主義作家的具體貢獻。而德國浪漫派作家在藝術上的表現手法，比如霍夫曼特殊的夢幻、象徵處理模式，深深影響了俄國的果戈里（N. W. Gogol，1809 年至 1852 年）、法國的巴爾扎克（Honoré de Balzac，1799 年至 1850 年）及現代作家卡夫卡（F. Kafka，1883 年至 1924 年）。浪漫主義運動對其他的藝術也有決定性的激發作用。在繪畫、音樂及哲學各領域都有新的面貌與輝煌的成就。

結　論

　　浪漫主義是唯一由德國本身發起，進而影響歐洲文化思想的運動，在德國的文藝思潮上有一定的地位，早期的耶拿浪漫派傾向於藝術理論的探討，中期的海德堡浪漫派致力於典故的發掘與整理，晚期的浪漫派作品多反對封建專制統治，強烈地諷刺現實社會，顯示出風格漸與寫實主義相結合。雖然 30 年代後，浪漫派逐漸走入歷史，德國文學與歐洲其他主要國家一樣，開始迎接批判的寫實主義，但無可否認的，浪漫主義的思想隨著作品的流傳散布，慢慢地將「民族」這兩個字灌輸在德國人的心中，激起德國人的自覺，日後才會在天時、地利及人和皆具之條件下，於 1871 年步上民族統一之途，浪漫主義的思想功不可沒。

註　釋

① 這篇論文反對新教，因爲新教帶來自由思想，自由思想又使世界分裂，帶來動盪。認爲宗教應該成爲國家的基礎。尤其是基督教應該成爲歐洲文化的理想，因爲它是信仰、生活與藝術的指標。

② 臺灣的中小學音樂教材也曾將這些民歌譯成中文。

③ 錄自 H. A. und E. Frenzel: Daten deutscher Dichtung. Chronologischer Abriss der deutschen Literaturgeschichte. Band I. dtv. S. 320.

④《安蒂娜》有從英文轉譯之中譯本，見德・穆特福開著，沈櫻譯：婀婷，純文學月刊出版，臺北，民國五十六年。

另見第 XIII 章〈德國文學作品中的女性形象〉第 296 頁，（五）執情，評胡凱的童話體小說《安蒂娜》。

VI

從格林童話反思我們的兒童文學
及安徒生的「藝術童話」

一、「格林童話」與我們的兒童文學

前　言

　　1812 年到 1822 年間出版的「格林童話」是自聖經以來最暢銷的德文作品,且被翻譯成多國文字。當我們小時候一聽到或讀到「在很久以前……」或者「從前……」這句開場白時,便知道這是格林童話的故事了,而這些故事中如:「小紅帽」、「白雪公主」、「睡美人」、「青蛙王子」、「灰姑娘」等家喻戶曉的人物,便栩栩如生地呈現眼前,為我們的童年帶來不少歡樂和幻想。我們若說它是一本風行全世界的書也不為過。事實上據統計,全球各地只要有出版社,就有格林童話。這本書在格林兄弟尚在人間便廣受歡迎,單在 1857 年就有 200 個故事分由 17 個不同版本編集問世,可見「格林童話」的確是德國文化之瑰寶。

有關《格林童話》及其作者

　　1985 年及 1986 年適逢格林兄弟(兄:雅克伯・格林 Jacob Grimm,1785 年至 1863 年,弟:威廉・格林 Wilhelm Grimm,1786 年至 1859 年)二百週年誕辰紀念,德國境內大肆慶祝,在格林兄弟出生地——哈瑙(Hanau)及與兩兄弟成長、求學、研究、著作、教書有關的地區,如卡塞爾(Kassel)、馬爾堡(Marburg)、哥廷根(Göttingen)、柏林(Berlin)等地區均舉行展覽、表演、演講及學術性的討論會。當時的西德政府更特別發行一套以格林兄弟相片為圖案的紀念郵票,觀光局也計劃開拓一條「童話路」(Märchenstraβe),從格林兄弟誕

▲格林兄弟

生地哈瑙鎮的「格林紀念碑」開始，一直通到北方不萊梅市（Bremen）的〈不萊梅市的音樂家〉（Die Bremer Stadtmusikanten）塑像爲止①，蜿蜒相連長達 600 公里。而西德慕尼黑（München）的袖珍出版社（dtv）重印 32 鉅冊，計達 35000 頁的袖珍普及版「格林德語辭典」②，售價每套 980 馬克，初版 10000 套立刻銷售一空。根據「格林兄弟傳記」的作者格斯納（H. Gerstner，1785 年至 1863 年）說，這本字典是「德語的里程碑」，而我們則可以說，「格林童話」是童話故事的經典之作。

　　格林兄弟的成就，本身看來也像童話一樣，他們本非天生的文學天才，而是研究歷史、法律、語言、文法方面的專家。兩人雖出身貧寒，卻發憤向學。在雅克伯 11 歲時，他們的父親便去世，靠著一位伯母的接濟，兩兄弟得以先後在馬爾堡完成大學學業。這兩位兄弟在困厄的環境中，力爭上游，互相幫助，互相砥礪，不但克服了橫逆，更發揮出稟賦的天份，完成了名山之業。尤其令人稱道的是他們手足清深，兄弟兩人自學生時代即同榻而眠，共案切磋，及長則同屋比室而居，一生中幾乎形影不離，體格魁梧的哥哥處處照顧身體孱弱的弟弟。他們溫和恬淡的個性，彼此信賴與關愛之情，與所留下來的業績，同爲人們所津津樂道。

　　更值得一提的是，他們爲獻身學術、眞理和正義，臨危不苟的大智、大仁、大勇。我們知道苦學成功的格林兄弟，一生著作等身；哥哥雅克伯著有《德文文法》、《德意志法律考古史》、《德國神話學》、《德意志語言史》、《習慣法令集》等；弟弟威廉著有《德意志英雄傳奇》與《有關德國魯涅的文字》。兩兄弟合著除了《格林童話》，尚有《德國傳奇》與《格林辭典》。歷史上膾炙人口的哥廷根大學「七君子」事件，更令人佩服兩兄弟的節操。當西元 1833 年漢諾威公國制定進步的憲法時，格林兄弟曾以國家公務員的身分向它宣誓，但是當漢諾威國王奧格斯特（Ernst August）於 1837 年登基後，馬上廢除只實行了 4 年的民主憲法，於是格林兄弟便和其他 5 位教授聯名上書抗議。當局遂宣判放逐這些教授。學生們被 7 位教授勇敢的言行所感動，發起遊行示威。遭受放逐當天，有 300 多名大學生在嚴寒的天氣，徒步跟在馬車後面，一共走了 6 小時，直護送到黑森公國國境。兩兄弟暫時避居卡塞爾，3 年後才恢復自由，重返哥廷

根大學任教，受到人們的敬愛與同情，人們始終將格林兄弟的行爲視爲爭取民權和自由的模範。1841 年兄弟兩人一起被推舉爲柏林學士院的會員，晚年皆執教於柏林大學。弟弟威廉先哥哥而去世，葬於柏林附近，4 年後哥哥跟著過世，就葬在弟弟旁邊。

❷　「格林童話」的評價及德國對「格林童話」的重視

　　若追溯童話的起源，我們知道，早在格林兄弟出生前就已有童話集存在了，但這些童話大部分都是出於臆造，情節過於矯飾且缺乏文學價值。格林兄弟在馬爾堡大學雖主修法律，但是他們對於古代文學也具有極濃厚的興趣。約從 1806 年開始，格林兄弟花了 6 年的時間，採用聽聞口述的方式來搜集童話，對口述的童話有系統的發掘，並作忠實的記述。提供他們故事的人，遍及廣大的群眾，他們之中不乏詩人、教士、教師、老牧人、潦倒的老騎士、裁縫師的太太、農婦及鄰居的女僕等等。格林兄弟兩人皆博學多聞，但是各有所專，哥哥精力充沛，治學態度嚴謹，是位語言學家及史學家；弟弟則溫文儒雅，富詩人氣質，是位文獻學專家。當兩人合作搜集、編寫童話時，哥哥強調必須忠於傳述的原貌，弟弟在原則上雖也保持同樣的態度，下筆時卻偏愛平易近人的風格及文學的修辭，最後童話則在既忠於傳說，又兼顧文學的親切動人及趣味性之下寫就。

　　《格林童話》這本書除了兒童們可以自己閱讀以外，一般的家庭，當父母、兄弟、姊妹工作完畢之後聚在一起，輪番朗讀，也倍覺有趣，此外，還能增進家庭中和諧融洽的氣氛。這也就是「格林童話」能歷久彌新的道理。誠如本書的原名《兒童與家庭的童話》(Kinder- und Hausmärchern) 提示於我們的，它是一本供兒童及家人們閱讀的書，絕非僅取悅兒童於一時的消遣性書籍。雖然童話故事裡多半是個魔法的世界，不受現實生活的約束，更沒有時間、地點的界限，這些不可思議的故事，任誰都不會相信它的眞實性，然而卻能爲各階層人士所接受，「童話」的意義，大致上說來就是如此了，這也就是「童話」與「傳說」最大的不同處。[3]

　　格林兄弟原是研究古高德語方面的學者，兩位兄弟發現了日耳曼語和高地德語音韻的奧妙及音變的過程，搜集了兩大卷歷史傳說，爲古代和中

世紀高地德語詩歌寫評論，致力研究語言學歷史、古代風俗習慣和北歐傳說。當初從質樸的市井小民與販夫走卒直接搜集而來的口述故事，原先是用來從事研究語言工作的，並不曾想將它出版，直到兩兄弟的好友封・阿爾尼姆④，有一天，拜訪兩兄弟，無意中，在書房閱讀到這些故事，不禁脫口而說出「這多麼有趣啊！」於是慫恿兩兄弟出版搜集來的民間故事，並介紹柏林的一位出版家予以出版，原書名是「由格林兄弟搜集的兒童與家庭的童話」，共收錄 86 則故事。

　　《格林童話》剛出版時，並非馬上廣獲好評，心理學家、教育專家及教師紛紛指陳童話裡描述的殘酷場面，如吃小孩的巫婆、懂得巫變的人物、會說話的動物、脖子被切斷及肢體被分解的人又會復活等等超越常理的部分，深怕影響小孩子的人格發育，危害正常的教育。格林兄弟則以樂觀的態度淡然處之。他們認為舉凡童話世界，本身就是充滿神奇鬼怪的，自然就會有超自然、超理性的現象發生，而孩子們以純潔的心靈去閱讀，通常都可以很自然地接受每個故事裡精彩動人的情節，而不會受某些殘酷事故的影響。如果說要將殘酷的部分去掉，改寫成純善純美的情景，則這又無異是欺騙讀者和歪曲事實了。世界本來就如白晝和黑夜一樣，有光明也有黑暗的一面，整部童話所描述的，正是大多數人在生活中所常見的，而事實也是如此，譬如貧窮的父母沒有飯吃，不得不遺棄孩子；無情的繼母欺負前妻所生的孩子，甚至想害死他；森林裡住著吃人的猛獸，被遺棄的兄妹同心協力度過困境；這一切都與現實的生活情況相吻合。童話世界裡的人物包羅萬象，上自國王、王子、公主，下至忠實的僕人、正直的工人、農夫、漁夫、磨坊主人、牧羊人等等與日常生活最接近的人物。童話裡所經歷的事件，皆以難以言喻的天真描繪得如此生動逼真，太陽、星星、月亮都加以擬人化，而且是可以親近的；動物、植物、石頭都會說話，並富同情心，樂於助人。不自私、能體貼別人的才能得到幸福，懂得助人，用毅力去克服困難的這種故事，永遠有令人欣喜滿意的結局。至於罪惡和醜陋的、幹盡壞事的，則一律得到懲罰，這種處罰聽來真恐怖，譬如穿著灼熱的鐵鞋，一直跳到死為止；或被裝進酒桶裡，釘牢桶蓋，扔到河裡去。「格林童話」在現實生活中的確是一部寓意深刻、具有教育功能

的書，它啓發兒童的良知，領導孩子克服黑暗，走向光明。它的正面意義終於被肯定了，1815 年出版的第二卷，便即刻得到相當高的評價，各方面反應非常熱烈。

　　《格林童話》一書在德國文學史上亦占有一席之地，在提到浪漫派時期的文學作品，皆會提到它，除了因它文筆洗鍊，措辭淺顯易於閱讀，並讓人從中獲得了啓發之外，它也是一本帶有誘導教育兒童的好書。我們知道兒童都喜歡聽，或看童話、神話故事。因爲小孩子的心靈單純，容易接受童話中善惡分明的角色，及故事內容中充滿神奇幻想的描述。譬如拿〈白雪公主〉和〈漢斯與葛蕾特〉兩則童話爲例，白雪公主和七個努力工作的小矮人，相親相愛的一起生活，直到有一天繼母又出現了，並將白雪公主害死了，小孩很容易將自己想像成就是小矮人，而狠毒的王后則是他們所懷恨的對象。在看或聽這個故事的過程中，小孩子的情緒皆會隨著故事的曲折情節而有所盼望，想要知道故事的結局，看到壞人應得什麼報應，好

▲格林童話〈白雪公主〉

人應該如何的克服困境，獲得幸福。漢斯和葛蕾特兩兄妹被遺棄在森林裡，在迷惘與恐懼中看到一座糖果屋，這段故事的情節最能吸引小孩子的注意力。他們會幻想，要是我能見到有一間用糖果、餅乾、巧克力砌成的房子，那該多麼好啊！我就能隨心所欲地吃個痛快了。角色的認同方面，小男孩會把自己想像成是故事中的哥哥，小女孩則會想成是故事中的妹妹。故事中，兄妹兩人在被帶到森林途中兩次，漢斯怎樣的用石頭和麵包屑來認出回家的路，葛蕾特如何用計策把吃人的老巫婆推進火爐裡，這些細節會給小孩子們留下深刻的印象，因爲那是他們的年齡所能理解與想像

得出的事件。無可否認的，分析「格林童話」可以發掘到童話裡隱含有啓發兒童智慧與知識的功用。後來陸陸續續搜集有 20 篇的〈格林童話〉和 10 篇〈兒童聖徒傳說〉，篇篇精彩，引人入勝，洋溢著純眞的氣息，是全世界兒童的精神食糧，伴著小孩子度過快樂的童年。

　　現在基於時代的變遷，我們來談談童話裡出現的場景──這個也許令現代都市兒童感到迷惑的問題：距今 200 年前的時候，地廣人稀，也許有許多場所爲小孩提供理想的童話故事發生地點，幽靜廣袤的森林，一望無際的原野處處皆是，比如〈青蛙王子〉裡，國王的小公主可以拿著金球在森林中湖邊花園玩耍，一副非常羅曼蒂克的境界，但今天的世界已不是這個樣子了，小孩子們有的住在城裡，開門不見山水，舉目所望皆是高樓大廈、車水馬龍的街道，哪來的森林、田野？您要跟他們講「很久很久以前，在一處森林裡或一座皇宮裡住著一位公主⋯⋯」小孩子們一定會問，公主住哪裡？森林是什麼樣子，皇宮又是長得什麼形狀呢？我沒見過啊！或是當在講述一則中古世紀騎士的故事時，當您告訴小孩說，中古的騎士實際以哪一種方法來聯絡時，孩子們會對那些方法一無所知，如果改以裡面的城堡騎士們還可以打電話聯絡，則孩子們很容易就明白了；由此看來，童話並不是一寫下來就永遠一成不變，而是在講述過程中隨時能適應現實的需要而更動。基於此一現象，目前在德國重編《格林童話》時走向一個趨勢，即現代版本的童話中洋溢著時間感，它與現實生活的節奏緊密地配合著。譬如從前被遺棄在森林裡的兩兄妹，現在於新瓶裝舊酒的原則下，改以兩兄妹迷失在城市裡一片錯綜複雜的交通信號標誌中，從各種不同的交通標誌，如「單行道」、「十字路口」、「禁止左轉、右轉」、「紅、綠燈」、「行人穿越道」等等來標示這個故事的場景。同時因材施教，藉以教導小孩熟悉交通信號標誌，遵守交通規則的重要性。德國的兒童文學作家得花一番心血去構思、下筆，舊材新寫，重新整理出仍保留原來「格林童話」裡精神風貌的架構，但又得與現在的世界步伐一致，並配合、認同多變的社會，才能使小孩有身歷其境的感覺，進而瞭解接受。

三　兒童文學的重要性

　　藉由「格林童話」的廣大兒童讀者群來探討兒童文學的重要性是最適

當不過的了。大家都知道兒童是社會的幼苗，每個國家都竭盡心力地為兒童的成長提供良好的學習環境，以培養兒童成為未來國家、社會的中堅份子。

　　那麼在兒童成長的過程中，不論是人格的塑造或知識的汲取，童話又扮演著什麼樣的角色呢？我們知道小孩子們都喜歡聽有情節、有內容的故事，一方面能滿足他們的好奇心與求知慾，另一方面又能啟發他們的心智，更由於童話所描述的情景，往往是兒童所能想像的人、事及物，所以它便在無形中肩負起潛移默化的教育使命。凡是關心兒童文學的人，都會發現到每一個國家優秀的兒童文學作品，皆蘊涵了本國的習俗與觀念、傳統文化以及民族的感情。優秀的兒童文學作品就是真正的文學作品，其藝術價值、敘述技巧、內涵及珍貴的程度皆會被肯定與受重視。每個國家的童話作家都知道得很明白，而且也都費盡心血為本國的兒童寫作，他們無不絞盡腦汁，寫出一套具有本國文化色彩，又兼具有啟發作用的文學作品。因為他們知道小孩子的學習能力強，可塑性也極大，益智性的讀物，若真能輔助他們心智及情感的成長，對兒童將來的性向影響是很大的。

　　我們不否認今日的兒童生活在進步的科技世界中，到處充溢著書畫與資訊、色彩與聲光（指電視、電腦及電動玩具等等），而小孩皆來者不拒，照單全收。目前臺灣的兒童讀物當然比以前增加了不少，在琳瑯滿目、五花八門的兒童作品中，相信應該有好書給他們閱讀才對。

（四）「格林童話」在中國出版的情形及其影響

　　廣受世界各國兒童歡迎的《格林童話》，在中國其實很早就有翻譯本了。1915 年上海商務印書館翻譯的《五十則童話》（50 Märchen）是最早的童話譯介。之後，陸陸續續又有各種不同的譯名及版本問世，如《格爾木童話集》（由王少明譯，1926 年，河南：教育廳公報處印行）、《格林童話全集》（由魏以新譯，1934 年，上海：商務印書館印行兩冊）及《格列童話》（由嚴小梅譯並注音，1961 年，臺北：新陸書局印行，兩冊）等等⑤，亦即我們很早就提供給小孩子「格林童話」了。為了進一步瞭解《格林童話》在臺灣被接受的情形，筆者作了一項問卷調查，對象是古亭國小三年級某一班的 50 多位小朋友。調查的結果使筆者深感訝異！幾乎

每個小朋友都讀過《格林童話》，瞭解《格林童話》，並熟知裡面的故事情節、發展過程，對所敘述的人物好惡感及價值判斷，都有非常清晰的概念。

現在先將問卷調查附錄於下：

1. 你曾經讀過下列哪些故事？（複選）

(1) 穿長統靴的貓＿＿＿＿＿＿　(9) 跳破的舞鞋＿＿＿＿＿＿

(2) 白雪公主＿＿＿＿＿＿　(10) 糖果屋＿＿＿＿＿＿

(3) 青蛙王子＿＿＿＿＿＿　(11) 勇敢的小裁縫＿＿＿＿＿＿

(4) 大野狼和七隻小羊＿＿＿＿　(12) 星星的錢幣＿＿＿＿＿＿

(5) 三種語言＿＿＿＿＿＿　(13) 小白兔的新娘＿＿＿＿＿＿

(6) 千種皮＿＿＿＿＿＿　(14) 小拇指歷險記＿＿＿＿＿＿

(7) 生命水＿＿＿＿＿＿　(15) 天國的裁縫師＿＿＿＿＿＿

(8) 不萊梅市的音樂家＿＿＿＿　(16) 睡美人＿＿＿＿＿＿

2. 你喜歡下列哪些故事？（複選）

(1) 愛麗絲夢遊仙境＿＿＿＿　(7) 賣火柴的女孩＿＿＿＿＿＿

(2) 仙履奇緣（灰姑娘）＿＿＿　(8) 醜小鴨＿＿＿＿＿＿

(3) 傑克與魔豆＿＿＿＿＿＿　(9) 國王的新衣＿＿＿＿＿＿

(4) 金銀島＿＿＿＿＿＿　(10) 白雪公主＿＿＿＿＿＿

(5) 阿里巴巴和四十大盜＿＿＿　(11) 青蛙王子＿＿＿＿＿＿

(6) 湯姆歷險記＿＿＿＿＿＿　(12) 睡美人＿＿＿＿＿＿

3. 白雪公主的故事中：

你最喜歡的角色是＿＿＿＿，爲什麼？＿＿＿＿＿＿

你最討厭的角色是＿＿＿＿，爲什麼？＿＿＿＿＿＿

你喜歡這個故事嗎？＿＿＿＿，爲什麼？＿＿＿＿＿＿

(1) 會巫術的後母。(2) 魔鏡。(3) 白雪公主。(4) 七矮人。(5) 有毒的蘋果。(6) 白馬王子。

4. 青蛙王子的故事中：

你最喜歡的角色是＿＿＿＿，爲什麼？＿＿＿＿＿＿

你最討厭的角色是＿＿＿＿，爲什麼？＿＿＿＿＿＿

你喜歡這個故事嗎？＿＿＿＿，爲什麼？＿＿＿＿＿＿＿＿＿

(1) 青蛙。(2) 公主。(3) 國王。(4) 王子的忠實僕人海林西。

5. 仙履奇緣（灰姑娘）的故事中：

你最喜歡的角色是＿＿＿＿，爲什麼？＿＿＿＿＿＿＿＿＿

你最討厭的角色是＿＿＿＿，爲什麼？＿＿＿＿＿＿＿＿＿

你喜歡這個故事嗎？＿＿＿＿，爲什麼？＿＿＿＿＿＿＿＿＿

(1) 灰姑娘仙蒂瑞拉。(2) 繼母。(3) 兩位壞姊姊。(4) 王子。

(5) 玻璃鞋。

6. 糖果屋的故事中：

你最喜歡的角色是＿＿＿＿，爲什麼？＿＿＿＿＿＿＿＿＿

你最討厭的角色是＿＿＿＿，爲什麼？＿＿＿＿＿＿＿＿＿

你喜歡這個故事嗎？＿＿＿＿，爲什麼？＿＿＿＿＿＿＿＿＿

(1) 漢斯。(2) 葛蕾特。(3) 爸爸。(4) 繼母。(5) 老巫婆。(6) 糖果屋。

7. 你喜歡讀哪一類的故事？（複選）

(1) 歷史故事，民間傳說＿＿＿＿　　(5) 安徒生童話＿＿＿＿＿＿＿

(2) 神話故事（希臘神話）＿＿＿＿　(6) 世界名著（乞丐王子）＿＿＿

(3) 冒險故事＿＿＿＿＿＿＿＿＿＿　(7) 格林童話＿＿＿＿＿＿＿＿

(4) 寓言故事（伊索寓言）＿＿＿＿　(8) 天方夜譚＿＿＿＿＿＿＿＿

8. 你喜不喜歡看故事書？

爲什麼？（複選）

(1) 喜歡聽故事＿＿＿＿＿＿＿＿＿＿＿＿＿＿＿＿＿＿＿＿＿＿＿

(2) 可以增廣見聞＿＿＿＿＿＿＿＿＿＿＿＿＿＿＿＿＿＿＿＿＿＿

(3) 可以學做人處事的道理＿＿＿＿＿＿＿＿＿＿＿＿＿＿＿＿＿＿

(4) 可以擴充想像力＿＿＿＿＿＿＿＿＿＿＿＿＿＿＿＿＿＿＿＿＿

(5) 可以說給朋友聽＿＿＿＿＿＿＿＿＿＿＿＿＿＿＿＿＿＿＿＿＿

現在說明問卷的動機及其調查結果統計如下：

第 1 題問卷動機爲抽樣選取一些格林童話，以計算被測試者對格林童話瞭解的程度。結果 80% 強皆讀過格林童話。第 2 題問卷的動機是從世界各國的童話，各種類型的故事來測知對格林童話的喜歡程度，結果是

對各國童話瞭解甚清楚，最受歡迎的故事爲格林童話中的〈白雪公主〉、〈青蛙王子〉、〈睡美人〉及〈仙履奇緣（灰姑娘）〉；安徒生童話中的〈賣火柴的女孩〉、〈醜小鴨〉。第 3、4、5 及 6 題爲同一類型的測試，問卷目的是爲要瞭解「格林童話」對孩童的影響和原因。整理出來的結果如最喜歡的角色是七個小矮人（活潑可愛，且樂於助人），灰姑娘及白雪公主（爲善良的人），青蛙王子中的國王（教小孩守信用），糖果屋中的漢斯（聰明，很勇敢）；最討厭的角色爲後母和巫婆（心腸很壞，會害人），灰姑娘中的兩位姊姊（很懶惰，愛慕虛榮），青蛙王子中的小公主（很壞，打青蛙，不守信用）；喜歡故事的理由則是諸如「生動活潑」、「很好看」、「很有趣」及「很精彩」之類的評語。

　　以上這些都是小孩眼中所看到的童話世界，如果仔細地加以推敲，我們不難發現童話中人物的個性及生動有趣的情節所表達的主題，仍然很鮮明地顯現於字裡行間，而爲幼小的心靈所接受和領悟。第 7 題問卷之目的仍爲瞭解孩童喜歡的童話類型，結果是歷史故事、民間傳說、格林童話、安徒生童話和天方夜譚皆列爲最受歡迎的故事。第 8 題問卷之目的是要瞭解故事書對孩子們的影響有多深，對故事書的功能及作用下個判斷。結果是約略對問卷表上所列 5 個項目持肯定的態度。

　　現在就這項調查做個總結論，世界各國的童話（包括格林童話）在我們臺灣可說非常普及，廣受小朋友的喜愛，這得歸功於翻譯工作，我們忠於原著，在翻譯的時候盡量地保留原譯音、譯名、故事情節，這由各種版本可看出，更由目前的製作方式、插圖、錄音等，無一不盡量保留原來風貌。精美的製作、瑰麗及賞心悅目的插畫，將西洋童話故事翔實的傳譯給我們的兒童。我們不否認閱讀優秀的西洋兒童文學能幫助我們的兒童認識本國以外的文化。但我們知道小孩子純潔，童稚的心靈容易受外界的影響，當他幼小時讀了或聽了童話故事中某些模式或某個情節，譬如國王一定過著富足奢華的生活，王子騎著白馬，公主有金黃色漂亮的頭髮，生長在富麗堂皇、僕從如雲的宮殿裡，不必吃苦，過著悠閒的日子，這種描述往往使小孩忽視了人生最重要的一課：靠個人的耕耘來供養自己。此外筆者還發覺到一個現象，許多年輕人往往懷著一個「美麗的夢想」，嚮往著

異邦，為了去印證那童話中有著公主、王子的虛幻世界，這種盲目地接受西洋童話所造成的負面後果，似乎不是我們當初毫無反芻全盤接受西洋童話所能預期的。

現在再轉變一個話題，就是如何將外國童話引進並良性的吸收？遠的不談，談近的——我們的鄰居日本，他們在一百年前就由菅すが（Ruyho Suga）將《格林童話》翻譯成日文，但是他放棄了故事中一些殘忍的情節或悲慘的結局，譬如會變成老虎、獅子把人吃掉的惡魔、專吃小孩的巫婆、厲鬼等，種種引起幼小心靈不安的過程描述都刪掉了，而改以帶有日本固有的傳統價值，譬如忠君、孝順、服從父母等觀念的筆調加以重寫，並且在將一個故事改寫為適合日本小孩閱讀的童話時，又在譯名、情節、插圖上煞費周章，務求其適合日本的風俗民情，如此一來，濃厚的本國氣息便躍然於書頁中，使日本小孩養成自信，認同童話中蘊含的本國文化傳統。舉個例子說：格林童話裡的〈小紅帽〉（Rotkäppchen）的故事，rot 這個字是德文的形容詞，意即「紅色的」，Kappe 是名詞，是「便帽」之意，加 chen 這個字義，縮小其名詞，則適當譯成「小紅帽」無誤。但在日本明治初年時，一般尚不時興戴西式的帽子，所以此文插圖上的小女孩便按日本習俗，身穿和服，而頭部則用一條紅布巾包紮起來，亦因此定其譯名為赤頭巾（あかづきん），而內容則加以補充或刪減（刪減小紅帽的兩個朋友——一隻鳥和一隻松鼠，補充小紅帽受了一次教訓之後，第二次學乖了的情節），這是一個值得借鏡的巧思。我們國內的出版商，是否在重印西洋童話時，也能做類似的努力呢？筆者曾在坊間購得一本《格林童話集》⑥，其中〈小紅帽〉一文則被因應抄襲譯成「紅頭巾」，看了不禁莞爾。

五 我們要創作自己的兒童文學

凡受過童話薰陶的人，莫不深深喜愛且關切著，我們也不免由西洋童話而聯想到本國童話的成長，改編的古典名著，如《三國演義》、《水滸傳》、《西遊記》、《封神榜》以及民間故事曾豐富了我們童年的生活內涵。以眾所周知、耳熟能詳的《西遊記》為例吧！這不但是一部古典文學名著，且也是一部老少咸宜的故事書，足以媲美任何一部外國故事書。筆

者的姪子才小學一年級就很喜歡《西遊記》，舉凡電視上表演的，一般的漫畫書，或配有注音符號及插圖的《西遊記》，他都喜歡看，簡直對書中的靈魂人物，那隻擁有一根金箍棒，會耍七十二變的孫猴子著迷。筆者見他那麼佩服、喜歡齊天大聖，有次就說，你把其中一段認為最精彩的故事說說看吧！他精神可來了，說了一段「借芭蕉扇，智鬥牛魔王，過火燄山」，口若懸河，興高采烈，頭頭是道地說著，筆者讚嘆驚訝的表情，讓他誤以為聽不懂，於是他天真地說著：「要不要我表演給妳看？」為什麼小孩子這麼迷這個故事？筆者想兒童喜歡這個故事的精彩、曲折、千變萬化的情節，他們覺得很有趣，這能喚起他們的想像力，並會認為師父是為了追求真理，要救世人，要去達到一項目的，才去西方取經，而取經是一項神聖又困難的工作，是一件好事，這猴子陪師父去取經，沿途幫助師父打倒壞人，所以小小的心靈自然而然地對孫悟空非常的佩服。而筆者認為這部文辭優美的中國文學名著之所以會吸引小孩，原因是已經將小孩難以理解、難懂的，或是不必要的情節刪掉了，文字盡量地以淺顯適合兒童口語的方式呈現，並用兒童易於接受，且留下深刻印象的方式來寫。

我們自己本來就有許多俯拾即是的經典著作，可以改編成童話故事和神話的作品。如我們能從中去發掘，將它加以改寫，相信我們的兒童文學一定會欣欣向榮。國人新的創作（包括兒童詩）也卓然有成，為給年幼的一代有個愉快的童年，作家們該共同攜手繼續耕耘這塊園地！

結　論

色彩斑斕、瑰麗奇幻的童話總能吸引兒童。格林童話題材源於民間，具有廣泛的人民性，兒童讀者（包括成年人）閱讀得津津有味，並能從每則故事得到啟發，是因為它無論在題材、內容、藝術和語言上都將日耳曼民族正面的精神發揮無遺，強調其優點，藉以鼓勵人民往正道的途徑奮發圖強，這是它獨具的魅力和特色。

格林童話深入民間採集的童話不只源於德國，而且還源於亞洲、歐洲、非洲其他國家，比如《灰姑娘》的故事在中國也有，《酉陽雜俎．支諾皋》裡記載著一個名為葉限的「掃灰娘」，她腳上穿的金履，其情節類

似《灰姑娘》，可見我們也早已有優秀的兒童讀物。因此，我們也可以從很多中國文學的典籍找出資料，創作屬於自己的兒童文學。

二、格林的「民間童話」與安徒生的「藝術童話」之比較

前　言

　　我們知道「童話」是兒童文學創作的一種，通過豐富的想像、幻想和誇張的手法來反映生活，對兒童進行文化思想教育，其故事情節往往神奇曲折，引人入勝，對自然物常做擬人化的描寫，能適應兒童的心理愛好；使其閱讀或聆聽之後，從曲折離奇、高潮疊起的情結中領略出故事的主人翁，如何在困境中自處或找到出路，感同身受地進行一些反思，從而達到教化的功能。世界各國皆有優秀的、各具其特色的童話作品，不管是代代相傳、淵源流長的「民間童話」，抑或是構思、創作出來的「藝術童話」，都代表著一個民族的思想內涵。

　　《格林童話》與《安徒生童話》係世界知名、家喻戶曉的童話故事，這兩部童話早已被翻譯成多種語言，他們帶給兒童許多歡樂，陪伴著許多兒童的成長。筆者曾經為了進一步瞭解《格林童話》在臺灣被接受的情形，做了一項問卷調查，結果除了《格林童話》的故事外，《安徒生童話》裡的〈醜小鴨〉、〈國王的新衣〉和〈賣火柴的小女孩〉是最受歡迎的故事（見「格林童話」與我們的兒童文學：第 106-118 頁）。格林童話的特色是善惡分明、富同情心、樂於助人、不自私、能體貼別人的才能得到幸福；懂得助人，用毅力去克服困難的這種故事，永遠有令人欣喜滿意的結局。至於罪惡和醜陋的、幹盡壞事的，則一律得到懲罰。而安徒生童話不同於一般的「王子和公主經過一段患難的日子，終於幸福快樂地生活在一起」。安徒生童話的寫作，受到他年少困苦生活的影響很大；透過他自己的親身經驗與觀察，使他更能感同身受丹麥中下階級人民的苦難生活。他以此為題材，揭示社會上貧富懸殊的殘酷現實（比如〈賣火柴的小

女孩〉）、諷刺統治階級的奢侈、愚蠢與荒唐（比如〈國王的新衣〉），歌頌勞動人民的勤勞與智慧（比如〈老頭子做事總不會錯〉），這些都是安徒生童話的特色。

一　「民間童話」和「藝術童話」的區別

　　在區別這兩個專有名詞的定義之前，先對「童話」的特點做一個說明。童話和傳說及傳奇不同的地方在於它是自由創作的，並且它的內容既無時間也無地點的限制。比如童話常常以「有一次／古時候／很久很久以前」（沒有時間性的）這樣開始。在小紅帽（Rotkäppchen）這則童話裡，我們不知道小紅帽是活在什麼時代的人。對童話的刻畫，即童話的特質如下：在形式中會有奇特的元素，會說話的動物，可以藉由女巫或魔術師，還有巨人的幫助施展魔法。比如有：會說話的驢子，會迷惑小紅帽的狼。

　　童話裡，善者／善事與惡者／壞事呈現明顯的對比，而這也是童話的特色。在童話裡大部分都有一個主角是故事的中心點，他與善、惡、自然力和超自然力有不愉快的爭執，引起激烈的衝突。這主角常是一個弱者的形象，就像〈灰姑娘〉（Aschenputtel）裡最小的女兒。在一則童話的結局裡，千篇一律皆是善者常被獎賞，惡者常被處罰。以《格林童話》的〈白雪公主〉（Schneewittchen）為例，擁有一面會說話的魔鏡的皇后，雖然她很漂亮，但卻驕傲、自大並且心腸很壞。她不能夠忍受有人在美貌方面勝過她。皇后毒害白雪公主，結果她被處罰，穿上炙熱的鐵拖鞋，她必須穿著它，一直地跳舞，直到她累死為止。

　　在德國，格林兄弟所創作（搜集）的童話，其概念特別深入人心。而為孩童製作動畫片和娛樂電影，國際知名的迪士尼（Disney）公司出品的童話故事深受全世界的兒童喜愛。除此之外，童話以不同的出版形式被繼續敘述下去：比如說以卡通、漫畫、電視連續劇播映，並且也在舞臺上被演出。總而言之，童話不只受小孩，卻也受大人歡迎。

　　一般對童話的認知大多以1812年格林兄弟出版的童話最為耳熟能詳。待1835年安徒生的童話問世以來，幾經對比，方知和「童話」的寫作風格迥然不同。因此產生了所謂格林兄弟的「民間童話」（Volksmärchen）與代表「藝術童話」（Kunstmärchen）的安徒生童話。

學術界因此有了「理論」及「定義」來規範這兩者之間的區別。茲闡述如下：

（一）民間童話

民間童話無法確認原創者是誰。直到今天，口耳相傳仍是唯一一種普遍流行的方式。儘管如此，自從開始有文字方面流傳下來的東西，也影響了傳統的口述方式。由於不同的因素，民間童話以書寫的方式被記載下來，新時代印刷的可行性，使文字書寫的散播及流傳自然擔任一個重要的角色。基於口頭敘述的傳統，民間童話沒有固定的形式，卻是以數不清，並且有些部分以非常不同的形式或版本出現；但是它保留敘述的基本架構，這就是說主題和故事情節的發展保留了獨特的筆鋒。而當一個越古老的民間故事繼續被流傳下去時，各版本間彼此的差異也就越大。

（二）藝術童話

藝術童話是詩人和作家們刻意的、並且是有意識的創作。有時候，他們會考慮到民間童話傳統的題材，但在大多數的情況下，他們創作的角度也會結合奇妙和不真實的民間故事，杜撰新式的、充滿幻想的奇幻故事。故事內容大部分刻劃著作家的世界觀和理想，並且也會受到文藝思潮的影響。在浪漫主義時期（指德國 1794 年至 1830 年主要的文藝哲學思潮），藝術童話達到了一個早期的巔峰，並為它的繼續發展取得了決定性的推動。因為早期的浪漫主義還非常強調藝術創作，它與傳統的童話背道而馳，因此很難讓童話閱讀者領悟到作品本身的含義。然而在晚期的浪漫主義時期童話創作又改變成了更趨向簡單純樸的風格。

在瞭解民間童話與藝術童話不同之處，在此可以比較格林兄弟的童話和安徒生的童話有那些差別。

屬於「民間童話」的《格林童話》其特徵是：

1. 常有一位漂亮的公主和一位英俊的王子。王子常常愛上漂亮的公主。

2. 故事常常發生在森林裡，比如小紅帽的祖母單獨住在森林，白雪公主也是在森林裡遇見七個小矮人的。也許格林兄弟熱愛大自然，熱愛他們家鄉的森林，或許是喜愛在森林裡漫遊，抑或是替德國森林做廣告？無

論答案是什麼，在格林童話裡，展示了德國的森林文化。

3. 常常有一個很美滿、幸運的結局！比如說王子和公主以後就過著一種無憂無慮、幸福快樂的生活了。但這和丹麥的安徒生童話比較之下，安徒生故事的主角常常有個悽慘的遭遇。在閱讀時，人們常常認為格林兄弟比較有一副好心腸，並且有滿滿的同情心。

安徒生的藝術童話共有 168 篇，大多以丹麥人民的苦難生活為題材，想像豐富，故事生動，語言樸素。在童話裡還摻雜社會內容，揭示社會上貧富懸殊的嚴酷現實，如〈賣火柴的小女孩〉（Das kleine Mädchen mit den Schwefelhölzchen）。他寫作的筆鋒受德國浪漫主義的影響，在藝術童話裡，於細節方面他積極推敲、琢磨，讓人覺得既溫柔、體貼又感傷。比如他寫賣火柴的小女孩之結局「在柔和燈光裡最冷酷無情的景像：平安夜時，小女孩在街上凍死了；但是在她沒能賣出去的火柴微光中，最美的夢想世界照耀著她。」讀到這段時，無不令人一掬同情之淚。安徒生把主題聚焦在「理解」和「感覺」對立的一段描寫出現在〈雪后〉（Schneekönigin）這則故事裡，描述冷酷無情的雪后把理解之冰的一塊小碎片吹進小男孩凱（Kay）的眼睛和心臟，以至於他什麼也看不見，也感覺不到，必須要小女孩葛爾達（Gerda）真誠的眼淚和她的純愛才能溶解這碎冰片，化解了凱的冷漠。

安徒生發展出他自己個人獨特的、不會被混淆搞錯的寫作風格。與基本上在一個不確定地方發生的民間童話互相對立的是，他在描繪故事中的場所時，盡量接近小孩子的世界觀。他的敘述表明一種簡單的、沒有修飾的、不矯柔造作的語言，從而產生一種強有力的敘述聲調。在丹麥、在德國或全世界其他國家都一樣，安徒生的敘述故事在第一線都被看成是給小孩子閱讀的童話。這個看法當然和他自己的認知、理解互相牴觸，因為他認為自己是所有年齡層的作家。這點筆者倒是同意他的觀點，的確，成年人也可從他的童話得到啟示。

⬤ 有關「安徒生童話」之作者

幾乎所有介紹安徒生（Hans Christian Andersen，1805 年至 1875 年）的生平資料，皆開宗明義地寫出他是丹麥著名童話作家。其實他是

多方面寫作的天才。於 1805 年生於歐登賽（Odense）一個鞋匠家庭，童年生活貧苦，當過店鋪學徒。1819 年到哥本哈根（Kopenhagen）去，原想當歌唱家和舞者，但沒有如願。在哥本哈根皇家劇院當過小配角。1822 年至 1827 年在丹麥策蘭（Seeland）島西南方的史拉格瑟（Slagelse）城的拉丁語學校學習，這是由於國王佛利德利希六世（Friedrich VI.，1768 年至 1839 年，1808 年繼位爲王）給他的恩惠，因此，民間曾相傳他是國王的私生子。

▲安徒生

但安徒生覺得這段經歷是他一生最壞的時光。1828 年就讀哥本哈根大學。1829 年有當作家的念頭，開始嘗試寫作，發表《到阿馬克島的徒步旅行》（Fußreise nach der Insel Amak），這是一部諷刺性幻想的作品。1831 年和 1833 年先後旅遊德國和義大利。終於在 1833 年獲得到南方去的一筆旅遊獎學金。在巴黎和羅馬他寫了一篇長篇小說《即興詩人》（Der Improvisato），1835 年出版，大獲成功，名利雙收。同年他開始了第一梯次的童話創作，1835 年所寫的起先只有 4 則童話故事，以小冊子的方式出版，一出版後，同他的小說《即興詩人》一樣，使他大大出名。這 4 則故事裡面有耳熟能詳的〈打火機〉（Das Feuerzeug）及〈大克勞斯和小克勞斯〉（Klein-Klaus und Groß-Klaus），裡面講述滑稽故事、軼聞、趣事，把場景設置在小孩子的小房間，讓小孩子對奇妙的大千世界大開眼界。使他享譽全球的是，他一系列的《給小孩講述的童話和敘述故事集》（Märchen und Erzählungen für Kinder，1835 年至 1841 年，1843 年至 1848 年，1852 年至 1855 年，1858 年至 1872 年；第 1 本德語譯本於 1839 年出版）。安徒生酷愛旅行，他又於 1844 年和 1845 年去德國旅行，

也拜訪了格林兄弟，與之切磋童話寫作，相談甚歡，並成為好友。

　　除了童話，他還寫詩歌、遊記、劇本和小說等各類體裁的作品，如長篇小說《奧圖‧托史圖譜二部原著小說》（Otto Thostrup Originalroman in zwei Teilen，1836）、敘述作品《沒有圖片的圖書冊》（Bilderbuch ohne Bilder，1840）獨幕喜劇《新度週末小屋》（Die neue Wochenstube，1845）。受歌德《浮士德》（Faust）第二部的影響，於 1847 年發表結合史詩與戲劇的作品《阿哈斯維路斯》（Ahasverus）⑦，講述一個名為阿哈斯維路斯的猶太鞋匠，在大衛（David）和所羅門王（Salomon）統治的以色列，見到新的彌賽亞，認為猶太民族必能再強盛，深信基督。故事情節不無影射作者本人。1848 年小說《兩位男爵公主》（Die zwei Baronessen）問世、1851 年出版遊記《在瑞典》（In Schweden）、1855 年他的自傳《我生命裡的童話》（Das Märchen meines Lebens）出版。由此可見安徒生是個全方位的作家，其中以童話創作的成就最大，因此，中外文學及文學辭典介紹他時，開宗明義皆寫丹麥著名童話作家。

　　安徒生不惟在兒童文學獨領風騷，他創作的童話故事也引發了漫畫書、故事插畫、卡通、戲劇、歌劇及電影的發展。在臺灣也已經翻譯並出版了不少安徒生童話故事書籍，更有不少大人及小孩都喜歡閱讀安徒生童話故事。2005 年是安徒生誕辰 200 週年紀念日，為了啟迪臺灣下一代兒童的夢想與創意，讓兒童們認識人類文化及文明的進展與傳承，行政院文化建設委員會於 2002 年 7 月預先舉辦了一場大型的「Andersen 安徒生童話之藝術表現及影響學術研討會」，係首屆華語地區的有關安徒生之研討會。臺灣多名學者專家從各個領域、各個角度探討安徒生的童話，發表了多篇擲地有聲的學術論文。

三　安徒生「藝術童話」裡的崇高美學

　　安徒生的童話內容深刻、想像豐富、語言樸實，體現了丹麥文學寫實主義的風格。其童話的內涵具有兩種不同的類型，即是對世俗人性的諷喻和對真、善、美生命的頌揚。這裡將從安徒生的童話創作中仔細地分門別類選取適當的例子，並以「崇高」和「美學」的觀念來解讀安徒生的童話世界。

（一）以朗吉納斯⑧（Longinus Cassius，生於基督誕生後3世紀）
　　論「崇高」的觀點，解釋生命的崇高意識。

　　我們常會聽到一句耳熟能詳的成語「醜小鴨變成天鵝了」，這是安徒生童話裡最受小朋友喜愛的一篇。因為安徒生用淺顯、平易近人的方式，敘述醜小鴨（Das häßliche Entlein）蛻變為天鵝的過程。醜小鴨似乎生錯了地方，事事受排擠，被母雞和貓大大地奚落一番。因為牠們以為自己所處的環境就是全世界，勸醜小鴨注意學習生蛋，或者學習咪咪地叫。但醜小鴨卻想依自己的本性去見識更廣大的世界。牠勇於突破自我、不怕困難、勇闖世界，這是因為醜小鴨有「莊嚴」偉大的思想。當他看到一群羽毛白得發亮、脖子又長又軟，而且可以飛得很高的天鵝時，他感到一種與有榮焉，一種說不出的興奮感覺。最後，牠終於發現自己竟然就是一隻被誤認為小鴨的天鵝！安徒生這神來一筆的蛻變過程及振奮人心的結論：「只要你曾經在天鵝蛋裡待過，就算是生在養鴨場裡也沒有什麼關係」，不知鼓舞了多少的大、小朋友。在「天鵝蛋裡」意味著心中蘊含莊嚴偉大的思想，那麼，不論在那個環境中生長，他的思想都會傾向崇高的境界。

　　安徒生以醜小鴨的經歷闡述他對高尚人性的尊崇，對於人的價值、生命的韌力與人性的光輝，也是安徒生不遺餘力要向大家頌揚的。這些觀點在安徒生童話裡俯拾皆是，例如〈紅鞋子〉（Die roten Schuhe）裡，敘述可憐的小女孩被老太太收養，她卻迷上了一雙紅色的鞋子，這雙紅鞋發揮了魔力，讓她不停地跳舞，從家裡跳到鎮上，再跳到田野，以至於老太太無人照顧而逝世了。她既自責又覺得已被大家遺棄之下，只好請劊子手把她的腳砍斷。後來，牧師太太因憐憫而收容了小女孩。一個禮拜天，她在教堂的風琴聲中，留下懺悔的眼淚說：「上帝呀！請幫助我！」她的真心誠意懺悔和神的力量讓她得到了眾人的寬恕，讓她「心中充滿了陽光、和平與快樂，她的靈魂騎在太陽的光芒上飛進了天國。誰也沒有再問起那雙紅鞋。」安徒生強調了「知過能改，善莫大焉」的思想及人性本能的懺悔、贖罪與寬恕。〈小美人魚〉（Die kleine Meerjungfrau）處在愛人與被愛的生命悲劇中，她放棄了最美好的聲音和親情，但因無法說話，而無緣與心愛的人終成眷屬。她本可返回她海世界的家鄉，因不忍傷害王子，她

放棄了這個機會，當太陽升起，她化成了泡沫，應驗了巫婆的預言。〈小美人魚〉的純真之愛讓她有追求真善美——永恆靈魂的渴望。她所具備的犧牲、奉獻與實現，都是安徒生再三要強調的崇高美學。

（二）以德國哲學家康德（Immanuel Kant，1724年至1804年）的「美學理論」為佐證，闡述人性之美。

1764年康德出版的著作《關於美和崇高感覺的審視》（Beobachtungen über das Gefühl des Schönen und Erhabenen）提到了道德與美學的關係。指出「美」與「崇高」的感覺，即「道德」係建立在「美的感覺和人天性的尊嚴上」。

安徒生的童話強調人性善良的光明面，即以基督博愛、犧牲、奉獻的精神，當他的「美學」基礎。人性至善、至美、至真及生命崇高是他追求的目標；尤其是在逆境中更能發揮這種真、善、美的精神。基於深厚虔誠的基督信仰，讓安徒生在逆境中從來不否定生命，反而讓他更能體會和盼望人性的善良。因此，在安徒生童話裡，處處可見人性的純真、善良、美麗，這些童話故事不只是小孩子讀來倍感溫馨，就連大人也要為之動容。在〈國王的新衣〉裡，虛榮的國王還不知道他自己受騙了，連他愚蠢的王公大臣也害怕丟臉，不肯承認自己根本看不見衣服，最後是國王光著身子遊街的時候，圍觀的眾百姓也沒有人肯承認自己不是聰明的人，當大家都噤若寒蟬，不發一語時，一個小孩天真地道出實話，戳破了大人的偽善。這種人性純真的一面，安徒生藉助一個小孩的口，猶如石破驚天、一語中的道出，對大人而言，猶如當頭棒喝。安徒生的「美」之觀點皆訴諸於精神層次，並不拘泥於形式。比如說從一朵美麗花朵誕生的〈拇指姑娘〉，猶如從貝殼中誕生的維納斯一樣，是

▲安徒生童話《拇指姑娘》

美的象徵。但拇指姑娘不只擁有外在美，她尚具有內在美，一種人溺己溺、悲天憫人的胸懷。比如說她救了凍僵的燕子時，這隻象徵追求光明、心靈慰藉與快樂泉源的燕子，對拇指姑娘來說卻有另一種不同的意義與價值。她心想：「在夏天對我唱出那麼美麗的歌的人，或許就是牠了」，「牠不知帶給我多少快樂──牠，這隻親愛的、可愛的鳥兒！」於是感恩善良的拇指姑娘用草為燕子編織毯子，並用盡所有的力氣採來棉花和薄荷葉覆蓋燕子，幫牠取暖。後來燕子復活了，牠想讓拇指姑娘坐在牠的背上，一起飛到遠方的綠色森林。但她想到如果她離去，田鼠會感到痛苦，所以又留下來了。就人性的觀點來說，這是一種壓抑，一種犧牲。

〈野天鵝〉裡的小公主艾麗莎，為了要解救 11 個被惡毒的新皇后用魔法變成天鵝的哥哥們（太陽出來時他們變成天鵝，太陽一下山他們就回復人形），必須縫製一種特殊的蕁麻披甲。她本著手足之愛、忍耐著來自主教的敵意、汙衊與國王的誤解。不發一語，只渴望快快完成 11 件披甲，好讓哥哥們得到自由。這就是人性中純真、至善、極美的力量。本篇童話可見安徒生童話裡的崇高美學思想奠基在基督教。在敘述艾麗莎找到哥哥們之後，王子們決定帶她一起到另外一個國度。飛到那個國度需要兩個白天時間，他們就用柳枝和蘆葦編織成一張網，共同啣著，讓艾麗莎坐在上面飛渡海洋。第一天日落時，他們降落在海上一塊只夠他們站著的礁石上，兄妹們緊緊地互相挽著手，並唱著聖詩；聖歌使他們得到安慰和勇氣。這裡明白地鋪陳了基督教的信仰。愛麗莎希望能得到解除哥哥身上魔咒的方法，她不斷地祈禱，甚至連在夢中也不懈的祈求；終於，在夢中飛到天上，從仙女那裡得到解救哥哥們的方法。但是編織 11 件披甲需要一整年時間，在此期間她不能說半句話，否則他的哥哥們就會被利劍穿心。這又是一種嚴酷的考驗，在完成一件崇高的目標之過程中，它被視為錘鍊精神與生命強韌意志的試金石，其中也不無犧牲奉獻的意涵。可視為安徒生的崇高美學中，一種從逆境掙脫、樂觀追求真善美的必然過程。安徒生的童話中，不乏神蹟的出現、神蹟的力量，這也證明了他的美學思想奠基於基督教，凸顯出一種博愛、溫柔敦厚的人性，以及對生命的尊重，進而達到真、善、美的理想境界。

㈣ 安徒生「藝術童話」的評價

　　安徒生的藝術童話《對小孩敘述的童話》（Märchen, für Kinder erzählt.）⑨在 1835 年至 1848 年間共出版了 11 冊。當他 1835 年時，以集結 4 個童話的小冊子出版時，這個剛好在同年以一部長篇小說《即興詩人》聲名大噪的作家，他的這個小冊子幾乎沒有引起評論家的注意，因為那些評論家早已習慣了德國和丹麥的浪漫主義作家所寫的充滿藝術性的童話結構之作品。只有一位丹麥當代最具代表意義的自然科學家歐爾斯特（H.C. Ørsted，1777 年至 1851 年）寫了一封認同詩人的信給他，謂如果《即興詩人》讓他成名，那麼他的童話將使他永垂不朽。歐氏中肯的評語，至今相隔 180 年乃是有目共睹的，因為時下大家提起安徒生，先入為主的概念，仍只記得他的藝術童話創作，甚少提及他在長、短小說、詩歌、遊記及劇本等各類體裁的作品。

　　丹麥民眾早已熟悉佩羅（Charles Perrault，1628 年至 1673 年）⑩、穆紹伊斯（Johann Karl August Musäus，1735 年至 1787 年）⑪及格林兄弟典型的童話故事了。安徒生結合了這種簡潔、清晰的童話形式和浪漫主義式的藝術童話及他自己的哲學理想，再加上豐富的想像力，構成一種未來的理想詩詞韻文學的風格，也即是「簡短、清晰及豐富」的體裁。他在語言的層面上落實了這種新形式的寫作，即他要聽故事的人聽到敘述者的格調。他的童話也就由此明顯的與格林兄弟及浪漫派詩人以傳統方式書寫的童話分道揚鑣了。此外，他仍然與民間童話緊密地連在一起，把這原本魔幻式的世界形象代之以如歐爾斯特所說的幻想觀點，他讓它在「自然的法則是以對神的感恩方式及真實事件以奇蹟的方式」呈現。所以他不只成功地做到了修改並結合傳統童話動機，比如說他的〈打火機〉、〈大克勞斯和小克勞斯〉、〈養豬王子〉、〈雪后〉及〈紅鞋子〉等，皆是此種藝術加工之作品。他又跨過這一步去創造新的、獨特的童話，比如〈雪后〉、〈小美人魚〉、〈賣火柴的小女孩〉和〈醜小鴨〉。雖然在這裡面常常將不同的、早就為人熟知的動機做了些加工處理，然而在內容的背後，其所呈現的主題思想仍然強到足以將分歧的基本概念被融合在一個新的故事情節裡。

　　安徒生的藝術童話廣受男女老幼的歡迎，他如何辦到這一點？在他寫給一位朋友的信上，說他的敘述風格是這樣的：當我考慮到這個主題思想是為年紀大一點的人所設想時，這時我敘述的對象是年輕一點的人。當我想到父親和母親也常常會一起傾聽時，就必須讓父母也要理解一些事。在一些篇幅大一點、自己創作的童話裡，事實情況倒不如說是相反的：他們是寫給成年人的童話，但小孩子也會喜歡聽的。一個非常獨特的例子，同時也是安徒生本人雄心最大的嘗試，在一部他想表達他的世界觀的童話──〈雪后〉裡，呈現了他的理念：魔鬼（即雪后）製造了一面鏡子，美好的事物在魔鬼的鏡子都會扭曲變形，或甚而看不見，化為烏有；醜陋的東西在其中則被凸顯誇大。「當一個虔誠和善良的思想在一個人的心裡出現的時候，它就在這鏡子裡表現為一個露齒的怪笑。」那些魔鬼學校的學生得意地說：「人類第一次可以看到世界和人類的本來面目。」當魔鬼想把鏡子拿給上帝看時，鏡子掉下碎成難以計數的小碎片，在世界上亂飛。人只要被這小碎片擊中了頭部或心臟，就只有看到負面的事，人的心就會變成冰塊那樣的冷漠。小男孩凱被這碎片打中了，他的心漸漸結凍成冰球，並開始和他的小玩伴葛爾達爭吵。一天，雪后把他帶到她在北極的冰宮（指抽象理性的王國），在冰宮裡，他試圖用冰塊拼出「永恆」（Ewigkeit）這個字，因為雪后對他說：「如果你能拼出這個圖案的話，那麼你就是自己的主人了。」並答應把全世界和一雙溜冰鞋送他。可是凱怎麼也拼不出來。葛爾達發現她的小玩伴不見了，就出去尋找凱的下落，歷盡千辛萬苦她來到雪后的冰宮，那裡面的風吹得很凜烈，她唸了晚禱文之後，風就停了。她找到了凱，擁抱著他，但他一動也不動，很冷淡，直到葛爾達流到凱胸膛的熱淚滲進了他的心裡，把雪塊和鏡子碎片都融化了，並唱了一首聖詩，凱開始流淚了，淚水洗去他眼中的碎片。現在他才正確地拼出「永恆」這個字，這個和「上帝」（Gott）是同樣的一個意思。凱經由不變的溫暖的感覺找回了自己，而葛爾達無私的、並和上帝連結在一起的愛，把凱從被雪后困住的魔咒中解救出來了。最後，兩人彷彿做了一場夢，他們回到家裡了，並忘記先前發生的一切。

　　安徒生取材自民間童話，將其故事情節及敘事方式加以改編，將它發

展成自己別具風格的「藝術童話」，有時還試圖在故事中灌輸一些大道理給小朋友（含成年人）聽。例如〈野天鵝〉裡的艾麗莎在海邊望著海灘上被海水經年累月磨平的小石子，他寫道：「水在不停地流動，因此堅硬的東西也被它變成柔和的東西。我也應該有這樣孜孜不倦的精神（指為 11 個哥哥織蕁麻披甲）！多謝您的教訓，您──清亮的、流動的水波。」這些訓誨的大道理在「民間童話」中是絕對看不到的，這也是「藝術童話」突出的特色之一，而在安徒生的童話中，這類刻意的教誨比比皆是。

安徒生的童話目前已被翻譯成八十多種文字，也有被拍攝成電影，〈賣火柴的小女孩〉於 1928 年由法國導演雷諾瓦（J. Renoir，1894 年至 1979 年）執導，〈紅鞋〉於 1948 年由英國導演包威爾（M. Powell，1905 年至 1990 年）和布列斯布格（E. Pressburger，1902 年至 1988 年）共同執導。美國迪士尼動畫製片公司也以安徒生的童話故事為藍本製作多部卡通片，比如有〈小美人魚〉、〈雪后〉等。他的童話除了膾炙人口、老少咸宜外，又充滿了人生哲理。安徒生童話裡的情感大多是以人為中心，強調人之初、性本善，心中有愛，能夠讓同樣是「人」的我們接受，在現實生活中確實是一部寓意深刻的好作品，它能夠培養青少年、兒童崇高的生活理想、高尚的道德品質、具有一定的教育功能，它能夠啟發兒童的良知，領導孩子克服黑暗、走向光明。

結　論

格林童話與安徒生童話皆是膾炙人口的兒童讀物，因為他們的寫作都以兒童為對象，創作出適合兒童心理的故事，以兒童小小的心靈所能感受到的情理為基礎，加上豐富多變的想像力所寫就的一篇篇以抒情、陳事或評點是非、分辨善惡的故事。格林及安徒生的童話皆是享譽世界、歷久不衰的兒童讀物。

「童話」也是文學的一個文體，廣為人知的《格林童話》由於它是作者從民間搜集而來的故事，故屬於「民間童話」；而「安徒生童話」的故事則是由作者自己創作的，故被歸類為「藝術童話」。此兩種風格迥異的作品無分軒輊，均被全世界的兒童（甚或成年人）所接受。在此可從各方

面將兩種童話故事的寫作風格做一個對比：

	格林童話	安徒生童話
1. 故事來源	從民間各階層人士的口述搜集整理，加以潤飾或改寫而成。	爲他個人的遭遇、經歷和社會觀、人生觀的反映，純屬作家個人的創作。
2. 背景、人物	無背景、心理和環境的描寫，人物形象千篇一律，採善、惡二分法。	有固定的背景。涵蓋各階層人物，仔細描述各個角色的心理狀況和環境。
3. 故事情節	簡單明瞭、平鋪直敘地敘述，佈局粗糙、鬆散。	透過精心設計的佈局，故事曲折離奇，高潮迭起，迴峰路轉。
4. 主題思想	主題不明確，採取善與惡、勤與懶、貧與富的兩極對立。千篇一律的結果，惡人受到懲罰，而好人永遠有好報，永遠是快樂的結局。	有固定的主題與明確的思想。富於時代性和反映社會問題。除了刻劃人性的善惡，也提出一些尖銳的問題，讓讀者自己去深思及解答。

　　由上面列表的比較，明顯地可看出，幾乎呈兩極化。雖然是不同典型的童話，文筆風格各有千秋，但也有交集的地方，比如文筆優美、雋永、簡潔流暢、含意深遠，能夠代代相傳，感動了多少大、小朋友。雖然現實世界也不見得這麼美好，到處經常荊棘滿地、困難重重，努力奮鬥有時並不見得有所突破或能有一番成就，但這種奮勇邁進的精神（比如：〈不萊梅市的音樂家〉、〈小拇指歷險記〉、〈雪后〉等）及善良高貴的人性（比如：〈小美人魚〉、〈姆指姑娘〉及〈野天鵝〉等），在格林兄弟及安徒生的童話中俯拾皆是，皆能植根於孩子們的心靈中；這種精神實在值得鼓勵，因為不畏懼困難才能在人生的道路上披荊斬棘、步上坦途，得到幸福、快樂及圓滿的結局，這也是格林兄弟及安徒生的童話至今受肯定的原因。另一個共同點是，這兩種童話皆不遺餘力地闡揚基督的精神，彰顯人

性的善、惡，各自有其固定的訓誨教化之深刻含意。雖是兩種相異其趣的童話類型，但其形式皆能爲兒童甚或成年人所接受。這或許也是他們的作品至今歷久不衰的原因吧！

註　釋

① 〈不萊梅市的音樂家〉係格林童話裡一則深受歡迎的故事，描述 4 隻動物，驢子、狗、貓和公雞因年老力衰，被主人趕出家門，4 隻動物結伴而行，立志到不萊梅當音樂家。這 4 隻可愛的動物雖未抵達不萊梅，但仍勇往直前，為著理想邁進，其精神卻是令人敬佩的，這也是為什麼不萊梅人引以為傲，為牠們鑄銅像的原因。這座依序由驢子、狗、貓和公雞疊成的銅像，聳立於市議堂邊，它已成為不萊梅市的標誌。

② 劃時代的巨作「德語辭典」共 16 卷 32 冊，是兄弟倆晚年時合作的大部頭書，雅克伯完成了「A」、「B」、「C」、「E」等部分，而「F」只編到一半便已去世，「D」部分由威廉負責。其後德國學術界的精英，一批接著一批獻身於「格林辭典」的編纂工作，而於格林兄弟死後 100 年方告完成，自始至今，人們一直稱這部辭典為「格林辭典」。dtv 出版社印行的字典，封面上左邊為直行放置、占封面一半的特大 Grimm 字，另一半上角橫置普通字體 Deutsches Wörterbuch。

③ 因「童話」是以幻想為出發點的產物，所以一則故事並未明確載明此事發生於何時何地，通常都以「從前在某一個地方，某一個國家，某一村莊」之類含糊不清的背景為開端。而「傳說」中，一定會詳載明確的時間及地點。

④ 封·阿爾尼姆（Achim von Arnim，1781 年至 1831 年），德國文學史裡浪漫派時期的詩人，屬晚期浪漫派大將，與另一浪漫派詩人布連塔諾（Clemens Brentano，1778 年至 1842 年）共同搜集並改寫合著有《兒童的神奇號角》（Des Knaben Wunderhorn），為一部優美的德國民歌集。

⑤ 《格林童話》在中國尚有多種譯本，如：

白雪公主，原名：Schneewittchen 劉美麗譯，1946 年，上海：廣學會印行。

白雪公主，原名同上，Brüder Grimm 撰，李德權譯編，1955 年，臺北：正中書局印行，125 面。

白雪公主，1955 年，臺北：王子出版社印行，18 面。

白雪公主，蔣月樵譯，1966 年，臺北：文化圖書公司印行，2、143 面。

白雪公主，洪炎秋改寫，臺北：東方出版社印行，40 面。

奇少年，原名 Die zwei Brüder，夏星壽譯，1928 年，上海：中華書局印行。

紅帽姑娘，原名 Rotkäppchen。楊昌溪譯，1931 年，上海書局印行。

格利姆童話集，王少明譯，1936 年，南京：正中書局印行，4 冊。

格利姆童話集，趙景深譯，臺北：崇文書局印行。

格林童話全集，魏以新譯，1934 年，上海：商務印書館印行，2 冊。

格林童話全集，原名：Kinder- und Hausmärchen. Grimm, Jacob; Grimm, Wilhelm Karl 同撰，張家鳳重譯，1953 年，臺北：啓明書局印行，2 冊。

格林童話全集，羅少卿譯，1962 年，高雄：大眾書局印行，275 面。

格林童話全集，孫旗譯，1962 年，臺北：大中國圖書公司印行，274 面。

格林童話全集，1971 年二版，臺北：正言出版社印行，275 面。

格林童話集，趙景深譯，1934 年，上海：北新書局印行，14 冊。

格林童話集，彭兆良譯，1931 年，上海：世界書局印行，2 冊。

格林童話集，呂津惠譯，1957 年，臺北：新陸書局印行，6、200 面。

格林童話集，黃南譯，1977 年，高雄：大眾書局印行，126 面。

格林童話集，1980 年，臺北將軍出版社印行，3 冊。

格林童話選集，嚴大椿譯，1948 年，上海：大東書局印行。

格蘭姆童話，原名：Kinder- und Hausmärchen. Brüder Grimm 撰，李宗法譯，上海：商務印書館印行，4 冊。

雲婆婆，原名：Frau Holle。張昌祈譯，上海：開明書局印行。

萬知博士，原名：Doktor Allwissend。吳翰雲譯，上海中華書局印行。

（以上資料摘自李嫚嫚：中國德意志書目，頁 150 至 151，68 年文化學院碩士論文）

又在 1986 年 6 月，中國文化大學曾有一本以德文撰寫的碩士論文《格林童話中文譯本之研究》（Zum Problem der Chinesischen Übersetzungen Grimmscher Märchen），裡面仔細地列出翻譯上的錯誤，抽樣選取幾本譯作，加以比較，並指出「名詞」、「形容詞」、「副詞」、「代名詞」、「動詞」及「同義字」等方面翻譯上明顯的錯誤，這雖是與語文造詣有關，但也是我們的翻譯作工作中仍美中不足之處。

⑥ 格林童話集，東方出版社編輯部編譯，臺北，74 年 11 版，東方出版社出版。

⑦ Ahasverus 是希伯萊文拉丁化名字，指的是舊約聖經記載的波斯國王

Xerxes I.。

⑧ 朗吉納斯為古希臘哲學家及修辭學家,新柏拉圖主義者。相傳他是《論崇高》(Über das Erhabene)的作者,文章分析了構成偉大作品的因素,表現出作者相當高的美學欣賞能力,對歐洲古典主義時期的文藝理論有過很大的影響。

⑨ 譯自丹麥文 Eventry, Fortalte for Børn。

⑩ 法國作家,最具代表意義的是 1697 年所搜集的《給年輕人的仙女童話》(Feemärchen für die Jugend)。

⑪ 穆紹伊斯係德國作家,他以理性帶有詼諧、諷刺的風格,加工處理的《德國童話故事》(Volksmärchen der Deutschen,1782 年至 1786 年)最為人稱道。

華格納及其樂劇裡的現實與浪漫

前　言

　　1983 年是德意志歌劇巨擘理查・華格納（Richard Wagner）逝世整整一百週年忌。這位在哲學、文學及音樂領域廣被研討的天才，其作品至今在全世界的歌劇院和音樂界的地位仍然屹立不搖。他的戲劇創作在德國文學史裡的浪漫主義時期更是獨樹一幟。

　　華格納之所以被推崇爲樂劇的宗師，是因他將音樂與詩歌溶爲一體，他能編寫劇本與作曲，並且親自指揮演出。華格納才能淵博、氣魄宏偉，一生爲音樂戲劇努力，將世界歌劇的領導地位，由義大利轉移到德意志。第二次世界大戰方熾之時，希特勒（Hitler）爲鼓舞軍中士氣，不遺餘力地提倡華格納的音樂。希特勒曾說過，聆聽華格納的音樂、觀賞華格納的樂劇能使他精神振奮。這位倍受希特勒推崇的天才，集詩人、作曲家與指揮家於一身，實爲不可多得之英傑。

　　華格納在致力於樂劇的創作過程中，屢遭貧困、冷落與歧視的打擊，但他在傷心失意之餘，仍然堅持意志，奮鬥不懈，使德國音樂的浪漫派大放異彩。以下將介紹華格納的生平，討論華格納的樂劇理論，並簡述其重要作品的劇情。

一　華格納的生平

　　樂劇創始者——理查・華格納於 1813 年 5 月 23 日生於萊比錫。父親是當地警察署的書記，非常熱衷於戲劇，母親爲女歌唱家。但華格納出生半年後父親去世。母親領著 9 個孩子改嫁其父好友蓋爾（L. Geyer，1779 年至 1821 年）；蓋爾是位詩人、畫家及演員。繼父對華格納極爲鍾愛，想教他學畫，但華格納缺乏繪畫的天才而未果。華格納 8 歲時，繼父不幸去世，一切全

▲華格納

賴母親支撐，9歲時才正式入學。

　　他在校時對希臘文及歷史甚感興趣。13歲時曾翻譯荷馬的史詩《奧狄賽》（Odyssee）的前三段。15歲時他已熟讀莎士比亞、歌德和但丁的作品以及希臘神話。而後模仿莎士比亞的戲劇《哈姆雷特》（Hamlet）及《李爾王》（King Lear）作了一齣名為《羅依巴特》（Leubald）的悲劇。他一心想把這齣悲劇改寫成歌劇，因此開始研習音樂理論。16歲時第一次聽到貝多芬（Ludwig van Beethoven，1770年至1827年）的歌劇《費德莉奧》（Fidelio），深受感動，更堅定他從事歌劇的決心。更致力鑽研貝多芬的樂曲，於17歲時，改譜貝多芬的「第九交響曲」為鋼琴曲，同時也嘗試創作自己的樂曲。一齣詩歌與音樂兼備的田園戲（Schäferspiel）就是這時期的作品。

　　他18歲時在萊比錫大學攻讀音樂，跟隨聖湯瑪斯教堂的音樂指揮溫利希（T. Weinlig，1780年至1842年）學習作曲。溫利希教他對位法與聲學。華格納19歲時作了第一齣歌劇——《婚禮》（Die Hochzeit）；20歲時所做的C調序曲和一首鋼琴奏鳴曲，都在布商大廈（中世紀時的布商之會址，現為萊比錫音樂廳）公開演奏。他只在萊比錫大學受過短暫的音樂教育。離開大學後，為了餬口，前往烏茨堡（Würzburg）的劇院擔任聖樂團的指揮；此時他完成第二部歌劇——《眾仙女》（Die Feen）。

　　華氏21歲時改任貝特曼劇團（Bethmannsche Truppe）的音樂指揮；此時他完成歌劇——《禁愛》（Das Liebesverbot）。此劇係根據莎士比亞的劇本《以牙還牙》（Measure for Measure）改編而成的義大利式輕歌劇。1年後，此劇即在瑪格德堡（Magdeburg）上演。此年他與年長他4歲的女演員明娜（Minna Planer，1809年至1866年）結婚。24歲時於里嘉（Riga）任當地劇院的音樂指揮，但鑑於麥爾貝爾（Meyerbeer）[1]在巴黎成名，他在里嘉沒有什麼發展，乃決心去巴黎闖天下，途中所搭乘的小客輪適逢暴風雨，海上波濤洶湧，險狀環生，甚至瀕臨生死邊緣；這段經歷給予他永難磨滅的印象，因此也觸發他譜寫歌劇《漂泊的荷蘭人》（Der fliegende Holländer）的靈感。他到巴黎之後，經濟極為拮据，只好一邊賺錢謀生，一邊著手歌劇《黎恩齊》（Rienzi）的譜作，並完成

《浮士德》（Faust）交響曲的第一樂章；後來聽從李斯特（Liszt）[2]的建議，完成《浮士德序曲》（Eine Faust-Ouvertüre）。

　　華氏 27 歲時，曾因欠債而入獄數月。當時巴黎這個藝術大都會，對於青年音樂家華格納並不理睬。雖然他東奔西走去尋找劇本上演的機會，然而，一切計畫皆未如願。因而他滯留巴黎的 3 年爲一生中最痛苦的時期。他在傷心失望之餘，仍將《黎恩齊》寄到他孩提時代便已熟悉的德勒斯登（Dresden）宮廷戲院，果然令他喜出望外，《黎恩齊》終於獲得採用，乃由巴黎遷回德城。此劇於 1842 年在德城初演，獲得觀眾肯定，華格納可說是一舉成名。接著他的《漂泊的荷蘭人》也於次年在德城劇院順利上演。華氏此時否極泰來，正巧宮廷劇院的樂隊隊長去世，遂被任命爲繼任者。他從此脫離在巴黎時那種窮困潦倒的生活，並且在指揮貝多芬、莫札特、韋伯[3]和葛魯克[4]的偉大歌劇作品之外，還指導一個聖樂團，並繼續他的歌劇寫作，期間完成《唐懷瑟》（Tannhäuser）（此劇於 1845 年在德城初演），之後又譜寫中古日耳曼傳奇——《隆恩格林》（Lohengrin）。此劇雖於 1848 年即已完成，卻於 2 年後，才得在李斯特的指揮下，首次演出於威瑪（Weimar）。原因是 1849 年華格納 36 歲時捲入了革命的漩渦。當時隸屬薩克森王國的德勒斯登，因普魯士拒絕承認其憲法而引起暴動，革命黨反對政府人士砲擊軍官，熱血的華格納贊助革命軍，替其撞響號鐘與散發傳單，後革命軍被普魯士消滅，官方遂通緝華格納，到處懸掛他的放大照片，因此華格納不得不喬扮馬車夫，駕了裝貨馬車逃出國境，倖免於難，但拘捕他的逮捕令卻一直持續達 13 年之久。起初他逃到威瑪李斯特處，因到處有通緝令，威瑪也不能讓他久留；李斯特又幫助他逃到瑞士。他在逃難中仍致力於藝術理論的撰述，作品中表露出他對藝術的主張與理想，並發表了〈藝術與革命〉（Die Kunst und die Revolution）、〈未來的藝術作品〉（Das Kunstwerk der Zukunft）、〈藝術與氣候〉（Kunst und Klima）和〈歌劇與戲劇〉（Oper und Drama）等論文。並埋首樂劇的寫作，他的傑作《尼布龍根的指環》（Der Ring des Nibelungen），即係於此時開始構思；1848 年，他始動筆寫第一部，由於詩句費時，經 26 年才得完成；期間他也曾抽出部分時

間寫《特里斯坦和伊素爾德》（Tristan und Isolde）和《紐倫堡的名歌手》
（Der Meistersinger von Nürnberg）。

　　1853 年最重要的一件事，是他認識了大哲學家叔本華（Arthur
Schopenhauer，1788 年至 1860 年），並閱讀了叔本華的代表作《意志與
表象的世界》（Die Welt als Wille und Vorstellung）。他雖受叔本華思維
方式的影響，但他的世界觀與藝術理論皆是羅曼蒂克式的；他想要塑造出
時代的風格與特色。在他流亡外國期間，曾 2 次到義大利旅行。1855 年
在倫敦替倫敦愛樂協會指揮 8 場音樂會，但經濟仍感拮据。他於 1857 年
結識蘇黎士（Zürich）絲業巨賈威森東克（Wesendonck）夫婦。這對夫
婦酷愛音樂，尤醉心於華格納的作品。於是，華格納在蘇黎士辦 3 天音
樂會，其經費大部分皆由威森東克夫婦負擔，並在他們住宅不遠處爲華格
納蓋了一棟房子，讓他無條件的居住。華格納後來愛上了女主人瑪娣雅
德‧威森東克（Mathilde Wesendonck，1828 年至 1902 年），其妻明娜
一氣出走，華格納樂劇裡最哀怨動人的一齣劇《特里斯坦和伊素爾德》，
即影射這一段戀情。而後當華格納在瑞士陷入困境時，威森東克夫婦仍然
鼎力相助。

　　華格納曾謂在他一生中影響重大的女性有 3 位，即元配明娜代表他的
過去，威森東克夫人代表他的現在，珂希瑪‧李斯特（Cosima Liszt，
1837 年至 1930）則代表他的將來。珂希瑪是李斯特次女，藝術造詣甚
高，1857 年原嫁名鋼琴家兼指揮家漢斯‧比洛（Hans Bülow，1830 年
至 1894 年），但婚姻生活並不美滿，而漢斯‧比洛乃爲華格納好友，
曾在慕尼黑（München）指揮其樂劇《特里斯坦與伊素爾德》的演出。
1864 年，華格納又囊空如洗，爲債務煩惱，幸遇登基不久、喜好藝術的
巴伐利亞侯國君王路德維希二世（Ludwig II.，1845 年至 1886 年）。他
一心想使其首府慕尼黑成爲歐洲的藝術中心，同時又賞識華格納的天才，
遂對困苦中的華格納伸出援手，任命他爲慕尼黑宮廷指揮，尤其華格納
的一系列作品：《特里斯坦與伊素爾德》（1865 年）、「紐倫堡的名歌手」
（1868 年）、「萊茵之黃金」（1869 年）、「女武神」（1870 年）均順利演
出。路德維希二世計劃爲華格納建造一座大劇院，但是巴伐利亞的舊朝

臣對於華格納的受寵頗有妒忌之心，他們攻擊他對君王的影響力太大，在私生活方面，他正與元配分居，以及迷戀其好友之妻，這種罔顧道德的行為，加上他過於浪費，終於使他又變成慕尼黑不受歡迎的人物，劇院建築的計畫終成泡影。1865 年，他與珂希瑪被迫離開幕尼黑，前往瑞士，1870 年他與珂希瑪正式結婚（其時元配已逝），定居瑞士羅濟倫湖畔時，華格納開始撰寫他的自傳《我的一生》（Mein Leben）。期間他與青年哲學家尼采（F. Nietzsche，1844 年至 1900 年）的忘年之交曾傳為美談，華格納的音樂影響尼采的哲學，激發尼采構思「音樂為悲劇之源」（Die Geburt der Trägodie aus dem Geist der Musik）的理論。但這段友誼只持續了 6 年之久。尼采與華格納決裂之後，發表抨擊華格納的文章，諸如：〈華格納事件〉（Der Fall Wagner，1888 年）和〈尼采反對華格納〉（Nietzsche gegen Wagner，1895 年）。

自從 1853 三年譜作《尼布龍根的指環》之後，華格納便一直構想建造一座適合自己作品演出的歌劇院。1872 年，巴伐利亞的拜魯特市（Bayreuth）提供一塊土地，由華格納自己設計，劇院建設的經費由私人樂捐，歐美各地的華格納協會，以及巴伐利亞君王路德維希二世的贊助，於他 60 歲生日的那天，開始興建節慶劇院（Festspielhaus），奠基典禮上還演奏了貝多芬的第九交響曲，劇院興建歷時四年，於 1876 年大功告成。為使觀眾在聆賞樂劇時，視、聽覺均能達到最高的效果，因此劇院沒有陽臺和包廂，只有拾級上升而呈扇形之座位，樂隊席是隱密式的，觀眾看不到它，但歌手可以清楚地聽到樂隊的演奏，這種取代傳統的扇形設計，相當實際，後為大多數歌劇院採用。

這座節慶劇院於 1876 年 8 月 13 日開始啓用，公演他的畢生大作《尼布龍根的指環》，全劇上演需花 15 小時，分 4 天演出。這一次的慶祝大會前後歷時 1 個月之久，全歐的藝術家以及愛好華格納音樂的觀眾，不遠千里而來，使公演獲得空前的成功。

華格納還在拜魯特市築了一座「夢園」（Wahnfried），作為寫作和居家之所，可惜「夢園」毀於第二次大戰中。晚年的華格納，事業一帆風順，惜健康狀況逐漸走下坡。1882 年攜其家人前往威尼斯（Venedig）度

假，猶奮力撰述，完成最後一部樂劇《帕齊划爾》（Pazival）。1883 年 2 月 13 日當他正埋首寫論文〈女性在人類中的角色〉（Über das Weibliche im Menschen）時，心臟病突發逝世。2 月 18 日下葬「夢園」之中。

　　拜魯特市的華格納音樂節（Wagner-Festival）後由珂希瑪接管，這節慶劇院主要由華格納的後代負責舉辦，每年夏天拜魯特的音樂季，來自世界各地的華格納迷猶如朝聖一般，蜂湧前往拜魯特參與盛會。這時全歐第一流的指揮家、管弦樂團及歌唱家均前往共襄盛舉，參與上演華格納的作品。

■二 華格納的樂劇與作品簡介

　　華格納所處的文化期是浪漫主義時期（Romantik），而浪漫主義是由音樂領導而產生的藝術風格。浪漫樂派自由奔放、不拘泥於形式，喜用抒情和描寫的手法，強烈地表現出個性與民族風格。德國的浪漫派之父韋伯（Carl Maria von Weber，1786 年至 1826 年）創立了德國民眾歌劇，其臺詞取材自德國浪漫派文學。而舒伯特（F. Schubert）[5] 則創作藝術歌曲，這個時代的演奏會及歌劇已相當發達，每個都市幾乎都擁有自己的交響樂團與歌劇院。

　　當時一齣歌劇的組成方式「通常由花腔詠嘆調、重唱和合唱循一定的規矩串連而成，每段都編有號碼，因而時常會遇到劇情的進展，受到冗長的詠嘆調阻撓的情形，或是歌手為了炫耀嗓門，唱一些跟劇情毫不相干的歌曲」[6]。華格納有鑑於此，則以「『無限旋律』取代原有的詠嘆調，放棄了往昔那種由片段的曲子勉強湊成的體裁；所謂無限旋律，不外是把以往的宣敘調，變成更富於表現力、音樂化、規模更大的曲調」[7]。這是華格納在歌劇上對歌曲的一大突破與改革。

　　華格納所創造的音樂戲劇（Musik Drama），簡稱樂劇，即是以音樂「劇化」傳統的歌劇。在歌劇，向來音樂與戲劇是無法融合為一的。華格納摒除從前不自然的歌劇形式，力求音樂與戲劇的合一，期使兩者相輔相成，因而創立了藝術化的綜合「樂劇」。他把戲劇融入音樂中，但不使劇詞受限於音樂，成為音樂的奴隸。亦即華格納所要譜製的不是以往那種為了音樂而配上戲詞的「歌劇」，他是以戲劇為主體，再配以音樂，用音樂

來描寫戲劇的「樂劇」。

　　既然華格納強調以戲劇爲主，他在劇本的創作上當然有所創新與突破。華格納的劇作題材主要是將德意志古老的諸神與英雄的世界，以藝術手法表現出來。他體認到文學創作並不能完全傳達這些遙遠而美麗的日耳曼神話與傳奇，所以他選擇音樂來輔助文學；亦即將語言不能完全表達出來的創意，用音樂坦率的加以申述詮釋。華格納善於處理劇詞與音樂之間的關係，所以他的樂劇能夠給人耳目煥然一新的感覺，這是華格納的一項重大突破。戲劇描寫思想、處境、人物與事物，而音樂表達這些因素起源的感覺。但音樂本身不能夠很確切地描述它所表達的是那一種特殊的因素與情況。爲了使音樂與戲劇之間的直接聯繫一目了然，就應該爲戲劇的因素（指思想、處境、人物、事物）創作一些音樂的象徵符號。這些象徵符號就是「主導動機」（Leitmotiv）。凡是劇中的重要人物，以及刀劍、指環、魔酒、金銀財寶等具體的事物，或者是愛情、名譽、忠誠、信心及陰謀、背叛、狡詐等抽象概念，華格納都賦予它們一種「音樂動機」，亦即用不同的樂符旋律代表一種特定人物或氣氛；當其人物出現，或那種情緒展現舞臺時，便出現了那段音樂。用這種方式來處理人物的刻劃與氣氛的醞釀，給予觀眾深刻的印象。觀眾就憑這些音樂動機（Musik Motiv）去聯想劇情。「主導動機」可以是片段的旋律、一連串的和弦或一些節奏形式，視劇情的需要而出現、變化或發展。因此，戲劇的本質──情感的表達與淨化，就包含在音樂中，而音樂就是戲劇的本身。這種混合音樂與戲詞的藝術綜合體即是華格納所創立的「樂劇」。

　　華格納一生的作品，在純音樂上的創作有序曲 9 首、交響曲 1 首、管弦樂多首、鋼琴奏鳴曲多首；文學創作上也有 30 多齣戲。茲將迄今世界上仍公演不輟的幾齣樂劇簡介如下：

（一）漂泊的荷蘭人（Der fliegende Holläner）

　　三幕劇，以古老的水手傳說爲題材，1841 年完成於巴黎；1843 年首演於德勒斯登，大獲成功。

第一幕：在一艘挪威船的甲板上

　　達朗德船長在回航途中爲暴風雨所困，而不得不找個海灣避難。此時

「漂泊的荷蘭人」的船隻向他靠近。荷蘭人向他敘述悲慘的命運。他是因為在一次大風暴中，曾揚言誓死都要繞過海岬，得罪了海神，而被懲罰永遠在海洋中漂流，每隔 7 年准他上岸一次，去尋找一個愛他至死不渝的女人，只有一個能對他忠貞不二的女人，才能使他從海神的符咒中解脫。這次期限又將過去了，解脫的希望非常渺茫。荷蘭人要求達朗德提供他一個短期的避難所，並贈以財帛，當荷蘭人知道達朗德有個女兒，突然決定要娶她，而達朗德也允諾將其女兒仙妲嫁他。

第二幕：達朗德家的紡織房

婦女們一邊紡織，一邊唱著有優美節奏與動人旋律的「紡織合唱」，只有達朗德船長的女兒仙妲獨自一人沉醉地凝視著牆壁上傳說中「漂泊的荷蘭人」之畫像。仙妲神馳於〈漂泊的荷蘭人〉的故事，並驚喜地喊出：「我就是那個能以忠貞解脫你的人。」這時，追求仙妲的艾雷克、達朗德船長及荷蘭人進入紡織房。仙妲將視線從畫像轉向陌生的荷蘭人身上，不由得驚叫一聲，並問父親這個陌生人是誰。父親說是她未婚夫，並留下兩人獨處。一種陰鬱的情緒困擾著荷蘭人，因他嚮往著解脫，而仙妲的身旁卻多了一個愛慕者——艾雷克。仙妲這方面卻充滿了同情的感覺，她一心一意想解救這個可憐人。荷蘭人於是警告仙妲，如果她對他不忠貞，則將遭天譴，仙妲發誓對他永遠忠貞不渝。

第三幕：達朗德的船上

水手們活潑的幹活，荷蘭人的船則靜靜地停在陰暗的地方。突然間，大海浪襲捲著荷蘭人的船。船上水手們發出悲慘的叫聲，然後幽靈鬼怪似的喧囂之聲又消失了。仙妲與艾雷克匆忙跑來，兩人的情緒皆極紛亂。艾雷克不能相信他將失去仙妲而極力挽留她，仙妲則不知要怎樣才能讓艾雷克瞭解她的情懷；此時，荷蘭人突然出現，他看到兩人，因而懷疑仙妲會背信離他而去。他痛苦地抱怨著，詠唱出他對將失去「解脫」的悲嘆。荷蘭人急忙回船。仙妲盡力想要挽住他，而艾雷克也盡全力想贏回仙妲。當艾雷克呼喊挪威人幫助他時，荷蘭人已把他的船駛向海中。此時，仙妲掙脫艾雷克的糾纏，攀著懸崖到山巔上，高喊著對漂泊的荷蘭人忠貞不渝的誓詞，然後躍入水中。這時，荷蘭人的船也沉入海裡；在晨曦中現出仙妲

與荷蘭人的形象，雙雙飄向天堂，荷蘭人終於得到了「解脫」。

（二）唐懷瑟──又名「華特堡的歌唱大賽」（Tannhäuser oder „Der Sängerkrieg auf der Wartburg"）

三幕劇，劇本於 1843 年脫稿於德勒斯登，管弦樂之總譜在 1845 年完成，並於同年第一次在德城上演。〈唐懷瑟〉以中古世紀的騎士歌唱大賽爲背景，騎士以戀歌（Minnesang）來傳達對於貴婦的純潔愛慕之心。華格納在此劇中採用二位中古世紀著名的騎士艾申巴赫（Wolfram von Eschenbach）及佛格爾懷得（Walther von der Vogelweide）[8] 爲劇中人物。

第一幕：維納斯山

能賦詩擅吟詠的騎士唐懷瑟受女神維納斯美色的誘惑而深入魔洞流連忘返。有一天，他夢見了故鄉的親人，醒來時，他渴望恢復自由之身，極力想擺脫維納斯的糾纏。當唐懷瑟向維納斯大叫：「我已在聖母瑪莉亞身旁尋到了我的安寧」時，維納斯山的整個魔洞消失了。他變成在華特堡山腳下。此時，從華特堡來了一隊前往羅馬的朝聖團，禱頌歌聲使唐懷瑟大爲感動，內心後悔之情油然而生，他虔誠地跪下祈禱，正好圖林根伯爵赫爾曼（爲唐懷瑟女友伊莉莎白之伯父）與其隨從們路過此地。詩人艾申巴赫認出了唐懷瑟，高興地招呼他。艾申巴赫告訴唐懷瑟，自從他在歌唱大會不告而別之後，女友伊莉莎白每天以淚洗面，唐懷瑟遂改變計畫，與騎士們回華特堡。

第二幕：華特堡的歌唱大廳

伊莉莎白來到裝飾輝煌的歌唱大廳，唐懷瑟在艾申巴赫陪伴之下也隨後來到。她質問他在何處逗留如此之久，唐懷瑟言詞閃爍地回答了她。騎士及聽眾們陸陸續續神采飛揚地來到了大廳。伯爵宣布歌唱比賽的題目：「愛的眞諦」，得勝者可贏得伊莉莎白爲妻。當艾申巴赫歌詠愛爲一種只能以祈求的方式獲得，而不能以罪惡的方式攫取的神奇之泉時，唐懷瑟抗議；他不願正視愛的本質，卻要求愛的喜悅與歡愉。另一詩人佛格爾懷得認爲愛的根基是道德，愛應以道德爲泉源。唐懷瑟又再激烈地反對他。接著艾申巴赫又唱出「愛是上帝特別美化的」之時，唐懷瑟又打斷了對方的

歌聲，敘說自己在維納斯山所經歷的一切，而唱出愛慾之喜悅，意念中仍蠱惑於維納斯肉體之愛。騎士們大怒，拔劍欲刺殺唐懷瑟，幸而伊莉莎白挺身而出，阻止了這一場紛爭，並宣布對唐懷瑟之愛，要求赦免唐懷瑟的罪過，伯爵判決唐懷瑟的唯一機會是加入朝聖團，到羅馬去進香贖罪，求得赦免。

第三幕：華特堡秋天的景色

伊莉莎白跪在聖母瑪莉亞像前，艾申巴赫在一旁看著她，遠處傳來朝聖歌聲。伊莉莎白站起來，但在朝聖隊伍中看不到唐懷瑟，失望地回到華特堡中。這時一身充滿罪惡的唐懷瑟拄著手杖，緩步而來，對艾申巴赫冷嘲熱諷，並道出他又到維納斯山去了。他說他嚴遵朝聖團的規定，希望求得特赦；但教宗詛咒他，如果他的朝聖拐杖長不出綠芽，那他就永不得赦。唐懷瑟認為又聽到維納斯的召喚，在他即將掙脫艾申巴赫的手並欲回維納斯山時，艾申巴赫喊出伊莉莎白的名字，維納斯山的幽靈就消失了。此時，從華特堡出現了伊莉莎白的出殯行列。她是久等唐郎不歸，抑鬱而香消玉殞的。唐懷瑟撫棺大慟，因哀傷過度也死於棺旁。此時，他的拐杖長出了綠芽，恩赦的奇蹟出現了，罪惡滿懷的人終於被赦免了。

（三）隆恩格林（Lohengrin）

三幕劇，劇本早於 1846 年寫畢，1847 年完成作曲，1850 年於威瑪市首演，其時華格納流亡在外，不得返國，只能於首演當天在瑞士魯鎮（Luzern）的一家旅館，將手錶置於桌上，心思神馳於威瑪，跟隨著節拍幻想著該劇的上演。隆恩格林的傳說是取材自中古世紀騎士詩人艾申巴赫所著的《帕齊划爾》，並受孔拉德・封・烏茨堡（Konrad von Würzburg，介於 1220-1230 年生至 1287 年）所著的《天鵝騎士》的影響，華格納的《隆恩格林》一劇使浪漫派的創作達於頂峰，同時也是結束浪漫派的音樂風格。隆劇之後，樂劇的創作與傳統的歌劇正式分道揚鑣，華格納開始做突破性的改革。

第一幕：安特衛普附近的歇德海岸

亨利國王來到安城命令諸侯們共同對抗匈牙利人，此外，國王還要裁決一項公案；根據特拉穆伯爵的報告，布拉邦特公爵去世，幼主歌特夫

里年幼，由他擔任攝政，但幼主的姊姊艾爾莎公主卻將其弟謀害了。然而事實顯示特拉穆覬覦爵位，其妻──一女巫，將小公爵變成一隻天鵝，再謊稱為艾爾莎所害。國王也不信一位美麗溫柔的公主會害死弟弟，但特拉穆伯爵一口咬定此事為艾爾莎公主所謀，國王在無奈之下只好命令兩人在神的面前決鬥，由「神斷法庭」來判決。艾爾莎公開允諾，如果有人能為贏回她的榮譽挺身而戰的話，她將把布拉邦特的采邑和身心許諾給他。決鬥開始了，但第一次傳喚時無人肯代她而戰，艾爾莎禱告請求神助一臂之力，這時一位騎士乘著天鵝拖拉的小船出現了，隆恩格林向國王行禮致敬，並問艾爾莎是否信任由他來保護她，而他只有一個條件，即愛爾莎永不可詢問他的來歷與姓名，艾爾莎答應了。然後決鬥開始；結果隆恩格林贏得決鬥，但他饒了對手的生命未加殺害。

第二幕：布拉邦特宮廷

特拉穆伯爵之妻奧特魯誓為其夫雪恥，她向穿戴整齊準備赴教堂的艾爾莎公主蠱惑，說外人對公主要嫁給一個不知來歷的人議論紛紛，因而公主的信心動搖了。

第三幕：新婚房

一對新人在教堂舉行婚禮後（當時所奏的「婚禮進行曲」就是今日在臺灣眾所熟知的曲調），進入洞房時，艾爾莎的懷疑心越來越深，她想要知道丈夫的姓名，就迫不及待地追究他的來歷，此時特拉穆與4個隨從強入房間要行刺隆恩格林，而被隆恩格林制伏了。「多麼令人哀痛呀！我們的幸福將結束了。」隆恩格林嘆息地說。

布景轉為歇德海岸邊：

布拉邦特的軍隊嚴陣以待，準備迎擊匈牙利人。此時特拉穆的屍體被抬上來，隆恩格林也出現了，他敘述特拉穆行刺之經過，同時也痛訴艾爾莎破壞約定，並透露自己的身分；他乃聖杯（耶穌最後晚餐所用的杯子，當他被釘在十字架上時，曾經盛過他的血）保護者帕齊划爾的兒子──隆恩格林，如果讓人知道他的名字，他便不能留在人間。艾爾莎後悔了，要求隆恩格林不要棄她而去，此時天鵝船已靠近岸邊要來迎接隆恩格林。他將歌特夫里的號角、劍和指環交給艾爾莎，然後跪下，聖杯的傳訊鴿子出

現了，解斷了天鵝的繩索，天鵝恢復成歌特夫里的原形，並回到其姊艾爾莎身邊，隆恩格林則被白鴿帶走。

（四）特里斯坦和伊素爾德（Tristan und Isolde）

三幕劇，1854 年時，華格納對此劇早已有構想，1857 年至 1859 年始完成創作，1865 年第一次首演於慕尼黑，華格納處理本劇一改過去作風，採取說與唱兼俱的方式，並用重複不斷的旋律刻劃某一固定之主題，這是一齣震撼力相當強的心靈劇，主題是人若不能克制內心的慾望，必導致悲劇，這是受叔本華悲觀哲學的影響，華格納把自己與威森東克夫人間之一段戀情寄託於此樂劇之中。

第一幕：在一條船的甲板上

年輕的英雄特里斯坦打敗了伊素爾德的未婚夫馬羅，並解救了愛爾蘭人。且奉其叔父馬可王之命，帶回漂亮的伊素爾德。一位水手唱著歡樂之歌，而伊素爾德覺得她被侮辱了，就命令攻擊特里斯坦之船，當她注視著特里斯坦時卻愛上了他，她知道唯一解決的方法是兩人共赴黃泉，乃命令侍女準備毒酒「死之飲」，又命人去叫特里斯坦來。伊素爾德對侍女敘述她深藏內心的祕密；馬羅被殺之後，有一天，有個愚人喬扮受傷者前來求醫，當她要醫治他時，卻從他所持之劍認出此人就是特里斯坦，她拿起劍要替馬羅報仇，但當他看了她一眼後，她就愛上了他，於是把劍放下，為他治癒傷勢。但伊素爾德對特里斯坦若即若離的態度感到傷心，善解人意的侍女便安慰她。其實特里斯坦深愛伊素爾德，但忠君的觀念使他不敢違背王命，特里斯坦喝下了「死之飲」，伊素爾德為了與他同歸於盡，也喝了這飲料。但侍女已將飲料掉包，他們兩人喝下的並不是「死之飲」，而是「愛之飲」，這飲料產生了效力，當船靠岸時，兩人覺得被一股不可分離的力量牽繫著。

第二幕：伊素爾德臥房前之花園

馬可王準備去打獵，伊素爾德不耐煩地等著，希望打獵隊伍快快離開，以便與她心愛的人幽會。侍女警告她小心國王的貼身侍衛梅羅，然而伊素爾德在煩躁中把當暗號的火炬熄掉，兩人幽會到忘我時，沒聽到守護在外的侍女警告聲，梅羅、馬可王與其隨從進入，馬可王極度失望，特里

斯坦自己承認錯誤，梅羅拔劍向他挑戰，特里斯坦劍落、受傷，生命瀕危。

第三幕：卡洛堡

特里斯坦的侍衛帶著受傷的主人回到城堡中，忠實的侍衛又帶口信給伊素爾德。特里斯坦已從昏迷中甦醒，侍衛向他敘述一切經過，這時他又燃起對伊素爾德的戀情，回憶起從前種種，此時傳來船上的訊號，侍衛跑出去帶領伊素爾德進來，特里斯坦憑藉此一喜訊而來的力量，掙扎著從床上起來，並倒在伊素爾德的懷中而斷了氣，伊素爾德驚嚇愛人之死，也氣絕於其屍旁，此時外面傳來兵刃相擊之聲，馬可王的士兵破城而入。馬可王被兩人的戀情所感動，欲玉成好事，惜為時已晚。

（五）紐倫堡的名歌手（Die Meistersinger von Nürnberg）

三幕劇，1845 年即著手創作此劇，1861 年完成第三幕，1867 年完成總曲，1868 年首演於慕尼黑。此劇影響浪漫派後期詩人霍夫曼（E.T.A. Hoffmann）的作品《馬丁大師》（Meister Martin）和拉卿（Lartzing）[9]的歌劇《漢斯‧薩克斯》（Hans Sachs）甚大。華格納採用華根塞爾（J.C. Wagenseil）[10]1697 年有關紐倫堡的編年體報導，他不只引用了 12 位大師的名字[11]，還引用了這些大師的歌唱規則、藝術說詞及表達藝術的方式。華格納這部充滿德國民族風味的作品是德國舞臺劇中罕見的輕鬆活潑的創作，初演時並未獲得好評。此樂劇的主題是闡揚人性，薩克斯——一個成名的詩人及鞋匠雖也暗戀伊娃，但仍隱抑自己的心性傾向，樂助一對有情人，充分地表現了男子漢大丈夫的氣概，這種克制的精神是華格納對「愛」的詮釋。

第一幕：凱薩琳教堂

年輕的騎士華爾特在金匠漂亮的女兒伊娃離開教堂時，上前搭訕，華爾特問她是否已經訂婚了，伊娃回答說，可以說已經訂婚，但還未見過未婚夫，其意即——明天將有歌唱大賽，獲勝者便是她的未婚夫。華爾特決心要贏得伊娃，祕密地去找大師——薩克斯的學生大衛，懇求大衛教他唱歌的藝術規則。城裡的書記官貝克米瑟也對伊娃傾心，他遂成為華爾特的勁敵。比賽初試時，華爾特唱出敘述曲〈冬天在寧靜的火爐旁〉，他必須

把這首詩歌的藝術詮釋出來，但評判的諸位大師對此首歌不甚滿意，只有薩克斯在一旁沉默地思考著。華爾特的出場對他而言，無疑的是一個欣喜的信息，因為華爾特的歌唱雖不按照音樂的規則，卻唱出了心靈的音符。

第二幕：紐倫堡薩克斯製鞋工廠前的大街

　　一個美麗的夏夜，伊娃及華爾特雙雙懇求大師薩克斯幫忙，慈祥的薩克斯極欣賞華爾特的歌，就答應幫他忙。此時貝克米瑟進來，要向伊娃獻唱一首小夜曲，薩克斯對貝克米瑟的歌不滿意，曾數度打斷它，貝克米瑟甚為生氣，爭吵聲驚醒了鄰居，引得他們嘲笑歌手。遠處傳來守更人的號角聲，月亮照射著寧靜的村莊。

第三幕：薩克斯的製鞋工廠

　　薩克斯坐在書桌前沉思，華爾特走進來了，大師教他唱歌的技巧，他聽從指示並唱出大師創作的〈晨曦充滿玫瑰的光芒〉。大師與華爾特退下，貝克米瑟進來，發現桌上一首歌，他認為是薩克斯為明天的歌唱大賽出的題目，就把它偷走了，當薩克斯進來時，貝克米瑟向他數落情敵的不是，薩克斯讓他帶著樂譜回家。

　　場景轉到紐倫堡城門前的節慶比賽場，人潮洶湧，歌唱評審大師們也來了，薩克斯最後進場，他請求聽眾當比賽的裁判，貝克米瑟把偷來的歌譜，用他自己的調子改成滑稽可笑的曲子，群眾哄然大笑，他遂遷怒於薩克斯。輪到華爾特唱歌了，大家一致評定華爾特獲勝，於是有情人終成眷屬。

（六）尼布龍根的指環（Der Ring des Nibelungen）

　　這齣需要耗時4天才能演完的舞臺劇，是華格納費盡一生的心血，從1853年開始創作，迄1874年始大功告成的作品。此部作品包括4部完整的樂劇，它的構思過程應該追溯自1879年，當時華格納熱衷於革命，故當他塑造齊格菲這個角色時，由於他的激進革命思想，齊格菲的形象兼或融有華格納個人的英雄傾向。而後他塑造眾神之神渥丹，當他越深入地鑽研題材時，他越覺得渥丹這個角色的重要性。1853年時，這4部作品的詩詞已完全寫就，1854年因閱讀叔本華的著作，對他的世界觀產生很大的影響，使他傾向於悲觀主義的看法，因而又著手刪改了部分的劇詞。

華格納塑造以渥丹爲中心的眾神世界走向傾覆的悲劇，受詛咒的黃金是引發悲劇的導火線，它是無形的禍亂之源，而只當它歸還給萊茵守護女神時才能化解厄運；不可一世的英雄齊格菲的下場竟是被謀殺，渥丹統治世界的夢想終成泡影。華格納將《北歐神話》（Edda）與源自日耳曼的《尼布龍根之歌》（Nibelungenlied）的韻文詩改寫成散文，後又編寫成詩劇，屢作屢改，甚至廢棄已寫就的全篇樂章，重新譜寫，長久推敲琢磨，歷時達 20 年之久。這齣華格納殫精竭力而前後連貫、一氣呵成的 4 部作，於 1876 年 8 月在拜魯特節慶劇院落成典禮時第一次演出，當時嘉賓雲集，盛況空前，普獲讚美，爲華格納一生之最高成就。

1. 第一部：萊茵的黃金（Das Rheingold）

是《尼布龍根的指環》全劇的序劇，1869 年首演於慕尼黑，獨幕，共有四景。

第一景：萊茵河

3 位萊茵女神守護著萊茵黃金，相傳如果有人能用它做成一個指環戴在手上，此人便可以爲所欲爲，成爲宇宙的統治者，但戴它的人也必須遵守一項戒律，就是要永遠放棄愛情，才能得到任所欲爲的權力。住在地底下的醜陋侏儒族尼布龍根的王子，阿貝利西追求漂亮的女神不遂，於是喊道：「那麼我只好永遠放棄愛情了」，就從女神的手中搶走了黃金，鑄成指環，而贏得了主宰世界的控制權。

第二景：渥丹神的城堡——華哈拉堡

眾神之神渥丹爲鞏固其權力，命巨人法索特和法夫納建造華哈拉神堡，並答應把職司美麗與愛情的裴麗亞女神送給他們；後來渥丹違反這個信約，於是彼此爭辯起來，此時火神洛奇向渥丹獻策，並敘述有關阿貝利希神奇的指環之事，渥丹便讓巨人先帶走裴麗亞，但言明以萊茵黃金來交換裴麗亞，於是便和洛奇前往尼布龍根族居住的地方。

第三景：阿貝利希的山洞

阿貝利希自從得到了黃金後，變得更加粗野，妄自尊大，又唆使他的弟弟米迷與其他的侏儒們繼續去偷黃金，自己則用萊茵的黃金鑄了一枚指環和一頂隱身的魔帽。渥丹與洛奇來到洞中，阿貝利希向他們炫耀他的寶

物與魔法，狡猾的洛奇用計騙了阿貝利希，渥丹搶走了他的隱身帽，兩人把阿貝利希俘虜到華哈拉堡。

第四景：華哈拉堡城外

渥丹要求阿貝利希以萊茵黃金、尼布龍根寶藏和指環做為贖金。阿貝利希不甘就此失去一切，於是狠毒的起了一個可怕的咒語：不論誰以後只要戴著指環都要倒楣，受盡折磨痛苦至死，直到有一天指環能歸還他——阿貝利希為止，說完便走了。兩個巨人帶裴麗亞來交換黃金，他們要求能夠將裴麗亞整個蓋起來那麼多的黃金，當這些黃金堆積在裴麗亞身上時，卻還差一條小縫，巨人們便要求那枚指環也加上去，渥丹只好照辦。兩個巨人拿著的指環，因為已經受了阿貝利希的詛咒，立刻發生毆鬥，法夫納打死了法索特，拿著黃金和指環離開。諸神們看見咒語應驗了，無不驚懼萬分。

2. 第二部：華爾克兒（Die Walküre）

三幕劇，1870 年首演於慕尼黑。

渥丹害怕阿貝利希有一天重獲尼布龍根的指環，那時諸神將同歸於盡，為未雨綢繆，他來到地上與大地女神結合，生了九個美麗的女兒，通稱為華爾克兒，都是勇敢善戰的女神，她們在人間救起最勇敢而受傷的武士，帶他們回華哈拉堡，使他們恢復健康，以備將來一同防守華哈拉堡。渥丹需要一個勇敢的、不受阿貝利希咒語束縛的英雄替他從巨人法夫納那裡把指環奪回。為了達到這個目的，又娶了一個凡世的女人，生了一對孿生子，一男一女，男的叫齊格蒙德，女的叫齊格琳德。當孩子還小時，有一天，來了一個粗魯的武士叫洪丁，燒了他們的房子，殺了孩子的母親，搶走了齊格琳德，並且在她長大時迫她與他結婚，渥丹與齊格蒙德父子兩人決意報仇，以上是這齣劇上演前的故事情節。

第一幕：森林裡洪丁所住的茅舍裡

一個暴風雨的夜晚，齊格蒙德打敗了洪丁的族人後，筋疲力盡的走進這房子，倒在火爐旁，被齊格琳德看見，救活了他。因他們自小分開，所以現在不知道是親兄妹，但卻有一種奇異的情感彼此吸引著，此時洪丁進來了，從談話中他知道齊格蒙德的身分，要求隔天與他決鬥，替他的族人

報仇。齊格琳德告訴齊格蒙德說她結婚那一天，來了一個陌生人，將一把劍插入屋前那棵樹上，說要留給那個能拔出此劍的人，齊格蒙德也憶起他父親曾允諾過，當他在危急時會賜給他一把劍，他費了好大的力氣才把劍拔出來，這一對情侶互相擁抱，決心逃出洪丁的魔掌。

第二幕：在森林裡的荒徑上

渥丹派遣他 9 個華爾克兒裡最喜愛的一個，叫布倫喜爾德去拯救齊格蒙德。洪丁向渥丹職司婚姻的妻子裴莉卡控訴，裴莉卡執意這對兄妹的亂倫關係要受到懲罰，但渥丹袒護這一對真正鍾情的小兒女，便引起裴莉卡醋性大發，她歸罪於渥丹，這一切的錯誤都是出自渥丹的不安於份、拈花惹草。她強迫渥丹發誓，一定要處罰齊格蒙德，渥丹不得已，遂重新囑咐布倫喜爾德幫助洪丁打敗齊格蒙德。當兩個武士決鬥得難解難分時，布倫喜爾德惻隱憐惜之心油然而生，她決心抗命幫助這一對情侶，隱身在一旁，卻暗中保護齊格蒙德，在空中的渥丹看見女兒違命，大為憤怒，遂使兩個決鬥者在廝殺中雙雙死亡，布倫喜爾德看見父親極為震怒，十分害怕，跑去救起齊格琳德，帶她向華爾克兒姊妹們飛去。

第三幕：在華爾克兒山頂

布倫喜爾德乞求華爾克兒姊妹們替她求情，平息渥丹的憤怒，但她們不敢。不得已她只好吩咐齊格琳德往東邊向巨人法夫納住的地方逃亡，且告訴她說要生下一個無敵英雄，並把齊格蒙德留下的破損寶劍傳給將來的兒子。一會兒渥丹跟蹤而至，雷聲轟隆，顯示他十分的憤怒，因為女兒違抗他的命令，有損眾神之神的尊嚴，他宣布布倫喜爾德永遠被逐出華哈拉堡，並且永遠圍禁在此山，深睡不醒，山巔周圍將要燒以魔火，直到那第一個敢從那兒經過並喚醒她的人到來，才能寬恕她。此劇音樂最有名的一段為「華爾克之騎」，是描寫女戰神們騎著神馬在空中風馳電掣般飛行著的景象。齊格蒙德與齊格琳德互訴衷曲，歌頌春天與愛情之歌，深刻地刻劃出戀人的心境。「渥丹之告別與魔火」的音樂也生動如畫。

3. 第三部：齊格菲（Siegfried）

三幕劇，1876 年首演於拜魯特節慶劇院，這部劇在尼布龍根的指環四部曲裡是最美麗與引人入勝的一部，全劇充滿輕快的旋律，歌頌青春與

愛情的快樂，富有牧歌風味的「林中細雨」尤爲華格納田園音樂之傑作。

第一幕：米迷的鐵砧房

　　齊格琳德在森林裡生下齊格菲，未見到孩子一面便死了，阿貝利希的弟弟米迷遇見了他，便把他抱回家去，撫養長大。米迷爲了要拿到指環，正爲齊格菲修理他父親留給他的寶劍，要他去刺殺巨人法夫納。齊格菲看見了寶劍便要求米迷把他的身世告訴他，於是米迷和盤托出他的身世，齊格菲聽了便要求米迷趕緊爲他修理寶劍，他要到外面去闖天下。米迷現在開始害怕這個年輕人了，他問齊格菲知不知道「害怕」？齊格菲反問道什麼叫「害怕」，米迷嘗試著讓他瞭解「害怕」是什麼，齊格菲很抱歉地說，他從不知道害怕是什麼。米迷很失望，告訴他有一條巨龍盤據在附近山洞看守著寶藏，齊格菲叫他趕快把寶劍修好，但是他不敢，卻暗中調毒酒要謀害齊格菲，年輕人只好自己動手了，當他修好了劍，爲了試試他的寶劍，便砍了一下鐵砧，那鐵砧就被劈成兩半了。

第二幕：森林裡巨龍住處

　　渥丹化裝成遨遊者對阿貝利希說齊格菲要來了，阿貝利希又去向法夫納化身的巨龍說，殺你的人要來了。齊格菲與米迷一同出現，這時米迷仍喋喋不休地告訴齊格菲，巨龍是如何厲害，要使他知道害怕，齊格菲笑笑把他趕走，他用號角聲把巨龍從洞中誘出，一劍便殺死了巨龍，垂死的法夫納向齊格菲預告他的命運；無意中齊格菲汙染了龍血的手指碰到了嘴唇，立刻他就能聽懂小鳥的話了。牠們告訴他，那枚指環的歷史及米迷的企圖。當米迷拿毒酒向他走近時，齊格菲就殺了他，小鳥告訴他，他的新娘還在沉睡中，等候他去喚醒，齊格菲便在小鳥的引導下，朝向被魔火圍繞著的山巔前進。

第三幕：荒野之山巔

　　渥丹召來大地女神，與她商議拯救諸神的危機，以及將要來到的齊格菲和布倫喜爾德的事情，大地女神也無計可施。渥丹現在對命運的掙扎已經很疲倦了，他知道他統治世界的權威已經到了末日，諸神們的黃昏已經近了。齊格菲走近來，渥丹要阻止他通過，但齊格菲用寶劍將渥丹的茅打斷了，並勇敢地走向火焰，他喚醒了布倫喜爾德，當她得知這英雄是齊格

菲時，便投入他的懷抱，兩人齊聲唱出讚美愛情的頌歌。

　　4. 第四部：諸神的黃昏（Götterdämmerung）

　　三幕劇，1876 年首演於拜魯特的節慶劇院。這部是悲劇的結尾，第一幕前另有一序幕。失去黃金的萊茵女神編織著命運的網子，她們預卜諸神的末日，華哈拉堡將被摧毀，命運女神所編織的網子越來越錯綜複雜，世界末日近了。齊格菲與布倫喜爾德幸福地住在一起又過了好些日子，現在他要離開新娘到外面去冒險，臨別時，他將尼布龍根的指環留給她，以示他的愛心永不轉移，但這就是悲劇的開始，因受阿貝利希的詛咒，齊格菲已走向毀滅之路。此劇有名的音樂為序幕中的「齊格菲萊茵河之旅」及最後一幕的「齊格菲之死」。

第一幕：萊茵河畔耿特王的城堡

　　耿特王與他同母兄弟哈根（侏儒阿貝利希之子）、妹妹姑特倫住在萊茵河畔的城堡裡。哈根知道齊格菲要到他們這裡來，所以極力巴結耿特王，他預備了魔酒，由姑特倫獻酒，使齊格菲喝了以後，把他跟布倫喜爾德的一切往事全部忘記，且使其鍾情於姑特倫，而向耿特王提出求婚，耿特王答應了，但齊格菲必須為耿特王帶回布倫喜爾德。齊格菲迷戀姑特倫的美色，一心甘願歸順耿特王，他用魔帽變成耿特王的樣子，出發找布倫喜爾德。

　　場景轉換成華爾克兒山上：

　　布倫喜爾德思念著齊格菲，她望著指環發呆，她的姊姊告訴她，眾神現在處於危急中，如果她能把指環歸還給萊茵女神，神與世界就能從詛咒中獲救，姊姊請求她顧全大局，但布倫喜爾德不為所動，此時傳來齊格菲的號角聲，但在她面前出現的卻是耿特，他搶走了她的指環，並把她帶走。

第二幕：萊茵河沿岸城堡前

　　阿貝利希與哈根商量如何得到指環，見哈根深具信心，阿貝利希便走了。哈根傳喚宮人準備慶祝結婚大典，布倫喜爾德悲傷地看著齊格菲，使她大感驚訝的是戴在齊格菲手上的指環，她一度相信是耿特從她手中奪去的，齊格菲已完全失去記憶，忘了一切，布倫喜爾德現在明白事情的緣

由，便指責齊格菲背信忘義，耿特王要齊格菲發誓效忠，不能與布倫喜爾德有曖昧之事，她看齊格菲如此地不義，喜新厭舊，憤怒悲傷異常，此時哈根趁機說願爲她報仇，她遂說出齊格菲的致命傷是在背部。原來，齊格菲在殺死巨龍時，全身沐浴了龍血，可以刀槍不入，只有他的後背上方因爲被一片樹葉遮住了，而沒有沾到龍血，此一小方寸之地便是齊格菲全身刀槍不入的祕密中之致命傷。

第三幕：萊茵河畔的荒野山谷

萊茵女神們浮出水面，唱著「失去的萊茵黃金」，此時齊格菲來了，她們要他歸還指環，他不答應，她們告訴他說，你今天就要死了，他對她們的預言大笑。狩獵的號角聲響起來了。哈根把矛向齊格菲的背部擲進去，他應聲倒下，在垂死中唱出對布倫喜爾德的永久之愛，死去的英雄在月光中被抬回去。

場景轉到耿特王宮中的大廈：

齊格菲的屍體被抬進大廈，哈根向耿特要求那枚指環作爲他的戰利品，耿特不肯，哈根殺死了他，哈根想從齊格菲手指上脫下指環，當他觸到死去了的英雄手臂時，那隻手竟舉起來恫嚇著。布倫喜爾德走向齊格菲，悲傷地注視著他，她現在知道齊格菲乃是這枚受詛咒的指環犧牲者。她命令堆起火葬的木柴，從齊格菲手上拿下指環，召來兩隻渡鳥，告訴牠們飛到火神那裡，傳訊說諸神毀滅的時候到了。她又喚來她的天馬，直奔向猛燃的火堆去。水面又出現了萊茵的女神，她們從餘燼中得到了指環，哈根仍不死心，奔向河裡要搶奪指環，女神們把他捺下滔滔的洪流裡一起消失了。血紅的顏色染滿了半個天空，華哈拉堡陷在大火中，諸神們安靜地等候他們的末日，當那血紅的顏色越來越擴大時，幕落。

（七）帕齊划爾（Parzifal）

三幕劇，此劇是華格納最後的一部作品，1879 年完成，1882 年首演於拜魯特，它是取材自中古世紀騎士詩人艾申巴哈的敘事詩。華格納於此劇中融合了基督教的信仰、殉道、傳奇與晚禱、受洗、洗足的儀式、天主教聖徒遺物之崇拜儀式及佛教輪迴的思想。《帕齊划爾》一劇的完成，實現他一生想創作以耶穌基督聖蹟爲主題之樂劇。此劇是他特地爲聖節日所

寫的。所以此劇可稱爲宗教劇。雖然此劇並非他最偉大的作品，劇情略嫌冗長呆板，長長的獨白，都是宗教或哲理的說教，演員要如蝸牛般的在臺上慢步，給人沉悶的感覺；但此劇的精華卻在它的音樂上，宗教性莊嚴崇偉的音樂頗震撼人心，因此這齣劇仍能列入不朽名作之一。「帕齊划爾前奏曲」充滿神聖莊嚴的氣氛，著名的交響曲有第二幕中的「花之少女」，它是誘惑帕齊划爾的少女們的舞蹈音樂，第三幕中的「受難日的宣言」也極出名。

第一幕：聖杯堡附近的森林湖畔

聖杯堡的騎士們守護著耶穌基督遺留下來的聖物，一件是在十字架上釘在他肋骨下的聖矛，一件是他最後晚餐所用的以及後來在十字架下盛過他聖血的聖杯。年老的騎士谷內曼次敘述著，因聖杯前任守護王拒絕收魔術師克林索爲騎士，魔術師懷恨在心，以魔法傷了現任守護王阿姆佛達斯，而聖矛也被盜去。阿姆佛達斯的傷只有聖矛才能醫治。而聖矛只能由一位純潔英勇、能抵抗住克林索手下美麗女巫的誘惑，而又發自內心同情心的人奪回。岸邊傳來一聲驚呼聲，一隻天鵝被射下，射手就是帕齊划爾。古內曼次帶他回堡中，聖杯騎士們高興地迎接帕齊划爾，那包裹著的聖杯被拿出來，身心皆極痛苦的阿姆佛達斯也被抬出來，晚禱的儀式開始了，帕齊划爾茫然無知地站在那裡，古內曼次問他看見什麼時，這位純潔的尚未具同情心的愚人搖搖頭，他遂被逐出聖杯堡。

第二幕：克林索的魔宮

克林索得知帕齊划爾將是解救聖杯堡的人，遂派遣一度曾是聖杯的女信徒昆德莉去迷惑帕齊划爾（她是因嘲笑攜帶十字架的懺悔者而受罰，後來投奔克林索，如果昆德莉違抗魔術師的命令，她就可獲赦而得救）。昆德莉奉命蠱惑帕齊划爾，但他不爲所動，昆德莉指示他前往聖杯堡的路，但詛咒他會迷路。克林索出現，以聖矛攻擊帕齊划爾，帕齊划爾打敗他，拿到聖矛並在胸前畫十字，魔宮遂消失了，他急赴聖杯堡。

第三幕：受難日的早晨，鄉間春天的景色

昆德莉的詛咒應驗了，帕齊划爾在森林中迷路了。古內曼次發現昆德莉穿著懺悔者的衣服，此時帕齊划爾攜帶著武器出現，古內曼次對他說在

神聖的受難日不應攜帶武器，他遂放下武器，跪下祈禱。古內曼次認出了是帕齊划爾和聖矛，又對他說，自從他離開聖杯堡後，阿姆佛達斯的傷勢日漸嚴重，聖杯被束之高閣，騎士們拒領聖餐。帕齊划爾歸罪於他自己，昆德莉為他洗足，古內曼次為他塗油膏（一種宗教儀式）後，3 人前往聖杯堡。帕齊划爾用聖矛治療了阿姆佛達斯，又吩咐拿出聖杯，一隻鴿子從裡面飛出來，騎士們皆高聲歡呼並跪在解救者腳前，昆德莉也洗滌其充滿罪惡的靈魂而獲得解脫。

三　反映浪漫與現實的樂劇

　　民族意識及德意志文化使命感相當強烈的華格納，自然地將他的感觸投射在創作中。在他當時所處的時代大背景之下，華格納在致力於樂劇的創作過程中，雖然個人經歷坎坷，屢遭貧困、冷落與歧視的打擊，但他仍然奮鬥不懈，使德國浪漫音樂大放異彩。華格納的浪漫派樂劇，完全是他以自我意識為中心的創作，以抗拒現實生活中困厄的環境和德國當時的政治社會局勢。

　　華格納從來不曾為音樂而寫音樂，他只是為了情緒和心理的表現而寫；他用音樂道出現實裡被文明壓制了的人性，比如在他的一些樂劇的主題，如《漂泊的荷蘭人》裡的堅貞與解脫、《唐懷瑟》和《帕齊划爾》裡的罪惡與赦免、《隆恩格林》裡的信任、《特里斯坦和伊素爾德》裡的情慾、愛與死及《尼布龍根的指環》裡的權力、貪婪、慾望、亂倫等，都是現實的翻版，那一個主題不是反映現實，一針見血地點出人性？因為這些在現代仍無所不在，都透過他特具的才華，並以新的藝術形式表達出來。因此，華格納以藝術作品統一性的觀念，有別於當時仍居優勢的義大利歌劇，他創作音韻、語言與形象為整體的這種「音樂戲劇」，將藝術、人生哲學與神話在基督教救贖的神蹟中融為一體，表現於音樂韻律中；所以當這種令人覺得煥然一新的音樂演奏會首次於 1876 年在拜魯特的劇院演出時，這些現實生活中仍無所不在的問題，隱含於其特殊的藝術表現形式中，的確大大地衝擊人心，常常讓觀眾對那種純正的氣氛久久不能忘懷，為之動容。

　　華格納的作品有深刻的民族性。19 世紀民族主義盛行，受異族統治

或強權壓制的德意志藝術家，把對自由的盼望或對傳統的自信與驕傲，發而為藝術。華格納的創作幾乎完全取材於德意志歷史裡最光輝燦爛的中古世紀，其日耳曼化、鄉土化、民族認同感表露無疑，透過他個人獨特的心靈創造力，將有限的自我與民族、國家和歷史融合在一起，這與當時浪漫派詩人所要闡揚的精神不謀而合。他的作品內涵總是反映現實的，因此華格納樂劇作品裡深藏的民族性：比如忠誠（忠君的觀念使特里斯坦不敢違背王命）、責任感（3 位守護著萊茵黃金的女神）、恪守嚴肅的生活守則、真實和守法（紐倫堡名歌手裡的騎士華爾特）、不知恐懼為何物之豪勇（齊格菲屠龍記）、堅信生命崇高的目標及將人類的命運全委諸於上帝（帕齊划爾及聖杯守護王）等以上這些特質，再與現代德國人自認（或公認）的本質：勤勉、能幹和奮鬥以及德國人的處世哲學：積極、徹底、務求實際等對照，就可以知道就是因為這樣的特質、這樣的民族性，使德國在歷史潮流裡能一再地大起大落、大展雄風。從俾斯麥（Otto von Bismarck，1815 年至 1898 年）策劃並於 1871 年完成的民族統一，到歷經兩次世界大戰、西德膾炙人口的「經濟奇蹟」、兩次的柏林危機及柏林圍牆無不令人驚心動魄、感觸良深，及至 1990 年 10 月 3 日，一分為二的兩德兵不血刃，以和平的方式完成統一，在在造就了德意志的「民族驕傲」，展示了德意志人理智與激情的極致追求之韌性。

　　華格納的「樂劇」，散發強烈的民族氣息，追溯過去的光榮，詩詞優美無比，加上悅耳動聽的旋律，這戲劇和音樂猶如心跳與脈搏般巧妙地融合在一起，深入德國人的心坎。各種「主導／音樂動機」的氣氛令人實在難以忘懷，浪漫與現實的氛圍及感觸揉合在一起，讓人在情緒上與感覺的緊張度上達到高峰。所以「樂劇宗師」的頭銜於他可謂實至名歸。

結　論

　　畢生離不開舞臺與劇場的華格納是音樂家，同時也是文學家，在德國音樂史上與貝多芬、莫札特、孟德爾頌及舒曼等大師齊名，19 世紀後半葉德國的音樂生活以華格納為中心點，他甚至在整個歐洲音樂發展史上居於極重要的地位，他在文學領域裡屬於浪漫派，主要的創作在於歌劇方面

（即樂劇），因為他具有豐富的哲學與文學修養根基，所以作曲與戲劇寫作同樣出色。他構思戲劇的情節、作詞、作曲；集劇作家、詩人和音樂家三者於一身，這也是他的樂劇作品能渾然成為一體，被觀眾所接受與激賞的原因。

華格納的不朽在於他兼採戲劇作家的表情，詩人的語言與音樂家的情緒來表現人生的感情與思想，他的樂劇取材自古日耳曼傳奇，將日耳曼民族性的根源力量與精神表露無遺，樂劇的題材是罪惡、痛苦、解脫、信任、堅貞、愛與死。其一系列的藝術理論作品如《未來的藝術作品》、《歌劇與戲劇》，《論詩歌與作曲》（Über das Dichten und Komponieren）等，對德國戲劇發展有很大的影響，他親自設計與督建的拜魯特節慶劇院，在舞臺藝術上尤為一重大革新與突破。

華格納一生顛沛流離，然其果毅與熱忱之個性，使他對藝術有執著之愛好，富幻想與真摯之情感，使其成為一位自闢蹊徑的作曲家與戲劇家。

德國的浪漫派藝術（文學與音樂）到華格納為止已達到巔峰，對世界的音樂與戲劇的變動產生了深遠影響。華格納首創的「樂劇」是音樂與文學的對話，兩者並重，相輔相成；音樂必須盡力表現詞意，詩詞必須擴大其音樂性，成為音樂、文學、繪畫、舞蹈、造形藝術、建築、布景等藝術的綜合表現，「樂劇」堪稱為「歌劇」發展史上劃時代的里程碑，所以「樂劇宗師」的頭銜於他可謂實至名歸。然而他的藝術創作卻也極具爭議性，認同其創作的人，對他崇拜得五體投地，拒絕其創作的人，則將他批評得一文不值。1876 年的一幅諷刺漫畫，畫的是莎士比亞和艾希羅斯（Aischylos，西元前 525/24 年至 456/55 年，希臘三大悲劇家之一）在華格納面前彎腰鞠躬致敬。[12]

這位德國藝術界的奇葩在後期浪漫主義的音樂及現代音樂直接影響布魯克那（Anton Bruckner，1824 年至 1896 年）、馬勒（Gustav Mahler，1860 年至 1911 年）、史特勞斯（Richard Strauss，1864 年至 1949 年）和荀伯格（Arnold Schönberg，1874 年至 1951 年）。他的音樂、哲學思想性文章則一再地吸引諸如法國的波德萊爾（Charles Baudelaire，1821 年至 1867 年）、英國的蕭伯納（Bernard Shaw，1856

年至 1950 年）等作家，尼采（Friedrich Nietzsche，1844 年至 1900 年）、布洛希（Ernst Bloch，1885 年至 1977 年）和阿多諾（Theodor W. Adorno，1903 年至 1969 年）等哲學家，他們一再地聆聽、觀賞他的樂劇，這些都是不爭的事實。（同註⑫）

　　華格納對德國近代文學的影響很大，1929 年諾貝爾文學獎得主湯瑪士·曼（T. Mann，見本書第 204 頁）對華格納樂劇評價甚高，他受華格納的啓發，模仿華格納的樂劇《特里斯坦與伊素爾德》及《尼布龍根的指環》寫成詼諧性的敘述文章，而其作品中藝術家的造型，皆以華格納的音樂爲藍本。

註　釋

① 麥爾貝爾（Giacomoj Meyerbeer，1791 年至 1864 年），作曲家，著有多首具德國風味的詠唱歌劇，稍後改作具義大利、法國風格的歌劇，1842 年佛利德利希・威廉四世任命他爲柏林歌劇院的音樂主管。

② 李斯特（Franz von Liszt，1811 年至 1886 年），鋼琴家與指揮家，著有多首鋼琴曲，晚年致力於音樂教育。

③ 韋伯（Carl Maria von Weber，1786 年至 1826 年）爲德國浪漫樂派之父，其代表作品《魔彈射手》（Freischütz）膾炙人口，至今在德國的歌劇院還上演不輟。

④ 葛魯克（Christopf W. Gluck，1714 年至 1787 年）作曲家，著有多首具義大利風格的歌劇，並爲巴洛克式歌劇的改革者。

⑤ 舒伯特（Franz Schubert，1797 年至 1828 年），德國浪漫樂派著名的作曲家，〈菩提樹〉爲其所譜之曲，傳誦至今。

⑥ 見《西洋音樂的故事》，Friedrich Herzfeld 原著，李哲祥譯，志文出版社，新潮文庫 140，70 年 3 月再版，第 291 頁。

⑦ 同⑥。

⑧ 見第 I 章〈中古世紀德國騎士文學〉，第 8 頁及第 11 頁。

⑨ 拉卿（Albert Lartzing，1805 年至 1851 年），作曲家。

⑩ 華根塞爾（Joh. Christopf Wagenseil，1633 年至 1705 年），律師與文史學家。

⑪ 14 至 16 世紀通行於民間的歌曲文學稱爲 Meistersang（名歌曲），需要在專門學校學習作曲的規則，並以歌曲賺取生活費，但稍後改爲以手工業爲其主要職業。一位歌手在作詞與音樂方面必須遵守固定規則，有 12 位名重一時的大師嚴格執掌音調與作詞之規則，不准創新。但後來漢斯・薩克斯（Hans Sachs，1494 年至 1576 年）力倡創作新曲，依照旋律和內容以新方式完成曲子，並經評審員鑑定其藝術價值。

⑫ Große Deutsche. Von Karl dem Großen bis Wernher von Braun. Mit einer Einleitung von Sebastian Haffner [M]. Copyright bei Kindler Verlag GmbH, München, 1982. S.156.

VIII

中、德愛情悲劇的探討

一、史篤姆的《茵夢湖》與沈從文的《邊城》之比較

前　言

　　歷來有關「愛情」題材的書寫永不褪色，千古年來中、外文學作家對愛情的題材都有偏好。本文以德國作家史篤姆的《茵夢湖》（Immensee），和中國作家沈從文的《邊城》做比較。這兩位幾乎相隔一百年的作家在描寫「愛情」方面也有異曲同工之妙。

　　相隔十萬八千里的東方與西方，雖然有不同的文化背景，然而在小說創作中的情節、人物的塑造、情境的描寫及文筆風格等方面是能夠讓人拿來做比較的。本文試著將兩部作品做一個對照，便可看出兩位作者對「愛情小說」的處理之異同點。

　　文學作品的創作可天馬行空。文學家可任意發揮，其思想、題材以及諸如此類皆可充分闡明。人類的精神、思考，無論正面和反面的感觸皆可全部以書寫的方式表達。作家的想法及判斷可能碰巧吻合，這就是說作家們的觀點會不謀而合，小說的內容可以有異曲同工之妙。

　　眾所周知，世界各國的文化是不同的。尤其東、西文化的差異極其懸殊。雖然東、西方存在著極大的鴻溝，但文學的創作這一項有其類似之處、可資比較的項目，比如有角色、隱喻、敘述形式、題材、寫作的動機等等。因此這幾點也是構成比較文學的基礎。

　　世界上大部分的國家都有優秀的文學作品。本論文探討兩部極受歡迎的文學作品，即史篤姆的《茵夢湖》和沈從文的《邊城》。為了能指出兩個國家——中國和德國的精神氣質，所以我們必須找出兩部小說的異同點。

一 作者簡介

（一）**特奧多爾‧史篤姆**

特奧多爾‧史篤姆
（Theodor Storm，1817 年 至
1888 年）生於胡森（Husum）
的一個律師家庭。1837 年在
基爾（Kiel）讀法律，自從
1847 年起，即在胡森當律師。
1848 年積極參加反抗丹麥統治
的起義〔胡森屬於現在的石勒
斯威——霍爾斯坦（Schleswig-

▲史篤姆

Holstein）邦，而當時由丹麥占領〕，並發表激昂的愛國詩歌。1852 年被
丹麥統治者取消律師資格，被迫離開家鄉。1853 年至 1856 年在波茨坦
（Potsdam）的法院擔任助理法官，並與柏林（Berlin）的文學圈人士交
往。1856 年在海利根施塔特（Heiligenstadt）任縣法官。1864 年回到故
鄉擔任縣長。1874 年擔任大法官，因不滿俾斯麥（Otto von Bismarck，
1815 年至 1898 年）的鐵血政策，1880 年退出政界並搬到哈德馬爾申
（Hademarschen），潛心創造，於 1888 年逝於該地。

史篤姆寫了 58 部短篇小說，1870 年到 1880 年是他的成熟期，重要
的短篇小說有：《在荒村之外》（Draußen im Heidedorf）、《溺死者阿庫易
斯》（Aquis submerses）、《森林角》（Waldwinkel）、《卡斯騰 ‧ 庫拉托》
（Carsten Curator）、《蕾納特》（Renate）、《艾肯霍夫》（Eekenhof）。晚
年的小說，從 1880 年到 1888 年較重要的有《漢斯 ‧ 基爾希和海英茨 ‧
基爾希》（Hans und Heinz Kirch）、《葛利斯胡司記事》（Zur Chronik von
Grieshus）、《揚 ‧ 利夫》（John Riew’）、《懺悔》（Ein Bekenntnis）、
《在哈德斯雷夫斯的慶典》（Ein Fest auf Haderslevhuus）。最後、也是
成就最高的力作是 1888 年的中篇小說《灰馬騎士》（Schimmelreiter）。
史篤姆除了是寫小說的高手之外，同時也是一位唯美的抒情詩人，他的
抒情詩風格自成一家，以簡單的語詞，平淡而眞摯地刻劃情感，佳作有

《風裡響著一首搖籃曲》（Klingt im Wind ein Wiegendlied）、《闔上我的雙眼》（Schließe mir die Augen beide）、《七月》（Juli）、《城市》（Die Stadt）、《在海之濱》（Am Meeresstrand）、《離別》（Abschied）及《秋》（Der Herbst）等。

（二）沈從文

沈從文（1902 年至 1988 年）生於湖南省西北山鄉鳳凰縣（今湘西土家族苗族自治州）。他的祖母是苗族，母親是土家族，為軍人世家，祖父、父親以及兄弟，全列身軍籍（祖父曾官至貴州提督）。15 歲未滿入伍受初期軍事教育，浪跡湘、鄂、川、黔邊境，目睹殘酷的現實世界，受「五四」新文化運動的影響，而形成他的世界觀。1923 年前往北平（北京），得到雜誌試筆寫作之機會，開始嘗試寫作，並

▲沈從文

在《晨報副刊》發表作品，第一篇小說《福生》於 1925 年發表。1926 年底南下上海，與胡適等自籌資金，創辦《人間》、《紅黑》文學期刊，終因資金不足而停刊。沈從文 20 年代起蜚聲文壇，與詩人徐志摩、散文家周作人、雜文家魯迅（周樹人）齊名。1928 年起改執教鞭，先後在上海、青島、武漢、昆明及北京等大學任教。其作品益發成熟，他最著名的小說創作《邊城》即完成於此一時期。在 40 年代結束之前，他最重要的文學創作已多半發表，質量均佳，是海內外公認最受喜愛的中國代表性作家之一。

50 年代以後，隨著中國政權更迭，受到所謂左翼文化人郭沫若等的批判，中止文學創作，轉而專注於歷史文物研究，主要研究中國古代服飾。1950 年到 1978 年在北京中國歷史博物館擔任文物研究員，1978 年到 1988 年在中國社會科學研究所擔任研究員。1949 年以後，沈從文沒

有進行過小說創作。除了《邊城》，其他代表作有《湘行散記》、《從文自傳》、《長河》、《中國古代服飾研究》等。

二 作品內容大綱

（一）《茵夢湖》

史篤姆最膾炙人口的小說，在大陸及臺灣也有許多版本的翻譯[1]。《茵夢湖》敘述一段令人惆悵的愛情故事，作品採用倒敘手法，由主人翁的回憶串成全篇故事的情節，並把過去和現在聯繫起來。

故事一開始是以一位老年紳士散步回家後，坐在自己的家中，安適而清靜，當他的目光落在畫框上一位美麗少女的倩影時，口中喃喃地輕唸著「伊莉莎白」（Elisabeth），過去的景象便歷歷在目，鮮明而生動地一一傾瀉而出。青梅竹馬的一對小情人，有著童言童語，單純的成長環境，小男孩對小女孩說自己杜撰的故事、假日時在林中遊玩、兩人的一個小約定，在在顯示兩小無猜，一起度過美好的童年。

及長，萊因哈特（Reinhard）因求學而需遠赴異鄉，在動身前的林中野餐聚會，兩人的約定更讓萊因哈特的心更堅定，愛寫詩的他，詩集靈感全來自伊莉莎白的一切。在異鄉的聖誕節他收到了伊莉莎白及他母親的來信和禮物，更使他的思念倍增。萊因哈特由於思念便回家一趟，但情況似乎改變了，和伊莉莎白的關係不如以往般熱絡，伊莉莎白的母親對他的印象也沒以前那麼地好了，兩人之間似乎存在著疏離感。原本他送她的紅雀死去了，鳥籠中的鳥卻變成他們的另一個朋友埃利希（Erich）送的金絲雀，這似乎已為未來的情節留下了伏筆及暗喻。萊因哈特將這些年來為伊莉莎白寫的小詩集送給她，兩人對彼此的愛情也許下了承諾。再次離家時，他們倆許下了兩年後再相見的約定，萊因哈特告訴伊莉莎白，屆時他會把心中的一個祕密告訴她。

兩年後的一封家書，母親告訴他，伊莉莎白已經嫁給了他的朋友埃利希，並和她的母親住進了倚靠著茵夢湖的大莊園。萊因哈特雖心痛，但只能無奈、冷靜地接受這一事實。

又過了幾年後，萊因哈特造訪茵夢湖，再次見到伊莉莎白只有禮貌的寒暄。某天午後，萊因哈特順著大家的要求朗誦民謠，他靜靜地拿出手

稿，在伊莉莎白的注視下，讀出了只屬於他們懂得的哀傷與悲痛——依了我母親的意思②。這說到了伊莉莎白的心坎，她因受不了而傷心離席，晚上，萊因哈特獨自在茵夢湖看見湖中的一朵白睡蓮，他跳下水中，朝著它游過去，但只見那朵白睡蓮仍舊躺在黑沉沉的湖心。

此日，埃利希有事外出，囑咐伊莉莎白好好招待客人。兩人一同在茵夢湖附近散步，娓娓道來過去的一切。若有似無地提起兩人心中的祕密，萊因哈特幽幽地說出：「我們的青春就埋在那青山背後，然而它現在又到哪裡去了呢？」兩人最後的告白就這樣以「永遠不會再回來了」③做結束。

回憶結束了，現在老人又孤獨地坐在安樂椅上。暗夜裡，他凝視著空虛，白睡蓮代表純潔的伊莉莎白，有時候感情的事就是這樣，他只能將美麗的睡蓮永遠留在心裡的最深處。他曾愛過的女孩好像已經看不到了。老者打開書本，埋頭研究他年輕時曾經學習過的學問。

（二）《邊城》

這是一個發生於名為「茶峒」的小山城的愛情故事。翠翠從小與替人渡船的爺爺和黃狗在茶峒邊相依為命，過著樸素快樂的生活。在端午節時，翠翠和掌水碼頭船主的小兒子儺送偶然相遇，兩人之間卻產生了莫名的情愫，互相被對方吸引著，期盼著日後的重遇。

不過儺送的哥哥天保同時也喜歡翠翠，大哥託人向老船夫探口風，祖父心裡既歡喜著孫女將來的歸宿，又怕這婚姻不是翠翠想要的，他害怕孫女重演母親的悲劇。翠翠的母親，老船夫的獨生女，15 年前同一個茶峒軍人，唱歌相熟後，兩人發生了曖昧關係，有了小孩子之後，打算逃亡。但從逃亡的行為上看來，是違背軍人的責任與名譽，翠翠的父親，於是先服了毒，母親在生下她後，卻到溪邊故意喝了許多冷水死去了。老船夫對那被託付的人說：「車是車路，馬是馬路，各有走法，大老走的是車路，應當由大老爹爹作主，請了媒人來正正經經同我說，走的是馬路，應當自己做主，站在渡口對溪高崖上，為翠翠唱 3 年 6 個月的歌④。」在熱愛歌唱的邊城中，這裡兒女的婚姻大事，用歌謠表達情意和誠意，同正正經經的說媒一樣有著效力。

　　兩個兄弟開誠佈公，知道愛上了同一個女孩子，爲了公平競爭，便選定了日子，到那些月光照及的高崖上，遵照當地的習慣，很誠實坦白地爲所愛的女孩唱歌，做這種爲當地所認可的比賽。而翠翠這邊，只要遇到祖父談這件事就逃避。她不好意思也不敢說出自己心裡喜歡的是哪個。兩兄弟約定的那天夜裡，翠翠在睡夢中領略了歌聲中的纏綿處，「夢中靈魂爲一種美妙歌聲浮起來了……⑤」，這時她心裡眞正愛上的是儺送。

　　最後，天保明白翠翠愛的是自己的弟弟，他自知情歌沒弟弟唱得好，便沒開口唱，但祖父卻做錯了一件事情，把晚上唱歌人「張冠李戴」了。做大哥的自知已輸了這場競爭，爲了成全弟弟，最終決定離開，坐船遠赴外地，後來途中卻遇到意外身亡。弟弟失去親人，心裡頭對老船夫有了疙瘩，儺送因此痛恨爺爺，認爲天保的死是他造成的，這怨恨令他遠離翠翠，不再去山崖唱歌，也下了船離開茶峒。

　　老船夫憂心著自己孫女無人可照顧，又被誤會委屈憋在心裡說不出口。一天大雷雨的夜晚，具有象徵意義的白塔倒塌，大雨沖走了渡船，而這疲倦的老人也滿懷心事離開了人世。翠翠葬了祖父，在祖父好友楊馬兵的陪伴下，依舊繼續在碧溪岨撐著渡船，等待儺送駕船回來，以往她不明白的事情，在祖父過世後也漸漸全明白了。只是日子一天天過去，那倒塌的白塔已重新修好，那個在月下唱歌，使翠翠在睡夢中裡爲歌聲魂牽夢縈的青年人還不曾回到茶峒來……這個人也許永遠不回來了，也許「明天」回來⑥！

三 兩部作品之比較

	史篤姆（Theodor Storm）	沈從文
蜚聲文壇之代表作品	《茵夢湖》（Immensee）	《邊城》
作品發表年代	1850年	1934年
所處文藝思潮時期	詩意現實主義	湘西文人
擅長寫作的體裁	抒情詩和中、短篇小說創作	中篇小說創作
作品題材	人、大自然及對家鄉的愛	故鄉的人、事和風俗

（一）作者創作背景

史篤姆的故鄉被丹麥占領，他被迫離開故鄉有十餘年之久，對心繫故鄉的他而言，在作品裡散發出濃郁的鄉愁，寫了不少詩歌頌故鄉的美麗風光。《茵夢湖》的創作背景從史篤姆的經歷可以找出一點蛛絲馬跡。年輕的史篤姆首先在故鄉——胡森就讀中學，後轉到呂北克（Lübeck），在呂北克時，他有兩次耶誕節（1835 年和 1836 年）到母親在阿托那（Altona，距漢堡不遠）的親戚家中，在那裡他認識了一個 10 歲的女孩貝塔・封・布漢（Bertha von Buchan），貝塔的母親已死，父親滯留在國外，她跟養母一起生活。他遂即愛上了小他 8 歲的貝塔，史篤姆第一首寫在一本皮封面小冊子、題為《初戀》（Junge Liebe）之詩，即是贈給貝塔的。史篤姆那時寫的故事、謎和詩歌都是為了她寫的。他一遇復活節、聖靈降臨節、萬聖節等假日，都去拜訪她。1837 年史篤姆高中畢業後，離開呂北克，他想像他父親一樣成為一個律師，因而進入基爾大學。1838 年至 1839 年他轉往柏林大學攻讀。這時他幾乎忘了貝塔。後來他曾寫了很多信給她的養母，訴說他對貝塔的友誼，甚至他曾回到阿托那去看貝塔。當她的養母回答他：「若她現在要奉獻她的愛是太年輕了。」並請求史篤姆以後常來探望她們。但史篤姆回答：「我恐怕不能了。」由這段經歷可見，貝塔應該是《茵夢湖》裡的伊莉莎白的雛形。他與貝塔在一起的日子，成為小說中男、女主角童年生活的寫照。

1838 年夏天，史篤姆和一些男、女朋友到距離柏林不遠的哈佛爾（Havel）去郊遊，哈佛爾是條美麗的河流。這一行人在河中的島上過夜，史篤姆不能入睡，因此他走到岸邊，坐了一條小船搖向湖心，距岸邊一箭之遙，他看見一朵白色睡蓮。這一幕也出現在《茵夢湖》裡[7]。

史篤姆完成大學學業後，便返回故鄉，不久認識了他的表妹康斯坦格・埃斯馬盧（Constance Esmarch），兩人相當投緣，經常在一起。在冬天時，幾乎所有閒暇時間都在史篤姆的雙親家裡，夏天便徜徉在灌木林中及原野裡，他倆有很好的歌喉——她唱高音，他唱低音，他們時常一起唱歌。就像萊因哈特與伊莉莎白在《茵夢湖》中一般，1846 年兩人結為夫婦。住在一棟高大的、屋頂側面有山牆的房屋裡，在《茵夢湖》中也可

以看到這種形式的房子。

　　在 1849 年史篤姆聽到一個女孩的事，她的母親要將她嫁給一個老先生，這個人雖然富有，卻是一個平庸的人。在《茵夢湖》中影射埃利希，因此史篤姆安排了伊莉莎白順從母意嫁給埃利希。綜觀這一部小說的情節，顯示出一部分事情是詩人所親身經驗過的，一部分是他聽來的，另一部分是他杜撰的，就像其他的文學作品一樣，融合事實與虛構。

　　沈從文生於中國社會動盪不安時期，在《邊城》完成後的題記裡，一開始他寫道：「對農人與士兵，懷了不可言說的溫愛，這點感情在我一切作品中，隨處都可以看出。我從不隱諱這點感情。我生長於作品中所寫到的那類小鄉城，……⑧」，娓娓道出他對故鄉湘西鳳凰的熱愛。《邊城》以湘西邊境的一個小山城——茶峒為背景。作品情節雖為其杜撰的，然而他在這部創作的小說裡，配合著人、事、物、地等，鉅細靡遺地描寫故鄉的風土人情。臺灣商務印書館於 2004 年在臺北發行的《邊城》，除了配合著雷驤繪的故事情節插圖外，並根據作者在作品裡所提到的湖光山色、建築（比如吊腳樓）、傳統的民族服飾（湖南是個多民族的省份，境內有漢族、土家族、苗族、侗族等 41 個民族）、小城的街道、店鋪、住家、碼頭渡船、船工、船隻、傳統習俗，比如端午節和節慶活動、碾坊、石磨盤等等，都附上真實的圖片與解說，甚至《邊城》文中提到的「白塔」，也附上了照片，說明「白塔」是臨水鎮攝波濤、保護過往船隻的象徵，形式簡樸⑨。我們閱讀小說時，配合著內容所提到並描寫的景物與事件，看著圖片與解說，除了為小說盪氣迴腸的情節所吸引，更從這等同一部「風物誌」的小說獲取了一些知識。

　　《茵夢湖》與《邊城》這兩部小說的創作背景，無獨有偶的，皆與作者個人的生活與經歷息息相關。

（二）環境描寫

　　通常閱讀一本小說都會注意到人物形象、故事情節和環境描寫這三方面。人物形象和故事情節將在第 4、5 項論述及比較，現在比較兩部作品在環境描寫的渲染。

　　史篤姆將他的故鄉——北德風光，舉凡長滿了紫花的原野、茂密的

森林、沼澤、湖泊、海水、藍天、小鎮小城等，都寫進他的作品中，就像《茵夢湖》中的萊因哈特和伊莉莎白一樣，徜徉在大自然中，在這種美麗、粗獷的地方度過很多美好的時刻。

沈從文將他的故鄉——湘西，塑造成一個純淨祥和的世界，《邊城》的人民生活在一個僻遠、寧靜、和平、純樸、與世無爭的地方。他以禾田、山村、遠山、懸崖、河水為景物，表現出獨特的境界，塑造了一個令讀者悠然嚮往的湘西世界。

比較之後，兩部作品對於環境描寫的渲染，不約而同的吻合，蘊含著芬芳的泥土氣息，鄉土意識甚為濃厚，筆者認為可將之歸類為鄉土詩人。

（三）小說主題及風格

《茵夢湖》敘述一對青梅竹馬的戀人，原本是單純的戀情，卻因世俗的金錢勢力介入，而被迫分開的愛情故事。

《邊城》敘述兩個兄弟愛上同一個女孩，而後因誤會造成真正相愛的兩人無法在一起的愛情故事。

兩部作品的創作皆與時代無關，史篤姆侷限在描寫家鄉、家庭生活、戀愛及婚姻，避開時代與社會的重大鬥爭，侷限在纏綿悱惻的愛情和小市民的日常生活，從中去尋找詩意。沈從文的湘西小說基本上也回避了宏大的時代敘事，轉為個人化或私人化的經歷敘事。

史篤姆和沈從文這兩位東、西方作家的生活經歷、思想認識、藝術素養、個性特徵顯然不同，但他們兩人在塑造形象、運用語言等方面雖然都有其特色，然而卻不謀而合，他們作品的獨特風格在《茵夢湖》和《邊城》所呈現的，幾經比較卻有一些共同點。

兩部作品在意境的創造、氣氛的渲染和含蓄又濃烈的感情抒寫是雷同的，但是情節並不鮮明、結構也不嚴謹，也無激烈緊張的矛盾衝突及其隨後的轉折。

史篤姆喜歡將其回憶過去寫成作品，《茵夢湖》由萊因哈特鬆散的回憶片段，把他不幸的戀愛經歷大致告訴讀者。沈從文在《邊城》裡甚至淡化了情節的處理，描寫他家鄉古渡頭一位純樸老船夫和他外孫女翠翠的平凡生活及翠翠和兩兄弟的愛情故事。

　　語言的運用方面，史篤姆的德語簡潔明快，他不會像湯瑪士‧曼（Thomas Mann，1875 年至 1955 年，1929 年獲諾貝爾文學獎）寫冗長的句子，不會選擇雖優雅悅耳卻冷僻的用詞。他的語言樸素優美，描繪人物及寫景均生動自然，善於以質樸的語詞烘托景物氣氛，渲染氣氛，創造意境。並在故事中嵌進富有北德地方色彩的民歌、民謠以及情感熾烈的詩句，使作品中的字裡行間瀰漫著一種悽情柔美的詩意。

　　沈從文的用字遣詞與史篤姆一樣，相當簡潔，文字清新活潑、句子簡單明瞭，文筆流暢、描摹精確，將風景如同一幅山水畫一般地描述出來，人物的對白語若珠璣，整本小說閱讀起來，讓人覺得委婉真摯。

　　德文的《茵夢湖》和中文的《邊城》兩部作品的風格比較，其語言風格的一致性即是簡潔、清新、自然及流暢，如詩般的筆觸，沒有華麗的辭藻堆砌，而是用簡單但卻深雋的文字刻劃出真誠的角色性格，以及自然的人性與人情。因此這兩部作品值得德文系的學生閱讀，一來消除對德語是種生硬及冷僻的語言，一種很難及不好學的語言之偏見觀念。二來透過《邊城》更能體會自己的母語是一種優美的語文。

（四）作品情節比較

　　《茵夢湖》中的男主角萊因哈特因為離鄉求學，無法與留守家鄉的情敵競爭，只能將情人拱手讓人，懊悔、無能為力之下，對這無法挽回的愛情只留下追憶。在《邊城》中，哥哥天保與弟弟儺送一同被翠翠吸引，當哥哥自知贏不了這場競爭，自動退出，離開家鄉卻翻船身亡。儺送認為哥哥的遇難，翠翠的爺爺要負責，也負氣離開了，留下無辜的翠翠依舊懷抱著少女的心，無止境的等待。《茵夢湖》作品結尾明確交代萊因哈特失去伊莉莎白，空留美麗的回憶，孤獨地過一生。《邊城》作品結尾寫著翠翠仍在渡船頭等待儺送的歸來，並未交代翠翠的最後命運如何，與儺送之間的故事也沒有終局。這是兩者不同之處。

　　《茵夢湖》中的萊因哈特將身處異地對伊莉莎白的思念情懷，在舊羊皮本裡寫下一首首詩句。《邊城》裡的兩兄弟遵照茶峒當地傳統的習俗，在山崖唱情歌給翠翠聽，以表情意獲得芳心。在這兩部作品裡，一用寫情詩，一用唱情歌以表達愛意，頗有異曲同工之妙。

　　《茵夢湖》故事場景是一個寧靜的小鎮，有翠綠的山脈與森林，原本一對青梅竹馬純潔的愛情，卻因女方母親貪圖男方豐厚的財產，迫使女兒嫁入豪門。致使一段令人稱羨的愛情理想破滅。史篤姆在早期所寫的作品大多與時代無關，多描寫戀愛、婚姻和家庭生活。本作品的旨意在反對封建社會裡不自由的婚姻，並反映了封建宗法制社會走向資本主義社會的過渡時期，人心迭變，人際關係趨於淡泊。《邊城》故事裡是民風樸實的古城，鄰里和睦相處，與世無爭，儺送拒絕豐厚的嫁妝——碾坊，明知喜歡翠翠只能繼承老船夫的破渡船。沈從文如此安排，可見其用心，冀盼人們生活在一個僻遠、安靜、太平、純樸的地方，如同單純與美麗的世外桃源中。

（五）人物形象比較

	《茵夢湖》	《邊城》
女主角	伊莉莎白（Elisabeth） 大約小萊因哈特5歲，天眞可愛，嫻雅、美麗大方，散發著一股青春氣息。	翠翠 13歲左右，皮膚黝黑，大眼睛清明如水晶。天眞活潑又乖巧。
男主角	萊因哈特（Reinhard） 穩重，熱愛大自然，在大學攻讀植物學，很有作詩的才華，爲其心愛的人寫了不少首詩。	儺送 14歲，長得俊秀，渾名「岳雲」，氣質和媽媽相近，不愛說話，眼眉秀拔出群，一望即知其爲人聰明而又富於感情。和哥哥一樣長得結實如老虎，卻又和氣親人，不驕惰、不浮華、不依勢凌人。
男配角	埃利希（Erich） 是男、女主角自小就認識的朋友，也喜歡伊莉莎白，他繼承了茵夢湖莊園，曾多次求婚不成功，最後伊莉莎白順從母意，嫁給他。	天保 16歲，與弟弟皆年輕力壯，結實如小公牛，能駕船、能泅水、能走長路。凡從小鄉城裡出身的青年所能做的事，他無一不做，做來無一不精。性情和爸爸一樣，豪放豁達，不拘常套小節。

	《茵夢湖》	《邊城》
女方親朋	伊莉莎白的母親 看著女兒與萊因哈特一起成長，一開始似乎蠻喜愛他，但等到萊因哈特到外地求學後，對他的印象變得沒有以前那樣好。之後，極力慫恿女兒嫁給埃利希，並與他們住在一起。	翠翠的爺爺（擺渡的船夫） 70來歲，自20歲起守在溪邊，擺渡了不少人。爲人忠厚老實，盡職守本分，不會多收別人給的任何錢。年紀雖老，但是身體還很硬朗，他唯一的朋友是一條渡船和一隻黃狗，唯一的親人是翠翠⑩。
男方親朋	萊因哈特的母親 在聖誕節與伊莉莎白合寄給他一個包裹和信件。並在萊因哈特返家省親又回校時，差不多2年後，寫了一封家書告訴他伊莉莎白嫁給埃利希。 女管家 爲萊因哈特年老時的女管家，伴隨著因悔恨而終生不娶的主人。	兩兄弟的父親（船主順順） 50來歲，前清時在營伍中混過日子，革命時在著名的陸軍四十九標做過什長。之後帶著一點積蓄回家鄉，買了一條六槳白木船，租給一個窮船主，代人在茶峒與辰州之間來往。事業十分順手，個性大方灑脫，喜歡結交朋友，慷慨而又能濟人之急，明白出門人的甘苦，理解失意人的心情，凡有困難向他求助的，莫不盡力幫助。爲人明事理，正直和平，又不愛財，因此成爲地方執事，替人調度船隻問題，備受地方人士尊敬。

（六）寫作手法比較

	《茵夢湖》	《邊城》
敘述方式	以旁觀者描寫一個老人，使用倒敘法，由老人回想過去，敘述童年、青少年的情節。在最後一章再回到現在，老人結束回憶，獨處書房，展卷閱讀。	使用直敘法，直接由第三人稱旁觀者的立場寫故事。

	《茵夢湖》	《邊城》
隱喻手法	紅雀（der Hänfling） 爲男主角萊因哈特贈送伊莉莎白的禮物，具有熱情的含意。	虎耳草 翠翠因爲聽到美妙的歌聲而想去摘的象徵愛情的野花。
	金絲雀（der Goldfinken） 爲埃利希贈送伊莉莎白的禮物，象徵金錢與現實的一面。 白色睡蓮（die Wasserlilie） 可望而遙不可及的幸福，隱喻純潔的伊莉莎白。 艾莉卡花（die Erika） 伊莉莎白曾經送給萊因哈特的花，象徵記得對方的意思。	白塔 爲整個故事的主要象徵。一場洪水沖倒了白塔，翠翠的爺爺也在風雨交加中去世，翠翠頓時失去依靠，獨自去面對死亡、愛情與不可知的未來。

結　論

　　這兩部作品皆是描寫沒有圓滿結局的愛情故事。且都是在對大自然詩情畫意的禮讚中，襯托出人物的無奈、淡淡的哀傷與沉痛。對愛情的忠貞與遭受不可抗拒的不幸，兩部作品的男女主角個性類似，命運也極其相似。值得一提的是兩位作者在全篇中所表現的生命情調，對愛情的態度乃是「發乎情、止乎禮」。作品中的男女主角，並未因爲得不到對方的愛情，而採取激烈的手段抗爭；不同於歌德（J.W. Goethe，1749 年至 1832年）的維特，因得不到夏綠蒂的愛，以自殺結束生命，也不同於時下的年輕人，得不到對方以玉石俱焚的方式解決（轟動臺灣社會的清大研究生事件，以王水毀掉情敵，或某大學的男生以車子輾斃其女朋友，只因爲女友提出分手）。

　　在兩部小說當中，男主角都是作者自我的影射。史篤姆身處德國資本主義抬頭，邁向德國統一之途，新思想衝擊舊封建社會思想，《茵夢湖》的悲劇在於反對封建包辦婚姻，鼓吹戀愛結婚自由。沈從文當時身處民國

早期、政局動盪不安時期，《邊城》寫出了他對家鄉的思念，懷念那安定及樸實的年代。女主角不約而同似乎都無法擁有情感的自主權。在史篤姆及沈從文所處的那個年代，女人的情感備受壓抑，身心往往都是被他人決定。伊莉莎白最後遵行母親的意願，放棄了自己所愛的人，嫁給自己不愛的人。而翠翠即使早已心有所屬，也沒有勇氣表達自己的心意，必須順從祖父的意思，遵照當地傳統習俗來決定自己的終身大事。女性在過去都扮演著依附於男性身旁的角色，被視為男性的附屬物，因此順從、被動、含蓄是長久以來女性所被塑造的人格特質。這兩個殘破的愛情故事，不無諷刺女性受到傳統的習俗、社會規範的束縛，無法擺脫傳統社會壓力而導致悲劇的結局。

像《茵夢湖》與《邊城》這類型的愛情故事，從古至今一直都是最吸引人的題材，明明是一對天生佳偶的戀人卻無法結合。歷來中外各式各樣的小說、歌劇、戲劇，乃至於電視、電影裡這類主題可說汗牛充棟。這兩部東、西方的文藝創作，有著相似的主題，故事的鋪陳雖然不像現代的小說那樣著墨於情感的表達，並且為了兩人能夠在一起，不擇手段地抗爭奮鬥、百轉曲折的故事，甚或轟轟烈烈地賭上一切也在所不惜，這種敢於強烈反抗命運的氣勢，我們在《茵夢湖》和《邊城》卻絲毫找不到一絲痕跡。反而讓人覺得是一部優雅清淡的愛情小說，雖有淡淡的悲劇氣息和壓抑的感傷情調，卻讓人正視現實世界，不如意的人生十之八九，何不將生命裡的遺憾及缺陷視為一種美感，可令人咀嚼回味無窮。

這兩段愛情故事的表達方式，如以今日的寫作風格來看，都顯得有點落伍、保守且含蓄；但相反的，卻看出其真切，在一個簡單、純粹的愛情故事裡，兩位作者以其文筆表達出深厚的情意與寓意，最後那股淡淡的哀愁與幽怨，讓人揮之不去，使人感動莫名。此乃兩位作家奠定其作品在讀者腦海中，烙下了永難忘懷的深刻印象，使這短短如詩似散文的作品在德國乃至於在中國取得了相當的地位。兩位作家都寫過多部小說，然而在他們的小說中，並沒有一部像《茵夢湖》或《邊城》這般流傳得廣泛與長久，並為人所熟悉。

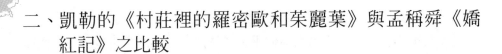

二、凱勒的《村莊裡的羅密歐和茱麗葉》與孟稱舜《嬌紅記》之比較

前　言

　　愛情悲劇的結局通常都是扣人心弦、盪氣迴腸，令人不甚唏噓。觀之古今中外皆然，之所以會以悲劇收場，不外乎起因於男女雙方出生背景的差異、命運的捉弄、門戶成見橫亙其間，或是世代有嫌隙，遂波及無辜的下一代。

　　如果年輕的一對戀人迫於現實，屈從於環境而無奈分手、各奔前程的話，當然不會有憾事發生。如果他們兩人執著地堅持下去，要走在一起，就必須面對重重的困難，遭受百般的阻撓是必然的。萬一能夠克服種種障礙，苦盡甘來，結成連理，則是美事一椿，喜劇收場。如跨不過這道障礙，找不到兩全其美的解決方法，往往萬念俱灰，趨向於毀滅或同歸於盡是必然的結果。

　　縱然東方與西方遙遠地相隔著，文化背景也不同，然而在處理這類題材方面的情節、人物的塑造，情境的描寫及文筆風格等方面多少有些雷同。本文試著將兩部作品作一個比較，將兩位作者對「愛情悲劇」始末的過程處理之異同點臚列出來。

一 作者簡介

（一）哥特佛利德‧凱勒

　　哥特佛利德‧凱勒（Gottfried Keller，1819 年至 1890 年）生於瑞士蘇黎士（Zürich）的一個工人家庭，4 歲喪父，家境貧寒。1834 年在蘇黎士州立工業學校求學期間，由於參加反對學校一名無能教師的遊行活動，被工業學校勒令退學。

▲哥特佛利德‧凱勒

之後，他即刻苦自修，於 1840 年到慕尼黑去學畫，想當畫家，後自覺沒天份，1842 年返回蘇黎士，並選擇寫作爲職業。1846 年發表《詩作》（Gedichte）獲得蘇黎士州政府獎學金赴德國深造，1845 年至 1850 年在海德堡（Heidelberg）大學攻讀歷史、哲學和文學，這時他認識了哲學家費爾巴哈（Ludwig Feuerbach，1804 年至 1872 年），並受其無神論和唯物主義哲學思想的影響，1850 年至 1855 年去柏林專事文學創作。1855 年債務纏身，飽受愛情痛苦，遂返回蘇黎士。1861 年至 1876 年擔任蘇黎士州政府的秘書長，15 年來他奉公守法、克盡職責，因此州政府表揚他爲「全瑞士最棒且最準時的祕書長」⑪。後來爲了能潛心創作，辭去此職務，1890 年逝世於蘇黎士。

　　凱勒熱愛他的家鄉，作品所敘不外乎他的故土瑞士的風景，所談不過是村莊的典故，鄉土氣息極其濃郁。他的創作以長、短篇小說爲主。使他獲得獎學金的《詩作》大部分是受青年德意志派的弗賴利格拉特（Ferdinand Freiligrath，1810 年至 1876 年）及赫爾韋格（Georg Herwegh，1817 年至 1875 年）的政治詩之影響；以政治的綱要和控訴爲主，有組詩《活埋》（Lebendig begraben）；非政治的詩歌，仿浪漫派及海涅（Heinrich Heine，1797 年至 1856 年）的詩風，有組詩《自然之書》（Buch der Natur）和《初戀》（Erstes Lieben），詩作並不特別講究格式與韻律的技巧。

　　四巨冊的長篇小說《綠衣海英利希》（Der grüne Heinrich，1854/1855）是部教養小說，也可說是凱勒的自傳，它使凱勒聲名大噪。但是他也擅長寫中篇小說，這也是他主要的文學成就。他的小說被收入《塞特維拉的人們》（Die Leute von Seldwyla，共有 10 個故事，前部 1856 年出版，後部 1874 年出版，其中以〈村莊裡的羅密歐和茱麗葉〉最爲著名。尚有《七個傳說》（Sieben Legenden，1872 年出版）、《蘇黎士中篇小說集》（Züricher Novellen，共有 5 個故事，1878 年出版）、《銘語》（Das Sinngedicht，1881 年出版，是一短篇連環小說，由 6 段故事組成）；這些小說集中的中篇小說，成爲寫實主義乃至整個德語文學中的典範，因此凱勒被稱爲「中篇小說中的莎士比亞」⑫。長篇小說《馬丁・

薩蘭德》（Martin Salander，1886 年出版）是凱勒最後的一部作品。

（二）孟稱舜

　　孟稱舜（生於 1594 ／明神宗萬曆 22 年，卒於 1684 年／清康熙 23 年），山陰人，一說烏程人，字子塞、子若、子適，號臥雲子、花嶼仙史，是明、清之際的戲曲作家和戲曲理論家。明崇禎年間秀才，入復社，並參加了祁彪佳等組織的楓社。清順治 6 年被舉為貢生，官至松楊縣訓導，任內興利除弊，廉正清明，頗有聲名，順治 13 年辭官歸鄉。

　　孟稱舜為明末清初戲曲家和戲曲理論家，是湯顯祖（1550 年至 1616 年）之後，洪昇（1645 年至 1704 年）、孔尚任（1648 年至 1718 年）之前的重要戲曲家。他的文辭華麗動人，充滿著濃厚的詩意，筆鋒犀利，意境優美，戲中曲詞婉麗明秀。作品有雜劇《桃花人面》、《眼兒媚》、《花前一笑》、《桃源三訪》、《死裡逃生》、《殘唐再創》、《花舫緣》、《英雄成敗》；傳奇劇本有《結義鴛鴦塚嬌紅記》（一般簡稱《嬌紅記》）、《二胥記》、《張玉娘閨房三清鸚鵡墓貞文記》。

　　孟稱舜編纂的《古今名劇合選》是元、明雜劇的重要選集。共分為兩集，一為《柳枝集》，即屬婉麗一類，取宋朝柳永〔雨霖鈴〕詞「楊柳岸曉風殘月」之意，一為《酹江集》，即屬雄爽一類，取蘇軾〔念奴嬌〕詞「一樽還酹江月」之意。他的編劇理論和創作思想，是他的戲曲理論的兩個重要部分。孟稱舜認為戲劇語言的根本任務在於塑造有血有肉的人物形象。戲劇語言不同於詩詞的語言，他反對酸腐和過於華麗、俚俗的語言，強調語言的「趣」。戲劇中的道白稱為「賓白」，他重視「賓白」，把賓白與曲文等同視之。對於戲劇作品風格他所提出的兩點看法是：一是不能以風格論高低，二是反對當時流行的「北主勁切」、「南主柔遠」看法，得到許多曲論家的認同[13]。此外他又校刻鍾嗣承的《錄鬼簿》。

二　作品內容大綱

（一）《村莊裡的羅密歐和茱麗葉》

　　曼茨（Manz）和馬堤（Marti）兩位農夫在塞特維拉（Seldwyla）附近一個村莊犁田。他倆田地的中間有一塊荒廢的肥美農地。這塊農地的主人去世後，其無家可歸的孫子（外號黑色小提琴手）因為沒有受洗證明書

而無法證明他的繼承權。馬堤的女兒芙蓮馨（Vrenchen）和曼茨的兒子沙利（Sali）替他們的父親送午餐。午餐時，兩位農夫開始聊天，從聊天得知，曼茨和馬堤都在打那塊無主土地的主意。午餐後，農夫繼續工作，而兩個小孩則在一塊荒蕪的田地上玩耍。他們將洋娃娃分屍，然後再埋葬，互相數著對方的牙齒。從這一天起，這兩位農夫每年都從自己那一側開始，將中間那塊荒蕪的土地犁走一整塊犁溝，因此中間這塊地變得越來越狹長。這兩個農夫表面維持和睦，其實心照不宣，都想搶到那塊土地，逐漸地都對對方心生怨恨，相互間的仇恨逐漸地累積起來，這可苦了兩家青梅竹馬的孩子。

　　這塊無主的田地最後要拍賣了，曼茨得標後，他立刻要求馬堤歸還他所犁去的田地，因此產生了激烈的爭論，兩人甚至提出訴訟，因打官司耗盡了兩家的財產。後來曼茨帶著妻子和兒子搬到塞特維拉城裡，接手了一家瀕臨破產的酒店。他的妻子企圖繼續保有財富的假象，兒子卻以父母為恥。馬堤的妻子在這段期間因為痛苦而離開人世，他仍舊在村裡守著貧脊的田地，他因自己受苦而折磨芙蓮馨。

　　兩家的小孩因父親之間的交惡及相隔兩地而疏遠了。他們再次見面時已是亭亭玉立的青少年了，這是因為有一天這兩位父親去釣魚時，在搖擺不定的橋上相遇並大打出手，芙蓮馨和沙利趕來勸架，只得努力將這兩個男人分開。從兩人對視的這一剎那開始，彷彿突然同時被愛神的箭射中，從這一刻開始，沙利不再覺得自己沒有用處或了無希望，因此他偷偷回到舊時家鄉，並和芙蓮馨約在從前父親的田地上相見。

　　有一次，他們手拉著手在田裡散步，幸福而安靜，他們意外遇見黑色小提琴手，他的出現和一番話語將他們從渾然忘我的幸福中拉回到現實世界。更糟糕的是，馬堤不期而至，目睹他們的幽會，勃然大怒的馬堤要打芙蓮馨，這時沙利一是為了保護芙蓮馨，另一是因為生氣，拿起一塊石頭將馬堤重傷擊倒。昏迷了 6 個星期後，馬堤醒來了，但是意識不清，只會做出愚蠢的行為、傻笑和在屋子周圍跑來跑去，所以他被送進瘋人院；而芙蓮馨被迫離開家鄉，自尋出路，因為父親的財產都已經典當完了。

　　在芙蓮馨離開之前，沙利來找她，他們打算共度美好快樂的一天。

兩人用賣掉自己最後的家當的錢去小酒館好好地吃一餐，他們盡情跳舞，沙利賣了自己的錶，爲芙蓮馨買了一雙鞋。在教堂落成典禮紀念日上度過白天，並買下戒指送給對方，人們把他們看做是一對正派的年輕夫婦。當他們到另外一個村子參加舞會時，被一些塞特維拉的市民認出來時，他們逃進小天堂花園，在那裡和貧民一塊狂歡。他們在那兒也看見黑色小提琴手。黑色小提琴手演奏音樂並邀請這對情侶跟他以及其他流浪漢一塊過著脫離市民傳統的生活。在一群流浪漢的陪伴下，他度過了夜晚，黑色小提琴手爲他們舉行一場歡樂的婚禮。

　　沙利和芙蓮馨不知道該何去何從。他們渴望在市民社會中，經過人們的承認，過著穩定、純淨、誠實、坦然的生活。因爲他們覺得自己不再屬於市民世界，同時也不想和流浪漢扯上關係。因爲他們的愛情沒有未來，他們只有一條路可走。沙利對芙蓮馨說：「有一件事情我們可以做的，芙蓮馨，我們在這時刻舉行婚禮，然後走出這個世界——那裡是深水，在那裡再也沒有任何人可以將我們拆散，我們會在一起，無論短暫或永久，這對我們都是一樣的。」芙蓮馨立刻說：「沙利，你所說的事情，我也考慮和計劃了很久，我們可以尋死，然後就可以一了百了，我向我自己保證，你會和我一塊兒做的！」他們偷了一艘草船，乘坐上去，像是躺在新娘花床上或是死者擔架上，順流而下，然後落入冰冷的河裡。

（二）《嬌紅記》

　　這部雜劇敘述北宋汴州書生申純，字厚卿，居成都，聰明卓異。宋徽宗宣和年間，他因科場失利，胸中鬱悶，於是前往母舅眉州通判王文瑞家走親戚兼散心。王家有女名嬌娘，才貌兼備，兩人一見，互生愛慕之心。申純賦詩書寫衷腸，嬌娘見之，也和詩吐露情懷。兩人常以詩詞往來，傳情達意，情同意合之下，最後剪髮爲誓。經過了一段日子，申純不能老是賴在舅舅家不走，只好回自己家。申純相思成病，藉求醫之由，又來到舅舅家，與嬌娘相會於臥室，終成姻緣。如此月餘，被舅舅侍女飛紅窺見，飛紅是被老爺派遣到小姐身邊行使監督提點作用的婢女。但是，她又有著與其他丫鬟不同的身分地位：她名義上是老爺的侍妾。嬌娘略施小惠，讓飛紅千萬不要說出去。

　　申純被家書召回，這次回家像吃了定心丸似的，雖然難忍相思之苦，卻不再生病，因為只需要假以時日，便可迎娶入門。申純派人上門求親，但舅舅卻以朝廷規定內親表兄妹不得通婚為由，不答應此婚事，兩人陷入絕望中。申純原與青樓女子丁憐憐交好，此時婚姻失意，重至丁憐憐處尋求慰藉，丁告知曾見到嬌娘畫像，並求申純問嬌娘討一雙繡花鞋，申純答允為其求得嬌娘繡鞋。未幾，申純托言避鬼再來到王家，又與嬌娘幽會，私下偷嬌娘花鞋，被丫鬟飛紅發現要回，交還嬌娘。引起嬌娘懷疑申純與飛紅有點不清不白，她發現申純於後花園花下拾得飛紅遺下的且寫有春詞的鸞箋一幅，又看見兩人在花園捕捉蝴蝶。嬌娘辱罵飛紅。飛紅又惱又恨，執意報復，故意帶著嬌娘母親去花園，瞧見申純、嬌娘兩人私會，申純被迫回家。

　　不久，申純應試高中進士，授司戶之職，重至舅舅處，欲重提婚姻之事，但嬌娘母親監視太嚴，無法相見，日夜相思，遂被鬼魅所惑。此時嬌娘與飛紅和好如初，飛紅主動為申純、嬌娘之事出謀劃策，盡心盡力。安排兩人相會，又請巫婆驅趕鬼魂。而兩人行動不密，又為嬌娘母親發現，申純再度被迫離開嬌娘家。

　　後嬌娘母親病故，申純來到嬌娘家，助舅舅打理家事，這次舅舅主動允婚，兩人正慶幸否極泰來，可以生生世世結合在一起時，就在此時刻，四川節鎮帥府公子欲娶絕色女子為妻，獨中意嬌娘，亦遣人為子說親，王父懾於豪帥權勢，不顧嬌娘的反抗，將其許給帥子，此時兩人猶如晴天霹靂，痛不欲生。申純父親重病，他被召回。眼見結合無望，申純、嬌娘約在舟中泣別。嬌娘歸家抗婚含恨而死，申純聞靈耗自縊不遂，竟絕食二日殉情而死。申、王兩家省悟，商議合葬濯錦江邊，飛紅夢見兩人成仙。第二年清明掃墓時節，嬌娘父親來到女兒墳前，只見鴛鴦一對嬉戲於墳前。後人慕名而來，憑弔感嘆，名之為「鴛鴦塚」。

三 兩部作品之比較

	凱勒（Gottfried Keller）	孟稱舜
蜚聲文壇之代表作品	《綠衣海英利希》、《村莊裡的羅密歐和茱麗葉》	《嬌紅記》
作品發表年代	《綠衣海英利希》（1854／1855）《村莊裡的羅密歐和茱麗葉》（1856）	明朝崇禎己卯年
所處文藝思潮時期	德國詩意寫實主義	明末清初雜劇盛行時期
擅長寫作的體裁 作品題材	中、短篇小說創作 描寫青年男女婚戀的過程	傳奇、雜劇 描寫青年男女婚戀的過程

（一）作者創作背景

　　凱勒的祖國瑞士於 1648 年簽訂結束 30 年宗教戰爭的「威思特裴里亞合約」（Westfälische Friede）時，與荷蘭一同脫離德意志帝國聯盟，獲得獨立，但是瑞士在語言上仍然使用德語，文化的發展也與德國息息相關。1814/1815 年在維也納（Wien）舉行的會議擔保瑞士為永久中立國。自由、民主與社會的思想是十九世紀初最重要的精神思潮，1830/1831 年絕大多數的瑞士州都頒布自由主義的憲法。1845 年這些瑞士州結合為單一邦聯，1847 年再次確立瑞士的統一。1848 年整個歐洲爆發民族和自由的革命，儘管自由憲法基於當代事件而多次修訂，但是其基本原則和精神一直保留至今，自那時起，瑞士便沒有什麼任何重大的政治變動⑭。

　　自從 1830 年 7 月及 1848 年 2 月在巴黎爆發革命之後，文學作家便背棄脫離現實的浪漫主義，注意起冷酷的社會現實，如實地描寫現實生活，揭露批判社會黑暗，真實地表現環境中的典型人物。19 世紀 30 年代以後，在歐洲文學藝術中占主導地位的是批判的現實主義。作家以現實主義的態度揭露封建社會的腐朽和資本主義社會無法克服的社會矛盾，批判封建制度和資本主義制度的罪惡，描寫勞動人民的悲慘境遇（作品的場景

通常發生在鄉下的小地方或是農村裡，主角大多是手工業者、小商人和農民）。

　　凱勒虛構了一個名爲塞特維拉的瑞士小城。以民間故事中常用的愚人形象描寫各式各樣的塞特維拉人的故事，他幽默的筆調常常會話鋒一轉，變成辛辣的諷刺和不留情地批判時代。在 1856 年出版的中篇小說《塞特維拉的人們》，這一集共有五個故事，記敘發生在此城的一些可悲及可笑的故事。背景是瑞士處於一個跨越資本主義的過渡期，凱勒以幽默的筆調盡情嘲弄小市民的自私與庸俗，其中他刻意描寫的對象是農民、中產階級和手工業者。故事多樣性，但都與時代的發展趨勢有關，其中有諷刺的《嘟著嘴的龐克拉茲》（Pankraz, der Schmoller）、悲劇的《村莊裡的羅密歐和茱麗葉》、教育性的《蕾格・阿姆萊因太太和她的小兒子》（Frau Regel Amrain und ihr Jüngster）、荒誕的《三個正直的製梳匠》（Die drei gerechten Kammacher）和童話的《鏡子、小貓》（Spiegel, das Kätzchen）。

　　這五部中篇小說故事以《村莊裡的羅密歐和茱麗葉》最爲著名，描繪一對戀人在反目成仇的雙親阻撓下，深感結合無望，於是在某一天去鄰村趕廟會，痛痛快快地玩了一天後，雙雙投河自盡了。凱勒以細膩的筆觸寫人，以詩情畫意寫景，質樸而有深度，極其動人，因此近代研究將 1850 年至 1890 年的現實主藝文學稱爲「詩意現實主義」。凱勒將現實的社會和經濟發展對個人的影響，連帶侵襲個人最隱密的情感，都寫得淋漓盡致，透過這悲劇揭露了資本主義滲入農村後，富人對財富的貪慾和自私的本性，兩家富農不但犧牲了田產，還葬送了一對青年人的幸福。此部小說並不是模擬莎士比亞（William Shakespeare，1564 年至 1616 年）的名劇《羅密歐和茱麗葉》，它是根據 1847 年 9 月 3 日蘇黎士報紙上的一則社會新聞：萊比錫附近農村貧苦人家裡一對戀人（男孩 19 歲，女孩 17 歲），由於兩家有世仇不能結合，於是在痛痛快快地玩到半夜一點以後，在田野上互相用槍射擊對方而死。本來凱勒想把這個事件創作成一首敘事詩，但沒有成功，直到 1855 年，凱勒才把它寫成中篇小說，爲了與莎士比亞著名的悲劇有所區別（即避免有人說他是模仿莎氏的作品），凱勒

在小說一開始便寫道：「假如這個故事並不是根據眞實的事件而寫的話，那麼創作這篇小說就只是畫蛇添足的純粹模仿罷了。但是，正因爲有了這個眞實的事件，才更能證明，那些古老鉅作所講的寓言故事，是如何深深植根於人類生活之中的。儘管這一類的寓言故事不勝枚舉，它們會不斷以舊瓶裝新酒的方式重新付梓問世，便足以令人提筆臨摹一番了。⑮」這裡指的舊瓶裝新酒重新付梓的方式，是指十九世紀的農民和小市民的生活方式，是他們的價值觀和行爲準則把年輕的一對戀人逼上絕路。

孟稱舜的戲曲作品《嬌紅記》是根據元朝宋梅洞（名遠，今江西樟樹人，約生於 13 世紀中期，卒於 14 世紀初）的長篇文言小說《嬌紅傳》改編的。而宋梅洞的小說創作則是取材於北宋宣和年間一個眞實的故事。有一千金小姐王嬌娘與書生申純相愛，兩人婚事屢受阻撓，終因抵擋不住帥節鎮的逼婚，最後雙雙殉情而死，死後合葬，名爲「鴛鴦塚」。本劇全名《節義鴛鴦塚嬌紅記》，對於「鴛鴦塚」前被冠以「節義」二字，王業浩解釋說：「阿嬌非死情也，死其節也；申生非死色也，死其義也。兩人爭逐其願，而合理之不可移，使鴛鴦記而節義之也。」⑯這個解釋本人認爲合於情理，蓋王嬌娘守其節，非申純不嫁，而申純表其義，隨王嬌娘而死。至於「嬌紅」二字，則取王嬌娘之「嬌」字及其婢女飛紅之「紅」字而合成「嬌紅」二字。飛紅兼具小姐的「婢女」及老爺的「侍妾」雙重身分。飛紅在孟稱舜的這部作品裡扮演了重要角色，作者不遺餘力，也花了一番工夫刻劃飛紅這個角色，也把她寫成一個有血有淚的人物，在嬌娘身邊有如綠葉襯紅花的作用。原書名現在一般被簡化爲《嬌紅記》，爲大家所採用。

王嬌娘與申純的愛情幾經波折，歷經曲折的情節，從王父好不容易允婚，後又懾於權勢豪門而毀婚，最後逼王嬌娘改嫁帥節鎮之子，兩人見到頭來仍無緣結爲夫婦，爲了求個「同心子」（亦即旨趣相投，知心體己之意），義無反顧，雙雙赴死。中國明末作家孟稱舜與英國的莎士比亞幾乎是同時代的人，兩人的作品皆以「殉情」結尾。如果將《嬌紅記》稱爲「東方的羅密歐與茱麗葉」或反之將莎氏的愛情悲劇稱爲「西方的嬌紅記」，亦無不可。而瑞士德語區作家的作品，與莎氏及孟稱舜的作品如出

一轍，三者創作背景的取材及故事安排的結局殊途同歸。本文比較的爲以德語及漢語書寫的文學作品，雖孟稱舜與凱勒生存的年代相隔幾乎一個世紀以上，而且東、西方的文化背景不同，但對於描述戀人對「愛情」的堅持，至死不悔，終於導致悲劇，可說殊途同歸，故凱勒及孟稱舜兩人的作品也是可做一個對比的。

（二）小說主題及風格

《村莊裡的羅密歐和茱麗葉》敘述一對青梅竹馬的戀人，由於兩家父親後來因爲追逐榮耀與財富而交惡，他們認爲不斷增加財富就能擴大自己的名譽，所以不惜一切代價打官司，結果弄得兩敗俱傷。而這一對年輕人無視於名譽與財富，他們因貧窮而不被市民世界所接受。在認爲看不到有光明的前途，無路可走喪失志氣的狀況下，爲了他們的愛情，只有離開這個世界。

《嬌紅記》敘述才子申純與佳人嬌娘的悲劇。申純與王嬌娘相愛，在封建禮教的壓迫之下，婚事屢受阻礙。兩人鍥而不捨的努力與等待，終於申純科考及第，取得功名之後，王父才改變初衷，應允兩人的婚事。奈何好事多磨，中途殺出個程咬金，權傾一時的帥節鎮爲其子說親，欲娶王嬌娘，王通判迫於豪帥的權勢而毀婚。嬌娘不從，抑鬱成疾而死，申純聞訊亦以自縊、絕食隨嬌娘而亡。

這兩部作品的創作皆與時代息息相關。凱勒創作的塞特維拉人的故事是在 1848 年大革命之後，當時正是歐洲各國工業化開始的時候，資本主義的思想漸漸滲入閉塞的農村，市民階級意識抬頭，人們的觀念改變了，傾向於追逐榮耀與財富的累積。孟稱舜所處的時代，尚是封建禮教甚嚴、父權至上的社會。男女有別的觀念仍然存在，兒女的婚事仍然一成不變的是「父母之命，媒妁之言」，這觀念還是天經地義的。這兩部作品各有其一定的時代背景，東、西方兩位作家在此框架下，描寫纏綿悱惻的愛情和小市民的日常生活，從中去尋找詩意。

凱勒和孟稱舜這兩位東、西方作家的生活經歷、思想認識、藝術素養、個性特徵顯然不同（唯一相同的經歷是兩人曾經都擔任公職，後來辭官歸鄉，專心從事著述），但他們兩人在塑造形象、運用語言等方面雖然

都有其特色，然而卻不謀而合，他們作品的獨特風格在《村莊裡的羅密歐和茱麗葉》與《嬌紅記》所呈現的，幾經比較也有一些異同點。

　　兩部作品在意境的創造、氣氛的渲染和含蓄又濃烈的感情抒寫是雷同的。兩部作品有豐富的情節，結構嚴謹，伴隨著激烈緊張的矛盾衝突及其隨後的轉折。《村莊裡的羅密歐和茱麗葉》大約涵蓋 12 年，首先敘述兩個小孩在中間土地裡兩小無猜的嬉戲歡樂，及兩位農夫對那塊無主土地的企圖。接下來是兩位農夫爭執農地而訴訟、兩家的沉淪，農夫的打鬥及孩子們在河畔的再相遇。之後，這對情人在昔日父親們的田地上私會與黑色小提琴手不期而遇，沙利用石頭擊傷馬堤。最後是馬堤發瘋被送走。沙利和芙蓮馨共度美好的一天及兩人決定自願赴死。在這種平鋪直述的情節裡，卻蔓延著一種極其哀傷憂鬱的情緒。《嬌紅記》的主軸情節本是很單純的，與唐、宋時期同類的才子佳人悲歡離合的小說相比，敘事框架基本沒有變化，即男、女主角一見鍾情——賦詩傳情私下相許——遭遇挫折——團圓或分離的結局。但是與以前典型的才子佳人小說不同的是，《嬌紅記》的情節非常豐富，男、女主角從一見傾心到雙雙殉情而死，據統計經歷了 7 次別離，6 次重逢，離合次數之多，堪稱是以往同類題材的小說之冠。還有男、女主人翁一見鍾情之後，並不像以往作品中的才子佳人那樣急於結合，而是經過了彼此多次試情，明心、盟誓、分別、重逢後，才正式約會並私下結合。男、女主角愛情的波折也不同以往只受到家長的阻撓或是小人的破壞，而是既有家長的干預，又有婢女的破壞，妓女的求鞋節外生枝、女鬼的糾纏，還有豪帥之子的橫刀奪愛，更有男、女主角之間的誤會，使得小說的情節呈現激烈緊張的矛盾衝突，更使男、女主角的愛情一波三折。尤其是所有的阻力和誤會解除了，兩人的婚事被允許了，整個故事似乎可以喜劇收場了，卻冒出豪帥替子求婚，使得喜劇又變成不可避免的悲劇，這種情節的繁複轉折，波瀾跌宕，是以前同類題材的小說不曾有的。

　　語言的運用方面，凱勒的德語堪稱簡潔明快，他的語言樸素優美，善於用幽默的筆調刻劃人物，以質樸的語詞烘托景物氣氛、渲染氣氛，創造意境。比如以其清新可人的筆觸描寫小孩子玩遊戲，讓天真可愛的兒童

形象躍然於紙上。孟稱舜的用詞相當精鍊，其用字遣詞配合各個不同人物的身分，傳達出他們的思想，恰到好處地刻劃了各個人物的性格，將一個故事的內容層次井然地鋪陳出來。最讓人讚賞的是，他以優美的曲詞及通俗易懂的說白巧妙配合，營造出的悲劇氛圍，令讀者感受到全劇籠罩著哀淒、幽怨及無可奈何的感觸，將男、女主角爲愛而生、爲愛而喜、爲愛而悲、爲愛而死，至死不渝的濃烈眞摯情感傳達出來，爲這一對不幸的戀人坎坷的情路唏噓不已。

（三）作品情節比較

　　這兩部作品都是描述男、女愛情婚戀，因爲外在不利的因素，而讓男、女主角以「殉情」作爲故事的結局，在情節佈局方面有其異同點，可資比較。

　　《村莊裡的羅密歐和茱麗葉》中的沙利和芙蓮馨是從小一起長大的，雖然兩家的父親交惡後，沙利一家遷往城市，芙蓮馨一家仍留在農村而失去聯絡，但多年後，在某一天兩家不期而遇時，兩人還是立刻認出了彼此，他們重燃舊情，情節發展到後來看到毫無希望的前途，而雙雙投水自盡。在《嬌紅記》中的申純和嬌娘是表兄妹關係，兩人初識始於申純科考落第，到母舅家散心，才邂逅嬌娘；兩人一見鍾情，坎坷的情路一路走來峰迴路轉，高潮迭起，悲喜交錯。最後從喜劇變成悲劇時，深知結合無望，舟中泣別之後，嬌娘先抑鬱而死，申純聞之，遂自縊再絕食而亡。

　　《村莊裡的羅密歐和茱麗葉》中的沙利和芙蓮馨在久別重逢後，偷偷地約會。直到有一天被芙蓮馨的父親撞見了，而釀成了悲劇。《嬌紅記》裡的申純和嬌娘從一認識開始，兩人在交往的過程中，雖然也和沙利及芙蓮馨一樣要偷偷摸摸、避人耳目，卻要經過多次彼此試探，方能確定彼此的感情。從這裡可以看出東、西方的倫理道德差異。申純和嬌娘受倫理道德的束縛，在情路上，需要在互相試探與折磨的道路上徘徊，使兩人的愛情之路走得格外艱辛，進展緩慢。這恰恰是符合中國人的審美情趣。反觀沙利及芙蓮馨的愛則坦然、率性大膽，雖有阻力，他們仍然勇往直前。而申純和嬌娘的愛則含蓄內向，面對阻力，他們除了悲怨、哀嘆、暗自垂淚外，還得把幸福寄託在封建倫理道德的規範、父母之命及外在權威的恩賜

上。兩相比較下，應該是東、西方對人生態度持有不同的看法。「東、西人生態度的根本差異是價值取向和價值歸宿不同。中國古代人生態度以封建倫理道德為主要價值取向，以修煉完善的道德，錘煉符合封建倫理規範的人格為價值歸宿。而西方人文主義時期的價值取向是自由、勇敢、正義等，價值歸宿是個人的現世幸福。」⑰由此可理解沙利和芙蓮馨可以主動地私奔、結合，並且為了他們的愛情做出義無反顧的決定，而申純和王嬌娘則是被動地等待，把行為尺寸控制在道德允許的範圍內之原因。

《村莊裡的羅密歐和茱麗葉》故事場景是個山清水秀、環境優美的瑞士小城。但那裡的人民卻很貧窮，凱勒虛構這個在古語中是表示快樂的、充滿陽光的塞特維拉城，並把它描述成絕對不是一個以市民們的勤奮和責任感為基礎的小社會。原本一對青梅竹馬純潔的愛情，在閉塞的市民社會走向資本主義的過渡時期，人心迭變，市民社會狹隘的賺錢欲望下，演變成雙方的父親為了累積財富而交惡，而成為時代巨輪下的犧牲品，致使一段令人稱羨的愛情理想破滅。

《嬌紅記》故事裡的場景是處於封建主義的官宦之家。申、王兩家的家境類似，經過幾番曲折後，王父在申純金榜高中後，主動允婚，大有成全申純與嬌娘之意，所謂的法規已被置之度外。「但王父還是懾於豪帥權勢，不顧嬌娘誓死的反抗，將其改許給帥子。王父的出爾反爾，主要還是因為他的州通判之文職和申純及第的儒士的權勢不敵豪帥。究其實質，還是儒者與武夫的權勢、地位相差懸殊。因此，從本質上說，《嬌紅記》中才子佳人愛情悲劇的發生，與元代儒生的權勢和地位不敵武士有直接關係。」⑱這是《嬌紅記》由喜劇轉變為悲劇的箇中原因。

（四）人物形象比較

	《村莊裡的羅密歐和茱麗葉》	《嬌紅記》
女主角	芙蓮馨 16歲的時候，她已經出落成一位窈窕迷人的少女。在失志而變得暴躁的父親之虐待下，還必須小心拿捏，才能如願穿得體面整潔。當她家破人亡時，產生了一股強烈的自卑感，在沙利面前躲躲藏藏的。 在愛情裡，芙蓮馨是個悲觀的人，沒有勇氣和命運抗衡，她認為自己的愛情沒有好結果。所以當沙利說：「如果我們兩個同心協力且相親相愛的話，說不定我們可以挽救這場不幸啊！」她嘆氣道：「事情絕不會有好結果的。」尤其是當沙利擊倒她父親後，芙蓮馨確定他們的愛情沒有希望了。於是她說：「不，你走，趕快走！結束了，一切都結束了，我們不可能在一起了！」[19]	王嬌娘 是劇中最突出的人物。在中國傳統的封建制度下，男、女有別，在三從四德及從父、從夫、從子的緊箍咒下，王嬌娘執著地對抗封建禮教。在此，她被塑造成一個有「思考」的人物，對於戀愛、婚姻都有自己的看法。 首先她雖然與申純一見鍾情，但尚未能十分信任申純的感情，還是經過幾次相互試探後，兩人圍爐誓心，互表對彼此的情意，方確定這段感情。為了解除申純的疑慮，嬌娘甚至說出以「死」酬情的話，可見她對愛情的忠貞執著。 嬌娘對自己的婚姻嚴肅地思考並且清醒地選擇。她認為，「寧為卓文君之自求良偶，無學李易安之終託匪材」，並明確地提出了追求「同心子」（亦即旨趣相投的心上人）的戀愛觀，說出：「但得個同心子，死共穴，生同舍，便做連理共冢、共冢，我也心歡悅。」這樣的經典名句[20]。 後來抗婚不成，婚期臨近，她「抵死相拒，蓬頭垢面，以求退親」，以致絕食身亡。將一個對愛情矢志不渝的痴心女形象表露無遺。

	《村莊裡的羅密歐和茱麗葉》	《嬌紅記》
男主角	沙利 長成年輕力壯又英俊的沙利，已知道如何保護自己，至少在外表上他不允許自己遭受不良對待的。 他不明白自己的父親怎麼會是個沒有用的人，有時候他也會覺得丟臉，他為自己的獨立感到安慰，為自己端正的品格感到驕傲。 沙利也是個血氣方剛的年輕人，多年後和芙蓮馨重逢後，就一直想著她，再也離不開她，偷偷地跑去故鄉找她。不幸兩人的一次幽會被芙蓮馨的父親撞見，沙利未經過大腦思考，就半憂半怒地拿起石頭砸傷了芙蓮馨的父親，此一事件對兩個人的幸福間接造成了阻礙。	申純 申純的形象雖不如王嬌娘突出，但做為一個書生，他能走的路只有仕途一條。在第一次落第後，他去王家散心，與嬌娘一見傾心，便非卿不娶。 與嬌娘情同意合的申純對愛情婚姻的執著也有其膾炙人口的經典名句：「我不怕功名兩字無，只怕姻緣一世虛。[21]」這種具有重愛情輕功名的叛逆思想，和嬌娘叛逆禮教的精神在本質上是一致的。在嬌娘死後，申純並沒有聽從父母苦苦相勸，或被功名在望、榮華富貴、佳人相伴的錦繡前程所惑，毅然赴死。這也是他受到肯定的重要原因。申純與嬌娘這種同生共死的至情觀念，在封建與現代社會都有可能發生。 至於他與丁憐憐的交往，則與元代的儒生地位失勢有關[22]，申純在王通判拒婚後，步入煙花柳巷尋找情感寄託，在本劇裡間接造成悲劇（因丁憐憐與帥公子也認識）。至於又和飛紅調戲的情節是作者刻意塑造的形象，為求故事情節具有複雜化、戲劇化傾向，即在情節構設上表現出的戲劇性審美[23]。

	《村莊裡的羅密歐和茱麗葉》	《嬌紅記》
配角	黑色小提琴手 他的頭髮和沒修的鬍子、臉蛋和雙手都是黑漆的，因為他做補鍋的工作，還有協助燒炭和熬煮瀝青的工人，身上穿著一件髒兮兮的黑色罩衫，又戴一頂黑色小氈帽。如果當地農民或人家舉行慶典的時候，他也會帶著小提琴去助興，好好地賺外快。 他原是那塊無主土地的後代，因為沒受洗證明書可證明繼承權。他雖向曼茨和馬堤求助，請兩人高抬貴手，助他一臂之力，由於得不到奧援，他憎恨他們，將怨恨轉移至其無辜的兒女。 當他得知沙利和芙蓮馨不幸的愛情時，他夾帶報復想要誘拐這對戀人也成為流浪漢。	飛紅 她身兼兩個名份，一為老爺侍妾（劇中王母去世，她的侍妾地位有可能提升），一為小姐婢女，年齡應與嬌娘相仿。由於身分特殊，造成她行為上的矛盾。她嫉妒申、嬌的戀情，當嬌娘鄙視她，激起她的反抗意識，她趁機報復，故意帶王夫人去花園揭穿兩人的私情，導致申純被逐。她爭取到自己的尊嚴，嬌娘理屈，轉而與飛紅和好。 飛紅自信坦率，私下也心儀申純，與他以言語調笑，當她的愛慕引起嬌娘的懷疑，乾脆與申純玩起撲蝶遊戲，離間兩人，使嬌娘對申純誤會更深：「君偶遺鞋，飛紅得之；飛紅遺詞，君且得之……」，[24] 對嬌娘的搶白之詞懷恨在心，向老爺告狀，將申純逐出王家。這種勇於抗爭，大膽爭取獨立人格的行為，似乎有一絲啟蒙主義的意味。 她在嬌娘後來刻意的討好之下，本性善良的她便順勢成全兩人。在申、嬌結合破滅時，她開導嬌娘，從一席「留得青山在，不怕沒柴燒」的話，更可看出她對社會現實的認知，善於妥協，最終還是回復到封建倫理道德的理性軌道上。孟稱舜的確不遺餘力生動地刻劃形塑「飛紅」這個角色[25]。

	《村莊裡的羅密歐和茱麗葉》	《嬌紅記》
男、女方的父親	沙利的父親曼茨和芙蓮馨的父親馬堤是瘦骨嶙峋、年紀約莫40歲上下的男子,工作的時候非常勤勞和認真。在地區委員會為了那塊無主土地來拜訪他們之後,他們付給官員租金時,兩人都打算編織美麗的謊言,好讓黑色小提琴手無法繼承這一塊土地,如此一來他們便能將土地據為己有。曼茨為這件事想到藉口,而馬堤附和他的意見。從那時起,兩位農夫心照不宣地每年都犁走中間的一塊地。兩人都瞧見對方的做法,但裝作視而不見,故意忽略對方非法的行徑。 當中間的土地在拍賣會上賣給了曼茨後,兩人立刻起衝突,曼茨認為馬堤要歸還偷走的土地,馬堤當然不願意。兩人的和諧關係破裂了。貪婪所引起的爭執令兩位農夫彼此憎恨。後來曼茨搬到城裡,兩人的爭吵仍然沒有停止。馬堤認為曼茨當酒店老闆,生活一定過得比他好,而他卻不公平地待在破爛的農村裡。殊不知社會的變遷、資本主義的入侵,讓人陷入窘境,曼茨接手的酒店瀕臨破產,他和太太又不善經營,無法使酒店起死回生。留在村子裡的馬堤感到無聊,不再到田裡工作,讓田地荒蕪,最後失去	對嬌娘父親的評價一般都是負面的。很明顯的,他是釀成悲劇的元兇。首先他看到申純考取功名了而允婚,但當豪帥為子求親時,他懼怕豪門權勢,悔婚又無視女兒激烈的抗議。最後,當一對戀人雙雙以死殉情時,他後悔了,讓兩人合葬,也表現了他引咎自責的沉痛。他的嫌貧愛富、不守信義雖然是造成悲劇的原因之一,但另外一個隱而不見的兇手是封建特權。 申純的父親在此故事的角色並未十分明顯。只有幾次以家書將申純召回,寥寥幾筆帶過。

	《村莊裡的羅密歐和茱麗葉》	《嬌紅記》
男、女方的父親	大部分的土地，僅剩一小塊田地而已。當兩個男人同樣想到捕魚副業時，一次不期而遇，他們開始咒罵彼此，扭打成一團，因爲每個人都害怕自己生活的窘境被對方看到。馬堤無法壓抑憤怒的情緒，甚至打算要到城裡去控告曼茨，但不幸地，由於一場意外，被沙利用石頭擊昏，變成笨蛋，被送進瘋人院。一對戀人的悲劇由此開始，芙蓮馨被迫離開，沙利趕來見一面，兩人看不到將來，於是選擇自殺，他們乘著船離開，從幽暗中往下落入冰冷的潮流。	

（五）寫作手法比較

這兩部東、西方描寫青年男女婚戀題材的作品，在敘事框架基本上沒有變化，原則上循著一定的軌跡運作，(1) 對於男、女主角如何認識的模式，不外乎經由別人的媒介，或偶然的邂逅即一見鍾情，或者原本就是青梅竹馬一起成長的。(2) 交往的方式無非是詩賦傳情（屬中國鴛鴦蝴蝶派）、書信往還，或私下會面。(3) 等感情穩固了，非卿不娶，非君不嫁的誓盟之下，明知雙方家長不和或囿於現實利益，即私下結合定終身。(4) 當遭遇挫折時，或有抗爭、或有屈服，到找不出兩全其美的解決方法，則結局成爲上焉者有皆大歡喜，以團圓收場（喜劇），次者勞燕分飛的相隔兩地，再下下者就是玉石俱焚的殉情（悲劇）。敘述方式部分，德文及中文的作品皆使用直敘法，直接由第三人稱旁觀者的立場寫故事。

「語言」用於塑造人物的性格及思想，我們看到德語作品裡的男、女主角談及感情較坦白及豪放，申純及嬌娘的談情則較含蓄、內斂、沉著，

這應是源於東、西方禮教文化的不同，但是兩部作品對男、女主角之間的愛情充滿詩意的描寫，德語的清新動人及簡潔的語調，和漢語詞句的優美動人是一樣的。透過語言可一目了然窺其不同角色的思想，兩部作品皆尖銳地批判社會，德語作品批判工業資本主義及市民社會；中文作品本批判封建社會的道德禮教。

「隱喻」和「象徵」是寫作手法最常用的方式，它在情節裡有畫龍點睛的作用，可將意不在言中的具體事實和意義表達出來。《村莊裡的羅密歐和茱麗葉》運用了一些象徵來暗示這對戀人的悲慘命運。舉例如下：

石頭：兩位農夫耕田時，把在地上撿起的無用石頭不約而同地都丟到中間那塊荒蕪無主的田地，日積月累的，石頭形成一座小山脊，這座小山脊把沙利和芙蓮馨分開，他們每年收成時就在這小山脊上相逢。沙利意外地用石頭砸傷馬堤，更迅速地把兩人推往悲慘的結局。

荒廢的田地：實際上這塊荒地屬於黑色小提琴手所有。對孩子們而言是遊戲的天堂，也是兩位農夫交惡的肇端。對情侶而言是約會的好地方，以及後來馬堤被砸成笨蛋的地方。由於曼茨和馬堤起了貪婪之心，他們拒絕幫助黑色小提琴手，兩人還侵占他的土地，因此黑色小提琴手欲誘拐這對情人沉淪，充當流浪漢，兩人幾次與言談舉止怪異的黑色小提琴手不期而遇時，他也象徵了預告沙利和芙蓮馨悲劇結果的死神。

河流：流貫塞特維拉的河流是死亡的象徵，因為曼茨和馬堤要去捕魚時，兩人在橋上大打出手，而這一對情侶在河流中尋死。

《嬌紅記》裡的象徵，應該是嬌娘幾次出自口中的「死」字，她悲壯慘烈的愛情誓言，在整個故事中出現四次並貫穿首尾，第一次是兩人圍爐誓心時，第二次是離別重逢後，申純對深夜在嬌娘房間約會猶疑不決時，第三次是王父毀婚，嬌娘抑鬱成疾，兩人淚眼相對時，第四次是兩人最後於舟中生死訣別時。嬌娘以「死」當愛情誓言，象徵青年男女衝破封建禮教的束縛，義無反顧地追求自由幸福，也表達了他們的勇氣和決心，同時也將小說的悲劇氣氛推向高峰。

結　論

　　西方的《羅密歐和茱麗葉》和東方的《梁祝》、《嬌紅記》等悲劇作品，早已成為男、女殉情的專有代名詞。像這類型的愛情悲劇故事，從古至今一直都是最吸引人的題材。申純與嬌娘的婚事受阻，兩人卻不能（或許也沒想到）像司馬相如和卓文君私奔而去。嬌娘雖有像卓文君一樣自擇良緣的意識覺醒，但遇到阻礙卻束手無策，還是陷在恪守封建禮教的框框裡，以「死」抗議。反觀沙利和芙蓮馨在自覺無望時，欣然以「死」殉情。追究此不同點，仍在於東、西文化的差異吧！

　　中國的殉情悲劇作品往往在故事結尾時，運用了一種浪漫的處理，如申純與嬌娘原本是「瑤池上的金童玉女，因為思凡，謫罰下界，歷盡人間相思之苦」，所以化為鴛鴦嬉戲於塚上。類似此的則有《梁祝》化為蝴蝶。加上這個有補償作用及移情效果的結尾，為的恐怕是彌補讀者的惆悵之情吧！西方的殉情作品較少有這類畫蛇添足之作。德國中古世紀的作家斯特拉斯堡的哥特佛利德（Gottfried von Straßburg，約 1170 年至 1220 年）唯一的一部史詩《特里斯坦和伊索爾德》（Tristan und Isolde）㉖，取材於凱爾特族人（Kelten）的傳說。故事的結尾也是相愛的戀人因情而傷逝，兩人被葬在一個小教堂的兩側，在他們的墳墓上分別長出一株玫瑰和一株葡萄，兩顆植物的枝蔓永遠交織在一起，象徵他們的愛情永恆。這種結尾可說是異曲同工吧！

註　釋

① 史篤姆的《Immensee》，早期大陸及臺灣皆有譯本。

大陸的譯本如下（共有 6 種不同譯本及譯名）

載之盎（1916 年 9 月）：《隱媚湖》，刊於《留美學生季刊》3 卷 3 期。

郭沫若、錢君胥譯（1921）：《茵夢湖》，上海泰東圖書局出版。

唐性天譯（1922）：《意門湖》，上海商務印書館。

朱偰譯（1927）：《漪溟湖》，上海開明書局。

梁遇春譯（1940）：《青春》，上海北新書局。

巴金譯（1943）：《蜂湖》，收錄在《遲開的薔薇》一書中，桂林文化出版社。

由以上統計共有 6 種譯名。另外《Immensee》在 30 年代至少還有張友松（1930）北新書局、孫錫鴻（1932）寒微社、王翔（1933）世界書局、施瑛（1936）啓明書局等四部重譯，卻不約而同地取郭沫若書名《茵夢湖》。

以上資料見魏茂平：《茵夢湖》在中國的譯介和浪漫主義的勝利〉，刊載於《中國比較文學》，2002 年第 2 期。

臺灣的譯本，書名全爲《茵夢湖》，計有：

呂津惠譯（1961）：《茵夢湖》，大眾書局，此版本從英文轉譯。

盧輝玉譯（1967）：《茵夢湖》，臺灣各大書局，此版本直接從德文翻譯。

陳文德譯（1970）：《茵夢湖》，臺南北一出版社。

陳雙鈞譯（1971）：《茵夢湖》，正文書局。

尙適譯（1972）：《茵夢湖》，義士書局。

② Theodor Storm: Immensee, München Wilhelm Goldmann Verlag, 1985, S. 29.

③ a.a.o.S.34.

④ 沈從文：《邊城》，臺灣商務印書館，臺北，2004年，初版11刷，第74頁。

⑤ 同上，第 95 頁。

⑥ 同上，第 134 頁。

⑦ Theodor Storm: Immensee, München Wilhelm Goldmann Verlag, 1985, S. 33.

⑧ 沈從文：《邊城》，臺灣商務印書館，臺北，2004 年，初版 11 刷，第 6-8 頁。

⑨ 沈從文：《邊城》，臺灣商務印書館，臺北，2004 年，初版 11 刷，第 131 頁。

⑩ 《邊城》的人物描述，非常仔細並寫實，見《邊城》第 11、13、24、25、26 頁。在《茵夢湖》描述人物不若《邊城》仔細，但可由全本小說串連，得知各個人物形象。

⑪ 見王豪傑：《農村裡的羅密歐與茱麗葉》，文化大學德研所碩士論文，2005 年，第 8 頁。

⑫ 見任衛東、劉慧儒、范大燦：《德國文學史》，譯林出版社，南京，2007 年，第 485 頁。

⑬ 王永恩：〈孟稱舜的語言、曲風論〉，中國戲曲學院學報，第 24 卷第 4 期，2003 年 11 月，第 81-89 頁。

⑭ 參見賴麗琇：《德國文化史》，臺北，中央出版社，2002 年，第 109、145-146 頁。

參 見 Gerhard Hellwig: Daten der deutschen Geschichte – Politik und Kultur in Deutschland, Österreich, und in der Schweiz. München: Wilhelm Goldman 1977, S.364.

⑮ 參 見 Jürgen Hein: Gottfried Keller, „Romeo und Julia auf dem Dorfe" Erläuterungen und Dokumente. Stuttgart: Philipp Reclam jun 197, S.23-25.

⑯ 翟麗娟：〈試論清代戲曲、小說對孟稱舜傳奇《嬌紅記》的接受〉，陝西廣播電視大學學報，2008-12-15 第 10 卷第 4 期，第 45 頁。

⑰ 尚丹：〈《羅密歐和茱麗葉》與《嬌紅記》比較研究〉，晉東南師範專科學校學報，2001 年 6 月，第 18 卷第 2 期，第 64 頁。

⑱ 王穎：〈《嬌紅記》的美學特徵及文化探源〉，瀋陽師範大學學報（社會科學版），2006 年第 2 期第 30 卷，第 69 頁。

⑲ Keller, Gottfried: Romeo und Julia auf dem Dorfe, Stuttgart: Philipp Reclam jun.1987, S.89.

⑳ 《節義鴛鴦塚嬌紅記》（上冊），第 12-13 頁。

㉑ 《節義鴛鴦塚嬌紅記》（下冊），第 31 頁。

㉒ 王穎：〈《嬌紅記》的美學特徵及文化探源〉，瀋陽師範大學學報（社會科學版），2006 年第 2 期第 30 卷，第 69 頁。

㉓ 王穎：〈從《嬌紅記》的審美傾向看元代戲曲對小說的影響〉，宜春學院學

報（社會科學），第 28 卷第 1 期，2006 年 2 月，第 58-60 頁。

㉔《節義鴛鴦塚嬌紅記》（下冊），第 19 頁。

㉕ 飛紅的角色，引起眾多的研究與討論，見：

陳鯉群：〈論孟稱舜作品的女性形象──以《嬌紅記》為例〉，女性文學研究專題，2008.4. 第 97 頁。

翟麗娟：〈試論清代戲曲、小說對孟稱舜傳奇《嬌紅記》的接受〉，陝西廣播電視大學學報，2008-12-15，第 10 卷第 4 期，第 45-48 頁。

㉖ 見第 I 章〈中古世紀德國騎士文學〉，第 10-11 頁及第Ⅶ章〈華格納及其樂劇裡的現實與浪漫〉，第 147-148 頁。

「藝術」與「生活」
——湯瑪士・曼作品之主題

Lübeck

Hamburg   Schwerin

Bremen

Hannover   ★ Berlin

Münster   Magdeburg

Düsseldorf   Leipzig

Kassel   Dresden

Köln   Weimar

Bonn

Frankfurt (Main)

Heidelberg   Nürnberg

Stuttgart

Tübingen

Freiburg   München

Füssen

前　言

　　榮獲 1929 年諾貝爾文學獎的
湯 瑪 士 ‧ 曼（Thomas Mann，
1875 年至 1955 年）是一位德國
20 世紀前半段最具代表意義的作家
之一。在他無數的短篇和長篇小說
中，他毫不容情地批評並諷刺介於
「藝術」與「生活」之間的對立問
題。

　　湯瑪士 ‧ 曼在他早期作品的
中心主題裡，業已提出了介於「藝
術」與「生活」之間的存在問題
了。而我們一目了然的看出這位作
家早已有愛好描述一些特異及畸零

▲湯瑪士‧曼

之人的命運傾向，因為他所塑造的角色們大致都在身體上具有一種明顯或
隱祕的缺陷，他們如不是患有精神病，就是在生理上是半殘廢的，而又都
是與現實生活隔離疏遠或者是刻意保持著一段距離。他們是如此地羸弱到
以至於一和現實生活接觸時，便沒有足夠的力量來對付生活。但是為了要
設法彌補這悲傷的感覺，他們最喜歡以藝術來證明他們尚有能力。例如在
孤獨感中他們尋找音樂和文學的享受以得到慰藉，因此之故，這些悲劇形
象在湯瑪士 ‧ 曼的作品中被看成是一種「藝術家」的特徵。而他們如遇
到充滿活力與生機的「現實生活」時，相對之下則感到陌生害怕，如果他
們真的與現實生活面對面時或者是被「生活」所逼迫時，則嚇得不知所措
無地自容。湯瑪士 ‧ 曼早期所寫心理小說結局中，常常會出現無法預料
的高潮——自殺或死亡。

　　湯瑪士 ‧ 曼的小說人物最常見的是一些作家、藝術家和藝術的業餘
愛好者。這些人在正常的社會生活中的存在問題，形成了湯瑪士 ‧ 曼作
品中的主題。本文將以湯瑪士 ‧ 曼的早期短篇小說〈小佛立得曼先生〉

為例①，逐一詳加分析被湯瑪士・曼所認為的介於「藝術」與「生活」之間的矛盾，以及主角走向毀滅的心理過程。

● 一 湯瑪士・曼對於存在於「藝術」與「生活」間之爭執的看法

　　在他的早期小說和短篇敘述作品中之主題便是「藝術」與「生活」之矛盾。所謂的小說，經由歌德所釐定的小說定義中，有一句為「小說乃是敘述一件已經發生而又是非常罕見的意外事變」②。而遭遇到意外事變的那些人當中，部分有些是藝術家，有一些是徘徊於「藝術」與「生活」之交叉點而不知何去何從的人。湯瑪士・曼自己本身即是一個最好的典型例子。「藝術家」這三個字對湯瑪士・曼來說，是特別具有另一種廣泛的含意存在。除了一些真正是以藝術為職業的人之外，那些形單影隻的、被社會所遺棄的、受苦受難和頹廢不振的人對湯瑪士・曼來說，也是一種典型的藝術家。在他的早期小說及一些短篇敘述作品裡，經常是一些奇形怪狀及有怪癖之人，如〈小佛立得曼先生〉中的佛立得曼，〈特里斯坦〉中的斯賓那爾・諜特勒。

　　湯瑪士・曼常常一再不厭其煩地強調，他的所有作品完全是他本人親身的體驗，因此可以說作家個人的主要癥結問題是直接透過他自己的生活經驗而產生出來的，因為在湯瑪士・曼自己的生活裡，很早就有個介於「精神」與「生活」之爭端存在著。湯瑪士・曼的父親是一位不苟言笑、受過教育，十分嚴肅和凡事喜歡有秩序一板一眼的人，相反的，母親是一位旅居巴西的德裔人士，心地善良熱情、非常容易神經過敏和愛好音樂，得自母親的遺傳，湯瑪士・曼的性格也有柔弱纖細易敏感的一面。心理學家佛洛伊德（Sigmund Freud，1856 年至 1939 年）根據以上所提這兩種得自父母不同個性的遺傳，作為患有官能之精神病者的例子。如佛洛伊德在他的著作《奧提帕斯情叢》（Ödipus-Komplex），即通稱的「戀母情結」裡所嘗試證明的一樣，就是這小男孩一方面毫無保留地傾向並依戀母親，同時另一方面拒絕接近父親，而在他的下意識裡隱隱約約對父親存在著「恨」與「死亡的願望」。而由這種「戀母情結」的傾向，遂在個人的下意識裡，產生了一種所謂的「情緒矛盾行為」，即「雙重人格」，

因為這小男孩一方面對父親表現出嫉妒與驚嘆，而同時另一方面又希望自己也能夠像父親一樣。佛洛伊德用這種「情緒矛盾」的定義來解釋為何對一件同樣具體的事務卻能產生出兩種極端水火不相容的感觸之看法。由以上之探討可以看出湯瑪士·曼把個人的介於「藝術」與「生活」的雙重人格感受，投影於他所塑造的藝術家身上。

「精神」與「生活」兩者之關係一再被湯瑪士·曼當作主題，並在他的全部作品裡加以討論，因為這也正是十九世紀所存在的問題。亞瑟·叔本華（Arthur Schopenhauer）③和佛利德利希·尼采（Friedrich Nietzsche）④也都從事於此問題的探討。眾所周知，湯瑪士·曼深受叔本華、尼采的懷疑主義，和理查·華格納（Richard Wagner）⑤的羅曼蒂克風格影響，這三位19世紀在德國文史哲學音樂界占有一席重要地位，並影響後代至深的偉人是他的導師。湯瑪士·曼已經在他的早期作品裡涵蘊了他自己深刻的「生活哲學」思想。他把「精神」與「生活」刻意的對立起來，因為「精神對他來講只是一個『生活』的假冒形式，是一種減輕生命活力痛苦的象徵。所以藝術家們是完全不適合於生活（生命），因而變成對生活沒有能力的人；他們（指藝術家）本身都具有一些明顯的或隱祕的瑕疵。」⑥所以在這些湯瑪士·曼所塑造的藝術家人物形象裡，踏進了介於「感覺」與「生活」上的分歧，亦即「藝術」與「生活」必須分開，因此藝術家們覺察到自己遭受了「無意義的生活」的煎熬與痛苦，並引發他們自我懷疑之態度。所以「藝術」與「病症」這兩種主題在湯瑪士·曼的作品常常緊密地聯繫在一起。

早期的小說在關於病症的處理方面，係以一系列患有精神或生理疾病的人為主角，他們必須以一己軟弱的力量與殘酷的現實生活周旋到底，最後終於逃不過命運的安排而趨於墮落毀滅。那些早期小說中的主角共同的特性是「軟弱無助的，他們的個性是易受震撼的、異常敏感的，而對自我的價值感到迷惘惶惑的頹廢者。」⑦基於這種病情，使這些人的情緒轉變為消極、悲觀，並有棄世之思想與自卑感。而湯瑪士·曼卻也塑造一些普通、具有生命活力及平凡的市民人物來當作「精神」的對手。在他早期的作品裡有一種基本的意向，即：一位奇特的人與他所生活的社會之間

的關係應該明確地被指示出來。「社會」一詞毫無疑問的是一種正常的人所能夠承受而生活的地方。這些代表社會的正常人是一些具有生活能力的人，因而小說裡面那些奇特怪異之人與「正常市民」之代表者間存在的問題或關係，馬上可以被區分出來，亦即「生活」的代表者，與「精神」的代表者之間持有敵對的態度。湯瑪士・曼的介於「精神」與「生活」之思想有一些觀念是與尼采不謀而合的，「從『精神』與『生活』的時代典型之對立觀點來講，湯瑪士・曼多多少少繼承了尼采的遺產，在他的作品中，很容易用一目了然的圖解方式把它的對比呈列出來，即『生活』與『精神』這兩樣正反性常可由其他類似而被加以整理並詳細分類的敵對性來代替，例如市民與藝術的對立、健康與疾病的對立、幸福與苦難的對立、滿足與渴望的對立、行動與消極的對立、團體與孤獨的對立。」⑧湯瑪士・曼在他的作品中適當地應用了這些對比性。

　　湯瑪士・曼的藝術家皆是受盡煎熬困苦的，他們都是一些明知自己受了傷害，但卻無力反抗的人，藝術家與社會的隔離，及個人內在意識的追索，在他的長篇小說及短篇敘述作品有曲折及動人心弦的刻劃，主角們的性格是以一種幾乎不為人所察覺又毫無裂痕的心理過程被巧妙生動地塑造出來。從意外事變的產生可以窺視悲劇的內幕。因為「毀滅動機」常是湯瑪士・曼的作品主題，所以其每一作品之最高潮皆以「死亡」的極限境遇為它的中心點。

　　湯瑪士・曼於1898年出版第一部小說集《小佛立得曼先生》，在這部早期的短篇小說中，他蓄意地把主人翁──佛立得曼塑造成為他心目中所謂的「藝術家」，並把佛立得曼的對手，美麗冷艷的葛妲塑造成為象徵著「生活」的形象。在此「藝術」與「生活」對立，當「藝術」感到缺乏「生活」而嘗試與「生活」取得協調時，卻遭遇「生活」冷漠的拒絕，而使得它終於崩潰。本文下節將逐一探討及分析「藝術」與「生活」相遇及接觸的微妙過程。

⚫ 〈小佛立得曼先生〉一文之內容及評析

　　這是一篇關於殘廢者──約翰那斯・佛立得曼的悲慘生活故事，他用盡全力嘗試去接受他的命運，卻徹底失敗了。當小約翰那斯出生前，其

父已經去世了，因為酗酒的乳母不小心，而使得只有一個月大的約翰那斯掉到地板上。這一刻起就已經在他的生命裡種下了不幸的因素，他得了腦震盪，不久他的胸部就畸形的生長，可說是殘廢了，因此大家就稱呼他為小佛立得曼先生。從小他就是個拘謹、孤單、害羞的孩子，喜歡獨自坐在核桃樹的陰影下，與其母親及三位年長而一直沒結婚的姊姊度過平靜的童年。因為他的身體有缺陷，故不能打入其同學們的圈子裡，所以他與其同齡朋友們之友誼幾乎乏善可陳。他早已意識到了對於自己被「社會」所摒棄而產生的孤立感，這點當他稍年長，在 16 歲的時候，忽然間對一位與他同齡的少女感到興趣，可是每當他見到她時，卻感到一種非常罕有的不安定感，他只覺得憂傷不快樂。一天，當他偶然看見這位少女與一位他也很熟悉的朋友接吻時，他感到失望到極點，他的雙手不停地顫抖著，他的心沉重的絞痛著，此時他立刻瞭解到「愛情」對其他的人來講是所謂的幸福與歡樂，但對他來講卻只是意味著憂傷與痛苦，從這一剎那起，他痛苦地下定決心，決定不要再為這種事情而煩惱。他為了要求得自己心靈上的平靜，決心放棄對愛情的追求。並對自己的命運處之於聽天由命的態度。

「『好吧』，他對自己說，『這已經結束了，我決心永不再為這事而煩惱傷神，別人從它那兒得到的是幸福與快樂，而帶給我的卻只是憂傷與痛苦，我已經不再參與這種事了，這種事對我已經成定局了，絕不。──』」[9]

從他自我認知的「決定放棄」已可看出他的特殊性格，自從經歷這件事情之後，他避免了接近女人，但是他卻沒有迴避對「生活」的熱愛，相反的，他愛「生活」。花之芬芳或鳥之鳴唱，公園清幽之景致皆能使他感到快樂，而他知道他擁有這些，這是個美麗的世界，因此他有繼續活下去的願望。雖然他下定決心拒絕接受女人的「愛」，但卻不失其對「生活」的愛意，因此「這種謝絕推卻反而鞏固了他的自覺意識，鞏固了他在生活的特別地位，而這種屬於美學式的誘惑力是他自己知道可以感受並且享受到的。」[10]當他 21 歲時，在其母久病後去世時，他第一次體會到極度的悲痛，同時也享受到這種極大的痛苦所帶給他的震顫與感觸，並且坦然地接受了。

因為他熱愛大自然，喜愛文學、音樂和歌劇，閒暇時也拉小提琴自

娛，所以他是充分地在享受他的人生。他可以透過這些嗜好而得到慰藉，
並且在這些屬於藝術性的享受時感到無比興奮，他的全身就又開始顫抖起
來。凡是一齣音樂劇裡美妙溫柔的旋律，柔和的音調或者是一齣悲劇的結
局，都可以使得小佛立得曼先生的身體顫抖起來。他嘗試去瞭解並領悟他
的生命在這世界上是有意義的，並且也是具有價值而又值得他再繼續活下
去。他過的是一種精神上充滿活力的生活，所以可以稱他是一位享樂派
者。而那些同情佛立得曼先生的人並不知道他的本性，不知他是一位心靈
上快樂的人，不知他活在自己所刻意安排而含有美學式的，且又是質樸恬
淡的田園式生活裡。我們從這一觀點來審視佛立得曼，可以說他是一位有
意志力的人，「毫無疑問，佛立得曼是一位深具意志力的人，他意欲享受
就是有生活的意願存在，他對生活意欲的要求是不會超過幸福意欲的奢
求，而那種幸福剛好是他自己側面從別的事所取得的，而這種別的事，正
好是存於一種在生活上具有美學誘惑力的完全『感性』享受，和完全具有
『感觸和情緒』式的享受之間。還有那種他所感受到的痛苦也是很特殊
的，那就是一種並不存在經驗中，而卻存在於一種不確定性的渴望、希望
及感覺上的享受中，而這也就是佛立得曼被作者從旁冠以享樂者之名的原
因。」⑪

　　佛立得曼的生活是一成不變的，直到 30 歲時，他還是住在一座小城
市裡，他擁有一間小商店。在他 30 歲生日時，那天晴空萬里，佛立得曼
又有勇氣繼續活下去，而他也對自己目前的生活感到滿足，他為自己平靜
無波的生活慶幸；也許他還可以再繼續擁有一個寧靜祥和的生活，因此第
五章是如此結束的：

　　當他讓書本從膝蓋上滑落下來，抬頭凝視著蔚藍而有陽光照耀著的
天空，他對自己說道：『已經過了三十年了，現在也許還會再來一個十或
二十年，天知道，它們將靜悄悄地度過和逐漸依次消失，而我以寧靜的心
靈和滿足來盼望它。』⑫

　　他對生命的熱愛，使他對宿命的服從轉為對生命的兌現之認知和對生
命的瞭解。佛立得曼相信他平淡無奇的生活不會起變化。可是有一天，就
在他剛度過 30 歲生日時，一對夫婦搬到這小城來，而改變了他的生活。

新上任的市長夫人葛妲・封・凌玲根的出現，卻在佛立得曼靜如止水的生活裡帶來一道混亂的轉變，同時死亡的陰影也隨著葛妲的現身漸漸地向他逼進了。這位市長夫人的外貌是非常突出的，她有一頭濃密的金紅色頭髮，橢圓型臉的膚色卻是暗白色的，而在她的一雙幾乎要連接在一起的棕色的眼睛旁，散佈著藍色的眼影。作者在描寫葛妲時，常加以引用「淺的」此一形容詞，例如她穿著一件寬大的完全淺色的夾克，而裙子也同樣是淺色的。而在描寫佛立得曼時卻是用「深的」形容詞，比如佛立得曼的眼睛是深棕色的，他的裝扮是穿著深色的外套、戴深色的禮帽等等。如此把兩位主要角色用極對比的顏色來隱喻其各自的特徵，是湯瑪士・曼的一貫手法，他要他所塑造的角色們使用固定的口語、習慣性的動作，或者是利用身體上的特徵來刻劃區別，而每次當這些主角們出場時，他必用一種確定並存在的規則性來向讀者暗示，並使讀者留下深刻的印象。這就是所謂的「主導旋律」的技巧，很明顯的，湯瑪士・曼是直接取自華格納的音樂戲劇寫作方式。佛立得曼的對手——葛妲的外表是有點像所謂的被解放的婦女，她的行為是開放的，毫不受到拘束，也不忸怩作態，其談吐自如但言詞卻鋒利無比，她的這些特殊的氣質，卻使佛立得曼在第一次遇到她時，立即對她留下極深的印象。而佛立得曼平靜的心湖已被投下石塊，泛起漣漪而他自己並不知道。在一齣隆恩格林歌劇⑬公演時他們不期而遇，並且又無意間坐於相鄰之包廂。佛立得曼看到她時漸感不安，而當她的扇子不經意的掉在地上時，兩人同時俯身伸手去撿扇子時，他感覺到她胸前溫暖的熱氣使他心神蕩漾，他深覺這位婦人有股隱約向他暗示著可以重新與女人談戀愛的意味存在著。這時他久已熄滅的激烈熱情則慢慢地熾烈起來，可是她卻只以簡短而冷漠的「謝謝」回答他，掛在她嘴角上嘲諷似的微笑卻使他感到受了藐視侮辱，未待劇終他即不安地回家去。自此事後，佛立得曼與葛妲的面對面接觸更加頻繁，市長夫婦倆禮貌性的拜訪，而佛立得曼也必須做禮貌上的回謝，他自信的確清晰地看到葛妲臉上鄙視嘲笑他的表情，瞧不起他的微笑，這逐漸使得他感到自己在葛妲的周圍有股窘迫感的壓力存在著。他在這位具有冷漠美的女人面前開始感到害怕，雖然他害怕再看到她，但還是受不住她的蠱惑，她像一塊磁鐵般的吸

引著他，使他趨向於她，佛立得曼幾乎毫無理智地嘗試著去接近葛妲。

「非常罕見的意外事變」是發生在封‧凌玲根夫婦所舉辦的晚宴上，她讓他陪伴著到花園去散步，這時她以一種幾乎是近於瞭解並且非常溫柔的口氣問他，關於他如何罹致殘廢的原因和他的不幸與痛苦感受。這時周圍是寂靜無聲的，他們斷斷續續的談著，突然間他囁嚅地滑到她的膝蓋上，把頭埋在她的大腿間並且緊抓住她的手啜泣著對她敘述愛慕之意。她卻在這突如其來的轉變中以殘酷的笑聲回絕他，並且驕傲地、不屑地把這位殘廢者推到地上，然後凱旋式的離開了，當這位殘廢者被他所愛的女人所輕視及拒絕之後，他狂怒到了極點，此時他心中充滿了恨與怨，然後，突然間他對自己感到噁心，他失望地投進水裡溺斃了。

佛立得曼是一位殘廢者，從他出生時起就是一位遠離社會的外界人，與他同樣生存在社會上的正常人也對他投以同情的眼光並憐憫他。在自感低能劣等下，使得他對生活的誘惑力保持著一段距離，他必須痛苦地感覺到其他人一向就擁有幸福與快樂，而帶給他的卻只有憂傷與煩惱，為了要彌補這方面的損失，他訓練自己過一種精神上的生活，接受精神上和感官上的享受，透過他自己堅強的決定和對凡事準確的判斷性、空虛感，對藝術和劇院的愛好，他使自己的命運昇華了，他是活在一種他自己小心刻意經營建造的完美而有規則的美學式清靜之生活中，雖然他很孤獨，但卻對自己能夠適應想要的生活感到滿足和感覺自己沉浸於幸福中。可是真實生活的力量與誘惑力在基本上是更強於他自己的存在。其實他也是一位脆弱的人，身心兩方面皆脆弱地不堪一擊，更遑論要來克服這種真正所謂的一般現實生活的阻礙了，一待葛妲所化身的「真正生活」出現時，他就無力招架而逐漸墮落走下坡了。

葛妲象徵「生活」，被作者塑造為一種全然不同於佛立得曼的角色。佛立得曼活在生活的「陰暗面」，而相反的，葛妲則活在生活的「光明面」。佛立得曼所過的是一種純美學家的生活，他盡量享受生活的基本要素。他對自己拒絕一切新的事物，留在生活的陰暗角落，而這種他自己所虛構的生活一待葛妲出現時就被徹底的揭穿了。葛妲本身就是生活，她代表著強而有力的生活，因此可說生活出奇不意的突擊了佛立得曼，當他徒

勞無益的對驕傲、漂亮而又高不可攀的葛妲表達他熱烈的愛慕，並想從她那兒找尋他的愛情與幸福時，他是徹底的失敗了。

佛立得曼平靜的生活只維持了 30 年。他藉著藝術來維持他的最基本生活，並在精神與肉體上同時體會及享受加之於他的痛苦時，他顫抖了，並且覺得無比的自我滿足。當佛立得曼向葛妲示愛時，葛妲卻投以輕蔑的眼光並報之以冷酷無情的嘲笑，更使得他領悟出他是低人一等的，而感到這包圍在他身邊的真正生活是何等的殘忍、現實與無人性。他的恥辱感逐漸侵襲上來，加深了他的厭惡生活，他恨他自己，連帶的對自己也感到噁心。終於他萬念俱灰，不復對他所曾經認為及生存過的「生活」感到留念，只有自殺一途可以了斷一切，於是他自沉於水裡。

結　論

出生於呂北克（Lübeck）市民階級的湯瑪士・曼善於處理藝術家的「存在」問題。他的全部作品幾乎全是圍繞著藝術界和市民階級之間的相互關係，其主題和中心思想就是「藝術和市民立場絕對是水火不相容的敵對者。」[14]

在湯瑪士・曼的小說裡，正常的市民代表生活的原則，他們有生活的能力，強健而又有生活的意志，如果趨向於藝術與審美的生活，沉迷於音樂、戲劇等的享受，作滿足心靈的追求，逃避現實的生活（指致力於趨向婚姻幸福，職業成功等），那就要由衰微所取代了。而藝術家沉浸於存在哲學家所認為的審美生活中，他們代表毫無生活能力的人，與生活在普通世界的市民相比，則顯得軟弱無能，甚至步上了自毀或傾覆的命運。

湯瑪士・曼總是以藝術家與市民（指普通人）之間的敵對，精神與生活的衝突為主題，並且細膩地描述這些被他認為代表藝術、精神的人──那些患有精神病者，或者是身體殘障者，他們在人生旅途上與命運作生死鬥，面對惡劣環境的感傷與挫折，嚐到失敗的滋味或歷經死亡的威脅。在〈小佛立得曼先生〉中，湯瑪士・曼利用深入的表達力，把心理的狀態作最細微的表現，並且貫徹在整個情節裡。佛立得曼這位與社會隔閡的殘廢者，為了克服自己本身內在緊張不安的情緒、孤獨與空虛感，他

的下意識裡靜悄悄的興起了找尋「補償的願望」，他追求美學生活，致力於藝術、音樂、文學與戲劇等享受。佛立得曼對這種他小心建設的平靜生活感到相當滿意，他證明了他在逆境中能夠存在，並克服了環境，他是代表「藝術」。但他絕沒有料想到真實的生活環境和界限是如此的狹窄，要能夠在其中站穩腳步是何等的困難。活在生活陰影下的佛立得曼卻愛上了一位毫無人性、高不可攀而在社交界甚為活躍的女人，這位代表「生活」的女人卻無視於佛立得曼的存在，他明知企圖接近她要付出很大的代價，但卻抵擋不住這股強大的逆流，像飛蛾撲燈似的，佛立得曼顧不得一切，亦步亦趨地接近她，並且付出了生命，結束其短暫的一生。

　　「藝術」與「生活」的衝突和矛盾，是湯瑪士・曼的作品中不斷地提出的兩種對立主題。其實曼氏也致力於消除「藝術」與「生活」的對立，因為藝術缺乏生活，或生活無藝術，雙方皆蒙受其害。

註　釋

① 〈小佛利得曼先生〉（Der kleine Herr Friedemann）爲湯瑪士・曼完成於1897年，並於1898年由柏林費雪出版社出版。另尚有五篇短篇作品也搜集於此冊以《小佛立得曼先生》爲書名之創作集中。本文原著部分參考係閱讀《湯瑪士・曼短篇小說作品專輯》（Thomas Mann:Sämtliche Erzählungen. S. Fischer Verlag. Frankfurt am Main 1971. S. 60-82）此爲湯瑪士・曼第一本小說集。發表後佳評如潮，並引起文壇人士之注目，奠定其寫作生涯；此後並以曾在〈小佛立得曼先生〉中所率先提出的「生活」與「藝術」之矛盾爲體裁，繼續闡述其個人之觀點。其長篇小說《布登勃魯克家族》於1929年榮獲諾貝爾文學獎，亦以討論「生活」與「藝術」之矛盾爲主題。

② 歌德（Johann Wolfgang Goethe，1749年至1832年）係德國詩人、名劇作家、小說家。此小說定義爲歌德於1827年1月25日對其私人祕書艾克曼（Eckermann）提及，其於1809年完成之《Die Wahlverwandtschaften》才是一部眞正堪稱爲「小說」的作品。此句摘自Ivo Braak: Poetik in Stichworten. Verlag Ferdinand Hirt. Kiel 1969. S.217.

③ 叔本華（Arthur Schopenhauer，1788年至1860年），德國哲學家，所倡「悲觀論」頗能掌握當時在時代中迷失方向者的心情。其主要著作《意志與表象的世界》（Die Welt als Wille und Vorstellung）指出要解脫苦惱只有否定生命意志一途。

④ 尼采（Friedrich Nietzsche，1844年至1900年），德國大思想家、哲學家兼文學家。其觀點爲人生的基本原則是「求權力的意志」，這是各時代偉大人格的特性，根據此原則，把一切道德觀念重新估計。他極力讚揚「主人道德」並提倡「超人哲學」。其所著之《蘇魯之語錄》（Also sprach Zarathustra）對德國的人生觀和道德觀念發生了革命作用。

⑤ 華格納（Richard Wagner，1813年至1883年），德國音樂劇作家，融文學與音樂於一爐。他在音樂裡所創之「主導旋律」（Leitmotiv）後被轉用爲文學寫作之風格。如湯瑪士・曼喜在刻劃主角的性格上引用之，以加深讀者對主人翁之印象。其歌劇之主題常爲罪過、痛苦、解脫、愛與死亡。曼

受其影響甚深。

⑥ Claude David: Von Richard Wagner zu Bertolt Brecht, Eine Geschichte der neueren deutschen Literatur. Fischer Bücherei. Juni 1964. S.160.

⑦ C.A.M. Noble: Krankheit, Verbrechen und künstlerische Schaffen bei Thomas Mann (Phil. Diss.) Bern1970. S.86.

⑧ Bengt Algot Sorensen: Die symbolische Gestaltung in den Jugenderzählungen Thomas Manns. Orbis Litterarum XX. 1965. S.86.

⑨ Thomas Mann: Sämtliche Erzählungen. S. Fischer Verlag 1971. S.62.

⑩ Gerhard Kluge:Das Leitmotiv als Sinnträger in „Der kleine Herr Friedemann." In Schiller Jh. XI. 1967. S.487.

⑪ 同註⑩ S. 488.

⑫ 同註⑨ S.65.

⑬ 隆恩格林（Lohengrin）為華格納作於 1850 年之歌劇，取材自中古世紀流傳之「天鵝騎士」，主題為信心的考驗。

⑭ Grundwissen Deutsche Literatur S.56.

從戰爭的殘酷談「廢墟文學」
——以波歇爾特及波爾之作品爲例

前　言

　　二次世界大戰的浩劫，德國境內滿目瘡痍，生活艱難，有人在戰爭結束的 1945 年，將這到處是一片廢墟的景象視為「零點」，這意味著一切從零開始。一批大都有參戰經驗的青年作家，作品以戰後的現實為背景，描寫「戰爭」所帶來的嚴重後果，試圖從這個廢墟中尋求新的文學開端，故名「戰爭、歸鄉、廢墟」文學（Kriegs-, Heimkehrer- und Trümmerliteratur）。

　　1947 年由李斯特（Hans Werner Richter，1908 年至 1993 年）發起的四七文學社（Gruppe 47），參與者皆是作家與批評家，他們聚在一起閱讀和討論同一時代的文學佳作，這個團體每年的文學獎幾乎都頒給年輕的作家，有不少優秀的「戰爭、歸鄉、廢墟」文學的作品。其作品文字簡潔、風格樸實，雖然取材戰爭，但並不以鋪陳殘酷真實的戰爭場面為主，只輕描淡寫地點出戰爭所帶來的後遺症，有形的及無形的傷害，閱讀後帶給人們無比的震撼。戰爭的殺傷力無遠弗屆，警惕人們不要再度輕啓戰爭。

　　從外語教學的效益來看，選擇此類文學的作品，當以簡易、樸實的用詞，不複雜、繁瑣的語法及巧妙的敘述技巧為主要考量，這樣會比較適合德語學習者，既能欣賞原著作品，也能理解其中心思想，並體會作者的立意。

　　有關戰爭本身及戰爭的影響應是大家都可以理解的，因此本文選出兩位典型的廢墟文學作家——波歇爾特（Borchert）及波爾（Böll），從他們的作品中對戰爭的看法及如何控訴戰爭方面著眼。

● 作者簡介

（一）波歇爾特

　　沃爾夫岡·波歇爾特（Wolfgang Borchert）1921 年 5 月 20 日生於漢堡（Hamburg），父為教師，母為女作家。因為他的數學及外語成績實在太差了，在漢堡的高級實科中學只唸到七年級。在與父母激烈爭辯後，他很不情願地在一間書店當學徒，因為他的興趣是在藝術方面，並且他積

極想當演員。他祕密地投入演員格梅　林（Helmuth Gmelin，1891 年至 1959 年）門下，1941 年通過演員考試，並在呂涅堡（Lüneburg）短暫地當演員，因為他於同年被徵召入伍。

▲波歇爾特

對酷愛個人自由的波歇爾特而言，軍中生活無異於地獄，在曾是「希特勒少年團」的一員時，年輕的波歇爾特就強烈地表達過他反對「每一種受限於制服及做同樣的事」①。因為他必須生活在壓抑個人自由的專制時期裡，對於他的身心而言，無異於無止境的折磨，很多次他被納粹當作異議的政治犯而被關進監獄。1941 年從軍，赴東戰場作戰受傷，曾被懷疑其傷勢係自殘的結果，遂被關進紐倫堡（Nürnberg）的監獄，坐了 3 個月的牢後，旋即又因被控以發表「危害國家」的言論，以新的審理程序又坐了 4 個月牢，之後患病被送入醫院。前線生活及政治迫害已經使他身心大大地受創。1943 年秋因嚴重的黃疸病被遣離軍營，本來已經被除役了，卻又於 1944 年初被告密以發表「政治笑話」的理由重新被逮捕，並被判在柏林—莫阿比特（Berlin-Moabit）服刑 9 個月，在獄中因缺乏妥善的醫療照顧，健康大大地受損。原本被判死刑，但為了「防禦之目的」，旋即於 1944 年 9 月被送往東戰線參戰。1945 年初被捕入法蘭克福（Frankfurt am Main）的法國俘虜營，趁押解嫌犯時逃出來，後來又落入美軍手中，因他過去強烈地反希特勒的政治背景，被美軍釋放了，步行了 600 公里返回漢堡。

在經歷顛沛流離之後，他回到已被摧毀殆盡的故鄉，與一些志同道合的朋友成立了「喜劇」室內劇場，並在漢堡的一家小型歌舞劇場工作。雖然他的健康狀況越來越糟糕，他還是熱烈地投入藝術與文學的創作。1945 年罹患重症，依他的病情估計，頂多再活一年。1946 年整年涉留醫院，

後因朋友資助得於 1947 年 9 月底赴瑞士養病。1947 年 11 月 20 日逝世
於巴賽爾（Basel）的克拉拉醫院（Clara-Spital），得年 26 歲。直到他去
世的短短 2 年時間，他積極地寫作，在與死神的競賽下，他完成的作品
有集結成一冊的詩集《宮燈、夜和繁星》（Laterne, Nacht und Sterne）、
集結成冊的散文《蒲公英》（Die Hundeblume）、短篇故事集《這個星期
二》（An diesen Dienstag）及膾炙人口的劇本《門外》（Draußen vor der
Tür）。《門外》先以廣播劇寫成，1947 年 2 月 13 日透過收音機播出，轟
動德國，一時佳評如潮。波氏死後一天《門外》在漢堡劇場首度演出。

（二）波爾

　　1972 年舉世矚目的諾貝爾
文學獎頒給了海英利希・波爾
（Heinrich Böll）。在戰後德國文
學中，他是第一位被提及的作家，
也是最具代表意義的作家之一。他
於受獎時，致謝詞中有下面一段
話：「我是德國人，我擁有無須別
人頒發，也無須請求延長，給予證
明的德國人身分，並且以德文從事
寫作。作為這樣的一個人——一個
德國人，我為獲得這項重大的榮譽
感到欣喜」[2]。一般人都認為波爾
的獲獎是德國文學的價值與地位自
1945 年以來重新再被肯定。

▲波爾

　　1917 年 12 月 31 日波爾生於萊茵河畔的科隆（Köln）。父親是一位
篤信天主教的人像雕刻家和木匠。高中畢業以後，波爾在一家書店當學
徒，1938/1939 年服完一年的兵役之後，在大學裡攻讀了一學期的古文
學。1939 年夏天應徵入伍，親歷第二次世界大戰，先後轉戰法國、比利
時、蘇俄、羅馬尼亞與匈牙利，並身負四次重傷。1945 年從英國在比利
時的戰俘營獲釋，返回被砲火摧殘殆盡的科隆，首先在其兄經營的細木工

廠當助手，稍後也曾在一官署當職員，1951 年成為專業作家。1952 年以一篇敘述作品〈敗家子〉（Die schwarze Schafe）榮獲「四七文學社」所頒發的一千馬克獎金，自此奠定他在德國文學界的基礎。1953 年發表了一部有關婚姻的長篇小說《緘默的婚姻》（Und sagte kein einziges Wort）使得他聲名大噪，成為國內外知名的作家。

波爾是位敏感、富同情心並熱愛真理的人。戰後，他解甲歸鄉，回到破敗的家園，看到荒涼的景象，殘廢的歸鄉人，暗自飲泣的孀婦，流離失所的孤兒……，在戰後社會的處境，面對一個冷酷的環境，遭受異樣的眼光，有如「身外人」（Außenseiter），如何掙扎，如何以其飽受摧殘的身心面對生存的環境，目睹這一切變故，波爾憤而提筆批判這慘無人道的戰爭。早期所發表的作品，如 1949 年的《火車準時開出》（Der Zug war pünktlich），1950 年集結 25 個短篇故事的《徬徨者，你來到斯巴…》（Wanderer, kommst du nach Spa...）及 1951 年的《亞當，你在何處？》（Wo warst du, Adam?），皆控訴戰爭的殘酷與人性的墮落，堪稱為「戰爭、歸鄉、廢墟」文學的泰斗。

波爾是位孜孜不倦的作家，任何種類作品，舉凡短篇故事、散文、諷文、小說、評論、演說文、廣播劇，在德國均大受歡迎，並拍成電影。他的作品皆能與時代潮流密切配合。豐富的作品呈現多種面貌，主題涉及各層面。波爾的作品每一問世，皆如同棒喝，喚醒德國人正視當前的社會問題。1985 年 7 月 16 日這位感情豐富的道德家、人道主義者及真理的追求者病逝於科隆。

㊁ 對慘無人道的戰爭之批判

由於作者所處的年代適逢第二次世界大戰，他們兩人曾至東戰線參與德、蘇戰役。戰爭結束後，他們將親身的經歷投影在作品裡，作品大多描述戰爭及戰後情景，堪稱廢墟文學（Trümmerliteratur）之代表作家。閱讀這兩位作家的「廢墟作品」，就他們對戰爭的看法，可綜合為（一）「戰爭本身」和（二）「戰爭的影響」，分述如下：

（一）戰爭本身

1. 恐懼與憎恨戰爭

　　波歇爾特與波爾都不認同希特勒掀起的侵略戰爭，他們要控訴這場慘絕人寰的戰爭，當然不會波瀾壯闊地敘述戰爭場面的實景，也不會歌詠英勇事蹟，甚至迴避了戰爭的政治背景。戰爭的本質無非是你死我活，這是無庸置疑的；如果是基於愛國的理由，比如為了祖國，反抗壓迫，為了自由或一種理想的實現，那麼參戰者必會為了生和死而奮戰，會自願當兵，並盡自己的義務。不會喪失勇氣，也不會恐懼，因為他們不是儒夫。但希特勒點燃的這場戰爭，既無高尚的理想，又逐漸暴露其殘暴狠毒，這些身不由己被迫走進戰場的人，真不知為何而戰，何況好生惡死乃人之常情，尤其士兵臨上戰場更是。他們每向敵人邁進一步，就更進一步接近死亡，每發射一顆子彈，都要鼓起極大的勇氣，因為這種殘殺對他們是一種酷刑。子彈是不長眼睛的，每個人隨時都有可能被命中的機率，於是死亡的陰影自然迅速而濃密地籠罩在心頭，恐懼油然而生。波爾的作品《火車準時開出》裡的安德列亞斯（Andreas）、《亞當，你在何處？》裡的布列森（Bresen）及《徬徨者，你來到巴斯…》裡的一群士兵都是典型的例子。「我不要死」，他狂叫道，「我不要死」，但最可怕的卻是：我就要死了……在那一刹那③。安德列亞斯在擁擠骯髒的列車上，試想勾畫將來，他還這麼年輕，有好多已計劃要做，但卻還來不及做，而他自己此刻正坐在死亡的列車上，把他載往戰場，趕赴死亡的約會。他一直強迫自己去想將會有美好的生命、燦爛的前途在等待他，無奈思緒卻一再被這「刹那」間他就要死了的剪刀剪斷了。當你知道自己死亡的日子指日可待，生命實際上是不值錢，一片黯淡無光的遠景，無可奈何地被迫去當劊子手，同時也是待罪的、無辜的受戮者，心中的不甘願、惶恐與恐懼吞噬著他，這種煎熬、百感交集的情緒，頗能令人感同身受。

　　波歇爾特的短篇作品〈非常多的雪〉（Der viele viele Schnee）描述在戰時，於一片廣袤無垠的冰天雪地，歷時經久，皆聽不到任何聲音，一片孤寂，即使是樹枝上的積雪，偶爾掉落時的聲音也令人有風聲鶴唳、草木皆兵之感。一位機槍手在零下 42 度的酷寒天氣，孤單地站崗值勤，面

對著渺無人煙、白茫茫的一片大地，不由得令人窒息，恐懼之感悄然地襲上心頭。由於要壯壯膽，他在二月天唱起聖誕歌來。此時，突然有一中士朝他而來，機槍手知道站崗唱歌是違背軍令的，會被處死，正萬分緊張地等待中士來逮捕他。哪知這位中士也是受不了這會令人發瘋的死寂，他是高興聽到歌聲的，袍澤兩人不由得釋懷相擁而笑。

對於戰爭的憎恨與厭惡在《亞當，你在何處？》裡，前後不下十餘次，描寫一些上自將軍、軍官、下至士兵、勤務兵皆對這場戰爭感到厭煩了。「他不曾愛過戰爭；他不得不，很勉強地在 1915 年當了少尉，即使加入戰爭的行列，也不積極建功，領十字勳章，好把胸膛裝飾得闊氣。」「他不愛戰爭。……但現在，他一回家，大夥兒盡望著他的胸膛。他的胸膛點綴得非常寒酸。」「士兵貝爾遜（Berchem）不喜歡戰爭，他以前是夜總會的侍者兼調酒員，他一直很有本事的躲避徵召入伍，一直躲到 1944 年底……④。」波爾不厭其煩地在小說裡描寫士兵厭戰的心理，通常這些士兵是既規矩又嚴謹的，並不是什麼十惡不赦的壞人，絕不像美國影片所描寫的那麼殘忍、嗜殺、好戰，他們只是沒有別的選擇，被迫服從、盡義務罷了。

厭惡之心促成他們戲稱這場戰爭為狗屎之戰，即使在緊要關頭，態度依然如此玩世不恭。「站住，口令！」那些人吃了一驚；璜哈斯（Feinhals）明明看見他們呆了，而且結結巴巴地痙攣著。「狗屎！」其中一人卻回道：「口令！狗屎。⑤」這樣子的描寫可說極為傳神，因為在 1945 年 4 月，德國已處於劣勢，卻還逞英雄，做困獸之鬥，犧牲更多的人。士兵的心情再由厭惡轉變為恨，由恨再產生逃兵的念頭及幻想。不管人民還是士兵，大家不約而同地期望能盡快結束這場「狗屎戰爭」⑥。

2. 戰時的無聊與無意義

戰爭的無聊與無意義常出現在波爾早期的作品敘述及後期的其他小說裡。他常描寫士兵在等待中，或者值勤時無所事事地消磨時間。一卡車士兵在〈那時在奧德賽〉（Damals in Odessa）裡，每天顛晃著，駛過頭一般大的石子路面，到達飛機場，瑟縮挨凍著等待飛機，飛往一個再也回不來的地方，這樣來回顛晃地等待了四天才飛成。〈醉在佩透基〉（Trunk in Petöcki）裡服役的士兵，覺得無聊，在小酒店喝酒解愁、消遣，典當身邊的衣物做買酒錢。閒著無事的下士施耐德（Schneider）駐紮在匈牙利的一個小而偏僻的地方，在野戰醫院裡幾乎沒事做，閒得發慌，連喝酒都還能講究規矩；他用微黃的杏仁酒調礦泉水，每一杯有不同比例，每次只喝七杯，而且有固定的時間，十點半準時結束這例行公事。戰爭的無意義，在波爾筆下，更是令人覺得荒唐可笑，他藉著不同的人物對同一件事情的追蹤報導，所得出的觀點卻是一致的；蘇珊太太（Frau Susan）的丈夫在參加第一次世界大戰時犧牲了，留下遺腹子，她經營一家酒館營生。戰爭爆發了，村中的一座橋在十天內修復完成，剛一完工，卻又聽說好像有俄軍來臨，便兀自把橋再炸毀，白白花費修造橋的精力。沒有一個士兵追問其意義，他們只是吃、喝、吸菸與建造，一切奉令行事，盡其義務而已。不只是蘇珊太太，璜哈斯也目睹一座橋如何精密仔細地按照計畫，一步一步地造好，然後再將其摧毀。戰爭的荒謬，造橋與毀橋的題材，常被波爾引用，物質與勞力的花費，常被無意義的行為浪費掉了。

3. 屠殺與無辜的傷亡

波歇爾特和波爾要控訴戰爭的罪惡，他們痛恨這場侵略之戰和大屠殺，但是他們與緷格爾（Ernst Jünger，1895 年至 1998 年）及雷馬克（Erich Maria Remarque，1898 年至 1970 年）對戰爭場面的處理手法不一樣，緷格爾發表於 1920 年的小說《在槍林彈雨中》（In Stahlgewittern）及雷馬克 1929 年的小說《西線無戰事》（In Westen nichts Neues），描寫戰爭的真面目及各種形式的戰爭場面。波爾與波歇爾特對怵目驚心、大場面的屠殺和殘忍的格鬥卻甚少著墨。尤其是波歇爾特，更是輕描淡寫，一筆帶過，年輕的工人在〈廚鐘〉（Die Küchenuhr）裡，於一次空襲時失掉了一切，家人全被炸死了，只有他空襲當天較晚回家，僥倖逃過劫難。從〈老鼠晚上當然要睡覺〉（Nachts schlafen die Ratten doch）裡的小孩與老人的對白之中，知道他 4 歲的弟弟於一場空襲時不知去向，也許就在這片廢墟瓦礫之下，為防老鼠噬食，他聽話日夜地守著。

波爾描寫官兵們屠殺和無辜的傷亡也有獨到的處理，他們傷亡的時刻

不在雙方交戰時，地點也不在前線戰場，原因更不是與敵方交手、格鬥而殉難。上述提及的閒得連喝酒都還能講究規矩的施耐德，他在野戰醫院附近，手舉紅十字旗，腳卻踩到自己國軍埋下的地雷而死亡；璜哈斯戰末解甲歸鄉時，很不幸，只差幾步路便入家門，卻被自己的國軍，為了要懲罰那些缺乏愛國思想的人，那些懸掛白色投降旗的人家，狠狠丟了兩顆手榴彈（因他家也掛著一面特別大的白色旗），死在家門口。〈林蔭道上重相逢〉（Wiedersehen in der Allen）裡的黑克爾（Hecker）和朋友在酒館裡喝得酩酊大醉，聲明要去林蔭道上找他心愛的姑娘，跌跌撞撞拿著酒瓶，走不了幾步便被炸死。死有重如泰山、輕如鴻毛，古今中外有多少可驚天地、泣鬼神的悲壯死法。但這些人這樣的死法，與那些為理想、為自由而奮不顧身、轟轟烈烈的犧牲一對照下，真有天壤之別，由不得要叫人感嘆，掩卷嘆息。

　　波爾只有在《亞當，你在何處？》兩處提到瘋狂的槍殺行為。一處是施耐德懷著恐懼，舉著紅十字旗出去探究竟，不小心踩到自己人埋下的地雷。地雷爆炸，引起俄軍懷疑，便「扣緊扳機，瘋狂掃射那座房子。他們重新轉動所有的砲管，重新列隊，準備發射，先射南邊的廂房，再射正中間的建築和北廂房……最後又射南廂房，射得特別久，特別憤怒。」[7]另外一處是寫黑衫隊長費爾斯凱特（Filskeit）失去理智的槍殺行為。他曾是學音樂的學生，因無法忍受被他視為劣等的女猶太人伊羅娜（Ilona）竟然有如此美好的歌喉，自卑心的作祟，使他覺得低猶太人一等，當他看到全場的人都震懾於伊羅娜的歌聲，凝神聆聽時，「費爾斯凱特覺得全身起痙攣。他試著咆哮，卻從喉嚨發出沙啞、乾澀，像一頭貓兒憤怒時的呼呼聲。……他顫抖的手指拿住手槍，一轉身，盲目射向那個女人，女人倒地，開始哀號——現在，在她不能再唱之後，他才又找回自己的聲音。「幹掉」他狂吼，「全部幹掉，他媽的——合唱團也要——捉出去——抓出去——抓出營房」，他把整槍子彈都射向那女人，那躺在地上，在痛苦中嘔出恐懼的女人……外面開始一場大屠殺。[8]」這種描寫屠殺，與那些赤裸裸、血淋淋、毫不保留、露骨地著墨慘不忍睹的屠殺場面相比較，似乎是溫和多了。

（二）戰爭的影響

1. 有形的破壞

戰後最直接的破壞，有形的、看得見的、一目了然的破壞，是那一個個的歸鄉人，他們的四肢少有健全的，不是跛腳，就是殘臂。這批人僥倖存活下來，有不少被寫在《徬徨者，你來到斯巴…》中，殘缺的外表，更使他們的心靈上烙印著戰爭鞭笞過的痕跡，久久無法痊癒。如〈留長髮的同伴〉（Kumpel mit dem langen Harr），文中那位走私者，遠遠看見一位他喜歡的女子溜走了。也只好得「把枴杖夾在腋下，試著小跑步[9]」，〈橋畔〉（An der Brücke）文中那位站崗人，也裝上義肢才到橋邊數過橋的人、做統計表。一名高中生還沒畢業就被徵召入伍的學生，受傷後，被搬運到權充野戰醫院的母校，被截肢後，痛苦難耐的呻吟，於昏迷中逐漸地認出了黑板上仍留有三個星期前，當時他上課時寫的字跡：徬徨者，你來到斯巴…。〈帶刀的男人〉（Der Mann mit dem Messer）文中也因他的手臂癱瘓了，只適合打零工、敲石子，最後當擲刀人的鵠的。

至於波歇爾特參與戰爭，本身即是戰爭最直接的受害者，他身心俱受創傷，導致早夭，即是最好的例子。

此外，我們還能從「吃」方面來看，民以食為天，食物的匱乏，在波歇爾特的〈麵包〉（Der Brot）一文中，刻劃得最為貼切。戰後物資短缺，民生的主食——麵包被視為稀有之物，可想而知，係採取配額制度，每人每天分到定量的麵包。一對已結縭 39 年的老夫妻，老先生因受不了飢餓，深夜起來偷吃麵包。老妻頗為體恤，並顧及其情面，幫助他掩飾窘狀。隔天即以腸胃消化不良為藉口，讓出自己的一片麵包給丈夫，老先生羞愧得抬不起頭來。本文言簡意賅地刻劃出戰後蕭條的景象，是戰爭造成的有形破壞最好證明。[10]

麵包的短缺，到處都聽得到「要是能有多一點麵包和香菸多好。[11]」在〈隆恩格林之死〉（Lohengrins Tod）裡的小孩子們，比如格利尼（Grini），這個小男孩的外表是這樣的：「上身非常的瘦，瘦得像一隻老鵝那樣可笑[12]，」到處都可以看到蒼白的女人，如在〈留長髮的同伴〉、〈道別〉（Abschied）和〈逗留在 X 城〉（Aufenthalt in X）等文比比

皆是。

　　吃之外，住的問題也相當嚴重，「單只在今日聯邦政府境內，在 1945 年 5 月就毀壞了兩億兩千五百萬的住宅[13]。」〈老鼠晚上當然要睡覺〉和〈廚鐘〉文中描述轟炸過後，一片破敗的景象，斷垣殘壁，一切家當蕩然無存。〈從黑夜中來的三位訪客〉（Die drei dunkeln Könige）更是以戰後異常酷寒的嚴冬為背景，男主人於暗夜中出外找尋木材當燃料。文中點出主人翁貧窮的景象，勉強可遮風蔽雨的破舊房子，由室內的呼吸隨即凝結成白色的蒸汽，爐上有一丁點的食物，鋪陳出食物及燃料均匱乏，而他的妻子剛生下一個孩子，在困厄的時候，孩子的誕生雖然帶給他們一線的希望，但男主人仍恨不得有個出拳的對象，好讓他發洩一下貧窮的怨氣。

2. 無形的損失
(1) 道德的沒落

　　人類在社會上應該遵守的理法對上了戰爭，會產生什麼樣的質變？波爾筆下的人物，皆是循規蹈矩、善良的一般人民，比如施耐德在混亂的撤退局勢協助一位匈牙利少女，璜哈斯也樂於助人，安德烈亞斯悔悟他曾犯過的錯誤，並記掛上主是否會原諒他；他在火車上熬了三天三夜，憂苦焦慮之外，還能想到其他生靈塗炭的人，為他們祈禱。人性本善，這些士兵應該不致會濫殺無辜、強姦婦女、燒殺搶劫吧！而戰時與戰後生活困難，改變了人際關係，更使人不易保持那與生俱有的德性，大人要為生活奔波，小孩也不例外，像〈隆恩格林之死〉裡的格利尼，母親被炸死，父親不知去向，為了照顧兩個小弟，偷煤變賣，從火車上摔下，受傷死去。〈小孩也是平民〉（Auch Kinder sind Zivilisten）文中，傷兵想盡辦法，終於向那漂亮的俄國小女孩買了全部的糕餅。因她的微笑帶給他瞬間的喜樂，小女孩卻見錢眼開，拿了兩百馬克的鈔票揚長而去，也不管明天或許有更好的生意。〈老鼠晚上當然要睡覺〉文中守在廢墟旁的小男孩，他才 9 歲，也學會抽菸，是戰爭使人學壞，是墮落，抑或是要麻痺自己？這些孩子們均已失去原有的天真爛漫氣質，小肩膀要挑起生活重擔。瀕臨死亡的格利尼掛念著小弟沒有晚餐吃，夢想著他要買一整座山的麵包，成堆如山的麵包，一貨車滿滿的麵包。他們的童年是在「如何賺取生活」中度過的。

　　成人比小孩子更不好過，除了做走私生意的勾當外，他們也偷竊，並且是無所不用其極地偷竊。「打仗時，如果有什麼要偷的，總是由我們去；換句話說，就是他們指使，我們去偷，其餘的人只是跟著大吃、大喝和寄送回家，他們從來沒偷過，他們的神經也因此毫不過敏，良心毫無瑕疵。⑭」他們就是指那些所謂殺人不見血的劊子手，自己坐享其成外，還叫別人良心不安。戰後人際關係整個變質了，社會上變成了機械式和買賣式冰冷的現象。曾經共患難的同伴只能共苦，不能同甘，在經濟好轉時，與老朋友相逢，卻裝作不認識舊日落魄的老友。「恩斯特」，我喊了他，並想和他說說話⋯⋯他很驚訝，很奇怪的望著我說：「您是什麼意思？」我看得出他記得我，卻很不願意認出我⑮。冷漠的態度以及失落的純真，只徒增感慨及悵然，使人不對社會抱以太多的期望。

(2) 心靈的創傷

　　心靈所遭受的殘害無法像有形的房子、橋樑或人的肢體可以逐一計算。心靈的創傷不只是要用眼睛去看，還得用心去感受體會。一場血腥的戰爭，讓歸鄉人目睹所有成就毀於瞬間，這樣努力有何意義、有何價值？人生無常，到時候還不是一場空，有這種想法的人便會否定工作的意義，改變價值觀念，不加入新社會潮流。他們成為社會的邊緣人，只會忌妒別人，看著「他們有麵包、美酒、香菸，有金錢，有一切，他們還有肥胖的老婆。⑯」而自己呢？是跟不上潮流的旁觀者，只有隨波逐流了。靠著微薄的家產典當過活，外表與別人沒兩樣，其實內心充滿戰爭的陰影，無法忘記戰爭，害怕及無助占據了他們的整個念頭，這樣妨害了他們的工作意志，失去了工作意志，沒有能力面對生活，只會如守株待兔般等待希望實現。

　　使波歇爾特聲譽雀起的《門外》，主人翁貝克曼（Beckmann）是個典型的歸鄉人，他在戰場上失去一條腿。唯一的兒子被炸死了，太太也跟別人跑了。他返鄉後尋找一份餬口的工作，卻到處碰壁。無家可歸的他欲求他的父母收留他，那知新屋主冷漠地告訴他，他的父母已自殺身亡。貝克曼覺得他被遺棄了，萬念俱灰之下，他欲尋死解脫一切，當他要跳下易北河時，死神不接受他，最後他領悟到自己沒理由自殺，因為許多人與他

都有同樣的命運，他必須嘗試振作，繼續活下去。

結　論

　　第一及第二次大戰後，以「戰爭」為題材的作品可說是汗牛充棟，然各家的寫法不一樣。波歇爾特生逢戰時，目睹戰爭帶給人們的慘狀，經過戰火的洗禮，筆下的作品亦全是反映這個時代，對戰時及戰後解甲歸來的人有深刻的描寫。他的文章擅長以單字、短句結構描繪內容，將整篇文章一氣呵成。讀來令人深思，且感到絲絲的哀愁，直扣心弦，從心底體會戰爭的殘酷和不人道。波歇爾特的文章因簡潔，清晰的句型結構，是外籍學生學習德語最理想的教材。其作品曾被譯為數國文字，很受歡迎。

　　與波歇爾特一樣，波爾也是位出色的作家，兩人的廢墟文學風格有點類似。波爾樸實無華、不修飾的語言平易近人。其短篇故事的形式與風格效仿美國作家海明威（Ernest Hemingwag，1899 年至 1961 年），行文樸素、簡練。波爾的作品皆能與時代潮流密切配合，內容翔實，豐富的作品呈現多種面貌，主題涉及各層面，反映了當時的人之處境。他的作品每一問世，皆如同當頭棒喝，喚醒德國人正視當前的社會問題。縱觀當前動盪的局勢，思索波爾的作品，吾人不能不有所警惕。

註　釋

① Karl Migner: „Das Drama? Draußen vor der Tür". In : Rupert Hirschenauer und Albrecht Weber (Hrsg.): Interpretation zu Wolfgang Borchert, München, 1962, S. 110.

② Heinrich Böll: Rede zur Verleihung des Nobelpreises am 10. 12. 1972 in Stockholm. In Heinrich Böll: Der Lorbeer ist immer noch bitter. Literarische Schriften, dtv 3. Auflage, München 1976, S. 144.

③ Der Zug war püntklich, S. 7.

④ Wo warst du, Adam?, S. 163, 191 u. 281.

⑤ a. a. O. S. 233.

⑥ Jochen Pfeifer: Der deutsche Kriegsroman 1945-1960, Scriptor Verlag, Königstein/ Ts. 1981, S. 173.

⑦ Wo warst du, Adam? S. 176.

⑧ a. a. O. S. 246-247.

⑨ Der Kumpel mit dem langen Harr, S. 305.

⑩ 本篇文章全文見第Ⅵ章〈德國短篇敘述作品賞析〉，頁 234。

⑪ Die Botschaft, S. 372.

⑫ Lohengrins Tod, S. 432.

⑬ Klaus Schulz: Aus deutscher Vergangenheit. Ein kulturgeschichtlicher Überblick, 1963 (Nachdruck) S. 136.

⑭ Geschäft ist Geschäft, S. 445.

⑮ a. a. O. S. 441-442.

⑯ An der Angel, S. 542.

XI

德國短篇敘述作品賞析

前　言

　　文學應用在外語教學裡，需要有語言能力做爲基礎。文學和語言實爲外語教學的一體兩面。當能夠掌握語言技能的聽（hören）、說（sprechen）、讀（lesen）、寫（schreiben）及譯（übersetzen）之後，方有能力顧及該學習語言國的社會背景知識。每個國家皆有優秀的文學作品，該如何選擇適合外語學習的文學文章，讓學習者用已擁有的語言技能去瞭解該文學作品，進而欣賞及體會文學作品的精深含意，是一件謹慎的工作；亦即在外語教學之架構下，如何籌劃一門能和語言銜接的文學課程，這就要在教學計畫裡做周密的準備工作了。筆者認爲先選出難易適中的原文，著手翻譯工作，再將作家生平簡介、作品的主題思想、產生的時代背景及寫作特點梗概敘述。並且對作品中的單字字彙、常用詞組及口語、俚語等用法皆要詳細解說，這樣對學習者在理解原文時方有助益。最後學習者對文學作品可做「賞析」，提出個人對作品的理解和體會。

　　本章選出所要評析的是波歇爾特與波爾之作品，這兩位作家的文筆堪稱簡潔流暢，所選擇的德文用詞較適合讀德文系的學生，兩位的寫作皆選用一般常見的用詞，且句子的結構不會很複雜。閱讀時，從字裡行間可體會出作者所要敘述的內容，及其所欲批判的事件。因兩位作家寫作的靈感泉源及背景，其實是與個人的成長過程與經歷息息相關的。（見第Ｘ章〈從戰爭的殘酷談「廢墟文學」──以波歇爾特及波爾之作品爲例〉216頁。）

● 「英雌救國」──評波歇爾特的〈袋鼠〉（Das Känguruh）
（一）〈袋鼠〉文章欣賞

　　早晨。站崗的哨兵還在假寐。他們的披肩有著昨夜的露珠。其中一個哨兵臥在地上很久，並且用腳打著節拍，口中唸唸有詞：

　　　　有一次有一隻袋鼠

　　　　把自己的袋子縫起來

　　　　用一把修指甲的銼刀

　　　　因爲牠很無聊

　　因為牠很無聊

　　因為牠很無聊

靜一點吧！另外一個說。他突然站住了。

　　——由於特別的無聊

　　由於特別的——

　　靜一點好嗎？

什麼事情嘛？橫臥在地上的那個哨兵，轉過身來對著他。

那邊有一些人來了。

　　誰？

　　我不知道，看不見什麼東西。今天的天氣將不會好起來。

　　有一次有一隻袋鼠

　　牠縫——哪，你看到什麼沒有？

　　是的，她們來了。

在那裡？哈！女人們——牠把自己的袋子縫起來——

哈！她們就是今天晚上與老頭在一起的女人。

她們是不是昨晚從城裡來的？

　　是的，就是她們。

　　噢！天啊。老頭子也許有個與眾不同的口味。

　　我告訴你吧，那個高大一點的女人她簡直像支粗大的掃帚。

　　我並不覺得，她看起來很正常。

　　那裡，你只要看看她的腿就知道了。

　　也許老頭子要了那個體格比較小的。

　　不，她只是跟著來的。他要了那個體格大的。

　　好傢伙，你看看她的腿。

　　那裡！她們很正常。

　　啊！你不知道。

　　我對老頭子不瞭解。

　　你知道，他常常是醉醺醺的。當他喝醉酒時，任何女人都可以塞給他。你只要看看那雙腿。好傢伙，的確是一把掃帚。老頭子一定是灌了太

多黃湯。我的老天爺，囉！從昨晚就開始了。

老天爺！眞是的！

是呀，眞是他媽的！

他們又拉起披肩把自己包裹起來。但披肩一直被晚上的露珠弄溼了。躺在地上的士兵用腳打著節拍，喃喃地唸著：

有一次，有一隻袋鼠

牠把自己的袋子縫起來

牠縫

牠縫——

他以一雙冰冷的腳打著拍子：

牠縫

牠縫——

夜晚。由於前夜的露珠，披肩依然是溼的。他們假寐著。其中的一個仍然用腳打著節拍唸道：

有一次，有一隻袋鼠

牠縫——

喂！

嗯？

靜一點吧。

爲什麼？

他們來了。

他們來了？他站起來，披肩掉在地上。

是的。他們來了。他們抬著他。

是的。八個男人。

喂。

嗯？

你看，老頭子看起來怎麼如此的小，或許是因爲他們抬著他罷？

不，她把他的頭砍下來了。

你認爲這樣他才顯得如此小。

還會有什麼別的。

他們現在就把他埋了嗎？

怎麼埋法呢？

沒有頭一樣也可以埋啊！

除此之外還有什麼辦法呢？她已把頭帶走了。

好傢伙！好傢伙！原來如此。老頭子就是喝了太多黃湯。

哼！是啊。他一向隨心所欲。

現在他完蛋了。

他們把自己裹在披肩裡。

喂。

什麼事？

你想她是不是一個正常的女孩子？

由於那顆頭？

是啊。

噢！她是一個正常的女孩子嗎！不會罷！

她居然把頭帶走了。

真是他媽的！

她是不是為了她的國家做這事？

還會有什麼別的呢。

好傢伙，好傢伙。就這樣把一顆頭給砍下來了！

真是他媽的謝天謝地！

的確是他媽的謝天謝地！

他再度用腳打著節拍：

有一次，有一隻袋鼠

牠把自己的袋子縫起來

縫袋子

縫袋子——

當這兩個女孩子走進城裡時，所有的人都對她們歡呼起來。

體格較大的那個捧著一顆人頭。她的衣服染有陰暗的血跡。

她指著一顆人頭。

「尤狄特！」（猶太族的一名女英雄之芳名）大家喊叫著。

她撩起她的裙子，在胸前做成袋狀。裡面就擺入那顆人頭。她向眾人展示著它。

「尤狄特！」大家喊叫著。「尤狄特！尤狄特！」

她用裙子捧著頭向前走去，她那個樣子真像一隻袋鼠。

（二）評析

波氏生逢戰時，目睹戰爭帶給人們的慘狀，經過戰火的洗禮，筆下作品亦全是反映這時代，對戰時及戰後解甲歸來的人有深刻的描寫，本文即以戰時某一駐紮在被占領區的一個軍營為背景，作者以其一貫的風格，文句簡短有力。描寫哨兵們對這無可奈何的戰爭感到無聊，戰爭帶給人們精神上的苦悶，整日借酒澆愁的老長官，戰爭下的犧牲者——無辜的婦女們，為了正義，挽救自己國家所表現的勇敢行為。

本篇短文故事的女主角叫尤狄特（Judith），係猶太族的一名女英雄之芳名。根據民間流傳下來的史詩，尤狄特的國家被敵人占領了，她設計將敵人的統率何洛佛爾內斯（Holofernes）殺死，解救了她的同胞。德國畫家葛拉那赫（Lucas Granach，1472 年至 1553 年）曾以此取自聖經舊約的題材，繪成一幅「尤狄特和何洛佛爾內斯的頭」（Judit mit dem Haupt des Holofernes）。

波氏文章擅長以單字、短句的結構描繪內容，將整篇文章一氣呵成，讀來令人深思，且感到絲絲的哀愁，直扣心弦，從心底體會戰爭的殘酷和不人道。可惜英年早逝，目前在德國，其作品仍然廣泛地被討論著。

貳「飢餓見真情」——評波歇爾特的〈麵包〉（Das Brot）
（一）〈麵包〉文章欣賞

她突然醒來了。這時候是二點半。她想了一下自己為什麼會醒來。啊，原來是這樣的，有人在廚房碰撞了椅子。她朝廚房傾聽。此時靜極了。太靜了，當她的手朝著身旁的床摸索過去時，發現竟是空的。這就是少了某樣東西因而顯得特別安靜：少了他的鼾聲。她起身，步履不穩地走

過黑洞洞的房間到廚房。在廚房裡他們倆相遇了。鐘指著兩點半。她看見有個白白的東西站立在櫥櫃旁。她點亮燈，他們倆身著睡衣面對面地站著。深夜，二點半。在廚房。

餐桌上放著麵包盤子。她看到了他替自己切了片麵包。刀子仍放在碟子旁邊，而桌布上殘留些麵包屑。當他們晚上睡前，她總會將桌布弄乾淨。每晚皆如此。但是現在桌布上有了麵包屑。而刀子也放在旁邊。她感到地磚的寒意逐漸侵襲到她身上。她將視線從盤上挪開。「我以為這裡發生了什麼事」，他說著並在廚房到處張望著。

「我也聽到了一些聲音」，她回答著，同時發覺他身著睡衣在夜裡看起來真老。一如他六十三歲的年齡一樣老。有時白天他看起來年輕點。她看起來可真的老了，他想，身著睡衣使她看起來真的老多了。但這也可能是頭髮的關係吧。女人們在夜晚常由於頭髮的關係，頭髮會突然使人看起來顯得很老。

「妳應該穿上鞋子的，赤腳站在冰涼的地磚上妳會感冒的。」

她沒有看他，因為她不能忍受他說謊。在他們結婚39年後，他說謊了。

「我以為這裡發生了什麼事」，他重複一遍並一再無意義地從一個角落瀏覽到另一個角落。「我聽到這裡有些聲音，這時我想，這裡可能有什麼事。」

「我也聽到了些聲音，但這兒真的什麼事也沒有。」她移動了一下盤子並用手指頭彈去桌布上的碎屑。

「是啊，這兒真的沒事。」他不確切地回應著。

她走過去幫忙他：「來吧，真的只是外面的聲音。來吧，上床睡去，在這麼冷的地磚上你會著涼的。」

他向窗外看過去，「是啊，那一定是外面了，我一直想可能是在這兒的。」

她把手舉向著電燈開關。我現在必須熄燈，否則的話我一定會看見盤子，她想。我不准朝著盤子看。「來吧」，她說著並熄了燈，「那是外面的聲音，風吹得使簷溝撞到牆壁了。那聲音一定就是從簷溝傳來的，它常

被風吹得嘎嘎作響。」

他們倆摸索著經過漆黑的迴廊到睡房，他們的赤足在地板上啪啪作響。

「一定是風」，他說。「已經颳了整夜的風了。」

當他們躺在床上時，她說：「是的，已經颳了整夜的風了。那聲音一定是簷溝來的。」

「是啊，我以為是廚房裡的聲音。它原來是簷溝傳來的。」他說著說著就好像已經半入睡了。

但她倒發覺當他說謊時，他的聲音聽起來是那麼地不真切。「天很冷」，她說著並輕聲呵欠。「我要鑽進被窩了，晚安。」

「晚安」，他回應並重複著：「是啊，天氣已經十分冷了。」

接著一片寂靜。數分鐘後，她聽到他輕且謹慎的咀嚼聲。她故意低沉且有規律地呼吸著，讓他不會發覺到她仍然清醒著。但他的咀嚼是如此地有規律，使她不知不覺地伴著它入睡了。

當他次晚回到家時，她推給他四片麵包，往常他只能吃到三片的。

「你可安心地吃四片」，她說著從檯燈旁走開。「我對這種麵包消化不了。你就再多吃一片吧。我不能好好的消化它。」

她看到，他的頭低甸甸的朝著盤子垂下去。他沒有抬起頭來。在這一剎那，他令她感到難過。

「妳不能只吃兩片麵包啊！」他俯視著他的盤子說道。

「可以啊！晚上我是消化不了這些麵包的。吃吧，吃吧。」

直到片刻後，她才在燈下的餐桌旁就座。①

（二）評析

二戰後，德國幾乎被夷為平地，所有物資皆短缺，當時的黑市猖獗，然而有錢也並不一定能買到東西。民生的主食——麵包被視為稀有之物，分裂的東、西德都一樣，係由政府統一採取配額制度，可想而知，每人每天都只能分到定量的麵包。

一對已結褵三十九年的夫妻，老先生因受不了飢餓，深夜起來偷吃麵

包。老妻被東西碰撞的聲音吵醒了，她循聲而至，兩人尷尬地在廚房見面了。老妻頗為體恤，並顧及其情面，裝作若無其事地與老先生應答，幫助他掩飾窘狀。

當隔天晚上老先生返家時，老妻即以腸胃消化不良為藉口，讓出自己的一片麵包給老先生。老先生明明知道，老妻不願給他難堪，他真的對自己偷吃麵包的行為羞得無地自容，面對老妻的舉動他慚愧得抬不起頭來。本文言簡意賅地刻劃出戰後蕭條的景象。

三　「真理的代價」——評波爾的〈巴雷克的天秤〉（Die Waage der Baleks）

（一）〈巴雷克的天秤〉文章欣賞

在我祖父的故鄉，許多人完全以整理亞麻纖維的工作來維持生活。五代相傳下來，他們吸進亞麻纖維的灰塵，逐漸地被這灰塵所謀殺。一代又一代，他們容忍地，快樂地吃著用山羊乳所製成之乳酪、馬鈴薯，偶爾也宰殺一隻野兔子打打牙祭；晚上他們就在房裡紡織、刺繡，一邊唱歌，一邊喝薄荷茶，倒也覺得滿足和幸福。白天用一架古老的機器開墾亞麻地，毫無防備地又吸進灰塵，乾燥的火爐炙熱得令人難受。他們的房間裡只擺著一張唯一的、像櫃櫥似的床，而小孩子們則蜷曲地睡在長凳上。早晨的房間充滿了滾開濃湯的味道；只有禮拜天才難得吃一次肉，這時孩子們高興的臉孔微微地紅潤起來，特別是逢到節日的時候，母親微笑著將櫟屬果實烘焙成的代用咖啡，摻和著牛奶倒進他們的咖啡杯裡。

父母們很早就出去工作了，孩子們留在家裡處理一些家事，他們打掃並整理房間，清洗餐具，削馬鈴薯和一種珍貴的黃色水果，他們必須把薄薄的皮留下來，用以證明他們不是浪費及草率粗心的人。

孩子們從學校放學回來之後，必須到森林裡去——隨著季節的變化——採集一些藥草及菌類植物，如車葉草屬植物和麝香草、芹菜和薄荷葉，還有毛地黃。夏天，當他們從貧瘠的草原把乾草收割完之後，就搜集一些乾枯了的花。每一公斤乾草花可換得一分尼（德國幣制單位），但在城裡的藥店卻以每公斤二十分尼，賣給患有神經質毛病的婦女。最值錢的

是一種菌類植物，每一公斤值二十分尼，在城市裡就可以賣到一馬克二十分尼。秋天，當潮溼的空氣利於菌類植物生長時，小孩子們爬行在遙遠的暗綠色森林裡尋找菌類。幾乎每一個家庭都有他們各自固定的地盤，一代流傳一代地在此地盤上摘取菌類植物。

這整個大片廣袤無邊的森林，是屬於巴雷克家族的，除此之外，他們還擁有亞麻工廠，和一座小城堡。掌管家族巨細事物的太太還在牛奶廚房的旁邊擁有一個小房間，她在那裡秤著孩子們搜集來的菌菇、藥草、乾草花的重量，並付錢給他們。房子裡面的桌子上，放著一個巴雷克家族的巨大天秤，這是一座具有古代風味，用絢爛的黃銅色彩所畫的東西。在我祖父的祖父母們之前已經有了這個天秤，孩子們骯髒的小手上攜著裝滿了菌類植物的小籃子，紙袋裡盛滿了乾草花，緊張地等待著，看著巴雷克太太的手在天秤上移動著，直到指示針停在黑線上（這細小的公正之針於每一年都要重新被漆黑一次）。然後巴雷克太太拿起一本有皮革封面的大本子，登記重量及價錢，一分尼或一哥羅仙，很少有人賣到一馬克（德國幣制單位）這樣高的價錢。當我祖父還是小孩子時，在那房裡已有一個大玻璃罐，裡面裝滿了糖果，這種糖果一公斤賣一馬克，如果當時掌管小房間的巴雷克太太心情好的話，就會從玻璃罐裡頭拿出糖果，分給每個孩子一顆糖，然後孩子們的臉再度因高興而漸漸紅潤起來，正如當他們的母親在特別的節日裡，把牛奶倒在他們的咖啡杯裡一樣，這牛奶使咖啡染成淺色，慢慢的變淺，直到像小女孩頭上辮子樣的金黃色。

巴雷克在這村莊頒布的條例中有一項是：不准任何人在自己家裡有一座天秤。這條例已經很古老了，以至於沒有人會再去仔細地想它，什麼時候和為什麼會有這條規定？而且必須注意的是，如果有任何人違反了這條規定，將會被趕出亞麻工廠，然後他們所搜集的菌類植物、麝香草、乾草花等等也不被收購。巴雷克的權力因而也普及到附近的村落，將沒有人供給他們工作，也沒有人收購一些他們從森林裡搜集來的藥草。自從我祖父的祖父母還是孩子時，他們搜集菌類植物，供給住在布拉格城市裡有錢人家的廚房，用來烘烤加香料，或用來製一種麵餅的時候，就沒有人會想要打破這一慣例；秤麵粉有專門的乾糧容器標準單位，蛋可以一個一個來

數，紡成的線則以標準的長度單位來量，其餘的東西都以古老的、用黃銅色鍍成的巴雷克天秤爲標準，五代相傳下來，大家都相信這支黑色的指針，所有的人都以小孩般的熱忱，在森林裡搜集這些東西。

在這沉默的一群人裡，也有一些人藐視這條例，一些性格較粗獷的人，他們要求晚上加班工作的所得應比他們整個月在亞麻纖維工廠所賺的多，但是在這些人中也沒有人聯想到要越俎代庖，買一個天秤來秤東西。我祖父是第一個勇敢而有決心來考驗巴雷克天秤的人。這巴氏家族住在堅固而華麗的古堡裡，擁有兩輛馬車，他們也設立了一個獎學金名額，供給村裡的年輕人到布拉格去攻讀神學。主教於每個禮拜三來造訪巴氏家族一次，並與大家玩紙牌遊戲消遣。行政首長坐著插有代表國王標誌的馬車，在新年時，來向巴氏家族致賀。最後在1900年的新年，國王宣布加封給巴氏家族貴族頭銜。

我的祖父既勤勉又聰明；在森林裡，他比村裡全體的小孩走得更遠，他長驅直入森林盡頭處，據說那裡住著一位巨人比岡，巨人在那裡守著巴萊得的寶藏。但是我的祖父並不怕巨人比岡，他只顧長驅深入濃密的森林裡。當他還是小男孩時，已經搜集過一大堆的菌類植物，甚至他還發現過松露，這松露由巴雷克太太以三十分尼一磅來估價。我祖父在月曆紙的背面記下了所有他賣給巴雷克太太的東西：每一磅菌類植物，每一公克麝香草，並且用他孩子氣的筆跡寫下自己得了多少錢，他潦潦草草地記下從他7歲到12歲時所賺的每一分尼。當他12歲時，正值1900年，因爲國王封了巴氏家族貴族頭銜，所以巴雷克家族贈送全村每一個家庭四分之一磅眞正由巴西進口的咖啡；在古堡裡有一個盛大的慶祝會，供所有男人免費的啤酒及香菸；許多馬車排列在兩旁植有白楊樹的道路上，從城門一直排到古堡。

那間放著有一百多年歷史的巴雷克天秤的小房間裡，在慶祝會的前幾天幾乎已快把咖啡分光了。現在那座天秤是屬於巴雷克·比岡的，因爲據傳說，現在的巴雷克氏古堡正是當年巨人比岡所居住的古堡。

我的祖父常常對我反覆地敘述著，他如何在放學後爲了四戶人家：姓柴克斯、懷德勒、窩赫拉斯和他們自己布魯歇斯，到那小房間去拿咖啡。

那時是除夕前的中午，小房子裡已經烤好餅乾，房子也已經修過，準備慶祝新年。因為人們不願意四個小孩為了自家咖啡，奔走於古堡的路上及擁擠在小房間裡，所以我祖父便代表他們去領回咖啡。

我祖父坐在房裡狹小的木凳上，等下女葛爾吐魯秤那已包好的八磅咖啡，四包，看了一眼那座天秤，左邊放砝碼的盤子是停在半公斤的地方；巴雷克·比岡太太正忙於佈置準備慶典。當葛爾吐魯想要從玻璃罐拿一顆糖果給我祖父時，她發現罐子空了。這罐子一年要重新裝一次糖果，那時是一公斤一馬克的價錢。葛爾吐魯笑著說：「等一下，我進去拿新的來」，然後拋下我祖父和那四包八磅已在工廠包裝好的咖啡。在那天秤前面有人放了半公斤的石子，我祖父就拿起那四包咖啡放在空的盤子裡，他的心跳得很厲害，他看到那黑色的公正之針停在黑線的左邊，裝有半斤砝碼的盤子沉重地留在下面，而那半磅咖啡則高高地懸在半空中；他的心臟急遽地加速跳著，就如同他在密林裡，藏在灌木叢的後面等待巨人比岡的出現一樣，然後他從口袋裡找出他一貫帶著的小圓石──他一向用這些石頭和橡皮圈來射擊在他母親菜園周圍啄食的小麻雀──三、四、五，必須要放五顆小圓石在四包包好的咖啡旁邊，放有半公斤砝碼的盤子才會慢慢地升高，最後指針正確地停在黑線上。我祖父從天秤上把咖啡拿下來，把五顆小圓石包好放在他的口袋裡。葛爾吐魯拿著一大包磅裝的、夠用一年的糖果進來，這一包糖果可維持一年，又可以看到小孩子歡樂時呈現微紅的臉孔。葛爾吐魯動作迅速地把糖果倒進罐子裡時，蒼白著臉的小男孩一直一動也不動地怔怔地站在那裡。我祖父從所有的咖啡包裡只拿了三包，葛爾吐魯很驚訝地看著這小男孩把糖果丟到地上去，踐踏著它，並且說道：「我要和巴雷克太太談一談」。

「是巴雷克·比岡太太」，葛爾吐魯說。

「好吧！巴雷克·比岡太太」但是葛爾吐魯嘲笑他，於是他在黃昏時走回村裡，將咖啡送給柴克斯、懷德勒及窩赫拉斯們，並且揚言道：「他必須再去找神父」。他繼續帶著他口袋裡的五粒小圓石，奔走在黑暗的道路上，他必須向前走，直到他能發現一個被允許有一座天秤的人家。他知道在布雷高村莊和伯恩村沒有人擁有天秤，於是他下定決心穿過這兩個村

莊，步行了兩個小時之後，抵達一個叫狄漢的小村莊。那裡住著一位叫洪尼克的藥劑師。從洪尼克的屋子裡飄出剛烘好的煎餅和蜂蜜的香味，當洪尼克打開了門看到幾乎被凍僵的小孩子時，屋裡噴出一種調和酒的味道，在他薄薄的嘴唇上含著一支雪茄，他緊握著這個小孩子冰冷的手，一會兒之後，他問道：「是你父親的肺部又惡化了嗎？」

「不，我不是來拿藥的，我是要……」我祖父解開了他的口袋，拿出五顆小圓石來，遞給洪尼克說道：「我要秤一下這五顆石子」，他怯生生地看了洪尼克一眼，洪尼克不發一言，然而也不生氣，我祖父又說道：「這就是在公正上還欠缺的一部分」，我祖父這時才感覺到，當他進到這溫暖的房子時，他的腳是多麼的潮濕。雪水浸溼了他的破鞋子，森林裡樹枝上的雪灑在他身上，他現在整個身體凍得腫起來了，他又累又餓，忽然間他開始哭泣起來，因為他所搜集的許多菌類植物、藥草、乾草花等等都曾經在那個少了五個圓石頭的重量，人們稱之為公正之天秤秤過。當洪尼克搖搖頭，拿著這五粒圓石頭把他的太太叫來時，我祖父想起了他的父母，他的祖父母們，他們大家把摘取搜集來的菌類植物、乾草花等等，毫無選擇地在那天秤秤過，一股毫無正義之巨浪衝擊著他，他哭得更厲害了。沒經過指示，他逕自坐在洪尼克屋裡的一張椅子上，看著那好心腸、胖胖的洪尼克太太在他前面放著煎餅及一杯熱咖啡，然後他停止哭泣，當洪尼克從店裡折回來時，手裡搖著小圓石，輕輕地對著他太太說：「的的確確是五又二分之一公克」。

我祖父又穿過了森林，走了二個多小時的路回家，當被問到咖啡時，他沉默地被狠狠地毒打一頓，整個晚上他不說一句話，一直算著他的紙條，在那紙條上面，他寫著所有他賣給巴雷克‧比岡太太的東西。當午夜鐘聲響起來時，從古堡可聽到小臼砲發出轟然之聲，全村裡的人，發出歡呼聲，孩子們拿著玩具發出劈啪聲，人們一邊走一邊發出鏗鏘聲，互相擁吻他們的親屬，這時候他在內心裡喚道：「巴雷克家族欠我十八馬克三十分尼」，再次的，他想起他那搜集過很多菌類植物的弟弟符立茲，他的妹妹露德美拉，想起成千成百為巴雷克搜集藥草、乾草花的小孩們，這次他不再哭泣了，而把他的發現，所有的一切經過告訴他的父母及弟妹們。

新年的第一天，巴雷克·比岡家族乘著漆有藍色及金黃色的新旗幟
——旗幟上有一位巨人在松樹下咀嚼著——的馬車到教堂去時，他們看到
村裡的人以冷酷而蒼白的臉凝視著他們。巴氏家族在等待村裡的人向他們
拋彩紙，花環，等待著熱情的歡呼聲，等待著聽村裡的人喊尊貴崇高的口
號，當他們驅車經過整座村莊時，整座村莊靜悄悄地，像死了一般。在教
堂裡的村民以冷酷、蒼白和具有敵意的臉對著他們，當神父走進來，為主
持一項節日祈禱時，他感覺到一股寒氣向他逼來，那昔日寧靜而安祥的面
孔於今是多麼的不同呀！他疲倦地結束了他的祈禱詞；揮汗如雨似的走回
祭壇。巴雷克·比岡家族在做完彌撒之後，準備離開教堂，他們走在沉默
蒼白的臉所列成的通道上，巴雷克·比岡太太停留在小孩子的行列裡尋找
我祖父的臉孔——那個蒼白瘦小的法蘭茲·布魯歇爾——問他道：「為什
麼你不把屬於你母親的那一包咖啡拿回去呢？」我祖父站起來說道：「因
為您還欠我這麼多的錢，那是五公斤咖啡的價錢」，然後他從口袋裡拿出
五粒小圓石走到這位年輕太太的面前說道：「如此的多，五又二分之一公
克，在您的公正上少了半磅」，在這太太尚未回答之前，教堂裡響起了男
人及女人們的歌聲：「上帝呀！地上的正義已被摧毀了」。

當巴氏家族在教堂時，粗獷的威廉·窩赫拉斯，闖進那小房子，偷走
了那座天秤和那本大而厚、用皮革裹著，裡面記滿了所有巴氏家族從村莊
收購來的每一公斤菌類植物、每一公斤乾草花等等的簿子。新年的整個下
午，村裡的男人們在我曾祖父母的房子裡坐著，並計算著，計算著所有他
們賣出的十分之一——當他們已經算到好幾千塔拉（德國當時最高幣制單
位）以上，還一直無法算完時，最高行政長官的衛兵隊開進村莊來，他們
射擊、刺殺、衝進我曾祖父的房子，然後以暴力拿走了那座天秤及那本簿
子，我祖父的小妹妹，那小露德美拉，被殺死了，一些男人受了傷，一個
衛兵被那粗獷的窩赫拉斯殺死了。

不只在我們的村莊，在布勞高村莊和伯恩奧村也發生了暴動，亞麻
工廠停工了幾乎一個禮拜。一隊一隊的憲兵開進村莊來，恐嚇著要把村莊
裡的男人和女人關進監獄，巴氏強迫神父公開地在學校裡把天秤擺出來，
並且強調公正之指針是正確地擺動著。男人們和女人們再度回到亞麻工廠

——但是沒有人到學校去看神父……神父孤單、無助、哀傷地與天秤、砝碼、咖啡袋子站在一起。

孩子們再度搜集菌類植物、麝香草、花和毛黃地。但是每個禮拜天在教堂做禮拜，隨著巴氏家族進來時，那首：「上帝呀！地上的正義已被摧毀了！」就自然而然地響起來，直到地方的行政長官擊鼓宣示大眾：禁止唱這首歌！

我祖父的父母親被逐出了村莊——那座他們的小女兒新墳所在地的村莊。他們後來以編藤簍為生，不在任何一個地方做長久停留的打算，因為他們很痛心地看到，在每一個地方，錯誤的「公正」之針無恥地搖擺著。他們帶著瘦小的山羊跟在車子後面，慢慢地走在鄉間的道路上，如果任何人經過這車子旁邊，有時偶爾還可以聽到裡面所唱著的竟是：「上帝呀！地上的正義已被摧毀了！」如果有人願意傾聽，可以從他們那裡聽到有關這缺少十分之一正義的巴雷克‧比岡家族的故事，但是幾乎沒有人去聽他們的故事。

（二）評析

戰後，德國在馬歇爾經濟計畫的協助下，逐漸從破敗中復興，加上德國人刻苦耐勞、勤儉的民族性，逐於短期內創造了舉世震驚的「經濟奇蹟」，但在繁榮富裕的景像下，卻隱藏著許多不為人深知的辛酸問題，有待援助解決，卻又無人正視它。波爾逐又以其一貫的筆調替這一些善良、弱小、獨處社會一隅，默默無聞的小人物伸張正義，指陳其在戰後經濟奇蹟下被遺忘的淒苦境遇。波爾同情小人物的遭遇，呼籲世人對他們的重視，同時也極力抨擊頹廢、消極、甘心受制的人群。他是位擇善固執、嫉惡如仇、有操守的道德家和人道主義者，「在一個宜居的地方找到一種適切的語言」是他人生的理想。從這篇他在 1952 年所發表的〈巴雷克的天秤〉裡，不難看出波爾的執著，稟著良心，義無反顧的替弱小族群喊話，大力的批判「強權」；字裡行間，悲天憫人的天性表露無遺，然而自古以來，強權一直是獨霸、主宰著這個世界的。

波爾一生追求真理。他本人受過戰爭的摧殘，雖然有幸解甲歸鄉，然

而身處正待重建的家園，目睹社會上不公不義、種種光怪陸離的現象；善良的小人物受盡欺凌、無處申訴的悲慘境遇，使他憤而提筆揭發假象，毫不容情地批判這種不公不義，還原真實的面貌。在他的作品裡常常藉著微不足道的小人物來反映社會的虛偽、假象，以闡明真理、真相。

本篇作品的背景係在奧地利統治下，版圖包括捷克、匈牙利的奧匈帝國時期。描述貧苦的人民，樂天、認命且勤勉的世世代代為富可敵國的巴雷克家族工作。小人物的物質匱乏可見一斑，削珍貴的馬鈴薯時，必須將薄薄的皮留下來，以證明他們不是浪費及粗心的人。一杯用櫟屬果實烘焙成的代用咖啡可帶給他們愉悅，一顆糖果就可使小孩子高興的臉紅心跳。

長久以來就有一條法律規定在巴雷克家之村莊及其鄰近的村落，任何人皆不准擁有天秤。人們只好信任那已流傳幾百年的巴家的「公正的天秤」了。直到有一天敘述此故事的祖父，當時還是個小孩子，由於好奇心的驅使，無意中試了一下天秤，才發現了真相，原來在過磅時天秤少了五十五公克的重量。巴氏家族的欺騙行為昭然若彰，村裡騷動起來，村民偷走了巴氏家族的記帳簿子，他們算了又算，還是無法算出幾十年來巴家欠了他們多少。後來憲兵開進來了，用暴力搶走了天秤和記帳簿，並殺死了無辜者；暴動雖然被平息了，許多人被威脅或被迫離家，敘述者的祖父一家，仍然不死心地堅持正義、伸張公理，最後遂被迫遠走天涯，流浪他鄉。

「秤」是用來計量輕重的工具，它被設計出使兩邊都能均衡等量，用以計算出正確無誤的數值。波爾用專屬於「巴雷克家族的天秤」為標題，已經意有所指這隱含不公不義的意思。本故事敘述了被壓迫的人終於勇敢的起來反對統治者的剝削。然而被剝削者是軟弱的、無力的一群平民，暴動終於還是被弭平了，人民還是只能無奈的接受現狀。

這種小人物被剝削壓榨的情境，屢見不鮮。在德國文藝思潮的自然主義時期裡，豪普特曼（G. Hauptmann，1862 年至 1946 年，於 1912 年獲諾貝爾文學獎）根據史實，所寫的一個劇本《織工》（Die Weber），係敘述在普魯士統治下的斯雷西恩（Schlesien）工業區處於弱勢的織布工人，長年累月地吸進灰塵，無奈地在亞麻工廠工作，被剝削的織工終於起

來抗暴，但也被普魯士的軍隊鎮壓下來。這類敘述起義抗暴的主題屢見不鮮，也是 1953 年 6 月 17 日，東柏林的工人奮而抗暴的導火線，他們反對當時的共產黨統治階級的剝削及不合理的報酬，雖然這些絕望的人為了他們的生存而奮鬥並沒有成功，但不管是巴雷克的村民、斯雷西恩的織工，或是東柏林的工人都經由親身的經歷，體驗到了這句話：「上帝啊！地上的正義已將您置之死地了……」。

註　釋

① 波歇爾特簡潔生動的〈麵包〉一文，在全世界學德文的人士幾乎開宗明義
都會閱讀到，並能輕鬆地閱讀，且一目了然地體會當時德國戰敗的慘狀。

XII

波爾的時評性小說

一、評波爾的小說《緘默的婚姻》

● 小說內容簡介

《緘默的婚姻》（Und sagte kein einziges Wort）這一部小說的背景是二次大戰後百廢待興的德國，雖有馬歇爾計畫的經濟援助，政府首先將它用在工廠、鐵路、橋樑、公路及勞工住宅五個部門。對於遭受戰爭破壞的民宅所造成的房屋荒，由於政府苦於經費短缺，遂令沒有遭受砲彈毀壞的房子必須出租，形成多戶家庭貸屋共住一處的狀況。

本小說的一個五口之家，2 個大人及 3 個小孩（其中有 2 個小孩正值青春發育期）8 年來擠住在一間只有 3 平方公尺的房間，一家之主不能忍受狹窄的房間、不友善及壞心腸的鄰居和小孩子的吵雜聲而離開了這個家。他住宿在任何一位朋友家裡或是任何一所救濟院。而與他的太太偶爾一、二次在任何一處地方，破壞的廢墟、小酒店或旅館幽會，他們只能在旅館中行使夫妻關係，而那間租來的房間只是個名義上保證婚姻的地方。

雖然男主角離開了家庭，但他仍然負起了當父親的責任，把微薄的薪水送回去，支持了一家四口最低限度的生活。最感人的是女主角一方面要負擔教育子女的責任，另一方面卻要與骯髒的環境戰鬥，處理繁雜的家事之外，還時時不忘要以她的愛心贏回她的先生，重整破碎的家庭。

本小說由男、女主人翁以分章交叉敘述的方式道出他們的處境，從全篇小說的各自獨白使讀者瞭解全部情節的連繫過程，故事的時間雖然只有 36 個小時，但從開場即引讀者進入欲罷不能的境地，以先睹為快的心情要瞭解故事的結局。而經作者精心安排的高潮，到最後男主角的決定，使讀者釋然了，也鬆了一口氣。

書　名：《一言不發》（Und sagte kein einziges Wort）
作　者：海英利希 · 波爾（Heinrich Böll）
譯　者：宣誠
出版社：水牛文庫
時　間：中華民國 68 年 1 月 30 日

頁　數：211 頁。

本文作者也另譯有同本小說，書的譯名爲《緘默的婚姻》，於民國 77 年元月由中央出版社出版。

⊜ 戰爭後的沉默：評波爾小說《緘默的婚姻》

　　就像海英利希‧波爾的所有其他小說一樣，在他 1953 年所發表的小說《一言不發》裡，也是描寫在戰時或戰後的人所處的環境，人要向缺乏物質和精神關照的不和諧環境屈服。而此部小說所描寫的一個家庭，在基本的生活條件上所缺乏的，足以眞正構成一種危急的社會問題。

　　波爾在他的小說裡使用簡易明瞭的語言，樸實不加琢磨修飾的筆調，平板的從一個對社會環境毫無影響力的小市民眼中來描敘戰後的德國，及抨擊虛有其表的教會組織，對迫切需要伸以援手的教區區民不屑一顧，而讓其自生自滅。他在比較和隱喻的應用上，是非常乾脆及易於瞭解的，他努力寫出赤裸裸的事實，讓讀者自己去領受精神和心靈上的感覺，這也是他深受廣大讀者群歡迎的原因之一，即使在外國，他的作品也擁有許多讀者。

　　波爾有種桎梏讀者的本領，引導他們進入欲罷不能的境界。從開頭的第一個句子「在公畢之後，我爲了領取我的薪水而走到會計處去」，讀者馬上進入了敘述者所提供的空間。這種形式並沒有動人心魄或冒險式的刺激敘述，也缺少平穩、安慰式的優雅生平事略敘述，而相反的，這裡所顯示的是冷酷無情的世界，是戰後那一年每天皆會發生的眞實故事：人的生存空間，及人類的地位。

　　波爾首先塑造了費立德‧波格耐。他離開了他的太太及小孩子，因爲他不能忍受小房屋狹窄的空間、吵聲、不友善的鄰居和擺在眼前的窮困。「他有一張男人的臉，他很早就領會理解恬靜，他反對所有一切被別的男人決定而認爲是嚴肅的事情」。波格耐對他的職業不能抱以嚴肅的態度，因爲他不能以全部精神貫注於此，然而他卻還要爲了他的家庭分秒必爭的設法去賺錢。他對他的家庭不能持以認眞的態度，因爲家庭只使他憂鬱沮喪，他有次說道：「有時候我哭了，當我忽然想起凱黛和孩子們……

——而我感覺到我不是被良心所譴責，卻是簡單的很，我只感到痛苦。」
他感覺到痛苦，是因為他沒有能力實現當一個好的一家之主的職責，在
另一方面他說道：「我的小孩子們很喜歡唱歌，但是當我在家時，我禁止
他們唱歌。他們的活潑朝氣及他們的喧鬧聲刺激著我，我打了他們。」戰
爭使得波格耐成為一個敏感、聽天由命和神經質的人。「所有我所開始的
一切，使我感到無動於衷，無聊和無關緊要，自從我離開了凱黛和孩子
們後，我又常常到墓園去。」，波格耐在很早，當他還是小孩子，他母親
去世時，已體驗到何謂「死亡」。自從母親的葬禮後，他常常到墓園去參
加陌生人的葬禮。「但是所有的這些姓名，這些墓碑，每一個字母、味道
——所有的皆告訴我，我也將死亡……我對這唯一的眞實性是絕不會懷疑
的。」人必定會死，是波格耐一生中唯一確信的事情。對他自己毫無希望
的存在的懷疑，使波格耐漸漸成為一個酗酒者，繼續逃避殘酷的事實，而
陷於無知覺之中。

戰爭對波爾來說是一種可怕的經驗，它破壞了一切，摧殘人性，使人
消極、頹廢，振作不起來。波爾在這裡生動地描寫出一位因為戰爭而被隔
絕、挫折的、聽天由命的、不再會看到將來的人。波格耐是像所有在波爾
小說中的人物一樣，一個平常的、如此的沒有權力、影響力和重要地位的
人。

同時費立德‧波格耐也是一個不識時務者，他知道他缺少了一些東
西，但是他不知道是什麼，因為他不會分析他所處的情況。但正是由於
這種知覺，使得識時務者願意在日常生活裡適應這被執掌、被管轄的世
界。費立德缺少此一知覺，於是他變成一個社會的局外人。透過他所塑造
的人物，波爾想要指出的是，存在於現今所有人之間的一個問題，就是
在「我」和「世界」之間的疏離，「世界」是個不確定的、而一再出現的
「他們」。費立德有次說道：「我沒有他們所謂的能力」，這個「他們」是
他認為不認識的、但是有關聯的、合乎時代的、而又具有能力的人。誰是
眞正的「他們」，並沒被確定的提出來。而大家都知道，這是與我們的生
活有密切關係的而不為人所察覺的「權力」。而小市民，在這裡的這位費
立德‧波格耐，對這依賴的感觸最深。

　　他的太太，凱黛，相反的卻挑起這個重擔，「沒有說半個字」。她還有希望和「蠻橫的決心，憎恨和堅強」來與已成的事實奮鬥。她的這種特質在小說裡非常明顯，給人非常深刻的印象。譬如當她試著清掃她的房間時，雖然石灰常常一再地從牆壁上剝落，她知道，那也是沒有用的，但是，她還是一再地常常重新開始而不放棄。她說道：「我並沒有不耐煩，我不放棄奮鬥」。這是百分之百地確定的，她所說的奮鬥是為了費立德，為了能夠再把他贏回來，並再開始一個新的生活，「我看著費立德被生活重擔所吞噬，漸漸變為嚴峻無情而且蒼老的臉孔，假如沒有我的愛心，生活會變得毫無意義。」她知道，費立德需要她，「愛」給她力量，「愛」不會使她放棄對存在的奮鬥。凱黛是個可愛的女人，雖然在惡劣的環境之下，仍然堅忍一切，默默地負起她當家庭主婦的職責，照顧小孩、處理瑣碎的家務事之外，還不忘設法使費立德摒棄憂慮，回心轉意，共同再重新為更好的生活奮鬥。

　　另外一位相關（對比）人物是法蘭克太太，凱黛・波格耐的女鄰居，波爾對她的批評就是針對著現存社會制度的批評。波爾批評所有的一切，他的控訴轉向教會，反對天主教徒。法蘭克太太在這裡是個不折不扣的天主教典型。她認為要達成「一些比較好的」，因為她每天到教堂去奉獻金錢，她是個精力充沛的女人，而且她也是教會裡各種組織、聯盟、協會等等的一名會員。她享有當一位天主教徒，不為私利、為公的高尚狹義的名聲。而與此對照，特別具諷刺性的是，她毫不同情凱黛的處境，不但不去援助她，反而要無禮地凌辱她，法蘭克太太只是一再地沉醉在她自己舒適生活的自滿中。對這點凱黛清楚地指出了她的憤恨。這點支配著凱黛的驚異和恐懼，她怕去聽當天的彌撒，怕吃到基督的聖餐，因為她有這種感覺，就是法蘭克太太將會一天比一天變得更可怕和無人情味，後來凱黛說道，她有時候想著，法蘭克太太甚至是在「和神做買賣」。

　　波爾批評教會的衰敗無能，教會無視於其教區的人民陷於窘境。在繁華絢麗的宗教儀式、聖禮下，區區無助的小市民一籌莫展，而假借聖名、口呼上帝的人只為個人虛榮的滿足心，宗教的存在是否到了有必要檢討的時候了？宗教與人類產生息息相關的原因由來已久，無可否認的，藉由宗

教的幫助，諧和了人類生活上的秩序，但所引起的紛爭也層出不窮，信仰宗教是人與萬能主宰之間的默契聯繫，皈依了宗教的人在心靈上渴求與萬能主宰——神接近。當人一遇到了困難擔憂之事，往往藉著宗教的助力，尋求安慰與解決事情的方法。例如凱黛・波格耐說道：「有時候早晨當最小的小孩睡著了，大一點的上學了，當我去購買東西時，我潛行一、二分鐘走進一間教堂，而那時候是不舉行禮拜儀式，然後我感覺到無止境的滿足，因為那氣息是從現在的上帝所散發出來的。」又她曾向費立德說道：「而沒有一次你會想到那件事，就是祈禱是唯一能夠幫助你一點什麼的。你從不祈禱，不是嗎？」。當然宗教的力量支配著人的心境是巨大的，得到幫助的人會衷心感謝讚美主。對宗教的定義眾說紛紜不一致，最具體的解說是，如德國啟蒙時期著名的劇作家雷辛（Lessing）在他的宗教劇《智者那旦》(Nathan der Weise) 所下的評論：凡是能夠發揮人類愛的宗教，即是真正的宗教。在此，波爾塑造了法蘭克太太的典型，描寫她的觀點、行為來諷刺宗教，隱喻宗教的墮落。是的，宗教是否存在或有否改善的必要，已到了使人深思、必要檢討的時候了。而對這個問題，波爾早已提出了，有待於世人自去解決。

有次佛立德和凱黛・波格耐又在一間小旅館見面了，那次是他們自從長久以來第一次又再度地可以好好地、真正地談話的地方。兩人皆很明白，他們的婚姻瀕於破裂邊緣。波爾在他的敘述作品一再強調波格耐的悲慘境地，而這一切又是戰爭所造成的罪果。似乎有史以來人與人之間的關係是複雜的，而形成「戰爭」這一名詞的產生因素，其始作俑者也是人自己。人有出於維護自己的利益而抵抗一切外來的和對自己安全構成威脅的本能，毋庸待言，但戰爭的代價畢竟太大了。在一些以「戰爭」為背景的文學作品中，皆有可歌可泣、膾炙人口的描寫，波爾以個人親身對戰爭的體驗，瞭解到戰爭為何物，他的作品主題也大多不超出此經緯，如早期的作品：《準時的火車》，《流浪者，你來到斯巴…》和《亞當，你在何處？》等等。凱黛有次說道：「當戰爭爆發時，我們正好有一間真正像樣的房子，但是我想著那個就像想一些別的，永遠沒有存在過的。」後來她又對費立德說道：「有時候我甚至想到，戰爭使你變成一個脆弱的人，以

前你是另一副樣子的。」而費立德也承認，自從戰爭以來他幾乎常常只想到死亡，這也是一個理由，生命對他來說已不具重大意義，只有死亡的陰影與威脅一直存在著。由於戰爭也使他們的婚姻關係破壞了：他們現在所處的情況也是兩人所不能忍受的，爲了要與費立德見面而讓小孩子單獨留下來，凱黛必須對她的小孩子們說謊，而費立德將一次比一次沮喪、寒心，每當他的太太對他敘述關於他所鍾愛的孩子們的事情及她從鄰居那兒所受的屈辱、忍氣吞聲，最後當她告訴他，她又懷孕了時，他第一次才又再考慮到，摒除所有的一切困難阻礙再回到他的家人身邊。「這不是好點嗎！假如我再回去，或者是如此？」，他這樣問道，同時他也下定了決心，終於要面對現實來改善目前的生活狀況，而達到一個目標。「我將努力做所有的一切，眞的，所有的一切，使得我們有一間房子。」但是凱黛害怕所有的一切將會以如此的一個下場結束，那就是他再毆打小孩子和到處咆哮著。而她想假如他們終於分開的話，是比較好些。但是第二天早晨，她對於她自己所說的話感到震驚，因爲就像她先前有次自己也承認的，她的生命如果缺少了他，將變成毫無價值意義。

　　當第二天費立德在城裡時，無意中看見了他的太太時，是他第一次體會到失掉她的害怕，而當他沒讓她注意到地跟隨著她時，使得他一直以爲處於夢境之中。他不知道他做了些什麼，而他的感覺完全是亂糟糟及矛盾的。例如他有次說道：「這是她，但是比起在我記憶中的她是另一個了。當我跟隨著她走上街道時，還常使我覺得她對我似乎是很陌生，同時又很面熟。」，然後另一方面他又說道：「我害怕著凱黛將絕不會再從商店走出來。」稍會兒是「我吃了一驚，當凱黛再從商店走出來……我害怕失去她，即使是短暫的。」從最後的一個句子中，他說出了他的懼怕感，怕失去了凱黛和他的家庭，沒有了他們，他的生命是無意義的，沒有了他們他會失望與孤獨。這點還可再從另一個方面看出來，當他說道：「……我感覺到我迷失了，漂浮於一個無止境的激流中，唯一的，我所看見的，是那扇凱黛必須從那裡走出來的教堂黑色的門。」，在這一陣體驗之後，波格耐終於決定要返回他的家庭，他的最後一句話是「是的，回家去。」他下了這個決心，因爲他已瞭解到，這是凱黛和他對凱黛的「愛」，而這

「愛」能給他生命的意義，他的生命上需要這個「愛」。

波爾把「愛」介紹給我們當作是一種對痛苦境界的解救，那也就是人在生命上所不可欠缺的，在這裡指的是波格耐，他從他的惡劣生活環境中覺醒過來。波爾還在此文中特別強調「家庭」影響已支配人類巨深，「家庭」對波爾來說是一種團結的形式，這形式擁有一種特別程度的意義在內，是比超越「同伴關係」（即夫婦關係）更深奧的。「家庭」對波爾來說具有雙重重要的價值，一方面是個人透過它（即家庭）可以接受重要的社會問題，另一方面的作用是當個人在感受到處於威脅危險的困境之前，「家庭」具有一種保護作用。

二、波爾的小說《九點半的撞球》與德國近代史的回顧

前　言

對於一個生於戰亂、長於動盪且親歷戰場的人，戰爭必會留給他深不可滅的印象，同時也豐富了他寫作的素材。

1917 年聖誕節的前三天，海英利希・波爾（Heinrich Böll）生於科隆（Köln）。當希特勒於 1939 年以閃電戰術進占捷克，繼之向全世界宣戰時，波爾立即應徵入伍。1945 年大戰結束，解甲歸鄉，首先在其兄經營的細木工廠當助手，賺取生活費，另一方面又重拾因戰爭而一度中斷的學業，同時他又開始寫作。在中學求學時，他曾嘗試寫作，他說過：「很久以前我一直就想寫了，但後來才找到題材。」①

1946 年至 1949 年他曾在德國的報章雜誌發表短篇文章，1949 年他的第一部長篇敘述作品《火車是準時開的》（Der Zug war pünktlich）問世後，才在德國的文學界嶄露頭角，逐漸受到重視。1950 年他把二十五篇短篇敘述作品集成一冊出版，以其中一篇文章《徬徨者，你來到斯巴…》（Wanderer, kommst du nach Spa…）為書名。1951 年發表的第一本小說《亞當，你在何處？》（Wo warst du, Adam?）也是一部描寫戰爭的作品，同年並以一篇短篇敘述作品〈敗家子〉（Die schwarzen Schafe）

榮獲「德國四七文學社」②所頒發的一千馬克獎金，自此奠定他在德國文學界的基礎。至 1951 年止，他擔任過許多不同的工作，如文書職員、助手、科隆統計局的助理職員等，1951 年他選擇寫作爲終生職業。1953 年發表了一部有關婚姻的長篇小說《緘默的婚姻》（Und sagte kein einziges Wort），才使得他聲名大噪，成爲國內外知名的作家。

　　波爾是一位感情豐富的道德家和人道主義者，具有悲天憫人的情愫。使他深感痛苦而又久久不能釋懷的問題是：「我們這一代缺少人性」③他思維細膩善感，直到目前爲止，作品一直標示著「德國人與其恥辱」④的論題。波爾不能忘懷過去，也不能克服以往的痛苦，畢竟他體驗過戰爭，時間無法治癒他內心的創痕。波爾是位擅長於敘事的大師，也是位天才的小說家，他的寫作才能備受推崇，散文擅長捕捉刹那的思緒，諷刺作品詼而不謔，擅長刻劃人性，發人深省，富警世作用。讀者當還記得那位無論多夏都要過聖誕節的蜜拉嬸嬸與那位在國家廣播電臺錄音室裡搜集「沉默」的莫克博士。其時評性的文章散見德國各報章雜誌，針對德國戰後，「經濟奇蹟」背後所隱藏的問題提出猛烈的抨擊。「一些作家如葛拉斯（Grass）、厚何胡特（Hochhuth）、連慈（Lenz）、波爾（Böll）、懷斯（Weiss）和燕成斯伯格（Enzensberger）皆對德國的時政提出批評……，尤其是波爾更不遺餘力地透過廣播媒介、演說和報章評論等途徑，對德意志聯邦共和國的政治和社會提出直接了當的批評。」⑤這段記載在德國歷史，批評艾德諾（Konrad Adenauer，1876 年至 1967 年）與艾哈德（Ludwig Erhard，1897 年至 1977 年）兩位首相政績的一章裡，可見他除寫作之外，也毫不畏懼地把筆尖轉向德國政治的批評；尤其是針對當時艾德諾首相在最後任期領導的西德政府，波爾毫不客氣地以其道德勇氣指責不當的措施，喚醒德國人沉睡的良知，引起廣泛的共鳴。他更以一位篤信天主教道德家的立場，懇切地指陳戰後德國人在物質和精神方面的缺乏與迫切需求。

　　波爾是一位勤奮不倦的作家，自從 1949 年第一部作品問世以來，每年皆有新作發表，備受各界的推崇，各界所頒予的獎品與獎狀，連他自己都無法默記。最值得一提的是，1972 年以《與貴婦人合拍的團體照》

（Gruppenbild mit Dame）一書，榮獲諾貝爾文學獎。波爾是德國戰後文學最具代表意義的作家之一。「人的迫切需求」、「義無反顧的眞理」常常出現在他的人物陳述中，直覺、明確和清晰的敘述語言引起讀者的共鳴。他平鋪直敘戰時與戰後卑微的小市民內心的痛苦與需求，他同情憐憫這些無名小卒，替他們大聲疾呼，喚起世人的注目，因此除在自己的祖國外，於國際間也同樣受到喜愛和尊敬，正因爲他所透視的問題無論在國內外皆存在，同時也是最容易被忽略的。

　　波爾早期作品的中心主題在於控訴殘酷的戰爭，他指出戰爭是浪費時間、精力與金錢，戰爭是最無意義、最無聊的一項事情。戰爭趨使人性墮落，沒沒無名的小市民都是無辜的犧牲者。早期的作品皆以戰爭爲背景，波爾不描寫戰爭的場面多偉大，戰鬥多激烈，將領及士兵如何受傷，如何在慘烈的戰爭中立下汗馬功勞，個人如何成爲可歌可泣的英雄；他只描述在戰爭中，個人內心的感受以及對「死亡」恐懼的體會。戰爭對他而言正如法國的作家聖艾修伯里（Saint-Exupéry）的一席話：「戰爭並不是一件冒險的行爲，戰爭像傷寒一樣，是一種疾病。」⑥波爾本人反對窮兵黷武，厭惡戰爭。戰敗後的德國處在悲慘的境地，這使波爾又開始對引起這悽慘結果的戰爭大加譴責，並且對戰爭留下的後遺症不遺餘力的口誅筆伐。面對戰後德國社會上一些迫在眉睫，但卻毫無人注意理會的問題，波爾以其銳利的眼光和他個人豐富的想像力編織成第二部小說《緘默的婚姻》，引起一時轟動。這是一部時評性兼論婚姻問題的愛情小說，批評指陳戰後遍地瓦礫的德國，觸目皆是房荒、饑餓、失業等問題，而人類心靈慰藉的主宰──教廷，特別是德國的天主教會，竟全然漠視教民的困境，不但不伸出援手，反而冷嘲熱諷，袖手旁觀，任其自生自滅。波爾從不終止對天主教的批判，及至 1963 年發表的小說《小丑眼中的世界》（Ansichten eines Clowns），其尖酸辛辣的嘲諷幾達於頂峰，引起天主教會的不滿，一時輿論譁然，柏林的主教公開譴責波爾。於 1954 年發表的第三部小說《無人保護的小屋》（Haus ohne Hüter）敘述兩個不同階層的家庭，男主人皆喪生於戰場，戰後孀婦孤子艱苦心酸的生活，兩位年方十一的幼子如何獨自摸索成長的曲折過程。

　　波爾是位多產的作家，任何作品舉凡短篇故事、散文、諷文、小說、評論、演說文、廣播劇及戲劇⑦在德國均大受歡迎，從一版再版的銷售量，可見其受歡迎重視的程度。他的散文及短篇故事被選爲德國中學及職業學校的德文教材，而各大學日耳曼文學系的新文學課程也開列「波爾作品研究」的課程。在爲外籍學生編纂的德文短篇故事選讀教材裡，波爾的作品隨時可見。

　　本文所要評論的是波爾於 1959 年發表的第四部小說《九點半的撞球》（Billard um halbzehn）。這部小說是波爾根據其兒時的回憶，他在科隆成長的情景，歷經納粹第三帝國的統治及他本人的參戰經驗，戰爭的結果，戰後德國又從廢墟中站起來，創造了「經濟起飛」、「經濟奇蹟」等震驚世界的形象而寫成的一部有關家族變遷的歷史小說。費梅爾家族三代皆以建築爲業，他們歷經德國統一後的威廉一世時代、第一次世界大戰、威瑪共和國、希特勒納粹第三帝國、第二次世界大戰及戰後重建的德意志聯邦共和國。本小說的敘述過程可說與德國的近代史息息相關，其主題無非是呼籲德國人記取過去慘痛的教訓，警惕德國人不可再發動戰爭，其用心可謂良苦。

　　此部小說問世時，佳評如潮，報章雜誌、書評紛紛撰文介紹，成爲一部極受重視的小說，並立即被譯成多種外文，在俄國尤其受到極大的重視⑧。固然由於小說的題材極富吸引力，然而小說的「講述技巧」（Erzähltechnik）尤爲獨特，家族三代歷經的年代，與家族三代有關聯的人物及重大事件等，把半世紀發生的事情濃縮於一天，前後只消十個鐘頭，經由人物的獨白、回憶、或對答勾劃出八十年的歲月。小說情節的確相當吸引人，它有一股引人迫不及待欲知結局的力量。

　　在文學裡，波爾一向忠於描述他所選擇的題材，爲永遠無辜的犧牲者——即本小說中所指的一群「羔羊」辯護。曾有一位文學評論家批評「波爾只描述小市民的遭遇，堪稱是小市民的代言人及保護者」。⑨波爾非常不以爲然，因在其至今的作品裡，他一直反對欺騙、說謊和齒寒無人性的官方代表，對各階層的人士他一向一視同仁。他也寫中上階級人家的境遇（如本文要論述的費梅爾三代），《小丑眼中的世界》中的主人翁——小

丑斯尼爾更是一位經營煤礦業富翁的兒子。直至今日波爾仍爲故鄉人吐露良善的心聲，他以感傷、諷刺、眞實、象徵的筆法探討現今社會的問題。本文就從小說情節的簡介開始，而後著手人物與歷史事件的影射、象徵與主題及評論。

● 一 小說內容簡介

《九點半的撞球》是波爾根據歷史文件刻意編排而成的小說，它是敘述費家祖孫三代與一座聖本篤修道院密切的關係。

波爾的敘述技巧在德國的文壇上向來以其獨特的方式著稱，備受愛爾蘭意識流作家喬埃斯（Joyce）、美國小說家福克納（Faulkner）、海明威（Hemingway）與法國人卡謬（Camus）的影響。⑩

本小說並沒有一連貫性的內容，它只是由人物的獨白、對話以及一些片段的回憶所組成。時間的持續前後只有一天，地點爲科隆及其附近的小鄉鎮，人物則是費家人及其親朋。小說共計十三章，從第一章第一頁開始，即由登場的人物各從不同的年代倒敘進入這特別固定的一天，即1958 年 9 月 6 日老費梅爾 80 歲生日爲止；而各人物內在的獨白間或圍繞著相同的事實和地點重複敘述著，敏感的讀者應當看出波爾是有所感而發的，他一再強調並描述他的故鄉情景及兒時印象深刻的事件。爲便於瞭解本小說非比尋常的編排方式，特地按照原著小說於每章前標列時間與地點。⑪

第一章　時間：1958 年 9 月 6 日，上午十一點半至十二點

　　　　地點：羅伯特 · 費梅爾的辦公室，莫得斯特巷八號

在羅伯特 · 費梅爾的靜力計算鑑定所裡，女祕書雷奧諾拉小姐無事可做。因爲她的老闆每天早上只從八點半到九點半逗留在辦公室，十一點前只有一個特定的電話號碼可以找到他，但這只是便於他的父母、女兒、兒子和史維拉先生的聯絡，其餘的人他一概不理。在無聊中，雷小姐把這電話號碼及地址告訴一位先生，因爲這位先生抽著上好的雪茄，喃喃地說著「部長」、「防衛」和「武器」之類的話，並且十萬火急地非要見她的老闆不可。十一點半左右她的老闆打電話來並大聲地對她咆哮，可見這位並不是她老闆想接見的人。這是四年以來老闆第一次對她不禮貌。

雷小姐高興極了，當她老闆的父親，即樞密顧問，海英利希‧費梅爾來辦公室找她。與他那一板一眼的兒子相反，老費梅爾顯得比較有人性，喜歡與她聊天，並且讓她泡杯咖啡。今天是老費80歲的生日。老費邀請雷小姐晚上參加他的慶生會，並請她替他整理工作室，十二點鐘時，兩人才離開房子。

第二章　時間：九點半至十一點
　　　　地點：海英利希王子旅館，門房處

海英利希王子旅館的門房每天早上準九點半把撞球房的鑰匙交給羅伯特，而同時命開電梯的服務生夫果把一杯雙份的白蘭地送到撞球房去。他對羅伯特每天在固定的時間，由夫果服侍打撞球一事感到懷疑，因此，他從徵信所打聽羅伯特的身分得知：費梅爾博士現年42歲、鰥夫、2個小孩，兒子22歲建築師，不住本地，女兒19歲中學生，是費博士財產的繼承人，母系與姓基爾伯有關。旅館裡的總管老佑恆嘲笑門房孤陋寡聞，他敘述有關費家之事。羅伯特年輕時「不能忍受不公平的事情」，19歲的時候曾「涉及政治」⑫。後來逃到外國，居留幾年才回國，不久從軍去了。

當門房去吃早餐時，老佑恆暫代他看管，有一位自稱內特林格博士的人想見羅伯特。這一個人抽著昂貴雪茄，同時喃喃說著「部長」、「防衛」和「武器」之類的話。但是老佑恆並不像雷小姐那麼容易被說動，雖然他給老佑恆二十馬克的小費，還要續加十馬克，但是他拒絕了。他絕對遵守不打擾客人的規則。旅館的經理不得已只好親自帶著這位先生到撞球房去。

第三章　時間：九點半至十一點
　　　　地點：海英利希王子旅館，撞球房

羅伯特一面打撞球，一面對夫果敘述他年輕時的事情。他憶起1935年的夏天，那時他還是高中生，長久以來他注意到他的同學史維拉常被班上的同學欺負，其中以內特林格和體育老師瓦堪諾最甚。羅伯特記得特別清楚，是一場板球比賽，內特林格唆使一些同學圍攻史維拉，當裁判的瓦堪諾也袖手旁觀。羅伯特忍無可忍，把球拋得老遠，讓人永遠找不到，才

解決史維拉的困境。回家途中他追問史維拉被欺負的原因：

「爲什麼？你是猶太人嗎？」

「不是。」

「那麼你到底是什麼人？」

「我們都是羔羊」，史維拉說，「我們都發過誓，不去行領『野牛的聖餐禮』⑬。」

「羔羊，我好怕這個字，是一種教派嗎？」羅伯特問。

「也許吧！」

「不是黨派？」

「不是的。」

「我將不可能成爲羔羊」，羅伯特說，「我將不可能是羔羊的。」

「那麼你願意被行領『野牛的聖餐禮』的人犧牲掉嗎？」

「不願意」，羅伯特說。

「牧羊人」，史維拉說，「有一些牧羊人，他們不會離開他們所看顧的羊群的。」⑭

他讓羅伯特看被內特林格和瓦堪諾用炙熱的金屬絲條鞭打的疤痕，於是羅伯特加入這些發誓不與行領「野牛的聖餐禮」的人來往的一群。史維拉的妹妹艾迪絲，還有木匠學徒費迪南・波古斯克都屬於行領「羔羊的聖餐禮」的一群。八天之後，木匠學徒因爲企圖行刺瓦堪諾被吊死，史維拉逃跑了，羅伯特也必須逃亡，他雖被炙熱的金屬絲條審問過，但是內特林格放他一馬。經由一位現任職於萊茵河船塢的兒時玩伴資助，羅伯特順利地逃到荷蘭。

聽了羅伯特的訴說後，蒼白瘦小的夫果也講述他的身世。他也是一位被欺負者，沒有其他的理由，只因爲他的臉孔委屈無辜的樣子，他們戲稱他爲「上帝的羔羊」⑮。因父母雙亡，他被送到孤兒院去，然後被旅館的經理挑選爲看管電梯的小弟。夫果又問羅伯特關於戰時的事情，我們得知羅伯特返國後戰爭即爆發了，他從軍並且是位爆破專家，把位在基薩谷的聖安東寺院付之一炬。

將近十一點的時候有人敲門；旅館的經理想要帶內特林格進來見羅伯

特，但羅伯特迅速地從旅館的側門離開。

第四章　時間：中午介於十二點和二點之間
地點：海英利希 · 費梅爾的工作室，莫得斯特巷七號

雷小姐在老費梅爾的工作室幫他整理文件，老人向她敘述他的經歷。

51 年前他帶著四百塊錢獨自來到科隆闖天下。擊敗了幾位建築界的泰斗，贏得聖安東寺院的營建權，他以此成名致富，娶了出身貴族的約翰娜 · 基爾伯，從此平步青雲躋身上流社會。所有的一切正如他所夢想的。當然在他的生活裡也有一些意想不到的事情；他和約翰娜夫妻相愛逾恆，感情彌篤，以貴族的觀念他們希望將來多子多孫，但長子及長女卻早夭，只留下三子和四子，老費梅爾特別鍾愛三子奧圖，因他長得最像自己；但是當奧圖宣誓替行領「野牛的聖餐禮」的人效勞時，父子之間的感情逐漸疏遠，最後奧圖陣亡戰場。羅伯特 20 歲時涉及行刺政府官員的案件而逃到荷蘭，他以畢生心血建蓋的寺院也於 1945 年被摧毀。

二點整時，他搭計程車去療養院探望他的妻子。

第五章　時間：二點過後
地點：丹特林根精神療養院

約翰娜在丹特林根療養院窗前，注視著羅伯特從兩旁植有白楊樹的道路走上來，這條白楊路對她來講好像一條通往希望之宮的路。約翰娜住在精神療養院已達 16 年之久，時間對她來講早就停擺了，所以羅伯特在她的眼中還是 22 歲，剛從國外流亡回來的孩子。她憶起當年羅伯特牽涉行刺案件被迫逃走，她和她丈夫過著憂心如焚的日子，全無羅伯特的音訊，一個叫艾迪絲的女孩子告訴他們，她懷著羅伯特的孩子。有一天終於有了羅伯特的消息，他們在信箱裡發現一張小紙條，但是帶信的小孩不久被逮捕。他們又透過一位在港口工作的侍者送錢給他們的兒子，這位侍者也被逮捕。羅伯特流亡荷蘭三年後，經她千方百計透過她兒時的朋友，一位頗有權勢的行政首長多方奔走，才使得他獲得特赦。

當羅伯特來看她時，老婦人想讓時光倒流，再重溫羅伯特初返家門時的情景。她要羅伯特去探望妻子艾迪絲，艾迪絲在戰爭時已被砲彈炸死，但因他憶起了他返鄉之後與艾迪絲短暫的幸福婚姻，他還是依話行事了。

羅伯特告辭後，老費也來探望妻子，約翰娜要老費梅爾依照她的指示重演過去的事情，但老費嚴加拒絕。約翰娜才猛然醒悟她的行爲舉止失常，並且想起今天是丈夫 80 歲生日，心裡盤算著參加慶生會的事情。

第六章　時間：下午三點四十分至四點十分
　　　　地點：丹克林根的火車站餐廳

羅伯特在火車站餐廳等他的父親，他父親會從療養院搭公共汽車來此地與他見面。

他憶起這房間是他當年在炸毀寺院後，被一位美國軍官審問的地方，當時美國軍官想要知道爲什麼他要這麼做。但羅伯特無法向他解釋，他要怎麼樣才能讓這位軍官瞭解呢？事實上他是很想用塵土和瓦礫替一些無辜的人建造紀念碑，艾迪絲、老史維拉、帶信的小男孩都是「無人保護的羔羊」。⑯

羅伯特心裡暗忖著父親是否知道是他親手炸毀寺院，但等到老費梅爾到來，與他談話後，羅伯特確信雖然父親不知是誰炸壞寺院，但父親的想法與他一樣，即是爲什麼不去保護人類，而卻去保護建築物呢？老費梅爾不希望他的兒子像他一樣常有錯誤不必要的顧慮。

羅伯特的女兒露特從另一輛剛抵達的火車向他們兩人招手，於是父子兩人上車，與她一起去基斯林根。

第七章　時間：下午四點十分
　　　　地點：監獄大門，海英利希王子旅館

史維拉在入境時被逮捕了，因爲自從木匠學徒行刺瓦堪諾而他逃到國外去後，他的名字就一直列在拘捕的黑名單上。內特林格無意中獲知此事，遂立刻幫他交涉，使他獲得釋放。然後內特林格用他的車子載史維拉到海英利希王子旅館，請他吃飯。這倒眞是一項奇特的見面——現在的救星竟是當年的追捕者。對史維拉來講兩者是沒有什麼區別：「……當年我不足爲患，但拘捕我，今天我仍不足爲患，又得釋放我。」⑰而內特林格卻一再地向他保證，他現在是「深信民主」⑱的忠實信徒。

到了旅館時，老佑恆看到史維拉非常高興，史維拉的父親也曾在此當了一年的侍者。夫果也知道他該怎麼做，但他不露聲色。兩位老同學一起

吃飯，史維拉實在受不了與內特林格在一起，在內特林格的驚訝之下，他叫侍者把其餘的烤雞包好，拿著逕自離開了。夫果答應史維拉，每半個小時就打電話，設法與羅伯特取得聯絡；老佑恆告訴他，費家人晚上要在皇冠咖啡店慶祝老費梅爾的生日。

第八章　時間：下午介於四點和五點之間
　　　　地點：河流沿岸，通向基斯林根之路

　　費家的第三代約瑟夫・費梅爾和他的女朋友瑪莉安娜坐在萊茵河沿岸的咖啡店裡。瑪莉安娜感覺到約瑟夫心事重重。原來約瑟夫今天視察寺院重建的工地，經工人的指引，無意間在殘餘的壁畫上發現其父的筆跡，才知道父親把祖父建造的寺院炸毀了，他猶豫不決，只好通知建設公司，他目前暫緩參加寺院的重建工程。

　　也許是這種突如其來的震驚，使得他情緒激動，在開車赴基斯林根的途中，他加足馬力衝向高速公路橋樑傾毀的警告牌「死亡」，最後一剎那他忽有所悟，又緊急煞車。半路上他們又停下來休息，瑪莉安娜得知原因，才對約瑟夫敘述她的經歷；她的父親曾經是個權傾一時的黨領導人，戰爭快結束時舉槍自殺，並遺命她的母親殺死 2 個小孩再自殺。她的母親先用手勒斃她 1 歲大的弟弟，再把一個活圈套套在 5 歲的瑪莉安娜頸子上，千鈞一髮中，一位陌生的男人衝進來，救了瑪莉安娜並收養她。瑪莉安娜視此救命恩人與他的太太一如自己的親生父母。戰後有一天她的母親突然又出現了，要接她回去，但她拒絕了。

　　瑪莉安娜為了要勸導約瑟夫，所以才向約瑟夫講了她的身世，並說：「你的父親不可能做出這麼糟的事情」，約瑟夫回答道：「不會的，是不會這麼糟，但也夠糟了」。[19] 兩人繼續開車前往基斯林根與祖父、父親和露特會合。

第九章　時間：下午介於五點和六點之間
　　　　地點：布雷森地，河流沿岸，莫得斯特巷

　　史維拉乘電車到布雷森地，回到了他生長的地方。他看到了曾與父母住過的房子，那扇費迪南・波古斯克常常憑臨眺望的窗子，但所有的一切顯得格外陌生。他在費迪南的姊姊所開的冷飲店買了飲料，當然她不認

得他了，而他也不願被認出來，因爲他實在不願讓她「冰凍的記憶」[20]融解。

　　史維拉又搭上了往港口的列車，想要找港口小酒店，他的父親曾在那兒愉快地當侍者，他和羅伯特當年也是從那兒搭船逃到荷蘭的。可是小酒店不見了，代替它的是一座新橋。史維拉走過「死亡」的警告牌子（在第八章約瑟夫曾開車衝向這告示牌）到了河岸，他看到了綠茵如昔的草地，當年羅伯特把那一個永遠找不到的球踢到這裡來。最後史維拉再回到火車站，然後在莫得斯特巷租了一間便宜的小房間。

第十章　時間：午後介於五點至六點之間
　　　　地點：聖安東寺院，丹特林根療養院

　　費家人與瑪莉安娜同赴聖安東寺院，修道院院長非常高興地接待他們。這位新任的修道院院長不認識羅伯特，也不知道是羅伯特炸壞了修道院。院長根據傳統以麵包、奶油、酒和蜂蜜款待他們。院長並邀請大家參加新寺院的破土典禮。儀式中的祝賀詞擬定爲「與盲目激怒之下摧毀我們故鄉的力量取得諒解」[21]，但是羅伯特不願參加典禮，因爲他「不是已經被寬宥的，他無法和致費迪南、艾迪絲於死的力量取得諒解，也無法和珍惜聖安東寺院的力量取得諒解；他不能寬宥別人，不能寬宥自己，也不能與寬宥的意旨取得和解。」[22]而老費梅爾心裡也忖度著不去參加典禮，因爲他「不願像紀念碑一樣的站在那裡」。[23]

　　然後全家人赴丹克林根去接約翰娜。在療養院的門前只有露特留在車內，因爲她對老祖母沒有好印象。在她年幼時，雖然家境頗富裕，但老祖母卻要小孩養成節省的習慣，老祖母常不讓她和約瑟夫吃飽，只給他們足夠吃的食物，而把其餘的送給鄰居。露特知道是她父親炸毀修道院的，但她並不震驚，因年幼時她曾經歷過更悽慘的事情，看見轟炸後，成堆的屍體被拋到卡車上及飢寒的人群。因此對她來講，爆破寺院並不怎麼可怕；她仍然深愛她的父親。

第十一章　時間：午後介於五點和六點之間
　　　　　地點：丹克林根療養院

羅伯特戰時的上司，綽號「射程範圍」將軍也住進了療養院。約翰娜幫他在療養院的教堂謀得了彌撒服務的工作。當約翰娜得意地拿出預藏的手槍給他看時，他嚇了一跳；將軍走後，約翰娜把手槍放進她的皮包，因為她已決心要「把死亡埋藏在皮包裡，然後返回真實的生活中」。[24]

約翰娜聽到了電話報時：「……午後六點，1958 年 9 月 6 日」，她突然返回時間的軌道，刹那間，約翰娜的臉上浮現老年人慣有的蒼白面色，深暗的頭髮也變白了。這時她叫的計程車正好與費家人同時到達。

第十二章　時間：下午六點以後
　　　　　地點：海英利希王子旅館

旅館裡熱鬧異常，有一位元帥也在旅館舉辦慶生會。樞密顧問老費梅爾和他太太，還有一位 M 先生，他們被安排在面對著大街的房間，M 先生（後來才知道 M 是部長的縮寫）的房號是 211，費家人的房間是 212 號。這兩個房間的陽臺都面對街道，可以一覽無遺地觀看節日慶典表演。慶典儀式開始了，施放煙火，士兵列隊遊行，部長為對他的袍澤表示平易近人的風度，在獲得上級指示後，他就坐到陽臺上。

約翰娜坐在陽臺上思考著她應該槍殺那一位？內特林格？或者是在下面騎白馬經過的瓦堪諾？她有自己的想法，然後她對準了坐在她隔壁的部長，因為她認為部長將是「會殺我孫子的兇手」。[25]

第十三章　時間：下午大約六點三十分至七點三十分
　　　　　地點：羅馬式嬰兒塚——皇冠咖啡店——海英利希王子旅館
　　　　　　　　——工作室

約瑟夫、露特和瑪莉安娜加入參觀羅馬式嬰兒塚[26]的隊伍，兩位女嚮導為遊客唸墓碑上的記載，事實上這不是個真正的墳墓，只是把在別的地方發現的墓碑集中設置在這裡，因而成了一個觀光勝地。每位遊客為這「古老的十七世紀的悲哀」[27]而默禱，瑪莉安娜眼淚奪眶而出，因為她想起了被母親勒斃的弟弟。

參觀完畢之後，三個年輕人急急忙忙地趕到皇冠咖啡店去，在那裡的

老闆娘氣急敗壞地告訴他們生日慶祝會取消了。她得意地指給他們三人看一座用最好的麵粉製成的聖安東寺院模型的長形蛋糕。這是她為讓她的老顧客驚喜而特地做的。

當三位年輕人向著海英利希王子旅館走過去時，他們聽到了槍聲。女秘書雷小姐也在往旅館的途中，她有一封信要交給她的老闆，從旅館門房那裡她打電話到撞球房給她的老闆，放下聽筒時，她聽到槍聲。

而當這些事情發生時，羅伯特和史維拉在夫果的服侍之下，在撞球房裡敘舊，如同他們當年在荷蘭一起打撞球一樣。但是兩位老同學並非認真地在打撞球，卻像在傾聽撞球撞擊時發出規則的韻律節奏，又好像是要經由史維拉的在場來證明他帶來「堅定性的現在時間」。㉘

羅伯特把一堆領養手續的文件交給夫果。當羅伯特和史維拉敘舊時，電話鈴響起來了，那是雷小姐打來的，當羅伯特放下聽筒時，聽到槍聲。

夫果向旅館經理辭職，提起行李跟費家人一起到老費梅爾的工作室慶祝生日。皇冠咖啡店的職員送來聖安東寺院模型的蛋糕。剎那間老費梅爾好像要發脾氣，但是他卻輕輕地笑著並道謝：取消了 51 年以來在皇冠咖啡店吃早餐的習慣。切下教堂鐘樓的拱頂放在盤子上，微笑地遞給羅伯特。

最後的一幕是作者特地用來隱喻「烏托邦」式的和平，老費梅爾不再計較過去的一切了。費家人終於在這一天大團圓了，約翰娜從自我放逐的療養院回家，史維拉也在國外流亡 20 年之後回來與費家人團聚，老費梅爾以後不再在皇冠咖啡店吃早餐，他原諒了他的兒子，羅伯特收養夫果為義子，最後他也象徵性地獲得父親的寬恕，約瑟夫回心轉意，決定參與寺院的重建工作。約翰娜、老費梅爾及羅伯特這三位小說中的主角，最後都從不能釋懷的境遇解脫了，並返回現實生活中。

🔵 人物與歷史事件的影射

作者曾追憶他寫《九點半的撞球》的經過：「我記得，1934 年戈林（Hermann Göring，1893 年至 1946 年，在納粹第三帝國曾任國防部長，為希特勒最重要戰友之一）在科隆，命人以斧刑處死 4 位年輕的共產黨員，其中最年輕的一位只有 17 歲左右，與我當時的年紀相仿，那時剛好

是我開始嘗試寫作的時候，起先我是打算寫短篇故事，但又感覺到這勢必是一部長篇小說。及至我在根特（Gent 比利時城名）看到范艾克昆仲（Gebrüder van Eyck 兄與弟兩人皆為荷蘭畫家）畫的一幅祭壇，在畫的中間站著上帝的羔羊……」[29] 此為佈下作者寫此部小說的棋局。而後作者親歷戰場，目睹戰爭的殘酷與迫害，因此小說中筆尖所及皆栩栩可喚的歷史事件，堪稱為一部德國近代史。

「九點半的撞球」是一部家族變遷史小說，重心是圍繞著聖安東寺院的滄桑史。1908 年祖父興建的寺院被他兒子在 1945 年破壞，然後孫子又於 1958 年重建它。故事看似平淡無奇，但作者用隱喻及象徵的手法來刻劃多位與這個家庭錯綜複雜的命運相關的人物及事件，同時並藉此探討正義、眞理與人道等問題，並以其獨特的處理方式，透過費家從 1885 年到 1958 年所發生的事件來暗示將近八十年的德國近代史所遭遇的波折，及作者個人身為德國人處於這動盪不安的世界的感受。

德國自從 1871 年在「鐵血宰相」俾斯麥的策劃領導下完成統一後，全國上下發憤圖強，躋身歐洲強國之列，引起列強的嫉恨與畏懼，於是列強紛紛仿效，擴充軍備，造成世界局勢的緊張。本小說的主角之一，費氏家族的發跡者老費梅爾的出生年代，依他的敘述推斷應當在德國完成統一後的第七年。1907 年老費以一個血氣方剛的年輕人帶著一張教堂設計圖從鄉下進城去應徵，他很清楚他要走的路，他知道他要什麼，而且也達到了目的。他回憶：「我事先已經看到了一切，我清清楚楚地知道我要什麼，而且也知道我將會獲得它……」[30]。1907 年，這年是德國從農業社會邁入現代工業化國家，科技發達、突飛猛進。老費梅爾勤奮地工作，力爭上游、孜孜不倦，夙夜匪懈地投身於建築界，象徵著德國人的奮鬥精神。但德國在這奠下基礎的一年，卻是混雜著高響入雲的「防衛」與「武器」口號的時代。如果不防衛就屈居下風，會被追捕欺凌，這時代來臨了，是個「舉手投足皆要付出生命的時代」。[31] 德國逐漸富強，使歐洲列強刮目相看，心生畏懼，埋下第一次世界大戰的遠因。

德國史學家曾探究兩次世界大戰的遠近因素，指出把第一次世界大戰的罪過全盤推給德國，實在是相當不公平。蓋 19 世紀末德國進入現代

化，國勢日強，招致歐洲列強的猜忌，本於自身防衛，逐挾傑出的科技擴充軍備，自此列強也顧及自身安全，競相擴充軍備，逐演變成劍拔弩張的局勢，埋下大戰的火種，及至奧地利與巴爾幹半島錯綜複雜的政治恩怨達於水火不相容的地步，1914 年塞爾維亞激進的民族主義份子行刺奧國王儲費迪南一世，終於爆發第一次世界大戰。作者有感於此，逐藉老費梅爾自敘身世這章，闡述第一次大戰前後的德國情況，老費梅爾目睹德國的強盛，眼見其祖國的進步，但卻沒料到進步吞噬了他自己的小孩，他的妻子受不了這些虛偽狡詐而需要住進精神療養院。

約翰娜雖然住在精神療養院，但事實上她並沒有發瘋，她出自名門，具虔誠信仰仁慈心腸。戰時食物普遍缺乏之下，約翰娜設法賑濟陷於困境的鄰居，雖然有足夠的糧食，也不縱容孫子養成驕奢的習慣。她反而訓誡其孫子接受與別人一樣困境。故她的孫女回憶其童年即對她無甚好感（見小說內容簡介第十章）。第一次世界大戰前，戰爭氣焰高漲，愛國情緒達於高潮，她 7 歲即夭折的長子喜歡唱歌，但卻每天唱著學校教的激烈愛國歌曲，約翰娜數次嚴屬地禁止孩子唱愛國歌曲，但孩子臨死前，最後說的一個字卻是興登堡。其後她的兩個哥哥於第一次世界大戰為國捐軀。在一次社交場合她公然脫口而出，大罵皇帝威廉一世是蠢豬，罵興登堡是老牛，在其生活圈引起頗大騷動，因而被法院判以誹謗罪。之後三子奧圖於第二次世界大戰期間在俄國陣亡，媳婦於轟炸中喪生，她終因家門的巨變與種種的打擊而精神崩潰，被送到療養院。

她認為精神療養院是個理想的宮殿，她可以迴避她所憎恨的世界。她曾獨白：「面對著一張小日曆，我的思潮回到了 1942 年 5 月 31 日；不要揉碎我的小船，請可憐我，親愛的，不要揉碎一條用日曆紙摺成的小紙船，不要把我推進十六年的大海洋中。你知道的：為了勝利，需要去奮鬥的，它不是可由別人贈送或平白得到的：那些不行領『野牛的聖餐禮』的人，會受到痛苦，你也知道聖餐禮是有它驚人的效力，他們餓了，而找不到麵包，沒有魚、羊的聖禮是不能阻止他們的飢餓的，但是牛能夠提供更豐富的營養」。又語重心長地說：「長劍必須收起來，並用腳去踐踏它。」㉜十六年來約翰娜可說自我放逐，住在與外界完全隔離

的療養院裡，她暫時失去時間的概念，沉浸在過去美好辛酸的回憶裡。唯一尚存的兒子在她眼中仍然年輕，雖然她的外表恍惚不定，但這只是裝瘋賣傻，其實神智及下意識仍然清醒，她尚記得其夫 80 歲的生日，並且打定主意要去參加慶生會，她認為她報仇的「時機成熟了」。[33] 她擬定好要如何地對尚存的權勢挑戰，要向全世界表示她如何地輕視權勢。作者安排最後由約翰娜向政治家 M 先生（M 為德文部長 Minister 的第一個字母）下手是本小說的最高潮，故作者描述她把手槍放進皮包時，臉上轉為蒼老，頭髮也顯得灰白，即為她決心返回現實，接受現實的徵兆。老太太最後決定射殺 M 先生，她說：「不是謀殺暴君，卻是一件適當的謀殺」。[34] 她認為內特林格及瓦堪諾兩人是過去權勢的走狗，現在她要保護她的孫子，不被未來的兇手謀害，因而她認定部長先生即現階段不合公理正義的權勢，所以她選擇 M 先生下手。

　　費家的第二代，也是本小說的主角，羅伯特於第二次大戰時是位爆破專家，在德軍投降前幾天，他奉上級的指示，把阻礙射程範圍的寺院炸毀。宅心仁厚的他實在不忍傷及一些無辜的百姓，他憎恨連修道院的僧侶都屈服於納粹的淫威，甘心為暴政的傳聲筒。他為了表示反抗暴政與權勢，爆破了寺院，象徵他向世界抗議「泰西文化紀念碑」[35] 的摧毀而發出哀號。

　　作者與羅伯特・費梅爾生於同一年代，長於戰亂，他對這種痛苦的感受特別深刻，尤其當一個德國人，更深深地體驗到這種分歧徬徨的命運。作者安排羅伯特回憶 1935 年他與同學史維拉的對話，來影射處於第三帝國納粹執政的極權統治時期，羅伯特即勇敢地反抗惡勢力（如在板球比賽替史維拉解危），同情弱小被欺凌的人，加入宣誓不行領「野牛的聖餐禮」[36] 的集團。作者更塑造了羅伯特的哥哥奧圖成為納粹的忠實黨徒，為權勢利用，淪為暴行的工具，兄弟兩人的立場不同，終至反目成仇。羅伯特這位醉心於數學和赫德林[37] 的靜力學家，比他的父親老費梅爾更積極、踏實，他是他那時代的一個形象。這可從他一生的經歷看出，在學生時期即極端地反抗法西斯主義，終於不得不亡命外國，後雖獲赦、參戰，又於戰時目睹無辜的人慘遭戰爭的蹂躪，因而他憎恨整個世界，認為這個

世界只適合狼群（指蠻橫之人）存在。故在盛怒之下以不再是「泰西文化紀念碑」的理由，毀滅那座不善盡職責保護上帝子民的寺院。但他這樣做同時也使一些人遭殃，故他一直不能忘懷過去，覺得自己是個劊子手，罪惡的陰影纏繞著他。戰後的他沒有勇氣面對現實，更不能自辯罪過，只好躲到撞球房中把自己隱藏起來。在撞球房中，他並不注視著綠色的桌布，也不更改打撞球的動作，他向陪伴著他的夫果反覆地敘述童年的生活與過去的經歷，昔時的親友彷彿又活躍在他的眼前，並且以驚懼的眼光觀察現在的情勢。看到當時他為了理想要剷除的惡權勢（指內特林格），現在又再度強大起來，戰後，內特林格仍居波昂政府要職，具有巨大的影響力。

　　作者於 1933 年曾參加天主教太陽換時的慶祝儀式，典禮中，聆聽僧侶們的歌唱，感慨萬千。他形容寺院的司職人員「腐朽脆弱的骨頭顫抖著」，[38]他親身體會到僧侶們在納粹的威脅下噤若寒蟬。25 年之後，作者在小說中安排一幕重建修道院的典禮，在首相、內閣官員、外籍貴賓、達官顯要，還有教會高級人士等冠蓋雲集的場面中，讓羅伯特表達內心無言的抗議，拒絕參加典禮，因為虛偽的惡勢力仍在，他不和權勢妥協。作者強調罪惡導致悲劇，而這個重擔卻要由善良無辜的人去肩挑。

　　內特林格這個形象是作者用來隱喻權勢的化身。他年輕時是個蠻橫恣意欺凌弱小同學的壞蛋，難怪羅伯特對雷小姐大發雷霆，從旅館後門溜走迴避他。他的名字勾起羅伯特不愉快的回憶，史維拉為了他被迫得流亡 20 年，有家歸不得。在動亂的時代他並沒有遭遇惡果，反而安然地度過難關，在穩定的戰後社會中又位居高位，憑藉著他的權勢關係可以在史維拉入境遭遇困難時，紓解他的窘境，難怪史維拉要感慨「權勢」仍是推不倒的，現實的情況仍是由權勢來把持掌握，故史維拉無可奈何地說：「他們仍然飼養狼群」[39]。內特林格這個人還不是典型的惡魔，作者有意要安排他表現一絲良知尚存的機會，按內特林格原文字義為「好人」，雖然他在本小說所占的份量不多，但卻是一位性格最突出的人物。他在拷問謀刺瓦堪諾事件時放走了羅伯特，於史維拉返鄉時拉他一把，並堅決發誓他現在是忠於民主、信仰民主而不再走反動路線的人，作者在一系列的作品中區分兩種類型的人，有一種人是善良卻貧窮無權勢，另一種卻是腐敗，富

裕又擁有權勢。內特林格這位抽著粗厚的雪茄，西裝筆挺體面的紳士，混和著具有殘忍與柔軟心腸的性格，實在是個道道地地典型的機會主義者。

費家的第三代，約瑟夫・費梅爾步其祖父的後塵，選擇建築為業，他成長於戰後的德意志聯邦共和國，代表現在持懷疑態度的年輕一代。上一代父執輩們的罪惡衍成的悲劇，加重下一代兒子們的心理負擔。作者在此安排祖孫三代，中間的那一代為劃分上下二代的分水嶺，上代奠下基礎，中間代破壞殆盡，下代又得重新復建。在戰後十三年，也即「經濟起飛」的時代，生活富裕的西德聯邦共和國是剛剛走出廢墟的暴發戶，外在的物質雖然與過去截然不同，但是人內在的精神卻與歷史緊密地連接著。

年輕的費梅爾對父親基於兩種理由（一為射程範圍，二為錯誤不當的紀念碑）而炸毀寺院的做法懷疑，過去那一段黯淡的歷史仍懸而未解，故吾人可以瞭解年輕的費梅爾對他所選擇的職業——建築師的展望，對於未來所下的評語：「到底是要建設或破壞，我還不知道」。[40] 作者深怕後人忘卻過去的錯誤，又重蹈覆轍，所以配合歷史事件的發生來塑造小說中的人物，其處心積慮的構思，無非是要呼籲世人互相友愛、和平共處，用心可謂良苦。

三 象徵與主題

自 1954 年出版的小說《無人保護的小屋》以及五年後重新問世的長篇小說《九點半的撞球》，可看出波爾強烈積極的寫作意向。本小說兼具諷刺與報導的風格，文中對於德國民族性的描述與批判屢屢可見。在其歷史上德國民族性所扮演的角色，如民族主義、大沙文主義，尤其是以納粹為首的德國社會民族主義，此皆被波爾視為普魯士主義。在《九點半的撞球》這部小說裡，波爾提出一個適當的比喻，把人分成兩類，不厭其煩地在小說裡引述。

這項構思是波爾取自聖經〈新約啟示錄〉兩隻獸的靈感：「一隻野獸成為羔羊們的敵人，所有地上的居民，名字在創世之前沒有登記在被殺羔羊的生命冊上的，都要拜牠……這隻野獸（依據聖經的記載，是一隻長著十個角和七個頭的怪獸，足如熊爪、口如獅嘴）又強迫所有的人，無論老幼、貧窮富貴、奴隸或自由人，在他們的右手和額頭上打了印記，……羔

羊站在錫安山上，他們的額頭上都寫著他和他父親的名字。」[41]而聖餐禮為基督教信徒的一種獲得恩典的聖儀，在儀式中接受麵包和酒。有罪之人去領聖餐是罪上加罪，無罪之人去領聖餐則倍加恩寵。波爾把人區分為兩類，「犧牲者是羔羊，劊子手是野牛」[42]。因此羔羊的象徵如史維拉、艾迪斯、費迪南、夫果和瑪莉安娜，他們都是純潔軟弱，無辜受罪，不會保護自己的人，所以波爾形容他們發誓行領「羔羊的聖餐禮」。羔羊的象徵形象易於瞭解。他的對手「野牛」通常都是愚笨和孔武有力的，他衝進羊群，騷擾踐踏羊群。行領「野牛的聖餐禮」的人在此是指蠻橫霸道的內特林格、瓦堪諾和後來被約翰娜射殺的部長。可是「野牛的象徵是比較複雜，而且比羔羊更難清楚的區分出來」[43]，因為按波爾的用意又把野牛看成德意志人性格的一種象徵，因為野牛這個字的德文動詞原意為堅強的學習、勤勉且固執的工作。第一次世界大戰德國軍隊的榮耀、忠實、守紀律與服從的觀念，仍然保存著普魯士軍事傳統的模式，這些民族的特性被波爾用來當「野牛」的象徵。

希特勒，這位造成悲劇的罪魁，他的名字在小說裡從頭到尾都沒有被提到。作者只以年代的數字代表納粹主政的時代。引用「野牛」比喻威廉時代迄今的民族黨員及法西斯黨員。小說裡「野牛」的最後一個化身是興登堡，他的名字被用來比喻德國的軍國主義。而犧牲者一向都如聖經上的羔羊，是如此地純真弱小，一再地被野牛欺負。波爾認為直到現在這種現象仍然存在，即強者壓迫弱者。作者深富同情心，他在羔羊與野牛間創造牧羊人來保護羔羊。羅伯特是典型的牧羊人，他於小說結束時收養了夫果，就如他當年保護史維拉一樣。而費家的第一代，老費梅爾不屬於羔羊，他也沒有宣誓為行領「野牛的聖餐禮」的人效忠，他以一無名小子擊敗了教堂建築界的泰斗，被喻為拿石頭戰勝巨人哥利阿[44]的大衛。作者用這些象徵達到了他對人類形態的標示。

羔羊與野牛象徵著兩種人，在小說裡他們的命運與最後五十年具體的歷史背景相互關聯。尤其是在納粹時期與政治的牽連特別明顯。羅伯特與史維拉的被拘捕與逃亡，不只是肇因於政治，特別也有宗教因素在內。史維拉強調，他父親、費迪南‧波古斯克以及他自己本人都未曾涉獵政

治、參與政治活動。老佑恆曾經說過羅伯特不能忍受不公平的事情，但是「假定你不能忍受不公平的事情，那你就與政治有關了。」[45]自古以來宗教與政治的關聯糾纏不清。評論家波塞爾曾說過：「政治與宗教的界限在此毫無疑問的是由理論演繹出來的，亦即政治的根源包含在廣博宗教的領域內，至少在人性的領域內。」[46]曾因於第一次大戰時，辱罵皇帝爲蠢豬而被控誹謗名譽的約翰娜，在她要返回 1958 年的現實生活時說：「……所有的人都行領過野牛的聖餐禮。」[47]只有從她這句話才能瞭解她行刺的動機。

聖安東寺院的完工提高了費家的社會地位，作者描述中產階級的費家人眼中的世界，從老費梅爾娶了一體面人家的女兒開始，老費擁有事業、愛情與家庭。作者透過費家生活描述市民世界的團結、忠實、信仰與安全感。但好景不常，時代巨輪改變了費家人的命運。讀者從小說的結構可以看出，作者巧妙地安排透過主角的形象與他們提示的數字，進而使人聯想到歷史的變遷。1907、1914、1917、1928、1932、1935、1942、1945 及 1958 這些年代曾指出那固定的一刹那，再配合著各方面所發生的事情，提供了一個向前進行的一系列具代表意義的年代。

時間節奏的韻律感表現在每天發生的瑣碎事情上。小說中有三件一再被重複描述的平淡日常生活，一是老費梅爾自 1907 年 9 月 6 日以來一直在皇冠咖啡店吃早餐，二是羅伯特・費梅爾每天於固定的時間、固定的地點打撞球，三是莫得斯特巷的一家屠宰店每天掛著一隻被宰殺的豬，它的血滴在柏油路上。小說第一章結束時，莫得斯特巷的一家印刷廠的印刷機不再發出吱吱雜雜的噪音，但是被屠宰的豬仍然繼續滴著鮮血，象徵著目前雖處於和平年代，但眞正的和平尙未來到，世界上的人仍然互相殘殺。

除上述三件代表日常生活之事外，一再重複出現的主題是「照顧我的羔羊」、「腐朽脆弱的骨頭顫抖著」、「心地永遠保持同情」以及中學生們手不釋卷地展讀席勒狂飆時期的劇作《陰謀與愛情》[48]；費家早夭的長子，7 歲時唱的歌：「必須要有一支武器」，表示 1914 年全國的愛國情緒達於高潮。作者以各種主題準確精密地滲入小說細節中，揭穿一切眞相，

所謂愛國主義思想無非是狂妄的野心者的護身符。戰後經濟蕭條的景象，由史維拉的童年回憶可窺見一斑，希特勒的殘暴專橫，市民無辜的犧牲以及野心者的下場，由瑪莉安娜回憶其家門慘遭巨變及露特回憶飢荒可見一斑。戰後「經濟奇蹟」下，由海英利希王子飯店形形色色旅客的描述可見富裕閒暇的生活使人忘卻過去慘痛的歷史。

結　論

　　這部小說不只是波爾最好的一部，也是一部自從 1945 年來以文學的筆法勾劃德國的命運，而最發人深省的時代小說。此部小說可以與湯瑪士・曼（Thomas Mann）的《浮士德博士》（Dr. Faustus），安娜・西格爾斯（Anna Seghers，1900 年至 1983 年）的《第七根十字架》（Das siebte Kreuz）⁴⁹相提並論。本小說以一家族三代的經歷爲主題，被歸類爲家庭小說，但事實上可把它看成一部德國近代史。

　　德國近代史是一頁黑暗的歷史，它遺留給德國人的是永恆的懺悔。掀起兩次大戰的德國，戰後的眞相如何呢？身爲德國人的波爾有感於他的任務，基於道德正義的立場，更驅使他良知上的不安，所以毅然決然地寫出此小說，目的無他，只爲警惕德國人記取過去慘痛的教訓，不可再觸發戰爭。波爾出自良心的抗議，揭穿了所謂新的社會和政治調和的謊言，不論出自其構想或描述眞實的情節，都像藝術史的一個新紀元，其描寫的方式，用字的優美就像一首詩，像一串閃亮發光的火花。各種發生的故事都是在探討德國民族的悲劇，它是有罪抑或無罪？深究我們這一代的人性，已走下坡或者尚停留在人格或精神之磨練之上？

　　飽受戰時砲火摧毀的歌德紀念館（Goethe-Haus）⁵⁰，在戰後有些人反對修復它，因爲不去探究形成罪惡的緣由，而只注重外表的粉飾，這只能遮掩表面的傷痕，波爾一直堅持此種看法，他熱烈激昂地呼籲著。被炸毀的聖安東寺院即是一個很好的例子，一個很好的象徵，他不只指出剛愎愚昧的悲劇，更是反對奢侈、浮華、健忘的時代潮流。波爾認爲寺院的重建必須有另一種新的精神支柱，因爲連僧侶也行領了「野牛的聖禮」。波爾還以客觀的觀點來探討德國過去與現在的道德問題。戰後二十年舉目所

見的德國皆是欣欣向榮，一片大好的情勢，對迅速復興後所存在的現象，作者透過史維拉的話：「德國變胖了，就像一位村姑嫁了暴發戶……我害怕，我所找到的人，如果不比我當初離開時好一點的話，我會失望。」⑤這種控訴從羅伯特母親的獨白達到最高點，她在第三帝國時，為了找一個內在自由的地方，逃避到精神療養院去，她認為：「迷途的孩子比失敗的戰爭更可怕。」⑤

本小說也涉及弱者的地位，如羅伯特和他的朋友們被指為羔羊，基督的愛是廣袤無邊的，如史維拉的父親不收任何人的小費，因為他認為大家都是兄弟。德國戰後的小說，還沒有一部像波爾的小說如此讓人感覺到，它被授予委任權來解釋德國精神面貌的混亂，而且能夠在聖壇的領域內不迷失其方向。

任何人想要克服過去，他必須要原諒許多痛苦的事情。是的，要以原諒的方式，但不是要忘記，而是要轉換為一股積極的力量，轉換成人類愛——但也要原諒罪人，這就是本小說的意旨了。

註　釋

① Heinrich Böll: Über mich selbst. In: Hierzulande. Deutsche Taschenbuch Verlag, München 1937. S.9.

②「德國四七文學社」為 1947 年李希特（H. W. Richter）、安德生（A. Anderson）和科本厚夫（W. Kolbenhoff）等人首倡，為一作家與評論家等不定期聚會，會中朗誦各人新作。每年召開二次朗讀與批評研討會，各類新聞上關於這個集團的報導均稱為「1947 年文學社」。這個集團由於得到出版社的資助，自 1950 年由與會者投票選出文壇新秀，給予鼓勵。

③ Marcel Reich-Ranicki: Bitteres aus liebenden Herzen den Deutschen gesagt. In: Die Welt,von 8. 10. 1959.

④ Ibid.

⑤ Wilhelm Treue: Deutsche Geschichte. Alfred Kröner Verlag. Stuttgart 1971 S. 870-871.

⑥ Hans Schwab-Felisch: Der Böll der frühen Jahre. In: Sachen Böll. Deutsche Taschenbuch Verlag. München 1980, S. 167.
聖艾修伯里（Saint-Exupéry，1900 年至 1944 年），法國小說家，醉心於飛行，亦是個飛行員，其名著有《小王子》、《沙漠之城》等。

⑦ 波爾在文學寫作領域裡，唯一遭到滑鐵盧的，亦即是他唯一的戲劇作品《大地之啜吸》（Ein Schluck Erde），上演時並不成功。

⑧ Böll russisch, Junk armenisch in: Deutsche Zeitung Nr. 197, 25/26. 8. 1960.

⑨ Curt Hohoff: Der Erzähler Heinrich Böll. In: Merkur 11. H.12,1957, S. 1208.

⑩ 詹姆斯‧喬埃斯（James Joyce，1882 年至 1941 年），愛爾蘭作家，代表作是《尤里西斯》（Ulysses），在此部長達七百頁的近代小說裡，他設下事件發生的極限時間，把它集中於同一天，並用內在獨白的技巧來寫作。波爾的《九點半的撞球》似乎模仿他的風格。
威利安‧福克納（William Faulkner，1897 年至 1962 年），一位自我意識極強的美國作家，是位具羅曼蒂克風格的自然主義者，以敘述美國南方

城市的問題著稱。波爾的寫作技巧頗受福氏的影響,即「倒數敘述」的手法。

恩斯特 ‧ 海明威(Ernest Hemingway,1898 年至 1961 年),美國小說家,是「迷失的一代」的代言人。他以《老人與海》成為德國家喻戶曉的作家,1954 年獲諾貝爾文學獎。波爾的用字遣詞和敘述風格頗受其影響。

阿爾伯特 ‧ 卡繆(Albert Camus,1913 年至 1960 年),一位近代最具代表意義的法國詩人及劇作家,且是「存在主義的擁護者」。波爾的思想深受卡氏的薰陶。

⑪ 原著小說共 13 章,根據 Droemer Knaur 出版社 1973 年 2 月版印行,全書共計 213 頁。本小說用一天的時間交代全部過程,為易於瞭解起見,參照波塞爾(T. Poser)分析評論波爾的《九點半的撞球》,在小說內容的每一章節前加註時間和地點。見 Therese Poser: Heinrich Böll. Billard um halbzehn in: Möglichkeiten des modernen deutschen Romans. Verlag Moritz Diesterweg, Frankfurt am Main 1979.

⑫ 原著小說《九點半的撞球》(Billard um halbzehn),Droemer Knaur Verlag, 1973.

⑬ 「野牛的聖餐禮」一詞請參見㊂象徵與主題之章節。見本書 271-273 頁。

⑭ - ㉕見註⑫。

㉖ 羅馬式嬰兒塚:古羅馬人相信人死後尚有靈魂存在,為早夭的嬰兒小孩設立墳墓,墓前供放孩童生前用過之衣物,以示其在永生仍可享用。西元前 58 年,大羅馬帝國的疆界擴展到萊茵河西岸,西元 458 年,大羅馬帝國最後據點「科隆」被日耳曼人的法蘭克族占據之後,就此結束了五百多年羅馬人在萊茵河畔的統治。

㉗ - ㉘見註⑫。

㉙ Horst Bienek : Werkstattgespräche mit Schriftstellern. Deutsche Taschenbuch Verlag, München 1976, S. 173.

㉚ - ㊱見註⑫。

㊲ 佛利德利希 ‧ 赫德林(Friedrich Hölderlin,1770 年至 1843 年),德國詩人,深受席勒影響,寫成詩集《人類理想頌歌》,在作品中渴望德國統一,同情法國資產階級革命,並把古希臘政治理想化,但帶有悲觀情緒。著名詩作有〈致德國人〉、〈祖國〉和〈希臘〉等。本小說的主角羅伯特熱愛赫德林的作品,即表示他也希望德國的政治上軌道。

㊳ - ㊵見註⑫。

㊶ 錄自新約啓示錄第 13 章第 8 節，第 16 節和第 14 章第 1 節。

㊷ 參見 Marcel Reich-Ranicki: Heinrich Böll, in: Deutsche Dichter der Gegenwart. Hrsg. v. Benno von Wiese. Erich Schmidt Verlag, Berlin 1973 S. 333.

㊸ 見⑪，S. 242.

㊹ 出自聖經〈撒母耳記〉（下），第 21 章，第 15 至 22 節。

㊺ 見⑫。

㊻ 見⑪，S. 243.

㊼ 見⑫。

㊽《陰謀與愛情》（Kabale und Liebe）爲席勒 1784 年所作，是一部平民反抗權勢、揭發宮廷陰謀之愛情悲劇。

㊾ 湯瑪士‧曼（Thomas Mann，1875 年至 1955 年）其早期作品探討「生活」與「藝術」的矛盾。1929 年獲諾貝爾文學獎，1947 年的作品《浮士德博士》（Doktor Faustus）是敘述一位德國作曲家的一生經歷，象徵德國的命運，小說最後一句名言爲「我的朋友，我的祖國，上帝寬恕了你們可憐的靈魂。」

安娜‧西格爾斯（Anna Seghers，1900 年至 1983 年）爲前東德女作家，代表作爲《第七根十字架》（Das siebte Kreuz），敘述七位囚犯從集中營逃亡的情形。

㊿ 歌德紀念館（Goethe-Haus）位於法蘭克福（Frankfurt am Main），德國大文豪歌德（Johann Wolfgang Goethe，1749 年至 1832 年）誕生於該屋，館內存有歌德用物及手稿等。

○51 及○52見註⑫。

XIII

德國文學作品中的女性形象

前　言

　　人類兩千年歷史長河中，男、女兩性的關係及存在的問題，在東、西方的文學作品中不難看見。雖然文學作品表現的手法不同，但在刻劃女性的人格特質及其角色，在描繪女性對其所處的境遇及面臨的問題如何對待及處理時，東、西方的文學作品中，同樣都會呈現其過程及結果，兩相比較，頗有異曲同工之妙。

　　聖經舊約「創世記」一開始記載著上帝如何創造世界之後，祂才造人。祂先塑造了一個男人名為亞當，為免他過於寂寞，於是上帝從亞當的身體取下一根肋骨，製造一個女人與亞當相伴。[①]這個記載隱約含有女性是男性身旁的附屬品之意。長久以來，女性在過去都扮演著依附於男性身旁的角色，被視為男性的附屬物，天經地義只是個陪襯的角色。因此，也難怪一般文學作品中，順從、含蓄、忍耐、被動一直是女性被塑造最多的人格特質。

　　隨著時代潮流的進展、市民意識的抬頭，歷經文藝復興、人文主義、狂飆運動、啟蒙主義、古典主義、浪漫主義、寫實主義、自然主義、表現主義、印象主義等思潮之推波助瀾，作家在刻劃女性的角色也可說與時俱進。因此，我們看到不同類型的女主角，她們在面對自身問題與所處的大環境時，如何做出抉擇。我們也看到她們的精神、情懷、或是性格在文學作品中，鮮明地躍然於紙上，讓讀者留下深刻的印象。女主角如果能夠擺脫命運的束縛，抑或跨越最難越過的難關——即改變自身的性格，就可以將悲劇轉化為喜劇，否則就只有趨向毀滅一途了。

　　本文試著在浩瀚的德國文學中，從各個文藝思潮時期的作品，比較各個作家的創作，如何描述女主角在事件始末的過程中，以何種思維及態度對待自身的宿命，將其相同類型的女性一一臚列。

❶ 父系結構下的女性

　　遠古時期因女性具生殖力，能繁衍人口，故地位高於男性，造成女尊男卑的母系社會。初民時代的母系社會，由女人參與勞動，掌握經濟，一切由女人作主發號施令（至今仍有少數氏族保留母系社會）。其後社會

生產力轉移至男性，由於男人孔武有力，更容易取得生活必需品，遂改由男性當家。當母權社會移轉為父權社會後，女性逐漸失掉優勢，不再作為被崇拜的對象，遂發展成重男輕女的思想。漢字結構的「嫁」是最好的說明，即女子到夫家，而「娶」是男子取得女子。這就是父系社會中的男娶女嫁。女人地位卑微或者沒有地位，如不能自立自足時，得依靠男人；因此歷來父母的心願，皆希望他們的女兒能夠找到好歸宿，於是就有人戲稱女孩子嫁出去了，就是找到長期的飯票。由以上可看出父系社會裡，男權至上的觀念及對女人產生偏見。

　　男、女的婚姻關係，是以一夫一妻為原則（現今仍有些地區允許一夫多妻制），但男人控制了女人，他除了妻子之外，還可以擁有妾；甚至制定了七出的禁忌，只要妻子觸犯其中一條，作丈夫的就可以休妻，這是中國古時的婚姻制度，只保障男人，不保障女人，非常的不公平。現今的社會是女人也受法律保障，可以拿出具體的事由向法院提出「離婚」，這是稍微進步的地方。

　　社會變遷，時至今日，女性的地位由來低下，女兒是賠錢貨的觀念仍然深入人心，雖說婦運走了大約有 200 年，多少傑出的女性冒出頭，其才華仍不輸男性，即使直到今天女性仍然有部分任人擺布，女性想掙脫傳統男權中心，擺脫苦難的宿命悲劇，似乎仍得再多加努力。

　　東、西方的女權歷來大同小異，從《聖經》「女人」一詞命名的由來，早就明顯地道出男性有絕對的「權威」和「宰制」，女性不過是男性的附庸物，且要分擔「生育」的另一項重大責任，和男性的關係是「從屬」關係。再以中國的古訓佐證：三從（從父、從夫、從子）及四德（婦德、婦言、婦容、婦功）的箴言，是中國由來已久訓誡女子的家訓，其根深蒂固幾乎等同於《三字經》、《千家文》或《四書五經》。「三從」道盡了古代女人的一生。

　　女人既附屬於男人，那麼男人對女人的壓制十分徹底，一些有關婦女運動的著作[②]，道盡了女性在人類史漫長的進展中篳路藍縷辛酸的過程。女人在男人的控制下，只有「順從、貞潔、謙卑、忍耐」，同時，這也是表揚女人美德的標準。從花木蘭的「代父從軍」、「還君明珠雙淚垂」到

民歌〈上山採蘼蕪〉的棄婦「長跪問丈夫」的種種行為，展現了舊禮教下，女性的寬容、忍讓美德；而西方的女性，其處境也幾乎類似。

「婚姻」在女人的一生似乎是人生的「重心點」所在，雖然在古今中外，女子（甚或男子）的婚姻都有由父親作主的例子，中國膾炙人口的《梁山伯與祝英台》，祝父將英台許配給馬文才，明末清初的孟稱舜（1594年至1684年），其戲曲作品《節義鴛鴦塚嬌紅記》裡，嬌娘之父不顧她與申純情同意合，懾於權勢，將她許配給豪帥之子，造成悲劇。德國布雷希特（B. Brecht，1898年至1956年）《黑夜鼓聲》（Trommeln in der Nacht）裡的安娜之未婚夫在一戰時上前線，於非洲被俘後失蹤，父親強迫她嫁給發了戰爭財的商人。馮塔那（T. Fontane，1819年至1898年）的《艾菲‧布里斯特》（Effi Briest）裡的艾菲也是在父親的作主下，嫁給母親的舊情人——年近四十的男爵。中、外文學作品為女兒擇婚的情節如出一轍。由這些實例可看出當時女子大多地位低下，無法在有關自身的大事加以置喙。再加上當時受封建禮教耳濡目染的約束和教化，同時社會環境又迫使女性處於被動地位，種種因素使得女性不能積極爭取婚姻自由，只能消極的抵抗悲劇命運。

⬛ 簡述德國女性自主情況

傳統上女性地位一向低下，從《聖經》女人命名的神話以來，一直到封建社會「男尊女卑」的觀念，女性無疑是屈居附屬、陪襯的地位。縱使多有才華也無處可發揮，否則不會有祝英台喬扮男裝赴杭州求學之傳奇。女性難道沒有「自覺」？女性的才華難道無人看出？隨著時代的改變，思想潮流的演進，民智大開，漸漸允許女性也受教育，因此現代或近期的女性則以另一種樣式呈現自我。在此以民智、思想和觀念較為進步的德國浪漫主義時期的女性為例，她們以另一種方式爭取自己的婚姻自主，這無非是一大躍進。在此以實例指的是當時的女作家、文學作家的戀人或妻子，她們多數皆為受過教育的知識女性。

女性地位的提升和女性寫作的蔚為風氣，與浪漫文學和浪漫文學作家有關[3]，此時的女作家人才輩出，優秀的文學作品紛紛出爐。更令人注目的是她們勇於追求自我，以自我為主體，不仰人鼻息，如以當時的眼

光來看，她們是離經叛道、特立獨行的前衛女子；以今天的眼光來看，則是有獨立的人格，無畏於世俗的規範，能夠自立於社會的女人。浪漫主義時期著名的兄弟檔，兄：奧古斯特 · 威廉 · 施雷格爾（August Wilhelm Schlegel，1767 年至 1845 年）為德國文藝評論家、語言學家、翻譯家。他在 1797 到 1810 年間把《莎士比亞戲劇集》兼顧信、達、雅，以優美的德語譯出並出版，將莎氏（William Shakespeare，1564 年至 1616 年）的作品介紹給德國人。之後，由路德維希 · 梯克（Ludwig Tieck，1773 年至 1853 年）的女兒朵洛黛亞（Dorothea Tieck，1799 年至 1841 年）和包迪辛伯爵（Wolf Heinrich Graf von Baudissin，1789 年至 1878 年）合作，繼續譯完十三部莎氏的作品。筆者在此要指出的是，梯克的女兒英文的造詣應該不錯，否則不可能和德國作家包迪辛一起做翻譯工作，然而查遍德國的百科大辭典，卻沒有梯克女兒的介紹，這是很不公平的事。奧古斯特 · 施雷格爾 1796 年時，與女作家卡洛琳妮 · 米夏艾利斯（Karoline Michaelis，1763 年至 1809 年，婚後冠夫姓）結婚，並移居耶拿（Jena），兩夫妻活躍於當時早期浪漫主藝文學圈，1803 年卡洛琳妮與他離婚，改嫁哲學家謝林（Friedrich Wilhelm Joseph von Schelling，1775 年至 1854 年）。弟：佛利德利希 · 施雷格爾（Friedrich Schlegel，1772 年至 1829 年）和他後來的妻子女作家朵洛黛亞（Dorothea，1763 年至 1839 年）的婚姻更是令人側目，朵洛黛亞是著名的哲學家孟德爾頌（Moses Mendelssohn，1729 年至 1786 年）④的女兒，奉父命嫁給銀行家懷特（Philipp Veit，1793 年至 1877 年），育有兩個兒子，但與其夫並無精神上的交集，1797 年認識佛利德利希 · 施雷格爾時，兩人互為對方吸引，墜入愛河，朵洛黛亞我行我素剛強的性格，不惜冒天下之大不韙，離家出走，與小她 9 歲的佛利德利希 · 施雷格爾同居，這種驚世駭俗的舉動招來不少非議，兩人的戀愛史和社會對此的強烈反應，為施雷格爾 1799 年的長篇小說《露辛德》（Lucinde）提供了素材，以反抗庸俗的市民道德，並提出大膽自由的婚姻觀，震驚了當時的社會，他們 1804 年才正式結婚，並一起在維也納（Wien）組織一個文學圈。1801 年，朵洛黛亞撰寫未完成的小說《佛羅倫丁》（Florentin）。

　　浪漫主義時期的女小說家蘇菲・梅羅（Sophie Mereau，1770 年
至 1806 年）是德國第一個著名的職業女作家，1803 年改嫁克萊蒙
斯・布倫塔諾（Clemens Brentano，1778 年至 1842 年），她曾為
席勒（Friedrich Schiller，1759 年至 1805 年）主編的《詩歌年刊》
（Musenalmanach，1796 年至 1800 年）及《季節女神》（Die Horen，
1795 年至 1797 年）雜誌撰稿，並著有詩歌集、長篇小說和書信體小說。
布倫塔諾的妹妹貝蒂娜（Bettina Brentano，1785 年至 1859 年）也是女
作家，嫁給了與她哥哥一起搜集約六百首民歌和童謠⑤的作家封・阿尼
姆（Achim von Arnim，1781 年至 1831 年），著有多部作品，尤其是
《歌德與一個小孩的通訊》（Goethe's Briefwechsel mit einem Kinde，
1805）為瞭解歌德最好的註腳。與布倫塔諾兄妹頗為友好的女作家卡洛
琳妮・君德羅德（Karoline von Günderode，1780 年至 1806 年）是位
才華洋溢的作家，其詩作呈現憂鬱、感傷、令人心醉神迷的風格，其戲劇
作品充滿了典型浪漫主義的幻想。可惜她和海德堡（Heidelberg）的哲學
家克羅策爾（Georg Friedrich Creuzer，1771 年至 1858 年）一場不幸的
戀愛，導致她走上自殺一途，令人不勝唏噓。

　　浪漫主義時期的另外一位才女拉海兒・列文（Rahel Levin，1771
年至 1833 年），則是一位書寫體文學作家，第二次的婚姻嫁給同樣是
文學家的范恩哈根・封・恩瑟（Karl Auguest Vornhagen von Ense，
1785 年至 1858 年），她在柏林的文藝沙龍當時是哲學家及柏林浪漫派藝
術家聚會的場所，拉海兒在其作品不斷為猶太人及婦女呼籲，主張這兩類
人也有平等權。德國在 1989 年發行了一套表揚德語區傑出女性的郵票，
為面值從 5 分尼到 300 分尼的紀念郵票，除了拉海兒（Rahel Varnhagen
von Ense，再婚後冠夫姓），尚有其他領域的女性：艾瑪・伊爾（Emma
Ihrer，，1857 年至 1911 年）是德國女政治家，朵洛黛亞・艾克斯雷本
（Dorothea Erxleben，1715 年至 1762 年）為德國女醫生，是 1754 年
6 月 12 日在哈勒大學（Uni. Halle）第一個攻讀並取得醫學博士學位
的德國婦女。克拉拉・舒曼（Clara Schumann，1819 年至 1896 年）
是德國傑出的女鋼琴家，她能精準地詮釋其夫羅伯特・舒曼（Robert

Schumann，1810 年至 1856 年）的作品。特雷瑟・吉瑟（Therese Giehse，1898 年至 1975 年）爲著名的戲劇女演員。寶拉・莫德遜－貝克爾（Paula Moderson-Becker，1876 年至 1907 年）是德國女畫家。貝爾塔・封・蘇特內爾（Bertha von Suttner，1843 年至 1914 年）是奧地利女和平主義者及女作家，於 1905 年獲得諾貝爾和平獎。瑪蓮娜・狄特里西（Marlene Dietrich，1901 年至 1992 年）爲德國馳名於世界的女電影明星和女歌唱家，公開從事反納粹社會運動，1934 年拒絕納粹宣傳部長葛貝爾斯（Joseph Goebbels，1897 年至 1945 年）邀請其返回德國，1937 年入美國籍，五、六十年代巡迴世界的演唱以反戰歌曲著名於世。

時序推移至目前的 21 世紀，中、外傑出女性人才輩出，目前各行各業的領導階層也有女性，甚至當國家的領導人——女總統、女總理也大有人在。這樣看來，好像已經達到了「男女平等」、「兩性平權」的目標，但實際上「男尊女卑」的觀念依然深入人心。雖說憲法保障、明文記載在法律面前「男女平等」，但限制及歧視女性的字眼及事件時而發生，這是有目共睹的。父系結構下的女性地位顯然有提升，雖然仍不是全面性的，但是比起以前已有大幅度的改善。

三 文學作品中的女性形象

時不分古今，地不論東西，在文學創作上，都有作家以其個人的巧思塑造女性形象。本章節所欲探討的女性形象，係筆者將一部浩瀚的德國文學設限在從騎士文學時期到新古典主義時期（1180 年至 1900 年）。清一色地找出男性作家的作品，觀察女主角在他們的眼中是柔弱、堅強，抑或是能獨立思考、擁有自主的人格？它以下面幾種形象呈現出來。

（一）忠貞

對愛情堅貞不渝及衷心地守護，處在逆境時，執著一股信念，堅忍不拔，憑著智慧與一股毅力，守得雲開見月來。或是形勢比人強，看不到出路，只好隨波逐流，選擇同歸於盡。

《古德倫之歌》（Das Gudrunlied）的作者不詳，據認爲係巴伐利亞或奧地利的一位詩人約於 1240 年所作。取材 9 世紀北海（Nordsee）地區

的歌曲和傳說，僅存手稿。

　　古德倫（Gudrun）美貌無比，諾曼底（Normandie）國王哈特穆特（Hartmut）和西蘭國（Seeland）的國王赫爾維格（Herweg）慕名前來求婚。古德倫愛慕赫爾維格的勇敢，同意和他訂婚。後來哈特慕特趁赫爾維格不在國內，搶去了古德倫。因爲她拒絕嫁給他，哈特慕特的母親強迫她當奴僕，終日在海邊洗衣。古德倫忍辱含垢，13 年之後，終於盼得她的未婚夫赫爾維格來搭救她。⑥

　　古德倫在逆境中能夠忍耐，並憑著一股毅力，因她堅信有一天必能獲救，脫離苦海，果然，13 年後得以和赫爾維格團圓。這和王寶釧爲薛仁貴苦守寒窯 18 年後，有異曲同工之處。

　　海英利希・封・克萊斯特（Heinrich von Kleist，1777 年至 1811 年）寫於 1808 年的《海爾布隆的凱特馨》（Das Käthchen von Heilbronn）劇本，又名《火之試探》（Die Feuerprobe），是一齣以團圓爲結局的命運劇。平民少女凱特馨實際上是國王的私生女，是個美麗可憐的夢遊症患者，她愛上了韋特爾（Wetter）伯爵，亦步亦趨地跟蹤伯爵，忍受伯爵的凌辱和折磨。韋特爾伯爵偶然救出出身皇室的庫妮君德（Kunigunde），他曾夢見天使告訴他會娶國王之女爲妻，遂決定與她結婚。婚禮前夕，庫妮君德想陷害凱特馨，命令她衝進陷入火海的莊園去取伯爵的肖像。凱特馨不惜爲伯爵而投身於熊熊烈焰之中，因天使保護倖免燒死。伯爵和作夢中的凱特馨對話，終於明白了她跟著他的原因，認定她就是國王的女兒。後來國王也承認凱特馨是自己的女兒。她當場揭穿了庫妮君德陷害她的眞面目，凱特馨的愛之渴望實現了，與伯爵結爲連理。

　　本劇夢幻與現實交叉貫穿全劇，情節動人。凱特馨以人性的善戰勝了惡，她的忠貞、痴心的愛實現了，命運的安排亦是一決定性角色。

　　與團圓結局相反的悲劇有德國中古世紀偉大的敘事詩詩人歌特夫里・封・斯特拉斯堡（Gottfried von Straßburg）的作品，其生平不詳。約在 1210 年他根據出自昂格魯——諾曼第人傳說的題材，艾爾哈特・封・歐伯格（Eilhart von Oberge）的《特里斯坦傳說》創作史詩，只寫成 19552 行，作品未完成即逝世，後由其繼承人續完。

史詩《特里斯坦與伊素爾德》（Tristan und Isolde）敘述騎士特里斯坦奉叔叔馬克（Marke）國王之命到愛爾蘭（Irland）代他向美麗的公主伊素爾德求婚。伊素爾德的母親調製了一種「愛之飲」的魔酒，為的是讓公主與馬克國王的愛情永遠堅固。不料歸途中，因侍女的疏忽，讓兩人誤喝了「愛之飲」。從此刻起，兩人感到一股彼此無法分開的力量。伊素爾德雖然與馬克國王結婚了，這對年輕的戀人忘了騎士應遵守的榮耀、節制與紀律，無視宗教和倫理的規範，常背著馬克國王私通。因此被驅逐離開王宮，逃到森林裡，在一個岩洞裡共享愛情的幸福。馬克國王後來原諒了他們，召他們回宮。但是兩人仍難忘舊情，國王對此也不能容忍了，因此放逐特里斯坦。特里斯坦後來到諾曼第參戰，並娶了公爵女兒伊素爾德·魏斯漢德（Isolde Weißhand）——史詩到此中斷。後繼者繼續書寫：特里斯坦婚後，夫妻關係並不和諧。在一次戰鬥中，他身受重傷，派人去找伊素爾德，並約定如果她來了，就張白帆，否則張黑帆。伊素爾德果然來了，但其妻伊素爾德出於嫉妒，故意說張的是黑帆，特里斯坦在失望中逝去。伊素爾德上岸後，見情人已逝，於是倒在他身邊悲痛至死。兩人為愛情而死，後人將他倆安葬在一個小教堂兩側。在他們的墳墓上分別長出一株玫瑰和一株葡萄藤，兩棵植物根蔓纏結，盤繞在小教堂的屋頂上，象徵他們永生不死的愛情。⑦

瑞士作家哥特佛利德·凱勒（Gottfried Keller，1819 年至 1890 年）在他寫於 1856 年的中篇小說《村莊裡的羅密歐與茱麗葉》（Romeo und Julia auf dem Dorfe）描述一對戀人沙利（Sali）和芙蓮馨（Vrenchen）在反目成仇的父親阻撓下，深感結合無望，於是在某一天去鄰村趕廟會，痛痛快快地玩了一天後，雙雙投河自盡了。凱勒透過這悲劇揭露了資本主義滲入農村後，富人對財富的貪慾和自私的本性，兩家富農不但犧牲了田產，還葬送了一對青年人的幸福。此部小說並不是模擬莎士比亞的名劇《羅密歐與茱麗葉》，它是根據 1847 年 9 月 3 日蘇黎士（Zürich）報紙上的一則社會新聞：萊比錫附近農村貧苦人家裡一對戀人（男孩 19 歲，女孩 17 歲），由於兩家有世仇不能結合，於是在痛痛快快地玩到半夜一點以後，在田野上互相用槍射擊對方而死。⑧

　　男女主角對愛情的沉迷與投入，在忠於愛情的原則下，找不到解決的辦法，往往釀成悲劇。中國的傳說《梁山伯與祝英台》以及明朝孟稱舜的戲曲作品《節義鴛鴦塚嬌紅記》，也是根據元朝宋梅洞（約13世紀中期至14世紀初）取材於北宋宣和年間一個真實的故事。東、西方此類作品，膾炙人口，互為輝映。

（二）復仇

　　採取恐怖與不擇手段的方式，基於嫉妒、虛榮，糾結一股怨氣，或是認為自己受到不公平的對待，喪失顏面名譽，或為了維護個人的人格尊嚴，逮到機會，欲替自己討回公道。

　　《尼布龍根之歌》（Das Nibelungenlied）史詩。作者不詳，一般認為此作約於1200年出現在奧地利。取材於日耳曼民族的古老傳說和第五世紀民族大遷徙時期匈奴人（Hunnen）征服布根地（Burgunder）王國的史實。

　　力大無窮的克桑騰（Xanten）王子西格佛利德（Siegfried）殺死看守尼布龍根寶藏的巨龍，取得了寶藏、隱身帽，並且沐浴於龍血，除了肩膀中間的小地方被菩提樹葉遮住是致命傷之外，他是刀槍不入的。他聽說布根地國王君特（Gunther）的妹妹克林姆希爾德（Kriemhild）美貌絕倫，前去求婚。君特要求西格佛利德先幫他娶得伊森斯坦（Isenstein）美麗的女王布倫希爾德（Brunhild），方允諾其要求。西格佛利德用隱身帽協助君特，與布倫希爾德比武時戰勝了她，兩對新人遂舉行婚禮。西格佛利德告訴妻子他是如何用隱身帽騙了布倫希爾德，並將在戰鬥時偷了布倫希爾德的皮帶和戒指送給她。

　　10年後，西格佛利德偕妻去布根地作客。宴會時，姑嫂兩人為了誰是最偉大、孔武有力的男人爭執起來。克琳姆希爾德說出真相，並出示皮帶和戒指。布倫希爾德認為被羞辱了，極欲報復。忠誠又勇敢的武士哈根（Hagen）決心殺死西格佛利德為女主人雪恥。趁著西格佛利德打獵去泉井喝水時，用矛刺進他的要害，並將尼布龍根寶物沉入萊茵河裡，布倫希爾德隨著西格佛利德之後去世。克琳姆希爾德發誓為丈夫復仇。13年後，匈奴國王艾策爾（Etzel）向她求婚，條件是應允為她復仇。

　　克琳姆希爾德嫁到匈奴國後，又經過了 13 年。艾策爾邀請君特及他的另外兩個弟弟、哈根等人去匈奴國作客。在宴會上，匈奴人大開殺戒，君特和哈根被活捉，克琳姆希爾德命哈根說出尼布龍根寶物的下落，哈根表示只要主人中有一個存在，就不能說。克琳姆希爾德便殺死了哥哥君特，並將頭送到哈根面前，哈根固執地拒絕說出寶物隱藏的地點，她就用西格佛利德的寶劍殺死了哈根。在一旁的勇士喜爾德布蘭德（Hildebrand）⑨見她毫無人性，也揮刀殺死了她。

　　克琳姆希爾德為了心愛的人，不分青紅皂白，殺紅了眼，只為了報仇，報仇的意念深植其心，她心懸 26 年的復仇導致她的殘忍、泯滅人性，從一個純情美麗的公主變成一個殺人不眨眼的惡魔⑩。這與希臘三大悲劇家之一的歐里皮得斯（Euripides，約西元前 485/484 年或西元前 480 年至 407/406 年）作於 431 年的悲劇作品《美蒂亞》（Medea）⑪可互相媲美。

　　以悲、喜劇的方式點出「復仇」的主題，是瑞士作家佛利德利希·杜倫馬特（Friedrich Dürrenmatt，1921 年至 1990 年）寫於 1956 年的戲劇作品《老婦返鄉記》，另譯《貴婦怨》（Der Besuch der alten Dame）。它敘述一座貧困的小城居倫（Güllen），一天來了個億萬女富翁克萊兒（Claire），隨身帶來了一口精緻的黑棺材。她答應五億捐給市政府，五億給所有市民均分，但是有一個條件：要求居倫城替她主持「正義」，處死她的舊情人伊爾（Ill）。

▲杜倫馬特

她返鄉，其實就是要徹底報復；她捐巨款，其實就是要買個公道。因為，她年輕時與青年伊爾熱戀，並懷有身孕。伊爾卻遺棄她，使她

挺著大肚子流落他鄉，淪爲妓女。後來她結了 9 次婚，嫁了 9 個丈夫，成爲一個擁有美國石油的億萬富婆。居倫人對她開出的條件大爲震驚，起初在人道的呼聲下，拒絕接受捐款和條件，但金錢的誘惑實在太大了，他們終於屈服了，替她主持「公道」，處死了她以前的情人；億萬女富翁的目的達到了，隨即帶著棺材離開，居倫城終以主持「正義」換得繁榮。

本齣戲印證了「有錢能使鬼推磨」之諺語，人性的弱點不攻自破。女主角克萊兒長久以來累積的怨恨，成爲她精心策劃，蓄意報復的導火線。她擁有傲人的財產，在風塵打過滾的她，更洞悉人性的弱點。她知道擁有金錢，實際上就擁有讓社會眾人在自己的意願前低頭、妥協、屈服、服從的權力。克萊兒利用這一點，她就像美蒂亞那般跋扈、武斷和殘忍，爲所欲爲地進行報復，然後耀武揚威地以勝利者的姿態離開了。

另一種復仇則是女主角要擺脫從屬地位和維護其人格尊嚴，不惜以生命去換取，這種婦女形象從佛利德利希‧赫伯爾（Friedrich Hebbel，1813 年至 1863 年）的二部劇作可窺見一二。作於 1840 年的《尤狄特》（Judith）是根據《聖經舊約》記載，尤狄特是趁敵將熟睡時，取其首級的救國女英雄。赫伯爾此劇卻著重在尤狄特的心理刻劃，蓋尤狄特爲占領她家鄉的亞述統帥何洛佛爾內斯（Holofernes）的英武魁偉所迷惑，而何洛佛爾內斯也爲尤狄特的美貌所吸引，但鄙視她爲女奴，酒醉後姦汙了她。尤狄特是因女性的尊嚴受侮辱才殺掉他，並不是因爲愛國。在全城軍民爲她歡呼時，她心裡卻痛苦萬分，因爲她的殺人動機不是爲了拯救同胞，而是受個人報仇思想的驅使。她要求同胞萬一她懷孕，就把她殺死。沃爾夫岡‧波歇爾特（Wolfgang Borchert，1921 年至 1947 年）也曾以此題材用短篇散文的形式寫作，題名《袋鼠》（Das Känguruh），因爲尤狄特將砍下的敵人首級用她的裙子兜著捧出來，接受城民們的歡呼，她的樣子就像一隻袋鼠。⑫

赫伯爾的另一齣劇作《黑羅德斯和瑪莉阿姆娜》（Herodes und Mariamne，1849），也是處理男女之間心理戰的悲劇，取材自猶太人的歷史傳說。猶太國王黑羅德斯⑬生性猜疑嫉妒，深恐美麗絕倫的妻子瑪莉阿姆娜被別人占有，在兩次出征前，他都祕密頒了一道命令，即如果他戰

死沙場，就立即處死妻子。兩次都爲瑪莉阿姆娜獲知，她深受侮辱，認爲她在丈夫心中什麼都不是，只是一件物品，她決定報仇，設計假扮不貞，激怒黑羅德斯判她死刑。刑前她向羅馬統帥道出眞相。瑪莉阿姆娜死後，黑羅德斯才知道她的貞節無辜。

　　女人要求獨立自主，擺脫依附於男人的從屬地位，並且維護自己的人格尊嚴，在挪威（Norwegen）作家易卜生（Henrik Ibsen，1828 年至 1906 年）寫於 1879 年的《玩偶之家》（Nora oder Ein Puppenheim）所塑造的女主角娜拉（Nora），終於勇敢地走出去了，過自己想要的生活。

（三）犧牲

　　因禮教束縛，因義務高於愛情的倫理觀念，爲了要維護倫理、道德、義務、責任就必須自我捨棄，犧牲自己的愛情。

　　「麵包與愛情」或「義務與愛情」這種道德兩難的問題在做選擇時，往往讓人頭痛，孰是孰非？席勒（Friedrich von Schiller，1759 年至 1805 年）於 1784 年寫的平民悲劇《陰謀與愛情》（Kabale und Liebe）及 1801 年 的《奧雷昂的姑娘》（Die Jungfrau von Orléans）給出了答案。

▲席勒

　　《陰謀與愛情》敘述宰相之子費迪南（Ferdinand）不顧階級偏見和門閥觀念，與窮樂師米勒之女露易絲（Luise Miller）相戀的悲劇。公爵出於政治因素需要擺脫自己的情婦，宰相爲取悅公爵並鞏固自己的地位，強迫費迪南與公爵的情婦結婚，費迪南堅決不從。爲了破壞費迪南與露易絲的眞摯愛情，宰相便與祕書伍爾姆（Wurm）設計了一個陰謀，他們先將露易絲的父親以莫須有的罪名關起來，再以釋放米勒爲條件，迫使露易絲給宮廷侍衛長寫一封信，並要露易絲發誓保守祕密。然後，伍爾姆故意讓這封假情書落入費迪南手中。費迪

南看到情書，怒火中燒，急忙去責問露易絲，露易絲爲救父，痛苦地遵守諾言，堅不吐實。費迪南在飲料中下了毒藥，露易絲臨死時說出眞相，費迪南懊悔不已，也飲下毒藥，悲劇便在這對情侶慘死中落幕。本劇成功地刻劃女主角露易絲的性格，介於「傾向」（內心深愛費迪南）與「義務」（解救獄中的父親）之間的矛盾與掙扎。

《奧雷昂的姑娘》是席勒根據英、法百年戰爭（1339 年至 1453 年）時，率兵擊退英軍的聖女貞德（Jeanne d'Arc，1412 年至 1431 年）之眞實事蹟爲背景，但情節稍有更動。席勒爲刻劃約翰娜（Johanna，爲劇中貞德的化名）處在感性與理性之間的掙扎，安排約翰娜在一場戰役中因對英俊的被俘英國將領里奧納爾（Lionel）產生愛意，於是私下放了他。當法國慶祝戰勝英國時，約翰娜篤信宗教的父親不相信自己的牧羊女兒能創造奇蹟，解救法國，認爲她一定是把靈魂賣給了魔鬼以求得世上的功名，所以當父親指責約翰納爲女巫時，她想到私放英軍戰俘，內心深感有罪，故面對指責只有沉默不語，使大家都相信她是女巫，於是決定放逐她。

在放逐途中她被英軍所俘，這時法國因失去約翰娜又一敗塗地，當被囚在英占領區的約翰娜得知法國大敗，國王被俘的消息，便使盡力氣掙脫枷鎖，奔赴戰場，扭轉了法軍的劣勢，也解救了法皇，但自己卻在戰鬥中身負重傷而死（與史實記載的貞德之死不符合）。席勒除藉本劇歌頌人民團結一致抵禦外侮，反對內部分裂，歌頌愛國精神及表達他的民族統一理想外，更將約翰娜寫成一個有血有淚的人物，在感情傾向（對里奧納爾的愛慕之情）和道義實踐（身負解救法國之重任）互相對立時，因道義責任與感謝聖母賜給她力量已結合在一起時，她才釋懷地選擇了道義，忠於她應盡的職責。約翰娜的心路歷程轉折在席勒筆下是全篇最美的境界，因他將情慾掩蓋下的女英雄，處於個人與國家之間的矛盾衝突，最終受良心的譴責而作出抉擇寫得絲絲入扣，同時也彰顯了席勒的理想主義。

（四）贖罪

贖因自己所犯下的錯誤而造成悲劇的罪，或爲了所愛的男人贖罪，祭獻自己。

約翰・沃爾夫岡・封・歌德（Johann Wolfgang von Goethe，

1749 年至 1832 年）寫於 1808 年的《浮士德、悲劇第一部》（Faust, Die Tragödie erster Teil）裡，與魔鬼訂立契約的浮士德恢復青春，開始了他的人生歷程。他與美麗純眞的市民少女葛蕾卿（Gretchen）相戀。葛蕾卿不顧當時的禮教束縛，懷著眞誠熱烈的感情，將自己的身心全部獻給浮士德，自由戀愛帶給她喜悅，也帶給她悲劇。爲了與浮士德幽會而不讓母親知道，她給母親服下過量的安眠藥，以致母親中毒身亡。哥哥又在與浮士德決鬥中喪生，臨死前，痛恨地指責她。葛蕾卿在承受不了這種因她而起的家庭變故下，在恍惚中殺死了自己與浮士德的私生子。於是葛蕾卿被判入監獄，等待死刑。當浮士德欲以劫獄救出葛蕾卿時，卻遭她拒絕。她不願苟且偷生，而是勇敢地選擇了死亡，以表示她對封建宗法勢力和守舊社會傳統的反抗，同時也爲自己犯下的錯誤贖罪。因此歌德在第一部結尾時，安排獄中的葛蕾卿聽到來自天上的「得救」之聲，並且由天使引導她的靈魂升天。葛蕾卿以對浮士德純淨的愛情、對惡劣命運的逆來順受以及贖罪的思緒而獲得拯救。

　　1772 年的《艾米莉亞‧加洛帝》（Emilia Galotti）是雷辛（Gotthold Ephraim Lessing，1729 年至 1781 年）最出色的市民悲劇，劇本的情節取自古羅馬的一個傳說，父親爲保持女兒的貞操，寧可手刃女兒。雷辛懾於當時專制政治的淫威，只好將此劇的背景安排在義大利某公侯國的宮廷裡，但觀眾都明白這是暗指當時分裂的德國的任何一個小邦。義大利某小公國古斯塔拉（Guastalla）的王子看上了奧多拉托（Odoardo）上校的女兒艾米莉亞，但艾米莉亞即將與阿庇阿尼（Appiani）伯爵結婚。王子的朝臣馬力內利（Marinelli）獻上一計，僱用一幫強盜在他們去鄉間莊園結婚的路上襲擊，殺死阿庇阿尼，同時由王子派人把艾米莉亞誘騙到王子的別墅裡，僞稱王子救了她。奧多拉托及時趕到，適逢王子的情婦奧西娜（Orsina）也來到別墅，她向奧多拉托講述自己遭受王子始亂終棄的事例及識破了王子的陰謀，當場揭露王子的荒淫無恥。爲了確保完美的道德和女兒的貞潔，奧多拉托在艾米莉亞講述羅馬父殺女的典故要求之下，毅然答應女兒的要求，用匕首刺死了艾米莉亞。從故事始末看來，艾米莉亞是看到她的貞節即將遭到王子的破壞，爲了守護自己的貞節而說出典故刺激

父親殺死她。事實上，從她告訴母親，王子曾在某些公開場合向她表示愛意，而她不知所措，沒有向王子明確的說「不」，一直以逃避的方式對待王子的求愛，讓王子以為她默許，待發生了強盜搶劫之事，才導致其未婚夫被殺之悲劇。艾米莉亞認為自己犯錯在先，有勾引王子之嫌，她的懺悔只有以死贖罪，故借父親的手達到她的目的。⑭

　　女人的贖罪，由於自己的罪過，甘願祭獻自己。反之，也有不是自己的罪過，而願意奉獻犧牲的例子。哈特曼‧封‧奧埃（Hartmann von Aue，約 1168 年至 1210 年）的詩體小說《可憐的海英利希》（Der arme Heinrich），敘述宮廷騎士海英利希在縱情的世俗生活裡忘掉了上帝。上帝懲罰他，讓他得了痲瘋病；只有一位自願犧牲、純潔貞女的心臟之血才能救治他。海英利希無比失望地返回他的莊園，村民們都躲開他，只有他的佃戶收留了他。佃戶的女兒對他悉心照料。經過 3 年時間，海英利希逐漸意識到自己因對上帝沒有虔誠的信念而得到懲罰。佃戶女兒愛上了海英利希，她聽說醫治海英利希的方法後，毅然決定用自己的生命挽救他。兩人動身前往薩勒諾（Salerno），請求名醫開刀，就在醫生動刀之際，海英利希突然醒悟，不應該犧牲別人來拯救自己，並且決定服從他的命運。他的這一意念使上帝為此降福於他，使他恢復健康，並同這女孩喜結良緣。

　　理查‧華格納（Richard Wagner，1813 年至 1883 年）於 1841 年完成的三幕樂劇《漂泊的荷蘭人》（Der fliegende Holländer），也是女主角的忠貞願意拯救被詛咒的男人。第一幕：傳說中的幽靈船船主荷蘭人因為在一次大風暴中曾揚言誓死都要繞過海岬，得罪了海神，而被罰永遠在海洋中漂流，每隔 7 年准他上岸一次去尋找一個愛他至死不渝的女人，只有一個對他忠貞不二的女人，才能使他從海神的符咒中解脫。在一次暴風雨中，達朗德（Darland）船長在海灣避難，與漂泊的荷蘭人不期而遇，荷蘭人向他敘述悲慘的命運，並要求達朗德船長提供他一個短期的避難所，他會贈與財帛；當荷蘭人知道船長有個女兒，突然決定要娶她，而船長也允諾將其女兒仙姐（Senta）嫁給他。第二幕：船隻靠岸時，船長帶著荷蘭人回家介紹給仙姐，一種陰鬱的情緒困擾著荷蘭人，因他嚮往著解

脫，但仙姐的身邊卻有一個愛慕者——艾雷克（Erec）。仙姐這時充滿了同情的感覺，她一心一意想解救這個可憐人。荷蘭人於是警告仙姐，如果她對他不忠貞，則將遭天譴，仙姐發誓對他永遠忠貞不渝。第三幕：仙姐朝著荷蘭人的船隻跑過去，而艾雷克在後追趕，極力挽留她，當荷蘭人看到此景象，他懷疑仙姐會背信離他而去，就把他的船駛向海中。此時仙姐掙脫艾雷克的糾纏，攀爬著懸崖到山巔上，高喊著對漂泊的荷蘭人忠貞不渝的誓詞，然後躍入水中。這時，荷蘭人的船也沉入海裡，在晨曦中現出仙姐與荷蘭人的形象，雙雙飄向天堂，荷蘭人終於得到了解脫。⑮

　　另一種贖罪是歌德認為人可藉由高貴的人性挽救人性的過失，改變悲慘的命運。他作於 1787 年的《陶里斯島上的伊菲格妮》（Iphigenie auf Tauris），素材取自希臘三大悲劇作家之一的歐里皮得斯同名劇本。阿伽曼農（Agamanon）因觸犯了狩獵女神黛安娜（Diana），以致他的船隊遇大風暴不能前進，他的女兒伊菲格妮以全軍利益和大局為重，自願犧牲獻祭給女神黛安娜，女神受了感動，把她救到陶里斯島上。島上國王托阿斯（Thoas）命伊菲格妮擔任女神廟的女祭司，任務是向黛安娜祭殺所有誤登陶里斯島的異鄉人。伊菲格妮在島上住了許多年，她說服托阿斯廢除了這一殺人祭奠的野蠻規定。當托阿斯向沉靜溫良的伊菲格妮求婚時，她婉拒並道出她的身世和她渴望回到希臘和家人團聚。惱羞成怒的國王要伊菲格妮再恢復殺人祭祀的制度，並命她將闖上該島的兩名希臘人當犧牲品。伊菲格妮認出了其中一人是她的弟弟歐雷斯特（Orest），弟弟告訴姊姊，父親返鄉時，被母親和她的姘夫謀殺，他為報父仇，也殺了母親和她的姘夫之家庭慘劇。

　　歐雷斯特一直被復仇女神詛咒，並到處流浪。太陽神阿波羅向他預言，只有把陶里斯島上的姊姊帶回希臘，他才能被赦罪。他以為「姊姊」是指阿波羅的姊姊黛安娜在島上的神像。因此他要求伊菲格妮盜走神像，三人決心按照計畫行事回到希臘。可是在行劫之前，她內心起著激烈的衝突，如何在拯救弟弟的生命不被當祭品，並免於受復仇女神的威脅與欺騙受她感召並慈善對待她的托阿斯國王之間，如何取捨？最後她深信真誠、善良和坦率才能化解一切災難，於是向托阿斯國王全盤道出一切，托阿斯

終於被伊菲格妮高貴的情操所感動，決定讓他們三人返回家鄉。

歌德將伊菲格妮的神話傳說做了大幅度的更動，並將他的人道信念理想化了，人道和眞誠待人可將獸性轉化爲人性，強調純正的人性可以化解人間的一切矛盾，可以引導人不斷前進。劇中有一句「永恆的女性引領我們升天」的台詞，意指純潔而高尚的女子有補過贖罪的力量。

（五）執情

一廂情願地對愛情的執著，甚至被遺棄也無悔，固執於愛情，以致殉情。

佛利德利希・德・莫特・胡凱（Friedrich Baron de la Motte Fouqué，1777 年至 1843 年）的童話體小說《安蒂娜》（Undine）敘述一則淒美的愛情悲劇。水妖安蒂娜美麗絕倫，生有人的外表，但沒有靈魂，只要與凡人結婚便會有靈魂，隨之也就有人間的痛苦和煩惱。安蒂娜愛上了一年輕騎士胡特布蘭德（Huldbrand），與他結婚，生活十分美滿。後來騎士移情別戀，按水妖界的習俗，不忠的人會被處死，水妖在人間被拋棄也會重新失去靈魂。一天騎士在多瑙河（Donau）上侮辱了安蒂娜，她便立刻消失在潺潺的流水中。騎士要結婚時，美麗的安蒂娜又出現在他面前，擁抱了對她不忠的丈夫，並給他一吻，騎士因此窒息而死。安蒂娜也化成一溪清水，環繞在丈夫的墳墓周圍，村民們說，那是可憐的安蒂娜依依不捨地擁抱著她的戀人。

奧地利的醫生，也是作家的阿圖爾・施尼茨勒（Arthur Schnitzler，1862 年至 1931 年）第一部上演獲得成功的劇作是《輕浮的愛》⑯（Liebelei，1895）。敘述維也納純眞甜美的少女克莉絲汀娜（Christine）自結識青年軍官後，對他一往情深；但軍官只把女人視爲逃避單調生活的工具，追求的只是「瞬間幸福」，他在玩弄克莉絲汀娜的愛情的同時又和一位有夫之婦交往。他的情書被這位婦女的丈夫發現，在決鬥中，軍官中彈身亡；當克莉絲汀娜獲知軍官的死訊時，才知道自己不過是他的消遣工具，她感到人格受侮辱，又對人生和愛情也感到失望，便跳樓自殺。

癡情女子遇人不淑的故事尙有同爲奧地利籍的史蒂芬・茨威格（Stefan Zweig，1881 年至 1942 年）的《一個陌生女人的來信》（Brief einer Unbekannten），表現得最為動人心弦。一個著名作家 R 在他 41 歲生日那天，收到一位陌生女子的來信。長長的二、三十頁中如泣如訴，道盡她內心的辛酸、幽怨、無奈、淒豔。她 13 歲時，愛上了搬到她家對面的年輕英俊的作家 R，從此便死心踏地愛著作家 R。

及至她年長時，拒絕了年輕人的追求。在從茵斯布魯克（Innsbruck）工作回到維也納時，每晚都站在 R 的房前。有一晚，R 注意到她，竟沒認出她。兩

▲史蒂芬・茨威格

天後他們再次邂逅，R 邀她去吃飯，飯後再到 R 家去，當晚她以處女之身，委身於 R。之後兩人再約見面，一起出遊玩樂，度過了第三夜。她給 R 一個地址，卻不告訴 R 她的姓名；R 則給了她幾朵白玫瑰作臨別紀念。之後，她懷了 R 的孩子，小孩生下後，每逢 R 的生日，她必給 R 送去一束和 R 當時送給她一模一樣的白玫瑰。

為了孩子，她賣身給一些富有的男人。一次，R 的生日隔天，她和情人到一家舞廳，與 R 相遇，他們又一起回到 R 的寓所。相隔十多年後，她看見她送給 R 的生日禮物——白玫瑰花就插在 R 書桌上的花瓶中。在這個銷魂夜，R 只把她當成一次豔遇。臨走時，R 塞了幾張大鈔在她的暖手筒裡，把她當成一般妓女。她感覺受到羞辱，將鈔票送給 R 的老僕人，老僕人卻認出她。他們最後一次分離時，她要 R 送她一朵白玫瑰。並企圖以插在花瓶中的白玫瑰喚起 R 的記憶，她說：「也許是一個愛你的女人送給你的吧？」又說：「也許是一個被你遺忘的女人送的！」但是 R 仍然沒有認出她來。現在她的兒子得傳染病而死，她也被傳染，臨死前寫下這封信[17]。

陌生女人愛 R 的深情，讓她能無怨尤地包容這個忘情的男人，愛一個人而終生無悔，並且不求報償，這是一種專心而徹底的至情。而安蒂娜及克莉絲汀娜一廂情願的執情，在落花有意流水無情的處境下，找不到解套，終以悲劇收場。觀之今日社會現象，男無義，女有情的事件，下焉者採取報復的手段，上焉者能夠忘情，斬斷情絲，抽身而出。另有堅強的單親媽媽屹立於社會上，時有所聞。

結　論

在德國文學裡，各個文藝思潮的作家在其所處的年代，面對思想潮流、時代背景，來形塑他作品心目中的女性，各有其不同的看法與寫作手法。不管以詩歌、散文、戲劇、或長、短篇小說等體裁塑造女性的角色時，在作品中要如何安排女主角的境遇，如何拋出議題。從故事情節的演變過程中，女主角要面對什麼問題，作家又如何來處理，其結果皆不謀而合，呈現異曲同工的現象。要以何種結局為其作品畫下句點？不管女主角得到的是喜劇或悲劇的結局，或是作家以曲折離奇的方式，甚至以怪誕、荒謬的氛圍來刻劃、彰顯女性形象，德、奧、瑞三個德語區的作家不分時間、地點、情節所形塑的女性，其類型竟然如此地神似，其巧合處令人讚嘆。

本文呈現德國文學作品裡五種模式的女性形象。在有關女主角碰到的情愛糾葛時，面對自身的問題如何思考，是否有強烈的自主意識自我決定？我們看到的有悽慘及圓滿的兩種結局。而這種結局有一大部分是女性在父系體制下被壓抑（見本文一），成為封建主義傳統道德及狹隘的觀念之犧牲品。《村莊裡的羅密歐與茱麗葉》中的沙利和芙蓮馨在久別重逢後，偷偷地約會。直到有一天被芙蓮馨的父親撞見了，目睹他們的幽會，勃然大怒的父親要打女兒，這時沙利一是為了保護芙蓮馨，另一是因為生氣，拿起一塊石頭將她父親重傷擊倒，而釀成了悲劇。《陰謀與愛情》裡的露易絲在道德及義務下選擇了父親，《奧雷昂的姑娘》裡的約翰娜的父親不相信自己的女兒，指責她是女巫，使她被放逐。《艾米莉亞·加洛帝》裡的父親在女兒引據典故的刺激下，盛怒之餘，無法細究事件的

緣由，親手殺了女兒。《漂泊的荷蘭人》裡的船長貪心於荷蘭人豐富的嫁妝，允許將女兒許給她。《可憐的海英利希》裡佃戶的女兒願意為海英利希犧牲，她的父（母）強烈反對。《陶里斯島上的伊菲格妮》裡的伊菲格妮為了父親的船隊能順利前進，自願當女神的祭品。從這些例子，可以看出傳統的父權地位、父權結構下的男性心理及不經意顯露的男性霸權。

　　女性的地位及人格是否這麼的卑微並且也沒有自省能力？也全不盡然。女人要求獨立自主，擺脫依附於男人的從屬地位，並且維護自己的人格尊嚴，在挪威作家易卜生（Henrik Ibsen，1828 年至 1906 年）寫於 1879 年的《玩偶之家》（Nora oder Ein Puppenheim）所塑造的女主角娜拉，終於勇敢地走出去了，過自己想要的生活。赫爾曼・蘇德曼（Hermann Sudermann，1857 年至 1927 年）寫於 1893 年的劇本《故鄉》（Heimat）描寫 17 歲的瑪格達（Magda）因不滿父親作風專制，封建主義的榮譽心極重，被父親趕出家門。12 年後，她回到故鄉時已成了一位名歌星。她願意同父親和解，父親也表示不再追究她的過去。但女兒「身子和靈魂是否純潔」的問題仍使他心神不寧。當他得知女兒和當地政府的一個顧問凱勒（Keller）曾經戀愛，還生了一個孩子，後來凱勒拋棄了瑪格達母女。父親要求凱勒與女兒結婚，以恢復榮譽。而凱勒希望瑪格達為了他的前程不公開孩子的存在。她拒絕凱勒的要求，寧願不結婚而做獨立自主的自由人。父親不理解她的作法，用手槍逼迫她結婚，以恢復自己及家庭的榮譽。這時，父親突然中風，倒在地上死去。瑪格達堪稱是一個思想解放的婦女。她的自由思想和封建主義傳統道德之間有矛盾，她突破男性歧視、女性卑微的困境，憑著自己的信心，選擇做自己，與娜拉一樣，爭取到女人應有的尊嚴和地位。

註　釋

① 《聖經》裡〈舊約〉的「創世紀」伊甸園第 7 節：後來，主上帝用地上的塵土造人，把生命的氣吹進他的鼻孔，他就有了生命。第 21 節：於是，主上帝使那人沉睡。他睡著的時候，主上帝拿下他的一根肋骨，然後再把肉合起來。第 22 節：主上帝用那跟肋骨造了一個女人，把她帶到那人面前。第 23 節：那人說：「我終於找到我骨裡的肉，我肉中的肉，我要叫她做『女人』，因為她從男人出來。」

② 見馬維麟譯：《德國婦女運動史──走過兩世紀的滄桑──》，五南圖書出版社，臺北，民國 84 年。

林美瑢（編輯）：《聽看想──關於女人的歷史悲劇──》，臺北市臺灣婦女會出版，臺北，民國 90 年 2 月。

呂秀蓮著：《臺灣良心話》。天下遠見出版股份有限公司，臺北，民國 90 年 5 月。

③ 見任衛東、劉慧儒、范大燦著：《德國文學史》，第 3 卷，譯林出版社，南京，2007 年 10 月，第 66-67 頁。

④ 摩賽斯・孟德爾頌即是啟蒙時期與文學家雷辛（Gotthold Ephraim Lessing，見本書第 38 頁）私誼甚篤的名哲學家。孟氏家族人才輩出，其孫子即是著名的音樂家費利斯・孟德爾頌 巴爾托迪（Felix Mendelssohn Bartholdy，1809 年至 1847 年）。朵洛黛亞即這位音樂家的姑姑。見賴麗琇（2002）：《德國文化史》，中央出版社，臺北，第 236 頁。

⑤ 即 1806 到 1808 年陸續出版的三冊《男童的神奇號角》（Des Knaben Wunderhorn），其中不少民歌至今仍為德國中小學教科書中的教材，如：《晚安，夜安》、《假如我是一隻小小鳥》、《睡吧，孩子睡吧》。說過「浪漫主義是病態的，古典主義是健康的」的歌德，對這部民歌集給予「凡是健康的德國國民，每家都應該擁有這一部書」最高的評價。

⑥ 見本書第 16 頁：第 I 章〈中古世紀德國騎士文學〉。

⑦ 見本書第 10-11 頁：第 I 章〈中古世紀德國騎士文學〉。

見本書第 147-148 頁：第 VII 章〈華格納及其樂劇裡的現實與浪漫〉。

⑧ 見本書第 180-182 頁及 184-186 頁：第 VIII 章〈中、德愛情悲劇的探討〉。

⑨ 喜爾德布蘭德是東哥德國王狄特里西‧封‧伯恩（Dietrich von Bern）的侍臣，有關他的傳說被寫在《喜爾德布蘭德之歌》（Hildebrandlied）裡。在民族大遷徙時，年輕的喜爾德布蘭德受羅馬方面的逼迫，逃到匈奴人那裡。30 年後歸來，他的兒子不但不認他，反而誣指他是匈奴人，並向他挑戰。爲父的幾經掙扎，但英雄榮譽感終於戰勝了父子之情，遂應戰，最後以父親殺死兒子的悲劇收場。這一傳說流傳了好幾世紀，民間口耳相傳，具有純樸的民族性質。兒子表現的是具有強烈的民族感情，父親則是表現了日耳曼民族的驍勇善戰，在挑戰面前不得表示懦弱。

⑩ 有關《尼布龍根之歌》這部英雄詠史詩，可參見第 I 章〈中古世紀德國騎士文學〉第 13-15 頁及第 VII 章〈華格納及其樂劇裡的現實與浪漫〉，第 149-155 頁。

⑪ 美蒂亞爲心愛的人背叛她的國家，爲了與他遠走高飛，甚至不惜殺死自己的親哥哥。婚後，美蒂亞生下 2 個兒子，丈夫卻移情別戀，美蒂亞爲了報復，設計殺死丈夫的情人與自己的 2 個兒子。

⑫ 見本書第 230-234 頁。赫伯爾的戲劇作品刻劃尤狄特的心理，而波歇爾特以短篇散文的形式只描述尤狄特的英勇行爲。

⑬ 黑羅德斯即《聖經》裡，3 位東方國王觀察星象後，告訴他將有救世主降臨人間，拯救萬民。他遂下令殺光全國 1 歲以下男童的殘忍統治者。

⑭ 見本書第 46-53 頁：第 III 章〈雷辛與其平民悲劇《艾米莉亞‧加洛帝》〉的心理分析。

⑮ 見本書第 142-144 頁：第 VII 章〈華格納及其樂劇裡的現實與浪漫〉。

⑯ 本劇於 1895 年 10 月 9 日在維也納的布格劇院（Burgtheater）上演，施尼茨勒也以這部劇作開始揚名文壇，自 1911 年以來，竟 6 次被拍攝成電影。最後一次是 1958 年，由德國和法國合拍，男主角是亞蘭‧德倫（Alain Delon，1935 年 -），女主角是羅美‧施耐德（Romy Schneider，1938 年至 1982 年），片名即爲《克莉絲汀娜》，臺灣譯名爲《花月斷腸時》。

⑰ 《一個陌生女人的來信》1948 年曾被好萊塢改拍爲電影。英語發音，片名爲《Letter from an unknown woman》，男主角爲路易斯‧喬登（Louis Jourdan，1921 年至 2015 年）、女主角爲瓊‧芳登（Joan Fontaine，1917 年至 2013 年）。

閱讀德國文學及「教」與「學」之省思

眾所周知「文學」這個字的字源是拉丁字litteratura「拼音文字」（Buchstabenschrift）、「說話藝術」（Sprachkunst），它原先是指每一種形式的文字記載，和原先只是口頭流傳的語言形式，比如童話（Märchen）成為一個對比。

那麼文學這個詞彙的定義是什麼？「文學」是一定社會生活在人類頭腦中反映的產物，屬於意識形態的一種。優秀的、進步的文學作品，一般都能夠正確地描繪各階層的相互關係、生活狀況和精神面貌，反映歷史進程、社會變革、生產活動的廣闊圖景，塑造體現時代精神的各種典型人物，表達人們的深刻思想和崇高情感，從而教育人民推動歷史前進，並滿足人民多種多樣的欣賞要求。

一般人認為文學作品〈含文學名著〉僅止於讓人消遣或怡情養性而已，沒有什麼大不了的功能；殊不知「文學」經由作家不同的人生閱歷、豐富的想像力及優美的文筆，表達其思想及描繪各種人生百態，讓讀者從各作家的作品中得到各種啟發。在每個國家的社會裡，不同階層的作家，對現實生活有不同的認識和反映，其作品為不同階層的人民發聲，起著不同的社會影響和教育作用。因此，教育部規定「文學」、「文學史」為大學各種語言學系的必修課程。

但是為何學生普遍的對「文學」不感興趣？都認為「文學無用論」。文學似乎不斷地遭到邊緣化，殊不知這個看起來不功利、又不實用、也不能經世致用的文學其實很實用，很有用。為什麼要這樣說，就必須先瞭解什麼是文學語言？其實文學語言就是有文采的語言，簡單的說，文采就是在人際溝通時，可以生動、形象、打比方把要表達的話說出來。由於臺灣的輔仁大學德文系是由德國的傳教士所設立的，因此我們可以說得很平淡，「輔仁大學的德文系在一般人的印象中，其德語教學在臺灣是最好的，臺灣的高中生，在想要進入大學學德語，大都會以輔仁大學的德

文系爲第一志願，值得大家學習」。這一句話倒不如精簡地說「輔仁大學是臺灣德語教學的旗艦或領頭羊」更好聽、更有力、更能讓人印象深刻。但是學生們都會頗不以爲然，前面那句話，明明是簡單、清晰、準確地表達大家對輔仁大學德文系的印象。後面那句話反而會被批評爲文謅謅，玩弄語言、賣弄學問。也許這就是學生不喜歡讀德國文學作品的原因吧！

　　現在筆者要簡單地談一談德國文學或德國文學史的「教」，即教學方面的問題：我們知道要將一部浩瀚的德國文學「史」鉅細靡遺的講授完畢，時間上有它的侷限性。如果以一個學年上、下兩個學期，每週二小時的文學課，是不可能上完的。完整的文學史是研究文學歷史的科學。它闡述文學的發生、發展的歷史事實及其規律，並通過具有代表性的作家、作品的評價，對一定時期的文藝思潮和創作實踐進行總結。因此，在制式化的教學，筆者認爲介紹文藝思潮及其理論定義、文學術語、作家的生平及作品的內容是必要的。立場觀點正確、材料豐富的文學著作，能指導學生正確地接受和理解文學遺產，明確文學的發展方向。因此，在介紹過作家與作品之後，當然要讓學生閱讀原著作品，比如《尼布龍根之歌》（Das Nibelungenlied），或歌德（Goethe）的《少年維特的煩惱》（Die Leiden des jungen Werthers）及《浮士德》（Faust）等等，但這看起來，在實際情況上好像也不可行（學生也沒那麼多的時間跟興致來閱讀原著）。在此，順便提一下，據說英文系的文學史課程，在講到莎士比亞（W. Shakespeare，1564年至1616年）時，必須閱讀莎翁原文劇本。

　　體裁是文學作品的具體樣式，這是指詩詞韻文學的文章。一般分成敘述作品（erzählende Texte，即Epik）、戲劇作品（szenische Texte，即Dramatik）和詩歌作品（Gedichttexte，即Lyrik）。如果在文學課程中，要將它們全部再仔細的於短短兩個小時內一一教完，也是沒辦法做到的。所幸現在各大學德文系的必、選修課程皆開設有「散文、短篇小說選讀」、「戲劇選讀」、「德文詩欣賞」或者「德文青少年文學」等課程，這樣就稍微可以對德國文學做比較深入的探討和瞭解。

那麼現在講到教學方面，如何教？怎麼樣教？才能夠深入又引起學生的興趣？除了對作家、作品、文藝潮流的介紹是不能缺少的之外，同時可輔以圖片、幻燈片或展示德國文學作品原著及中譯本的書籍（比如Werther及Faust的中譯本，如果有可能，也包括大陸的譯本），搜集並影印文學評論家對某部文學作品的導讀或評論、讓學生可理解這部作品的不同觀點。當然，同學會比較感到興趣的是觀賞由文學名著改編拍成的電影，比如歌德的《浮士德》、史篤姆（Storm）的《茵夢湖》（Immensee）、雷馬克（Remarque）的《西線無戰事》（Im Westen nichts Neues）、湯瑪斯‧曼（Thomas Mann）的《魂斷威尼斯》（Der Tod in Venedig）、《布登勃魯克家族》（Die Buddenbrooks）〔註：新拍電影譯為《豪門世家》〕或葛拉斯G. Grass的《錫鼓》（Die Blechtrommel）及波爾（H. Böll）的《與貴婦人的團體照》（Gruppenbild mit Dame）等等。這些都可以在閱讀原著作品之前或之後觀賞，讓學生更深入瞭解作品的內涵。但是有一個小小的缺點，即這些影片拍得太長、太耗時了，筆者建議，或許可提供學生課外觀賞之後，再來做報告或討論。

現在來談談「學」，即學生的看法及其學習的態度。首先是從純粹的「語言」的角度來看。大家都認為德語是一種很難學習的語言，包括四個格、三個性別及二個單、複數形等變化，除了文法的規則一大堆之外，又加上例外的規則，一說例外的又一例外，是一種繁複、囉唆的語言。其實筆者認為德語是一種精確、內斂，但又不失優雅的語言。而文學語言是一種經濟實惠的語言，是最有思想、最有內涵、也是最優美的語言。

文學亦即文學語言的實用功能，最明顯的是，可以提高修辭的水準和談話、辯論的技巧。而現代是科技及工業的社會，因此在目前的社會，如要進入職場，說話的技巧——即口才是非常重要的，占有決定性的角色。從文學作品中除可獲得人生至理名言的啟發之外，尚可觀察人性和人心，並學到做人處事的法則。唯有懂得人性和人心的人，才能在工作就業

上順利。

　　筆者在教學時，常常向學生提到文學的「好處」，奈何同學們的心中早有「文學」只是提供生活的消遣這種觀念。他們在上文學課時，大部分都顯得很勉強，筆者只好苦口婆心的，再三地強調學習及唸文學的好處，告訴學生，文學語言就是有文采的語言，文學語言裡有特別的「思想」和「感情」，文學作品裡處處充滿哲學思想，道德寓意，好好地學習文學，除了可以對您有某種啓發外，它也是實用的。在此筆者透過一個實例來向學生證明「德國文學」的重要性，呼籲學生重視文學，鼓勵學生學習德國文學。筆者的一個學生在畢業二十幾年之後，於母校的校慶日返校與師長及學弟妹們聚會同歡。這位學生當面感謝筆者在當年講授的「德國文學史」課程幫了他一個大忙。他敘述和一位德國客戶洽談一筆生意，原本沒有談成。雖然買賣不成，但情義在；之後，在喝下午茶聊天時，無意中談到歌德（J.W. von Goethe，1749年至1832年），這位學生說他閱讀過《少年維特的煩惱》及《浮士德》，也會唱《野玫瑰》。這沒什麼稀奇，讓這位德國客戶眼睛一亮，刮目相看的是，他講述的一段歌德軼事：當時寓居威瑪，高齡已73歲的歌德，很喜歡那時才12歲的孟德爾松（Felix Mendelssohn-Bartholdy，1809年至1847年）。歌德常親吻他的額頭，並聽小音樂家彈琴。有一次，歌德故意拿貝多芬（他與貝多芬熟識）的一份寫得潦草凌亂、像塗鴉似的，讓人分不清哪裡是開頭、哪裡是結束的手稿給孟德爾頌彈奏，他竟然從頭到尾地彈出來，眾人莫不讚嘆萬分。此時，德國客戶對這位學生的印象全然改觀了，他一高興，這筆生意敗部復活，順利地談成功了，這是一個靠著文學比別人掌握了先機的好例子。

　　「德國文學」是德文系必修的課程，德語的文學語言是德語的基礎，在提高學生人文素質方面也起著一定的作用，並有助於跨文化溝通的順利進行，因此我們必須重視「德國文學」的教學課程，鼓勵學生學習。目前在臺灣的輔仁大學和東吳大學的德語語文學系研究所，相當重視德國

文學的課程。歷年來不少碩士生的畢業論文，皆是以德文或中文書寫，探討德國的文學作品，且將不少優秀的德國文學作品翻譯成中文，並將它們出版；對於不懂德文，但想瞭解德國文學的人士幫助非常的大，這是一件令人非常欣慰的事情。德國文學的重要性在前面已述及，故我們應該重視目前在臺灣被應用德文取代，且已退居邊緣地位的德國文學課程。

後　記

　　「文學無用論」這個問題，目前在大陸的德文系也廣泛地引起了討論。筆者曾在2011年10月於浙江寧波大學演講時，在討論有關《跨文化能力的涵養與培養》的主題之下，大陸的德語教師也提到「文學」在「跨文化」、「文化」的論題下，文學也是「文化」的組成部分（亦即文化囊括文學）。在「跨文化」的架構下，也應該重視文學。

　　筆者會後與大陸的老師就「文學」在德文系的重要性如何？交換意見。大陸的老師告訴筆者，德文系畢業的學生，三分之一進入社會工作，三分之一出國留學，三分之一在國內繼續讀研究所。出國留學和在國內讀研究所的，絕大多數也沒有選擇德語語言文學專業，也即日後從事文學翻譯和研究的可謂少之又少。

　　2011年的4月，大陸德語系的教科書係採用全國統一編纂的教材，大部分由北京及上海外國語教學出版社執行這項任務；由出版社出面邀請中、德籍教師擔任教材編纂委員。2011年6月在青島也熱烈地討論過，要如何編纂一本讓德語系學生能夠接受並引起興趣的德國文學教科書，如何讓「文學」進入德語課堂。

國家圖書館出版品預行編目資料

解讀德國文學名著／賴麗琇著. — 初版. —
臺北市：五南, 2015.04
　　　面；　公分.
ISBN 978-957-11-8064-9（平裝）

1.德國文學　2.文學評論

875.2　　　　　　　　　　104003851

1AI1

解讀德國文學名著

作　　　者 ─ 賴麗琇（393.9）

發 行 人 ─ 楊榮川

總 編 輯 ─ 王翠華

主　　　編 ─ 朱曉蘋

執行編輯 ─ 吳雨潔

封面設計 ─ 劉好音

內文版型 ─ 吳佳臻

出 版 者 ─ 五南圖書出版股份有限公司

地　　　址：106台北市大安區和平東路二段339號4樓

電　　　話：(02) 2705-5066　　傳　　真：(02) 2706-6100

網　　　址：http://www.wunan.com.tw

電子郵件：wunan@wunan.com.tw

劃撥帳號：01068953

戶　　　名：五南圖書出版股份有限公司

台中市駐區辦公室/台中市中區中山路6號

電　　　話：(04) 2223-0891　　傳　　真：(04) 2223-3549

高雄市駐區辦公室/高雄市新興區中山一路290號

電　　　話：(07) 2358-702　　傳　　真：(07) 2350-236

法律顧問　林勝安律師事務所　林勝安律師

出版日期　2015年4月初版一刷

定　　　價　新臺幣400元

※版權所有・欲利用本書內容，必須徵求本公司同意※